WILLIAM CARLOS WILLIAMS
AUSGEWÄHLTE WERKE
IN EINZELAUSGABEN
Herausgegeben
von Joachim Sartorius

WILLIAM CARLOS

# WILLIAMS

# GUT IM RENNEN

Roman

Aus dem Amerikanischen
von Karin Graf

Carl Hanser Verlag

Originaltitel: In the Money



ISBN 3-446-15209-1

*Für Richard Johns*

KAPITEL 1

# Abschied

Sie haben wohl recht, sagte der Gehilfe des Lebensmittelhändlers, der hagere alte Ben Williams. Die Tage werden schon ganz schön kalt hier oben in Vermont. Sind aber die schönsten des Jahres, wenn Sie mich fragen. Gerade, wenn alle wieder in die Stadt zurückfahren. Die schönsten Tage des Jahres.

Sie waren immer noch in Vermont, obwohl der Sommer beinahe vorüber war. Gurlie, ohne Hut, das blonde Haar schlicht über die Ohren zurückgebunden, stand vor Toppings General Store ungeduldig neben dem Buggy und wartete darauf, daß ihre Einkäufe eingeladen wurden. Am Vormittag waren wenige Leute in den Läden zu sehen – Drogerie, Lebensmittelhandlung, Post und Bank –, aus denen das Dorf bestand, in das sie ihre letzte Einkaufsfahrt unternommen hatte.

Wo stellen Sie denn das Petroleum hin! sagte Gurlie. Nicht neben die Kartoffeln. Das sollten Sie doch wissen.

Irgendwo muß ich's doch hinstellen, nicht? Geht es so? Er schob es nach hinten in den Wagen, auf die andere Seite.

Gurlie gab ihm keine Antwort. Wo ist das Kind?

Das Baby, jetzt beinahe zwei Jahre alt, war nirgendwo zu sehen.

Sie ist bei Mr. Topping. Mittlerweile tief in der Kekskiste, vermute ich.

Er soll das nicht tun, sagte Gurlie.

Er hat Ihr kleines Mädchen sehr ins Herz geschlossen, Mrs. Stecher. Haben Sie alles?

Es wird ihr schlecht werden, sagte Gurlie. In dem Augenblick erschien Mr. Topping, der Lebensmittelhändler, mit der kleinen Flossie auf dem Arm oben an der langen Holztreppe vor seinem Laden. Er war ein großer Mann mit glattem weißem, in der Mitte gescheiteltem Haar und einem traurigen, roten Gesicht – das jetzt lächelte. Dies war ihr Abschied.

Sie sollten das nicht tun, sagte Gurlie.

Das hat noch keinem in der Welt geschadet, sagte der Mann. Flossie hatte einen einfachen Keks – so einen quadratischen mit ausgestanztem Rand – in der Hand und beäugte ihre Mutter gespannt. Sie führte den Keks zum Mund, immer noch wachsam.

Pfui! sagte Gurlie und tat, als ob sie ausspuckte. Nein, nein, nein. Sie streckte die Hand aus, um dem Kind den Keks wegzunehmen. Flossie versteckte die Hand hinter Mr. Toppings Kopf, so daß Gurlie sie nicht zu fassen bekam. Gib mir den Keks, sagte Gurlie und griff von der Seite zu. Aber Flossie zog ihre Hand schnell wieder vor.

Gurlie erwischte den Arm des kleinen Kindes und versuchte, ihm den Keks wegzunehmen, aber es ließ nicht los. Gucken Sie sich das Gesicht an! sagte Mr. Topping. Der Keks zerbrach, und Gurlie bekam nur einen Teil davon.

Ach, lassen Sie sie doch, sagte Mr. Topping. Es schadet ihr nichts. Eine Frau mit dickem Bauch und Strohhut blieb oben an der Treppe stehen und schüttelte in stiller Belustigung den Kopf über die Szene.

Geben Sie mir das Kind, sagte Gurlie. Als Flossie sah, daß ihre Mutter nach ihr griff, hielt sie sich an Mr. Toppings Jackenkragen fest, und das Stück Keks, das sie noch hatte, fiel ihr aus der Hand. Zutiefst interessiert schaute sie darauf hinab. Als ihre Mutter sie dann ein bißchen grob an sich nehmen wollte, hielt sie sich noch fester an Mr. Toppings Kragen fest.

Nun schauen Sie sich das an! sagte die Frau mit dem dicken Bauch.

Das kommt von diesen frechen Bauernkindern, mit denen sie den ganzen Sommer gespielt hat, sagte Gurlie.

Mr. Topping lachte gutmütig. Komm schon, kleines Mädchen, ich schätze, deine Mutter muß dich wiederhaben, wenn sie dich will. Aber Flossie hielt fest. Bringen Sie erst Ihr Geschäft zu Ende, sagte er zu Gurlie. Ich setze sie in den Buggy, wenn Sie soweit sind.

Nun sah das Baby wieder auf seinen Keks hinunter, bis Gurlie den Fuß darauf setzte, und damit war das erledigt.

Da soll mich doch der Teufel holen, sagte der Ladengehilfe, der mit weiteren Paketen herankam. Ist das alles, Miss?

Ja, sagte Gurlie. Kommen Sie, setzen Sie sie hinein.

Vielleicht geben Sie ihr nicht genug zu essen, sagte der Gehilfe. Ich kannte einmal eine Frau –. Der Lebensmittelhändler unterbrach ihn: Sie sieht nicht aus wie ein Kind, das man jetzt mit in die Stadt zurücknehmen sollte, Mrs. Stecher, wenn ich das sagen darf, mit ihrem kleinen weißen Gesicht und den dünnen Beinchen. Da unten wird es noch ein paar Monate schrecklich heiß sein. Wirklich schade, daß Sie sie nicht über den Winter hierlassen können – es kommen schöne Tage jetzt, und er setzte Flossie vorsichtig in die Ecke der Sitzbank.

Es ist alles in Ordnung mit ihr, sagte Gurlie und zog ihr Portemonnaie heraus. Sind Sie sicher, daß alles drin ist und ich nicht später danach schicken muß?

Alles drin, sagte der Gehilfe.

Haben Sie die Rechnung gemacht?

Nein, herrjemine, er zog den Kopf ein und floh ins Geschäft zurück.

Mr. Topping setzte einen Fuß auf den Fußtritt. Warum lassen Sie sie diesen Winter nicht hier bei Mrs. Topping und mir?

Was! sagte Gurlie, verächtlich auflachend. Mein Baby hier bei Ihnen lassen? Für was halten Sie mich denn?

Ja, fuhr Mr. Topping zu dem Baby gewandt fort, ich würde Farbe in diese Wangen bringen, ehe Sie sich's versehen. Sie haben ein nettes kleines Mädchen, Mrs. Stecher, fuhr er fort, als taxiere er ein Fohlen, aber ich glaube nicht, daß sie für das Leben in der Stadt kräftig genug ist.

Ihr fehlt nichts, sagte Gurlie, außer, daß sie ein kleines Maultier ist, wie ihr Vater, das ist alles.

Nein, das würde ich nicht sagen. Ihr Temperament gefällt mir, aber ihr kleines Gesicht sieht für meinen Geschmack noch zu weiß aus.

Na ja, sagte Gurlie. Sie ist blond. Alle in meiner Familie sind blond. Wir sind aus dem Norden. Wo in aller Welt bleibt dieser Mann? Kein Wunder, daß Sie es hier oben zu nichts bringen. Ich könnte es nicht aushalten.

Hier ist Ihre Rechnung, Ma'am – mit seinen scharfgeschnittenen komischen Gesichtszügen. Drei Dollar und achtzig Cent. Dann zu dem Baby, Kille, kille, kille!, ihr zu ihrem großen Erstaunen beinahe mitten ins Gesicht hinein. Gurlie gab ihm einen Zwanzigdollarschein. Er sah ihn an, sah Mr. Topping an, drehte ihn um, sah Gurlie an und ging dann langsam hinein, um Wechselgeld zu holen.

Ja, genau das bist du, ein kleines weißes Maultier, sagte Mr. Topping, und er lachte laut heraus.

Worüber lachen Sie? sagte Gurlie.

Bloß eine Vorstellung. Weißes Maultier. Wir haben hier oben so einen selbstgebrannten Whisky, der White Mule heißt.

Das ist kein Kompliment.

Sollte es aber sein. Sie sind sicher, daß Sie sie diesen Winter nicht bei uns lassen wollen, Mrs. Stecher?

Oh, ich verstehe, sagte Gurlie, ohne auf seine Frage einzugehen. Sie lachte. Ja, jetzt verstehe ich. White Mule. Ja, vielleicht ist sie stärker, als wir denken. Ich glaube es. Ich sage ihrem Vater, daß er sie nicht verwöhnen darf. Wie machen Sie den Whisky?

Der Gehilfe brachte Gurlie das Wechselgeld.

Dörrpflaumen und Rosinen sind so gut wie alles andere. Soweit ich weiß, nennt man ihn unten im Süden Maisschnaps. All diese Jahre haben wir ein kleines Mädchen im Haus haben wollen. Ich versteh' das nicht. Keinen einzigen Tag krank gewesen, keiner von uns. Würden alles für ein Baby geben. Was sagen Sie, lassen Sie sie uns?

Ich sehe es vor mir! Sie mit Ihrem Trinken.

Ich doch nicht, Ma'am.

Das Zeug muß billig sein, wenn Sie es aus Dörrpflaumen machen. Na ja, auf Wiedersehen. Los, Astrid!, und Gurlie schnalzte mit den Zügeln und ließ das alte Pferd den drei Meilen weiten Weg zur Farm hinauftraben.

Uff, sagte sie eine halbe Stunde später, als der alte Payson, bei dem sie den ganzen Sommer gewohnt hatten, am Tor des Bauernhauses die Führung des Pferdes übernahm. Ich hoffe, ich habe nichts vergessen.

Wird schon stimmen, sagte er. Lassen Sie die Kleine, wo sie ist. Ich bringe sie mit, wenn wir aus der Scheune zurückkommen.

Ich will auch mit, sagte Lottie, die ältere Tochter, ungefähr fünf Jahre alt.

Gut, komm. Je mehr, desto besser. Moment mal. Moment mal. Versuch nicht, alleine da rein zu klettern.

Aber am nächsten Morgen war es soweit, Sommerende und Heimreise.

Können Sie nicht noch einen Monat bleiben, Gurlie?

Sie haben den Brief doch gesehen, sagte sie. Joe will mich zu Hause haben.

Der dicke Tau zwang die Kinder, im Haus zu bleiben. Als der alte Mann aus der Scheune zurückkam, waren seine Stiefel tropfnaß.

Ja, sagte er, es ist wohl Zeit, daß ihr zurück in die Stadt fahrt.

Tja, wir werden euch vermissen. Wir werden euch sehr vermissen, sagte er bei Tisch, beim letzten Frühstück in der warmen Küche. Ich weiß nicht, was Mama hier ohne euch machen wird.

Hach, sagte Gurlie. Sie wird es schon schaffen. Dann schrie sie die taube alte Frau an: Sie werden es schon schaffen. Sie können kochen, Sie haben einen Mann, der Ihnen hilft. Was wollen Sie mehr?

Ich hoffe, ich werde nicht krank, sagte sie in dem schwerfälligen Tonfall der Tauben. Ich habe euch etwas zu essen gemacht für die Reise. Und sie stand auf, um zu holen, was sie vorbereitet hatte, während Gurlie oben war und die Sachen der Kinder zusammenpackte. Das sind ein paar Geranienblätter, ich habe sie für Sie getrocknet. Sie mögen sie doch. Und etwas Rosmarin für die Wäschekommode.

Nun schau mal einer an! sagte Gurlie. Das ist nett, schrie sie, während die alte Frau feierlich nickte. Was um aller Welt haben Sie in der Schachtel? Es war ein Schuhkarton, der zum Überquellen voll gepackt und fertig zum Zubinden war.

Grandpa, holst du mir ein Stück Kordel, sagte die alte Frau zu ihrem Mann.

Das hätten Sie nicht tun sollen, sagte Gurlie.

Bloß ein paar Eier und ein kleiner Kuchen für die Kinder.

Aber was ist das denn? sagte Gurlie. Und das!

Etwas selbstgemachter Käse und ein paar Butterbrote und Äpfel.

Wo stecken die Kinder? Sie waren verschwunden. Gurlie rief. Der alte Mann war für einen Augenblick hinaus zum Holzschuppen gegangen. Das ist doch unmöglich, sagte Gurlie! Sie kann nicht so gehen.

Lottie muß sie mitgenommen haben.

Aber der Wagen kommt jeden Augenblick, sagte Gurlie.

Sie waren nicht weit. Bloß um die Ecke des Hauses, Lottie ermutigte das Baby, hielt es an der Hand und bewegte sich sehr langsam mit ihm auf die Straße zu.

Im Handumdrehen wurden sie nach oben befördert, und die Vorbereitungen für die Reise traten ins Endstadium.

Schauen Sie sich das mal an! sagte Gurlie und hielt ein kleines Kleid hoch. Die alte Dame lächelte wissend und streckte die Hand danach aus. Können Sie das glauben! Ich hoffe nur, die Schuhe passen ihr.

Flossie saß auf der Bettkante und versuchte, hinter sich nach einer blauen Chiffonhaube zu greifen, die ihre Mutter zusammen mit ihren anderen guten Sachen, den Sachen, in denen sie vor drei Monaten nach Vermont gekommen war, aus dem Schrank geholt hatte.

Mit energischen Bewegungen zog Gurlie die alten Spielschuhe aus, die das Kind trug und die wer weiß wie naß waren. Flossie wackelte mit den Zehen, verrenkte sich nach dem Hutband, bekam es schließlich zu packen und zog das blaue Schmuckstück auf sich zu.

Unmöglich –! Nein, Gurlie hielt die Fessel des Kleinkindes fest in einer Hand und zwängte den Fuß in den glänzenden Schuh. Sie knetete die Kappe. Die alte Dame beobachtete sie.

Sie sind zu klein. Sie kann sie nicht anziehen.

Aber es sind neue Schuhe, sagte Gurlie. Ich habe sie gerade gekauft, ehe wir herkamen. Sie hat sie nur drei Tage getragen. Sie kann doch nicht so gewachsen sein. Was soll ich jetzt machen? Wir fahren in ein paar Minuten.

Sie ist sehr schnell gewachsen, sagte die alte Dame laut.

Aber wir müssen fahren, sagte Gurlie.

Sie muß die alten Schuhe anziehen, sagte die alte Dame, ohne hinzuhören. Papa muß sie schwarz eincremen. Papa! rief sie die Treppe hinuter.

Das Zimmer war ein einziges Durcheinander. Der Schrank war geleert worden. Auf allen Stühlen standen halb gepackte Taschen. Gurlie selbst war halb angekleidet, in einem spitzengesäumten Unterrock, mit hohen Schuhen und einem Schnürleibchen, das Haar noch auf Papier gedreht.

Papa! rief die alte Dame wieder – beinahe ihrem Mann ins Gesicht hinein.

Tsss! Raus mit Ihnen, schrie Gurlie ihn an, die Arme über den halb entblößten Brüsten gekreuzt.

Er lachte. Was wollt ihr?

Die Haube! Das Kind hatte sie, drehte sie herum und setzte sie schließlich verkehrt herum auf den kleinen Kopf, eine Ecke über dem Auge, das Band vor der Nase –

Gurlie rettete die Haube und gab Flossie einen Klatsch auf die Hand. Sie weinte.

Warten. Aufpassen, daß sich die Kinder nicht dreckig machen. Wo ist mein Schirm? Da war die Zwölf-Uhr-Sirene von der Mühle. Man konnte sie schwach in der Ferne hören. Der Junge ist jetzt da.

Die alte Dame weinte. Sie legte Gurlie beide Hände auf die Schultern, dann um den Hals und weinte. Die Kinder sahen zu.

Es ist noch lange nicht Winter, sagte Gurlie, und dann kommt Gerda – ihre schwer arbeitende Tochter, der der kleine Hof gehörte – und macht hier Urlaub. Dann ist Neujahr und dann Frühling!

Der alte Mann lachte. Sie sind so schnell, Gurlie. Niemand ist so schnell wie Sie. Gurlie freute sich über dieses Kompliment. Ich wollte nie mein Leben drum geben, daß wieder Sommer ist, aber jetzt tue ich es – wenn Sie versprechen, nächstes Jahr wiederzukommen.

Ach bestimmt, sagte Gurlie, die kaum zuhörte. Und jetzt haben Sie ja das Pferd. Das ist mehr, als Sie letztes Jahr hatten.

Wir werden es nicht behalten können.

Er versuchte, es lachend abzutun: Ja, ja, ja, ihr kommt alle nächstes Jahr wieder. Es war wunderbar, Sie bei uns zu haben, Gurlie. Wunderbar. Ich kann Ihnen nicht sagen, wie wunderbar es für uns war. Wir sind bloß zwei alte Leute, die zu nichts mehr taugen. Wir nützen keinem mehr etwas. Zwei alte lästige Menschen. Auf Wiedersehen, Lottie. Und du, du kleiner Tunichtgut. Ab mit dir!

Flossie sah ihn an.

Ja, du. Mach schon.

Auf Wiedersehen! Auf Wiedersehen! Auf Wiedersehen! Dann, als die Kutsche geräuschlos über den grasbewachsenen Weg davonfuhr, sagte der alte Mann mit leiser Stimme noch einmal zu sich: Ja, auf Wiedersehen!, wandte sich dann um und ging auf die Scheune zu.

Gurlie und die Kinder winkten – zumindest Lottie – noch ein Weilchen. Dann, als die Kutsche sich plötzlich vornüberneigte und das Gepäck rutschte, hielten sie sich fest, duckten sich von denselben Zweigen und Blättern weg, die bei ihrer Ankunft nach ihnen geschlagen hatten und es nun bei ihrem Abschied wieder taten, während die Pferdehufe knirschend über die Steine rutschten.

Vor dem Haus der Ferrys, wo die Nebenstraße und die Hauptstraße aufeinanderstießen, war niemand zu sehen. Gurlie hatte halb damit gerechnet, daß sie die Kutsche anhalten und sich von den Bauernkindern umringen lassen müßte, mit denen Lottie und Flossie den ganzen Sommer gespielt hatten, aber nichts geschah. Sie fuhren einfach weiter die Straße hinunter, als der ungekämmte Mr. Ferry und sein Gespann mit einem leeren Heuwagen den Hügel heraufkamen. Er tippte an den Hut und lächelte sein zahnloses Lächeln zwischen den sandfarbenen Stoppeln auf seinem Kinn – aber das war alles.

Bei der zweiten Biegung, wo die Straße in der Nähe des Hallschen Hofes zum erstenmal den Bach kreuzte – ja, da war einer der älteren Ferry-Jungen, er saß auf einem Felsen, wo Fichten geschlagen worden waren, ganz allein.

Er sah kaum auf, als die Kutsche vorbeikam, obwohl sie versuchten, seine Aufmerksamkeit auf sich zu lenken, sondern warf in einem fort vor seinen nackten Füßen etwas auf die Erde. Er hob es auf und warf es wieder hin – einen Kieselstein oder einen kleinen Stock, irgend etwas dergleichen – aber er wollte nicht aufschauen. Als sie vorbeigefahren waren, stand er jedoch schnell auf und ging in der Nähe einer großen Birke zum Ufer hinüber – von wo er sehen konnte, wie die Kutsche sich langsam entfernte, bis sie allmählich, das Pferd zuerst, in die Waldlichtung hinein verschwand. Dann drehte er sich um und watete durch den seichten Bach – fast so kalt wie Eiswasser – und ging in dem weichen rötlichen, schiefergesprenkelten Staub die Straße hinauf nach Hause.

KAPITEL 2

# Zurück in die Stadt

Der Geruch eines Zugs und der Geruch eines Schiffs sind nicht dasselbe. Es war noch früh am Abend, als der Expreß nach Boston in Troy einfuhr – und heiß! Puhh! sagte Gurlie. Das ist ja schlimmer als im Sommer.

Es ist Sommer, sagte der Gepäckträger.

Sie fragte sich, ob sie nicht doch einen Fehler gemacht habe, zu dieser Zeit in die Stadt zurückzukehren. Was ist denn los bei euch hier unten? sagte sie zu ihm. Warum ist es so heiß bei euch?

Der Mann schaute sie an, während er die verschiedenen Gepäckstücke auf den Wagen lud, um sie entlang der Gleise zum Schiff zu fahren. Ist das alles? sagte er.

Lottie klammerte sich an die Mutter. Flossie schlief vor Hitze halb wieder. Hier, sagte Gurlie und stellte sie für einen Augenblick neben dem Gepäck ab. Passen Sie mal auf sie auf.

He! sagte der Mann. Hier können Sie sie nicht lassen. Nehmen Sie sie mit. Wenn Sie an Bord wollen, gehen Sie in diese Richtung. Direkt da lang. Da ist der Eingang für Passagiere.

Wie soll ich denn wissen, ob Sie meine Sachen aufs Schiff bringen? sagte Gurlie.

Sie haben doch die Quittung, oder nicht? Er sah sie streng an.

Männer mit Handwagen gingen in ununterbrochener Reihe über die Landungsbrücke, direkt an Gurlie vorbei – Schweiß, Tabak, Seil, Öl – sogar nach frischem Heu roch es, das Ballen um Ballen rasch hineingekarrt wurde. Die Ballen lagen unter einem langen Bahnhofsschuppen aus abgenutzten Planken voller Nägel, die sich aus dem Holz und herausgebrochenen Splittern vorarbeiteten.

Wann legt das Schiff ab? fragte Gurlie einen vorbeikommenden Angestellten mit Schirmmütze.

Sechs Uhr, Ma'am. In ungefähr einer Stunde. Da über dem Passagiereingang ist es angeschlagen. Essen wird nach der Abfahrt im Speisesaal serviert. ›Abfahrt achtzehn Uhr‹ stand in Kreide auf einer kleinen Tafel, die an einer Kordel von einem Dachpfosten hing.

Ich glaube, das ist dasselbe Schiff, mit dem wir gekommen sind, sagte Gurlie zu der schwarzen Stewardess. Ja, Ma'am. Ich erinnere mich an Sie. Beim letzten Mal war Ihre Schwester mit, eine dicke Frau. Soll ich Ihnen die Taschen verstauen, Ma'am? Die Kinder schauten sie an. Lottie lächelte. Sie besorgen sich besser eine Kabine, Ma'am, wenn Sie es nicht schon getan haben. Sie sprach schön, mit einer weichen samtigen Stimme, die auf der Stelle Vertrauen erweckte.

Endlich waren die beiden ausgezogen und in ihren Kojen, die so merkwürdig rochen, halb frisch, halb muffig – und so dicht an der Wand waren! Mit einer hohen Kante, damit man nicht herausfallen konnte. Draußen konnte man Rufe hören: Laßt sie los!, dann fiel etwas Schweres ins Wasser. Die Maschinen fingen gerade vor Einbruch der Dunkelheit an zu stampfen, und sie waren wirklich auf dem Weg zurück in die Stadt.

Die Stadt, die Stadt, die Stadt, die Stadt, die Stadt, sagten die Maschinen, die allmählich Geschwindigkeit gewannen. Schnell begann Gurlie zu spüren, daß flußabwärts heimzukehren etwas völlig anderes war, als flußaufwärts wegzufahren. Sie fühlte bereits eine Art Fieber in sich. Nie wieder, nicht mit Kindern. Sie würde diese Plage nie mehr auf sich nehmen. Nicht sie. Sie würde sie aufs Schiff bringen und von jemandem abholen lassen.

Drüben gen Westen über den Vororten von Albany nahm ein flammender Sonnenuntergang Gestalt an. Goldene Wolkenberge thronten über türkisfarbenen Buchten mit waagrechten Riffen von kleineren Wolken, dazwischen war alles rot und rosa und grau. Gurlie sah von ihrem Kabinenfenster aus zu, während die Kinder zwitscherten und vom oberen Bett aus zuguckten, wo Lottie zusammen mit ihrer Schwester liegen wollte – um Gesellschaft zu haben. Schlaft ein. Ich setze mich draußen vors Fenster, direkt hierhin, wo ihr mich sehen könnt.

Wenigstens war es ein bißchen kühler jetzt, wenn auch ein Rückenwind zwischen den niedrigen Ufern, als sie die Stadt hinter sich ließen, jede kräftige Brise Fahrtwind verhinderte. Ein Mann rief irgendeinen Gruß von der Küste herüber. Man konnte seine Stimme deutlich hören – obwohl Gurlie nicht recht verstehen konnte, was er sagte – wenn es denn etwas Verständliches war. Was für ein kleiner Fluß es hier oben war.

Vögel, Wasserpflanzen, Treibgut – das konnte kein Mensch sein – nein, bloß ein Hund – mußte einer sein –, der dahintrieb.

Ich passe auf die Kinder auf, Ma'am. Gehen Sie eine Weile an Deck. Ich kümmere mich um sie, sagte die Stewardess.

Erwarten Sie aber nicht von mir, daß ich Ihnen ein großes Trinkgeld gebe, sagte Gurlie. Denn das tue ich nicht. Ich gebe Ihnen einen Quarter, wenn Sie mir helfen, aber ich gebe Ihnen kein Trinkgeld wie die reichen Leute hier.

Ja, Ma'am. Ich kümmere mich um die Kinder. Gehen Sie, und ruhen Sie sich aus.

Im Salon konnte man spüren, wie die Holztäfelung mit einem leise klopfenden Geräusch, einem rhythmischen Schaudern bebte. Ein paar ältere Kinder holten sich Wasser aus dem Eisschrank. Sie verschütteten es. Gurlie sah sich in dem großen Spiegel, wo die Treppe einen Bogen schlug, um zu beiden Seiten hinaufzuführen. Ihr Gesicht war erhitzt. Sie trat über die hohe Türschwelle und ging aufs Oberdeck.

Stromabwärts jetzt. Die Luft war heiß und unbewegt. Hier draußen schien das Schiff zu gleiten, als bewege es sich nicht, als wichen die Ufer stumm zurück. Das war das Land – es flog dahin. Die Stadt, die Stadt, die Stadt – so ging es weiter –, in ihren Gedanken. Die alten Gedanken rasten herbei, um sie zu begrüßen, gingen weg von allem, was sie den ganzen Sommer gekannt hatte.

Sie betrachtete das dunkler werdende Flußufer, an dem lange Bänke von Laichkraut aus dem seichten schlammigen Wasser schauten. Ein Junge fischte von einem Boot aus. Sie beobachtete, wie die Wellen des Flußdampfers ihn von der Seite trafen, seinen Nachen einen Augenblick heftig schaukelten, dann verebbten. Ein paar Männer schwammen vor einer gestrandeten Schute, die landeinwärts gekippt dalag. An eine Stelle an der Seite war eine kurze Leiter genagelt, damit man dort aus dem Wasser klettern konnte, um hinunterzuspringen. Ein Mann wartete gerade, bis ihn die Brandung erreichte, bevor er sprang. Eine versprengte Schar Krähen überquerte über ihren Köpfen träge den Fluß.

Das Land ist still und friedlich. Die Stadt wird heiß und ungemütlich sein. Die Stadt, die Stadt, die Stadt – ihr wurde unbehaglich zumute. Ich frage mich, ob Joe meinen Brief bekommen hat. Er sieht besser zu, daß er da ist.

Gurlie döste halb vor sich hin, schlief schließlich ein und erwachte später fröstelnd und allein. Sie wußte nicht, wie lange sie da gesessen hatte. Sie fühlte sich verspannt. Die Ufer waren hier höher, der Dampfer hielt darauf zu. Er war auch dunkel – trieb ohne ein Maschinengeräusch dahin. Die Glocke mußte sie geweckt haben oder die Veränderung in der Bewegung des Schiffes.

Brrr!, sie beschloß hinunter und zu Bett zu gehen. Immer noch Land. Nachts ist das Land wie eine Wildnis.

Sie mußte länger geschlafen haben, als ihr bewußt war. Der Salon war leer bis auf die ein oder zwei Leute, die in Sesseln dösten, weil sie kein Geld für eine Kabine hatten. Sie schloß die Tür ihrer eigenen auf, die Kinder schliefen zusammen in einem Bett. Sie zog sich aus. Morgen ... Die Maschinen waren nicht wieder angeworfen worden. Nichts war zu hören bis auf einen Mann, der irgendwo schnarchte. Das Schiff trieb wieder dahin. Dann – sie hörte ein Kichern, beinahe neben ihrem Ohr. Sie hatte das Licht nicht ausgemacht – hatte die Vorhänge vor der Koje der Kinder zugezogen und beschlossen, noch ein Weilchen zu lesen.

Nebenan wurde geflüstert und unterdrückt gelacht. Gurlie sah auf das Holz der Trennwand, die weiß gestrichen war. In der tiefen gleitenden Stille konnte sie deutlich hören: Gott sei mit dir, Liebling!, und ein leises anhaltendes Rascheln – Gurlie machte sich steif, angespannt, hellwach – ein kicherndes Lachen und dann nach einem Augenblick schweres Atmen. Eine Glocke läutete dreimal, schnell hintereinander, gefolgt von einem starken Erbeben des Schiffs, als die Schaufelräder begannen, sich wegen der bevorstehenden Landung rückwärts zu drehen, und alles andere übertönten.

Als sie am Kai lagen, konnte sie hören, wie Waren dumpf und regelmäßig aufs Deck geworfen wurden – ein paar Pakete bloß, dann die gedämpften Rufe, das polternde Anschlagen der Ankerkette und die wieder angeworfenen Maschinen – irgendwo, draußen, in einer anderen Welt. Es war erstickend heiß in der Kabine, solange sie vor Anker lagen. Sie würde froh sein, wenn sie wieder draußen auf dem Fluß waren. Es mußte kurz vor elf sein. Es war ihr zu lästig, nachzuschauen.

Sie hatte auf dem Rückweg in die Kabine einen Blick auf die ›Bibliothek‹ des Schiffs geworfen, weil sie wußte, daß sie nicht schlafen konnte, und dachte, sie würde dort etwas zum Lesen finden, aber sie war geschlossen – hinter der gläsernen Schiebetür an der Seite des Salons, die fest verschlossen war. Solange sie am Ufer lagen, waren die Geräusche nebenan verstummt. Gurlie hob ein Buch mit Bildern und Versen auf, das den Kindern gehörte. Sie hielt es in den Händen und starrte darauf – versuchte zu lesen, aber verfiel – nach einem Augenblick, bei brennender Lampe – wieder ins Starren und Lauschen.

Sie dachte, daß sie gerne einen Jungen hätte – aber noch nicht jetzt – nicht, solange Joe nicht mehr Geld hatte. Europa zuerst. Zurückgehen und es ihnen zeigen – darauf würde sie bestehen.

Sie waren wieder auf dem Strom, gleichmäßig vorangetrieben von den auf Hochdruck laufenden Motoren und vibrierenden Schaufelrädern. Sie starrte und lauschte – nebenan hatten wieder unbestimmte Geräusche angefangen – außer gelegentlichen beziehungslosen Silben war nichts zu verstehen – und Lottie atmete schwer über ihr – einmal schien sie zu wimmern wie ein junger Hund im Schlaf und ein paar Worte zu murmeln. Gurlie wußte, daß nebenan gesprochen wurde, aber das gleichmäßige, anhaltende Knarren des Schiffsrumpfs reichte, um die Worte unverständlich zu machen. Sie fühlte sich fiebrig – unfähig, die Augen zu schließen. Die Geräusche nebenan hatten sich gelegt – endlich.

Später erwachte sie wieder – das Schiff setzte seine Fahrt flußabwärts im Dunkeln zügig fort, näher und näher – das Licht brannte noch hell, das Kinderbuch lag noch immer neben ihrer linken Hand. Die Geräusche in der Nebenkabine hatten wieder begonnen – ein dumpfer Schlag gegen das Holz der Trennwand und das Geräusch von Matratzenfedern – als drehte eine schwergewichtige Person sich um. Die Stadt, die Stadt. Der nervöse Rhythmus machte sie in Gedanken wütend.

Gurlie machte das Licht aus, vergrub den Kopf im Kissen. Sie würde am Morgen gerne einen Blick auf die Frau werfen. Sie würde es sich nicht nehmen lassen, so ein Flittchen. Was für Menschen – auf einem Schiff! Praktisch in der Öffentlichkeit.

Diesmal erwachte sie erst, als sie im frühen Morgenlicht die grauen Säulen des Steilufers sehen konnte. Die Kinder riefen sie. Fast schon im Hafen. Die Kinder flüsterten – oder Lottie tat es – und versuchten durch die schmalen Ritzen der Jalousien vor den Fenstern hinauszugucken. Ein paar Leute gingen auf dem schmalen Deck vorbei, und ab und zu bekam man Gesprächsfetzen mit. Sie hörte nebenan Wasser ins Becken laufen und jemanden beim Waschen planschen. Sie mochte es nicht.

Mommie, ich will aufstehen. Die kleine Flossie nahm

den Refrain auf: Mommie, Mommie, Mommie, Mommie, Mommie. Gurlie hatte Angst, daß sie aus dem Bett fallen würden, deshalb nahm sie das Baby zu sich und ließ Lottie auf der Plüschcouch knien und hinausspähen, so gut sie konnte. Zieh dich an, sagte Gurlie zu ihr, wenn du hinaus willst.

Ich will gehen! Gurlie klingelte nach der Stewardess und ließ sie sich um die Kinder kümmern, zog sich dann selbst an – und öffnete das Fenster. Gott sei Dank. Was für ein schöner Tag.

Geben Sie ihnen ein Glas Milch.

Etwas für Sie, Ma'am?

Nein, sagte Gurlie. Lassen Sie mich bloß von diesem Schiff runter. Das ist das einzige, was ich will. Sie wissen einfach nicht, wie man es Leuten bequem macht in diesem Land. Schrecklich.

Das tut mir leid, Ma'am.

Was für eine Nacht! Sie hatte kein Auge zugetan – sozusagen – dank dieser Leute in der Nebenkabine. Sie ließ sich absichtlich in einem Sessel im Salon nieder, um zu sehen, wie sie herauskamen, was sie nach einer Weile taten, zusammen. Ein Kind noch! Gurlie war schockiert. Ein kleines Ding mit magerem Gesicht und knochigen Beinen, aber sehr keck, der Kopf aufrecht, und ihr folgte ein scheuer, stämmiger, kräftig aussehender Mann – frisch rasiert. Sie paßten ganz und gar nicht zusammen.

Pahh! sagte Gurlie, spitzte verächtlich die Lippen und vergaß sie auf der Stelle. Nun liefen sie in den Hafen an der 23. Street ein. Sie eilte in die Kabine zurück, um zu sehen, ob sie etwas vergessen hatte. Sie zog, für den Fall, daß sie etwas darin liegengelassen hatte, die Schublade des Waschtischs heraus, sah ein schwarzes Buch und nahm es heraus. Es war die Bibel. Warum hatte ich die nicht gestern abend? Instinktiv schlug sie die ›Offenbarung‹ auf, ihr liebstes Buch.

Zu spät jetzt.

Telegramm. Nervös riß Gurlie den gelben Umschlag auf.

Joe konnte nicht da sein. Er war in Washington. Typisch. Er wußte, daß sie heute kamen. Was kann das bloß bedeuten?

Es war angsterregend, wieder in New York zu sein, auf dem lauten Kai, zwischen dem Gepäck – besonders mit den beiden Kindern. Ohne Joe war Gurlie gereizt und verwirrt von der Langsamkeit und Gleichgültigkeit der Gepäckträger, deshalb war es mehr als eine Freude, die liebe Tante lächelnd durch die Menge auf sie zukommen zu sehen.

Lottie lief sofort auf sie zu.

Ihr armen Dinger, sagte sie. Ihr seht erhitzt und müde aus. Wie braun du geworden bist, Lottie, Liebes. Und wie geht's der kleinen Spinne? Laß mich sehen. Hm, sie ist immer noch dieselbe – also, habt ihr euer Gepäck? Habt ihr auf dem Schiff geschlafen?

Geschlafen! Ich habe kein Auge zugetan. Ich wollte nicht einmal etwas anfassen. In diesem Becken konnte ich mich nicht waschen, sagte Gurlie. Ich weiß nicht, wer vor mir da war.

Die Tante nahm die Kontrollzettel und hatte bald alles oder beinahe alles ordentlich geregelt, so daß sie ihr kleines Handgepäck nehmen, eine Droschke anhalten und über das Pflaster zurück nach Hause holpern konnten. Je eher, desto besser. Aber der große Koffer? Den mußten sie erst finden.

War es heiß auf dem Schiff? sagte Olga, als sie einen Augenblick herumstanden und sich fragten, was als nächstes zu tun wäre.

Ja, es war heiß und schmutzig und – unmöglich. Ich wünsche, ich könnte es dir erzählen – aber ich schäme mich. Du verstehst nichts von solchen Sachen. So sind wir nicht erzogen worden. Ich glaube, diese Schiffe sind nicht besser als schwimmende Bordelle. Schreckliche Leute. Ich konnte kein Auge zutun.

Was! sagte die dicke Frau verblüfft.

Du hättest sehen sollen, was für ein freches Gesicht sie hatte.

Wer? fragte Olga.

Die Frau.

Welche Frau?

Die Frau, von der ich dir erzähle, die die ganze Nacht neben mir geschlafen hat.

Neben dir?

In der Kabine neben mir. Und dieser Mann. Ich glaube nicht, daß es ihr Ehemann war. Ich wette, das Unternehmen stellt sie dafür ein – um Passagiere zu kriegen. Etwas anderes kannst du mir nicht erzählen. Müssen wir in dieser Schlange anstehen? So was sollte verboten werden. Die ganze Nacht, die ganze Nacht. Ich weiß nicht, wieso sie nicht müde wurden.

Vielleicht waren sie auf Hochzeitsreise.

Unsinn! Du hast von nichts eine Ahnung. Du bist bloß eine alte Jungfer. Anständige Leute benehmen sich so nicht. Bloß ein Flittchen. Ich werde Joe sagen, daß er einen Protestbrief an das Unternehmen schreiben muß – oder an die Polizei, daß anständige Frauen und Kinder so etwas Dreckigem ausgesetzt werden. Man kann nie wissen, was sie da drin gemacht haben. Und es war eine Bibel im Zimmer –

Ach, ich glaube, so schlimm ist es nicht.

Du glaubst es nicht! Also, *ich* habe mehr Erfahrung als du, und ich weiß es besser. Wie kann man ohne Gefahr Kinder auf so ein Schiff mitnehmen? Die ganze Gesellschaft sollte protestieren – oder die Schiffe aus dem Verkehr ziehen. Was hast du denn den ganzen Sommer getrieben? Und was hat Joe vor?

Er hat mir nichts gesagt, außer, daß ihr heute mit dem Schiff hier ankommen würdet.

Vor dem hohen Pult am Kai konnte Gurlie den Gepäckschein für den Koffer nicht finden. Ich habe ihn Ihnen gegeben.

Nein, Ma'am.

Gerade eben. Ich habe ihn Ihnen mit eigenen Händen gegeben.

Sie haben mir den Abschnitt für das kleine Gepäck gegeben, aber nicht den für den Koffer.

Sie waren beide gleich. Ich meine, sie waren zusammen.

Verzeihen Sie, Ma'am, sie waren nicht zusammen.

Was wollen Sie mir eigentlich erzählen? Ich sage Ihnen, sie waren zusammen. Widersprechen Sie mir nicht. Was wollen Sie überhaupt? Ich sage Ihnen doch, ich habe Ihnen beide gegeben. Gurlie war wütend.

Der Mann sagte nichts.

Ich werde mich über Sie beschweren. Wenn mein Mann hier wäre, würden Sie nicht so mit mir reden. Mittlerweile warteten mehrere Leute. Es tut mir leid, Madam, Sie müssen weitergehen. Gurlie ging nicht weiter. Nicht, bis ich meine Sachen habe. Da steht der Koffer, mit meinem Namen drauf. Ich werde ihn mitnehmen. Geben Sie mir einen Zettel, ich schreibe Name und Adresse darauf –

Tut mir leid, Madam, ich muß einen Beamten rufen. Sie halten uns alle auf.

Rufen Sie ihn. Ich lasse Sie verhaften. Ich habe Ihnen die zwei Abschnitte gegeben, beide zusammen. Versuchen Sie, sie für das Unternehmen zu stehlen? Solche schmutzigen Schiffe. Ich gehe nicht eher weg, bis ich meinen Koffer habe. Nein, ganz bestimmt nicht! Sie wandte sich an die Umstehenden.

Ich mache Ihnen keinen Vorwurf, sagte ein schäbig aussehender Mann.

Tut mir leid, Madam, aber Sie haben mir nur einen Abschnitt gegeben.

Ich habe Ihnen zwei gegeben.

Ach komm, Gurlie, sagte Olga verhalten, wir können das später regeln. Ich gehe zum Büro.

Nein.

Der Nächste, sagte der Mann. Da ist er ja, sagte Gurlie und nahm mehrere Papiere vom Schreibpult. Erschreckt kam der Mann hinter dem Pult vor und versuchte, sie ihr wegzunehmen. Nein, sagte Gurlie. Doch, sagte der Mann. Nein, sagte Gurlie, das ist meiner. Der Mann sah ihn an. Er ging zum Koffer hinüber und verglich die Zahlen.

Nein, Madam.

Sie sind ein Haufen Diebe hier, sagte Gurlie.

Das müssen Sie mit dem Büro erörtern. Der Nächste, sagte der Mann. Guck in deiner Handtasche nach, sagte Olga. Komm schon.

Aber ich will ihn jetzt in der Droschke mitnehmen. Nein, ich gehe nicht.

Jetzt komm.

Sie wollen ihn hierbehalten und uns dann extra etwas dafür berechnen. Ich bin sicher, ich habe ihm den Gepäckschein gegeben. Oder er ist weg, ich weiß es nicht.

Ein sehr höflicher älterer Mann im Büro sagte, er würde sich darum kümmern – und er tat es.

Gurlie holte ihren Schlüssel hervor, und im Handumdrehen waren sie mit dem Koffer in der Droschke auf dem Weg in die Stadt.

Wie ging es den Leuten in Vermont?

Mir ist schwindelig. Es ist so heiß hier in der Stadt. Ich wünsche, ich wäre nicht nach Hause gekommen, um dann auf die Art mit diesen blöden Männern alleine gelassen zu werden.

Bin ich nicht dagewesen, um dir zu helfen? sagte ihre Schwester.

Ich will nicht mehr darüber sprechen. So fuhren sie des Wegs.

Die armen Kinder blieben sich selbst überlassen – aber sie konnten aus den Fenstern schauen. Als die Droschke an einer Kreuzung hielt, starrte ein Junge von ungefähr zwölf Lottie an, keinen Fuß entfernt, und schnitt ein Gesicht. Sie wich zurück, aber das Baby starrte unerschrocken zurück, mit weit aufgerissenen Augen.

Die Droschke ruckte und zog wieder an. Du hättest sie sehen sollen, brach es aus Gurlie hervor, die wieder an das Paar in der Nebenkabine dachte. Dann wechselte sie das Thema: Was macht er in Washington?

Ich weiß es nicht. Ich vermute, es hat etwas mit seinem Geschäft zu tun.

Es ist Zeit, daß ich nach Hause komme. Was denkt er sich eigentlich? Ich bin seine Frau. Nie erzählt er mir etwas.

## KAPITEL 3

## Gesellschaft beim Chef

Herrgott, ich habe unten zu tun, sagte der, den sie Stubby nannten. Ich frage mich, wozu um Himmels willen er *mich* hier oben haben will?

Weil du so süß bist, Herzchen. Er mag dich, sagte Mac.

Aber ich muß bis fünf den Marmon-Auftrag auf den Wagen haben. Das gibt ein Riesendonnerwetter.

Du wirst es überleben, Süßer. Mach dir keine Sorgen.

Ich vermute, jetzt sitzen wir hier den halben Nachmittag herum und haben nichts zu tun.

Sie hörten lautes Lachen aus dem Allerheiligsten, wandten sich lauschend in die Richtung. Ha, ha! ha, ha! ha, ha!

Wen hat er überhaupt da drin? Wen hat er da, Price? Price, ein Mensch mit vornübergebeugten Schultern, etwas älter als die anderen, der einzige, der ein Jackett – aus Alpakawolle – trug, zuckte bloß die Achseln.

Das Büro weiß so was nie!

Stimmt. Worum geht's denn? Wieder um den Deutschen? Ich dachte, mit dem wären wir fertig.

Wie mit einem Fleck auf der Hose. Ich habe Freund Rechtsberater nach dem Mittagessen mit dem Alten reingehen sehen, Anderson, der seitlich auf der Ecke eines nicht mehr benutzten Schreibtisches saß, erhob die Stimme. Und Ink Nesbit ging vor einer halben Stunde durch die Packerei – taxierte wie immer die Mädchen in seiner durchdringenden Art.

Jimmy ging vor einer Stunde mit einem Kanister Eis

rauf. Fünf Gläser bitte, James! Sag mal, wo ist der Kleine?

Hat mir gerade am Eingang eine lange Nase gemacht, sagte Mac. Sagte, er würde erst morgen wiederkommen. Wollten ihn nicht dabei haben, vermute ich.

In dem abgetrennten Büro saß der alte Wynnewood von der Wynnewood-Crossman Company, manchmal auch Mohawk Press genannt, inmitten seiner unmittelbaren Geschäftspartner, zurückgekippt auf dem Stuhl, die Füße auf dem Schreibtisch, und rauchte. Ein ziemlich langes Schweigen. Hol sie ans Telefon, Willie, sagte der alte Mann, wollen mal herauskriegen, was zum Teufel sie da unten in Washington treiben.

Der Angesprochene, sein Sohn und Privatsekretär, ein frustrierter Mann von ungefähr dreißig, mit schmalen Schultern und verdrossenem Gesicht, wachte mit offensichtlicher Anstrengung aus seiner Träumerei neben dem halb hochgeschobenen Fenster auf. Die Angebote werden nicht vor vier eröffnet, Sir. Wir müssen noch mindestens eine halbe Stunde warten.

Also gut, sagte sein Vater und biß das Ende einer neuen Zigarre ab. Vergiß es.

Was ist mit den Männern draußen? fragte Willie. Soll ich sie zurück an die Arbeit schicken?

Laß sie warten. Mach das Fenster oben auf, setzte er hinzu. Willie holte einen Stock und öffnete es.

Das ganze Gebäude spürte die Spannung, obwohl die Arbeit wie gewöhnlich für diese Jahreszeit weiterlief, ein harter Tag an den Druckerpressen. Seitdem Joe Stecher vor zwei Monaten gekündigt hatte, wußte jeder, daß etwas im Anzug war. Deshalb bummelten sie heute zu guter Letzt in dem ganzen sechsstöckigen Gebäude alle heimlich, während äußerlich normal weitergearbeitet wurde – sie warteten, daß es vier würde, das war ihnen allen klar; sie erwarteten, etwas über das Ergebnis in Washington zu hören, wenn die Angebote für die Zahlungsanweisungen bekannt gemacht würden und der Kontrakt vergeben würde. Es war auch ein sportliches Ereignis. Etwas Besonderes.

Er hat nicht die Traute, das durchzuziehen, sagte einer.

Meinst du, wir kriegen ihn? fragte ein anderer.

Um Himmels willen, halt die Klappe. Ihr macht mich alle verrückt. – Die Pressen stampften weiter wie an jedem Dienstag im Jahr.

Anderson war einen Augenblick nach unten gegangen, um ein kleines Problem auf seinem Stockwerk zu lösen. Als er zurückkam, fragte er sie: Was Neues?

Nichts.

Der ruft bloß die Armee aus den Kasernen, was? Muß Angst haben, daß ihn einer beißt.

Der arme alte Stecher! Was für ein Menschenfresser *der da* ist. Ha! Und der Mann lachte säuerlich.

Mr. Price zog einen Stuhl ans Fenster, holte eine zusammengefaltete Zeitung aus der Tasche, setzte sich zum Lesen einen Kneifer auf die schmale Nase, entfaltete die Zeitung und begann zu lesen.

He, Price, lassen Sie uns mal die Sportseite sehen, ja? Price schaute angewidert über den Kneifer, riß die gewünschte Seite heraus und reichte sie ohne ein Wort herüber.

Die Tür zum inneren Büro war immer noch geschlossen.

Welches Angebot haben Sie denn schließlich eingereicht, J. W.? sagte sein Rechtsanwalt zu ihm.

Das höchste, wie immer. Warum nicht?

Wann haben Sie das beschlossen?

Heute morgen, sagte der alte Mann mit einem herausfordernden Blick.

Gestern schienen Sie sich noch nicht sicher zu sein.

Mr. W. gab keine Antwort.

Stecher hat heute morgen seinen Schreibtischschlüssel abgegeben, sagte Mr. Stevens, ein Teilhaber der Firma. Sagte, er hätte ihn gerade in seiner Tasche gefunden. Deshalb wissen wir, daß er nicht in Washington ist.

Stimmt das? Ist er selbst gekommen? Haben Sie ihn gesehen?

Nein. Hat zufällig heute morgen am Zeitungskiosk einen der Drucker getroffen, der hier im Block wohnt. Gab ihm den Schlüssel und bat ihn, ihn abzugeben.

Wann war das?

Ungefähr um acht heute morgen, denke ich. Als wir also wußten, daß er noch hier war …

Was willst du damit sagen? blaffte der alte Mann.

Das Telefon klingelte. Da ist es! Geh du ran, Willie. Willie ging ans Telefon. Ja? Absolute Stille herrschte im Raum, und plötzlich war das Vibrieren von den Pressen unten deutlich zu hören.

Lauter, sagte Willie am Telefon. Ich kann Sie nicht verstehen.

Wer ist es?

Einen Augenblick, bitte. Das ist Mr. Dunham in Washington, sagte Willie mit der Hand über der Sprechmuschel. Im Nebenraum brach lautes Lachen aus. Ruhe! brüllte Mr. W. mit der Stimme eines Stiers. Dann zu Willie: Was will er?

Ja, was ist? Jetzt kann ich Sie hören. – Alle hielten wieder den Mund, während die Botschaft durchgegeben wurde. Ja, gut, bleiben Sie einen Augenblick dran. Willie legte die Hand über die Sprechmuschel. Er will wissen, was er tun soll, für den Fall, daß …

In Herrgottsnamen …!

Jetzt geht's los, sagte Ink Nesbit mit seiner komischen Stimme.

Sag ihm … Nein, gib her. Und Mr. W. ging selbst zum Telefon – die Luft war schwer von Tabak und der für Ende August typischen Hitze.

Wer ist da? In Ordnung, Dunham. Was bist du eigentlich, ein Rechtsanwalt oder ein Schoßhund? Du weißt doch, was ich dir aufgetragen habe – nein, da gibt's kein Wenn und Aber. Ja, ich habe dir gesagt, Angebot A einreichen. Nein, nicht ein Angebot, sondern Angebot A. Herrgott noch mal, Mann ... Was zum Teufel ist mit diesem Telefon los? Er scheint nicht zu kapieren, wovon ich rede. Was? Angenommen, was?

Sie reden zu laut, J. W.

Hier, nimm du, Willie. Gegen was protestieren? fragte er und ging noch einmal zum Telefon zurück. Moment mal. Hier, Willie. Frag ihn, ob er heute da unten eine Spur von diesem kleinen deutschen Hundesohn gesehen hat.

Willie fragte. Nein, er sagt nein.

Nun, frag ihn noch mal.

Mr. Wynnewood möchte sicher sein, daß Sie heute nachmittag keine Spur von Joe Stecher in Washington gesehen haben ...

Zum Teufel mit Stecher, unterbrach ihn der Chef. Ich will wissen, ob sich heute irgendeine verdächtige Person beim Postministerium herumgedrückt hat – so, wie ich es ihm gesagt habe.

Willie wiederholte die Frage seinem Teilnehmer. Nein, sagte er, sich zum Zimmer zurückwendend, er sagt, sie haben eine Woche lang Wache gehalten, und niemand hat sich dem Postministerium genähert.

Gut. Jetzt sag dem begriffsstutzigen Dreckskerl da unten, sag ihm ... Sag ihm – ganz gleich, was es kostet – oder zu wem wir gehen müssen, um ihn zu kriegen – und wenn es Teddy selbst ist –, wir werden diesen Kontrakt bekommen, und damit hat es sich. Und laßt euch das gesagt sein! schloß er, den Anwesenden heftig zunickend.

Also, meine Herren, trinken Sie aus. In ein paar Minuten sollte alles geregelt sein.

Die ganze Zeit hatte Nesbit von Nesbit & Hubsmith, Inks, Incorporated, geduldig eine Miniatur-Blockhütte aus Streichhölzern mit blauen Köpfen gebaut, schloß sie endlich mit einem Walmdach ab und lehnte sich mit einem Seufzer bequem zurück: Da!

Sehr hübsch, Eddie, sehr hübsch, sagte J. W., grimmig lächelnd. Wo gehst du hin, Willie? – an seinen Sohn gerichtet, der zur Bürotür ging.

Auf die Toilette, wenn Sie nichts dagegen haben, Sir.

Der alte Mann starrte Willie nach, als er hinausging. Tja! sagte er bissig, da schickt man sie aufs College, und dann kommen sie einem zurück mit: auf die Toilette, Vater!

Sie sind sehr aufgeregt heute, J. W., sagte sein Rechtsanwalt. Sie sollten nicht so reden. Beruhigen Sie sich.

Ach, halte den Mund! sagte der alte Mann zu ihm.

Wie steht's, Mr. Wynnewood? sagte Mac zum Sohn des Chefs, als der aus dem inneren Büro heraustrat.

Ganz gut. Er zündete sich eine Zigarette an, während die anderen ihm neidisch zusahen. Puh!

Was ist denn los? fragte eine langsame, gedehnte Stimme.

Der Alte wieder. Ist in Rage.

Kein Kommentar. Einige Augenblicke verstrichen.

Zum Teufel mit dem alten Holzkopf. Willie blieb stehen und sah die Männer um ihn herum an, die seinen Blick mit völlig ausdruckslosem Gesicht erwiderten.

O nein, begann Mac vorsichtig, das würde ich nicht sagen.

Zum Teufel mit ihm, wiederholte der Sohn.

Wofür braucht er uns hier oben? sagte Stubby. In diesem Augenblick erschien der alte Mann selbst in der Tür zum inneren Büro und sah heraus. Was machst du hier draußen, Willie? Ich wünsche, du würdest drinnen bleiben, wo ich dich erreichen kann, wenn ich dich brauche.

Komme, Sir.

Hundsfott, sagte Mac. Willie! Willie! Hast wohl gedacht, du könntest uns für dumm verkaufen, hm? Bei dir piept's wohl.

Sind Sie sicher, daß die Männer nicht auf ihre Stockwerke zurückgehen sollen, Sir? fragte der junge Wynnewood, als er ins Allerheiligste zurückgekehrt war.

Ich habe gesagt, laß sie warten.

Warum halten Sie sie überhaupt hier fest, J. W.?

Ich will die Furcht Gottes in ihre Herzen pflanzen. Wenn sie denken, daß irgendeiner von ihnen – daß irgendein verschlagener kleiner Lümmel, der sich zufällig einbildet, er sei ein Geschäftsmann, mich an der Nase herumführen kann, dann wird er dafür bezahlen. Und nicht zu knapp. Ich will, daß ihnen so die Lust daran vergeht, daß sie es *nie* vergessen.

Schon gut, J. W. Wollte es bloß wissen.

Ich warte nur darauf, daß die Nachricht durchkommt, und dann werde ich es ihnen sagen.

Das kann Ihnen doch nicht soviel bedeuten, J. W., sagte sein Rechtsanwalt. Warum sind Sie so aufgebracht?

Ich aufgebracht? Weshalb? Er nahm sein Glas und kippte es herunter. Aber eins will ich euch sagen. Diesen kleinen deutschen Hundesohn kaufe ich mir, und wenn es mich den Rest meines Lebens kostet. Im Zimmer war es still geworden, als er sprach, so daß man spüren konnte, wie alle ein wenig beklommen lauschten.

Nicht gerade eine nette Rede, Dad, sagte sein Sohn, der in seiner Nähe stand, – für einen so heißen Nachmittag.

Du sollst auch den Mund halten! Dieser kleine ... Also, er weiß zuviel. Er weiß verdammt viel zu viel. Aber eines weiß er nicht, und das ist, was mit ihm passiert, wenn er versuchen will, sich in meine Geschäfte einzumischen.

Bitte, J. W., regen Sie sich nicht so auf – es ist zu heiß dazu heute. Was für eine Chance hat der Mann? sagte Stevens. Er hat kein Geld.

Geld! Du redest wie ein Kind. Jeder kann Geld beschaffen. Glaubst du etwa, er macht das alleine? Er wird bezahlt. Er wird gut bezahlt dafür.

Angenommen, wir bekommen den Kontrakt nicht, und er bekommt ihn? Wen kümmert das – auf was beläuft er sich eigentlich überhaupt?

Wenn du ein Geschäftsmann sein willst, Stevens, sei ein Geschäftsmann; wenn du ein Idiot sein willst, sei ein Idiot.

He, Mac, sagte Stubby draußen auf der Fabriketage im angrenzenden Zimmer, wach auf. Ich habe nachgedacht. Jetzt hör mal. Weißt du …

Weißt du was?

Es sind die Frauen.

Was ist mit den Frauen?

Es sind die Frauen, die den ganzen Ärger machen. Nimm den Chef da drin. Er besitzt ein Haus auf dem Land, ein Haus in der Stadt, ein sechsstöckiges Werksgebäude, ein paar Hotels, ein gut laufendes Geschäft – und ist er glücklich? Alles andere als das! Warum? Weil er trotz allem nicht von dem alten Pferdegesicht wegkommt. Habe ich recht? Das ist's, was ihm fehlt! Er ist kein so schlechter Kerl, wenn du mit ihm alleine bist, bloß … Andy, habe ich recht?

Klar hast du recht. Worüber zum Teufel redest du eigentlich? Und warum zum Teufel hängen wir immer noch hier herum und warten?

Und ich verwette meinen Hosenboden, fuhr Stubby fort, wenn du mal dahintergucken würdest, kämst du todsicher drauf, daß eine Frau den alten Stecher in die Geschichte hineindrängt. Da kannst du Gift drauf nehmen. Man weiß nie, was sich wirklich abspielt. Gott im Himmel! Manche Männer haben ein Leben wie in der Hölle. Das ist doch ein klarer Fall. Er war immer ein gutmütiger Kerl, hier, wenn man ihn in Ruhe ließ. Und er und der Chef kamen prima miteinander aus. Wer hat ihm wohl in den Kopf gesetzt, sich gegen den Alten auf die Hinterbeine zu stellen? Das ergibt doch keinen Sinn. Das war 'ne Frau.

Quatsch!

Meinetwegen. Aber wenn er eine eigene Druckerei anfangen wollte, warum, verdammt noch mal, ist er nicht hingegangen und hat's getan? Er muß es doch nicht J. W. auf die Nase binden. Also, das ist doch Sprengstoff! Warum muß ein Mann das herausfordern, bloß um ein Geschäft ins Rollen zu bringen? Nein, Verehrtester. Ich sage dir, den armen alten Stecher sticht noch etwas mehr als der Hafer.

Mach weiter, mach weiter, Süßer, sagte Mac. Ich höre den Klang deiner Stimme rasend gern.

Im Büro klingelte das Telefon wieder. Wie üblich ging Willie hin, während alle anderen gespannt dasaßen. Ist Minnie da? Die drinnen konnten es hören, eine laute klare Stimme, und brachen in ein kurzes Lachen aus. Willie knallte den Hörer auf die Gabel.

Sag der Telefonistin, sie ist entlassen.

Unmittelbar darauf klingelte das Telefon wieder. Es tut mir schrecklich leid, daß das passiert ist, Mr. Wynnewood. Ich habe auf jeden Anruf aufgepaßt, aber ...

Völlig egal. Schmeiß sie raus.

Moment mal, Moment mal, J. W., sagte sein Partner. Der ganze Laden war heute nervös. Miss Werber ist eines unserer besten Mädchen.

Ich habe Anweisung gegeben, daß auf diese Leitung keine Anrufe geschaltet werden außer denen, die uns interessieren. Erzählt mir nicht, wie ich das Geschäft führen soll. Das Mädchen geht morgen früh. Wenn es noch mal vorkommt, geht sie gleich. Schluß damit.

Nehmen wir das alles nicht ein bißchen zu ernst, J. W.? Letzten Endes! sagte Ink Nesbit.

Ich nehme es, wie ich will. Los, trinkt aus.

Aber, fuhr der Druckfarbenmann fort, der den Alkohol ein bißchen spürte – und verdammt noch mal, letzten Endes können Sie nicht ohne Druckfarbe drucken – hat der Mann nicht das Recht, ein Angebot für den Kontrakt einzureichen, wenn er will? Warum sich ereifern?

Der alte Mann hörte nicht zu. Wir haben die Stadt nach Verbindungen durchgekämmt, sagte er, mehr oder weniger zu sich selbst, und ich bin mir ziemlich sicher, er hat sich nicht einer der großen Firmen angeschlossen – ich wollte aber, ich könnte mir sicher sein. Seine Stimme klang, ganz gleich, wie er sprach, wie ein Daumen auf einer mit Kolophonium eingeriebenen Saite – laut und kratzig. Keine Stimme, außer einer sehr leisen wie die seines Partners, konnte dagegen ankommen.

Kommen Sie schon, J.W., sagte er, ich glaube, wir haben verloren– und lächelte.

Was willst du, mich auf den Arm nehmen?

Ich war schon immer der Meinung, fuhr sein Partner fort, daß er uns eines Tages zuvorkommen würde. Ich wette, er hat jetzt ein Angebot stellvertretend für jemand anders gemacht, ein exaktes, niedriges Angebot, und hat Erfolg gehabt. Das glaube ich.

Ach wirklich, ja?

Ja, wirklich.

Wenn er das getan hat, wird er wünschen, er hätte es nie probiert. Ich lasse ihn von Caldwell rausschmeißen. Was ist das denn, ein Kindergarten?

Kann sein.

Das Telefon klingelte wieder. Geh ran, Willie.

Ja? Was ist? Richtig, stellen Sie durch. Er legte die Hand über die Sprechmuschel. Washington.

Eine lange Pause. Ja, Mohawk Press. Ja. Hier ist Mr. Wynnewood. Mr. W. Wynnewood, ja.

Noch eine lange Pause.

Was Sie nicht sagen! Also, da will ich doch verdammt sein. Bleiben Sie mal dran. Er legte die Hand über die Sprechmuschel.

Stecher hat sein Angebot eingereicht.

Was soll das heißen? brüllte der alte Mann.

Moment mal. Moment mal, J. W., lassen Sie uns den Rest hören.

Um Himmels willen, sagte Willie am Telefon, geben Sie mir eine Chance, ja bitte? Der alte Mann war rot im Gesicht. Er nahm sich eine Zigarre, biß ungestüm das Ende ab und spuckte es dann auf den Boden.

Das niedrigste Angebot, sagen Sie? Ja. Morgen früh hier im Büro. Danke. Auf Wiederhören. Der Kontrakt ist an Joe Stecher gegangen.

Also, da laust mich doch der Affe. Wo zum Teufel, meint ihr –? Wie zum Teufel …? Wo will er drucken? Wie zum Teufel hat er …? Dem alten Mann verschlug es die Sprache.

Niemand sonst sagte etwas, alle beobachteten den alten Mann. Schließlich wagte sein Partner, ein Wort einzuwerfen: Worauf beläuft er sich?

Worauf beläuft er sich? Worauf beläuft er sich? Meint ihr etwa, ich werde so eine Schlappe einstecken? – Von dem kleinen …

Um Himmels willen, Dad, sagte sein Sohn schließlich. Haben Sie denn kein Anstandsgefühl – hat Stecher schließlich nicht genausosehr ein Recht, ein Angebot auf den Kontrakt zu machen? Wo ist Ihr Gefühl für Proportionen? Ich begreife Sie nicht.

Du begreifst mich nicht, was? Also, das Gefühl für Proportionen, an das ich mich halte, heißt: laß dich nicht unterkriegen. Und ich lasse mich nicht unterkriegen. Von niemandem. Und damit hat es sich, und steck dir das an deine kleine Collegemütze, junger Mann, und zum Teufel mit dir. Ich lasse mich nicht unterkriegen! Weder jetzt noch sonst wann.

Dann hielt er inne, schaute seinen Sohn an und platzte lachend heraus: Willie hat recht, Leute. Na ja, was wißt ihr schon davon? Der kleine Deutsche hat's geschafft. Er hat's wirklich geschafft. Trotzdem, trotzdem – ich weiß es nicht. Irgend etwas sagt mir, daß er ganz schön ins Schliddern kommt, ehe er soweit ist. Ganz schön harte Maloche. Wenn er Manns genug ist, schafft er es vielleicht – vielleicht. Wenn er Manns genug ist. Nein, ich will zur Hölle fahren, wenn er es schafft. In meiner Zeit! Nein, weiß Gott, das ist zuviel. Direkt unter meinen Augen. Nein, Herrschaften, schloß er, so einfach kommt er mir nicht davon. Nie. Ich kämpfe gegen ihn bis …

Angenommen, Sie kriegen eins übergezogen? sagte sein Partner.

Was meinst du, eins übergezogen kriegen? Wer wird mir eins überziehen?

Man kann es nie wissen, Dad, sagte Willie. Gott weiß wer könnte ein Händchen im Spiel haben –

Wer wird mir eins überziehen? fuhr J. W. fort und ignorierte einfach alles, was gesagt worden war. Schickt hier heute morgen seinen Schreibtischschlüssel rein, um mich mit seinen Schuljungentricks hinters Licht zu führen –

Keiner sagte ein Wort.

Wo will er das Geld herkriegen?

Das habe ich ja schon vorher gefragt, erwiderte sein Partner.

Was ist mit dir, Nesbit, du hältst doch zu uns, oder nicht?

Auf alle Fälle, John.

Dann geht's los. Wir hängen den kleinen Deutschen so hoch auf, daß er *nie* wieder Boden unter die Füße kriegt.

Wenn Sie mich fragen, J. W., sagte sein Rechtsanwalt, sollten Sie froh sein, daß Sie den Kontrakt los sind. In Druckaufträgen für die Regierung steckt doch nichts als Ärger. Und bei der gegenwärtigen Politik Washingtons, alles in Eigenregie zu machen, würde der Vertrag sowieso nicht länger als vier Jahre laufen. Das ist eine von Teddys Lieblingsideen. Vergessen Sie es.

Vergessen! Was willst du damit sagen, vergessen Sie es?

Immer mit der Ruhe, Dad.

Vergessen? Den Teufel werde ich. Warum übergebe ich ihm nicht gleich die Druckerpressen? Gebe ihm den ganzen gottverdammten Laden? Woher soll ich wissen, wie weit er meine Organisation untergraben hat? Du magst ein guter Rechtsanwalt sein, George, aber du weißt nicht, worüber du redest, wenn du mir sagst, ich soll so etwas vergessen.

Auf jeden Fall hat er den Kontrakt.

Von wegen. Das einzige, was er hat, ist eine höllische Durststrecke, ehe ich mit ihm fertig bin. Also, er schlägt keine fünf Dollar aus diesem verdammten Druckauftrag heraus, wenn ich es nicht will. Das ist mein Auftrag. Er gehört mir. Ihr werdet sehen, wie ich vergesse. Erst bringe ich diesen verdammten Schweinehund um. Wartet's nur ab.

Haben Sie nicht schon genug am Hals, J. W.? Jetzt rennen Sie gegen die Regierung an.

Für wen halten die uns denn? Wer ist denn überhaupt die Regierung? Wem zum Teufel gehört dieses Land? Ihm oder mir?

Es gehört Teddy.

Da hast du was gesagt! Teddy ist ein guter Junge. Er kennt das Spiel. Da fällt mir was ein. Er wird wissen, wie man diesen gottverdammten kleinen Betrüger wieder zurechtsetzen kann. Paßt mal auf. Komm, Willie, mach noch eine Flasche auf. Jetzt legen wir wirklich los.

Jetzt beginnt die Drecksarbeit, hm? sagte sein Rechtsanwalt, grimmig lächelnd. Lassen Sie uns ehrlich sein, J. W. Laßt uns nicht so was anfangen.

Warum nicht? Wie willst du irgendwas zustande bringen, wenn dir immer einer ehrlich, ehrlich ins Gesicht schreit. Redlichkeit ist die beste Politik, hm? Gott, wer zum Teufel hat sich je um Redlichkeit geschert außer einem Haufen kleiner Scheißer, die kein Geld in den Taschen haben?

Immer mit der Ruhe, Dad.

Teddy will die Dinge anpacken, und er weiß, daß er das nicht alleine machen kann. Zum Geld muß man gute Beziehungen haben. Das zählt. Ganz egal, wer man ist. Ihr werdet ja sehen, daß wir das schaffen.

Den Whisky schaffen, lächelte Ink Nesbit.

Ach, halt den Mund, sagte Mr. W. Teddy will alles in großem Maßstab tun. Das bieten wir ihm, und er weiß es.

Dieser kleine Heini ist ganz schön clever, J. W., und er versteht sein Handwerk.

Der ist doch bloß so ein scheinheiliger Hundesohn von einem miesen Schnüffler. Habe noch nie einen erlebt, der nicht Schiß hatte.

Wo ist Crossman heute? fragte Ink Nesbit, um das Thema zu wechseln. Ich frage mich, was er davon hält.

Crossman denkt nicht. Wir sagen ihm etwas, und er tut, was ihm gesagt wird. Wir buttern es, und er schluckt es.

Mach dir keine Gedanken um Crossman. Crossman ist in Ordnung. Für ihn habe ich auch Arbeit.

Stevens stand auf und streckte sich, während der Rechtsbeistand seinen Strohhut nahm. Also dann, J. W., viel Glück, sagte er. Wenn ich etwas für Sie tun kann, geben Sie mir Bescheid. Aber immer mit der Ruhe, J. W., immer mit der Ruhe. Wissen Sie, schließlich hat alles seine Grenzen.

## KAPITEL 4

## Wieder zu Hause

Also, es wurde aber auch Zeit, sagte Gurlie mit Nachdruck, als Joe abends schließlich auftauchte. Wo bist du gewesen?

Er grinste sie breit an und musterte sie dabei. Angeln, sagte er. Gurlie wirkte kräftiger als ihr dunkler Ehemann, der von zierlichem Körperbau war. Aber trotz ihrer hochhackigen Damenschuhe war sie mindestens fünf Zentimeter kleiner als Joe und wog gut und gerne fünfzehn Pfund weniger – was sie nie richtig verstehen konnte.

Angeln! Ich dachte, du hättest gesagt … in deinem Telegramm.

Wie geht's dir? He! Hör auf, als sie ihn packte, ihm den Hut vom Kopf schlug, ihn in ihrer üblichen ungestümen Art küßte und mit ihm herumtollte.

*Na, na, na!** sagte er, das reicht. Wo sind die Kinder?

In der Küche bei Olga.

Ach, ist *sie* hier?

Erzähl mal, was hast du ausgeheckt?

Ich war auf dem Land und habe Häuser angeschaut, sagte Joe. Lottie! rief er. Lottie, wo steckst du? Komm her.

* Alle im Text kursiv gedruckten und mit einem Sternchen gekennzeichneten Worte bzw. Sätze sind im Original deutsch. Bloße Kursiva bezeichnen Hervorhebungen.

Aber erst kam Olga mit Flossie auf dem Arm, und Lottie klammerte sich hinter ihr scheu an ihre Röcke.

Guten Tag! sagte Olga und ließ sich von ihm auf die Wange küssen. Was hältst du davon! Und sie drehte Flossie herum, damit er sie anschauen konnte. Er streckte die Hände aus, aber das Baby schaute bloß beide nacheinander an und reagierte nicht.

Sie kennt mich nicht mehr, sagte Joe.

Was erwartest du, sagte Gurlie, – wenn du nie zu Hause bist, setzte sie unlogisch, aber treffend hinzu.

Kann sie laufen? fragte Joe. Na klar, sagte Olga. Setz sie ab und laßt mich sehen. Olga stellte sie hin, sie blieb wackelig vor der großen Frau stehen, eine Hand auf ihrem Knie.

Joe war genauso verlegen wie das Kind. Alle anderen sahen zu. Flossie probierte paarmal ein Lächeln, aber es war offensichtlich gezwungen – in guter Absicht. Er hob sie vor lauter Zurückhaltung nicht hoch, obwohl es nach einem Augenblick schien, als erwarte sie es von ihm. Das arme kleine Ding, sagte er bloß kopfschüttelnd.

Was willst du damit sagen? fragte Gurlie, – armes kleines Ding! Sie hat ein ganz schönes Temperament, das will ich dir sagen.

Daraufhin schien das Baby den ganzen Vorfall zu vergessen, machte kehrt, unsicher wackelnd, und schickte sich an wegzugehen, zurück in die Küche.

Sie erinnert sich nicht mehr an dich, sagte Gurlie.

Das macht nichts, sagte Joe. Sie wird sich daran gewöhnen. Sie hat sich den ganzen Sommer auf dem Lande vergnügt, sie ist eine Kapitalistin. Ich mache ihr keinen Vorwurf.

Ist das wirklich so? fragte Gurlie.

Lottie, sagte Joe, der gerade das andere Kind hinter dem Rücken der Tante erblickte. Wie steht's mit dir? Erinnerst du dich an deinen Daddy, *Schätzchen*?*

Lottie hatte wie gewöhnlich ein Buch in der Hand, ein Bilderbuch mit einem leuchtend roten Vogel auf dem Umschlag. Dies streckte sie wie ein Geschenk vor. Ich habe einen kleinen Vogel, guck mal! sagte sie. Hier ist noch ein kleiner Vogel, setzte sie hinzu, schnell im Buch blätternd und einen weiteren kleinen Vogel suchend, den sie nicht finden konnte.

Joe hob sie hoch, umarmte sie und küßte sie glücklich. *Schön! Schön!** sagte er kopfschüttelnd. Und schön war sie in der Tat mit ihrem kleinen karierten Kleid und dem Haar, das gerade bis auf den tiefen Kragen fiel. Bloß die Spitzen ihrer rosa Ohren guckten durch die schweren Lokken. Große, unschuldige braune Augen, große rote Lippen, die, Knospen ähnlich, darauf warteten, sich später zur Blüte ihres Mundes zu entfalten – jetzt zeigten sie bloß die beiden reinen weißen oberen Schneidezähne – mit der dem Kind eigenen Ausdruckslosigkeit.

Kann ich das Buch mit nach Hause nehmen? sagte sie zu ihrem Vater – in dem Versuch, Konversation zu machen.

Du bist zu Hause, sagte Joe. Das ist dein Zuhause. Er setzte sie ab. Jetzt geh und spiele mit deiner Schwester. Ich kenne sie nicht mehr, setzte er leicht bestürzt hinzu.

Ha ha! lachte Gurlie verächtlich. Du denkst wohl, es ist so leicht, sich um Kinder zu kümmern. Jetzt geh und spiel mit deiner Schwester. Aber was hast *du* denn den ganzen Sommer angestellt?

Aber Lottie hatte jetzt Geschmack daran gefunden und wollte mehr. Was macht Daddy? fragte sie. Geht er weg?

Ich bleibe, wo wir sind, sagte Joe. Ich bleibe den ganzen Winter hier, und du bleibst bei mir.

Setz dich, sagte Lottie. Wozu? erwiderte er lachend, setzte sich aber, um dem Kind den Gefallen zu tun. Laß mich auf deinem Schoß sitzen, sagte sie.

Ho, ho! lachte Joe, hob sie hoch und küßte sie wieder. Nicht jetzt, Lottie. Geh und spiel mit deiner Schwester. Bring sie raus, ja, bitte, Olga?

Nein, Olga, sagte Gurlie. Wir essen jetzt zu Abend. In diesem Moment watschelte die Kleine wieder ins Zimmer, und gerade als sie ankam, stolperte sie über die Türschwelle zwischen Flur und vorderem Zimmer und fiel hin.

Wie immer rollte sie sich bloß herum und versuchte unsicher, wieder auf die Füße zu kommen, als Joe sie hochhob und fest an seine Brust drückte. Sie wehrte sich und schrie, stemmte sich gegen ihn.

Gib sie mir, sagte Olga. Du bist zu rauh.

Also, was ist passiert? fragte Gurlie.

Was ist womit passiert?

Mit dem Geschäft – mit allem! Ich will es wissen.

Das erzähle ich dir später. Habt ihr euch auf dem Land gut erholt?

Warum hast du uns nicht am Schiff abgeholt?

Olga hatte das Baby zurück in die Küche gebracht. Aber nun kam die kleine Flossie wieder unsicher ins Zimmer gewatschelt, steuerte zielstrebig auf Vater und Mutter zu, die sich unterhielten. Sie hatte ein großes Stück Brot in der Hand, die Kruste vom Ende des Laibes, die Olga ihr so gegeben hatte, damit sie nicht daran erstickte. Sie hielt es mit beiden Händen und grub ihre Zähne hinein, zog es dabei von sich weg, so daß ihr Kopf, wenn sich schließlich ein Stück löste, nach hinten ruckte und ihr ganzer Körper erbebte. Jedesmal, wenn sie das tat, sah sie einen geradewegs an und grinste beim Kauen, als wolle sie sagen: Findest du das nicht komisch?

Joe lachte jedesmal, wenn sie es tat, laut auf, was sie ermunterte, noch einmal zuzubeißen und wieder an dem Brocken zu zerren, und dabei lächelte sie die ganze Zeit, um ihn lachen zu sehen.

Um dem ganzen die Krone aufzusetzen, pinkelte sie – wobei sie Joe anschaute – dort in der Tür. Er bemerkte es nicht, bis sie sagte: Di di, di di, di di! und zur Seite trat. Erst da sah er, daß sie eine Pfütze gemacht hatte – wie die Rangeley Lakes – und göttergleich hinabschaute, als habe sie nie etwas Ähnliches gesehen, und hinzufügte: Tsck, tsck, tsck, tsck!, den Kopf von einer Seite zur anderen schüttelnd.

Joe gefiel das gar nicht.

Was erwartest du denn, sagte Gurlie, von einem Kind

von sechzehn Monaten? Du meinst wohl, daß ich sie davon abhalte.

Wisch es auf, sagte er.

Sie aßen in der Küche ein einfaches kaltes Abendessen aus dem Feinkostgeschäft, weil Gurlie noch keine Zeit gehabt hatte, mehr zu tun, als die heiße Wohnung auszulüften.

Was für Frauen hast du denn den ganzen Sommer hier oben gehabt? fragte sie und beäugte ihren Mann.

Was für Frauen? sagte Joe. Ich habe zuviel zu tun gehabt, um mich mit Frauen abzugeben.

Was sind denn das für Haarnadeln, die ich auf dem Boden sehe?

Ich vermute, du hast nicht gut saubergemacht, ehe du im Juni weggefahren bist, sagte er, denn wenn es nicht deine sind, weiß ich nicht, wie sie hierher gekommen sein können.

Du würdest dich nicht trauen, sagte seine Frau und lachte ihn an.

– und sie kennt ihr Alphabet, sagte Olga, um die Unterhaltung auf das Baby zu bringen, zumindest kennt sie den Buchstaben A.

Nein! sagte Joe. Du meinst, wenn du den Finger darauf legst ...?

Ganz gewiß nicht, sagte Olga. Wenn du sie fragst, was A ist, zeigt sie es dir. Nicht, Spinne? Und sie kann ein Geräusch machen wie ein Hund und wie eine Katze und wie eine Kuh und wie ...

Ein Hahn, sagte Gurlie.

Ja. Kikeriki! sagte Olga. Und sie erkennt einen Affen und einen Elefanten – und einen Stern!

Das hindert sie nicht daran, sich wie ein kleines Ferkel zu benehmen, sagte Joe und lachte über Flossie in ihrem hohen Stuhl.

Oh, sie läßt sich nicht von dir füttern, sagte Olga. Nein, ganz bestimmt nicht, Verehrtester! Sie hatte alles über

Kinn und Lätzchen hinunter gekleckert. Joe wandte sich zu seiner Frau.

Oi, oi, oi! sagte das Baby langsam mit sehnsüchtiger, entrückter Stimme, als klage sie milde und ohne Hoffnung.

Was ist denn los, Liebling? erwiderte Olga auf der Stelle voller Mitgefühl. Was möchtest du?

Sie meint Wasser, sagte Gurlie. Laß sie warten, sie trinkt es sowieso nicht. Aber die Tante stand auf und brachte es ihr. Das Kind nahm einen Schluck.

Sie kommt jetzt beinahe jeden Tag mit einem neuen Wort – sie muß üben. Achte nicht auf sie.

Und was ist mit Lottie? Die liebe kleine Lottie. Wir dürfen sie nicht vernachlässigen.

Ach die, die kriegt immer, was sie will.

Als das Abendessen vorüber war, wollte Olga, daß die anderen hinausgingen und sie alles wegräumen ließen. Aber Gurlie wollte nichts davon hören. Nein, du bringst die Kinder ins Bett, wenn du etwas tun willst. Ich kümmere mich hierum. Joe ging, um sich eine Zeitung zu holen. Als er zurückkehrte, lagen die Kinder bereit zum Gute-Nacht-Kuß wieder in ihren eigenen heißen, kleinen Bettchen, und er wollte sich bequem niederlassen und lesen.

Und jetzt, sagte seine Frau zu ihm, erzähl mir, was passiert ist. Ich will alles von Anfang an wissen.

Joe war in nachgiebiger Stimmung. Laß mich erst in meine Zeitung schauen, sagte er, und ich erzähle es dir, wenn Olga weg ist. Alles ist in Ordnung.

Sie ist in der Küche, sie stört uns nicht.

Es ist zu heiß zum Reden.

Was ist passiert?

Ich bin rausgeschmissen worden. – Gurlie sah ihn an. Du hältst das wohl für komisch. Leg die Zeitung hin.

Klar! sagte Joe. Aber frag mich nicht nach dem Geschäft. Wo ist Olga? Sag ihr, sie soll herkommen, ich habe eine Überraschung für euch.

Was?

Jawohl, Gnädigste. Ich zeige sie euch. He, Olga!

Schsch! sagte Gurlie. Und als seine Schwägerin, sich die Hände abtrocknend, langsam aus dem hinteren Teil der Wohnung kam, ging Joe zum Flurschrank, um zu holen, wovon er gesprochen hatte. Als ich aufhörte, sagte er, gaben sie mir das als Auszeichnung.

Wer hat dir was gegeben?

Sie.

Wer sind sie?

Die Leute im Betrieb.

Laß sehen, sagte seine Schwägerin und nahm es in die Hand. Das ist wunderschön. Was ist das?

Ist das Silber? fragte Gurlie. Sie nahm es, drehte es herum und las ›1649‹ auf dem Boden. Was ist das?

Sei nicht so dumm, sagte ihre Schwester. Dublee.

Oh. Kein Silber.

Es ist sehr schön, sagte Olga.

Also, wie gefällt es euch? sagte Joe. Warum lest ihr nicht?

Seine Frau drehte es wieder richtig herum und las auf der bauchigen Wand des Silbergefäßes in Zierschrift: Für Joseph Stecher von seinen treuen Mitarbeitern bei Wynnewood-Crossman Co., Inc., 30. Juni 1901.

Wie gefällt es euch?

Wozu ist es gut?

Um Champagner daraus zu trinken, sagte Joe. Seht euch mal diese drei Griffe aus Hirschhorn an. Es ist ein Freundschaftspokal.

Sieh mal einer an! sagte Olga. Also, das finde ich wirklich schön, so etwas zu haben. Es zeigt, daß sie dich mögen.

Nun, er war immer gut zu ihnen, sagte Gurlie. Warum sollten sie ihn nicht mögen? Es ist das mindeste, was sie tun konnten. Ich wette, es hat sie nicht viel gekostet.

Gurlie! Wie kannst du so etwas sagen. Du solltest dich schämen. Der Gedanke dahinter zählt.

Sieh es dir an. Was ist das schon? Ist das alles, was du mir zu zeigen hast? Ich dachte, du hättest gesagt, du hättest eine Überraschung.

Joe stellte das glänzende Gefäß wieder in den Schrank, wo er es den ganzen Sommer über in seinem grünen Beutel verwahrt hatte.

Ich will von solchen Dingen nichs hören, sagte seine Frau. Ich will was über das Geschäft wissen.

Nun, sagte Olga, ich glaube, ich gehe jetzt besser und lasse euch beide das miteinander aushandeln. – Das ist richtig, sagte Joe mit einem Lachen. Komm bald wieder. – Jetzt sei lieb zu ihm, ermahnte sie Gurlie, denn er ist dir ein guter Mann. Du solltest ihn lieber nett behandeln.

Was ist mit mir? sagte Gurlie. Mich muß niemand nett behandeln?

Ach du, sagte ihre Schwester. Du kriegst immer alles, was du willst. Seid jetzt brav, ihr beiden. Gurlie drehte sich um. Und seid nett zueinander. Damit ging sie schließlich.

Eine gute, freundliche Frau, sagte Joe, als er die Tür hinter ihr schloß und sich zu seiner Frau wandte. Komm her zu mir, sagte er. Komm, und laß mich mit dir reden.

Ja, sicher.

Ich will nicht Zeitung lesen. Aber zwinge mich nicht, übers Geschäft zu sprechen, nicht jetzt. Für eine Weile gab Gurlie Ruhe. Sie ging zum Fenster, durch das ein Luftzug hereinkam, zog ihr Kleid am Halsausschnitt mit beiden Händen auseinander, stand da und schaute in den Abend hinaus.

Weißt du, sagte Joe nach einem Augenblick und legte die Zeitung hin, manchmal muß ich über das lächeln, was wir uns so alles von den Dingen erhoffen und was dann am Ende meistens herauskommt.

Was soll das heißen? fragte Gurlie und blickte wieder ins Zimmer.

Nichts. Es ist manchmal bloß komisch, das ist alles, meistens.

Was meinst du mit komisch? Ich weiß nicht, was da zum Lachen wäre.

Warum nicht? sagte Joe. Es kostet jedenfalls nichts. Komm, laß uns ins Bett gehen.

Nein. Gurlie kehrte zum Fenster zurück. Ich wollte, ich wäre bis zum Labor Day auf dem Lande geblieben. Du machst mich verrückt.

Also, was willst du wissen? Ich bin rausgeschmissen worden. Ich bin gegangen. Und seitdem bummele ich herum, lebe wie ein Lebenskünstler.

Sei nicht so frech.

Ich will dir die Wahrheit sagen, meinte Joe. Ich habe ein Haus auf dem Land für dich gesucht.

Wo? fragte Gurlie, ohne sich umzudrehen.

Überall in der Gegend hier. Ich bin nach Hackensack gefahren und nach Montclair – das ist eine schicke Gegend. War an allen möglichen Orten. Aber sie wollen zu viel. Ein Haus in Hackensack allerdings war nicht so schlecht, ein paar alte Obstbäume im Garten dahinter – wenn man die Asche wegräumt, die da abgeladen wurde – man könnte was draus machen. Wir könnten es billig bekommen.

Warum bist du nicht nach Vermont gekommen, wenn du nichts zu tun hattest?

Ich mußte doch eine neue Stelle suchen, oder? Ach, komm schon, sagte er. Er ging hinüber und nahm sie am Handgelenk. Komm schon. Sie entzog sich ihm.

Ich bin kein Kind mehr. Nein. Mach, daß du rauskommst.

Also, sagte Joe, in Ordnung. Ich erzähle es dir. Ich habe den ganzen Sommer hart gearbeitet.

Woran? fragte Gurlie.

Berechnungen meistens. Und mir Gewerberäume in der Stadt angeschaut, zum Anmieten, falls ich einen eigenen Betrieb aufmache. Kostet ziemlich viel Geld – und Sorgen, das sage ich dir.

Ja, sagte Gurlie, das hast du mir erzählt. Aber was ist mit der Arbeit?

Weißt du, was eine moderne Druckerpresse kostet? Ungefähr dreitausend Dollar. Wir brauchen mindestens vier davon, um so viel zu produzieren, daß es sich lohnt.

Was hättest du denn jetzt gern, sagte Gurlie, daß ich schnurre wie ein Kätzchen und dich anlächle?

Ach, meinetwegen, sagte Joe, wenn du dich danach fühlst. Ich bin müde, ich glaube, ich gehe ins Bett. Gute Nacht. Er ging ins Schlafzimmer, drehte das Licht an, setzte sich auf die Bettkante und begann die Schnürsenkel zu lösen. Sie folgte ihm sofort, ging zur anderen Bettseite und zog dabei die Jalousien herunter. Sie zogen sich schweigend aus, jeder auf seiner Seite des Bettes.

Ehrlich, das Haus, das ich heute in Hackensack gesehen habe, war nicht so übel.

Ach, sprich nicht mit mir.

Mir geht es einfach gut, sagte Joe. Ich habe meine Frau wieder.

Das meinst du.

Habe ich das denn nicht?

Sei ein Mann, sagte Gurlie. Oder wenn du keiner sein kannst, dann tue wenigstens so. Ich sollte einer sein. Ich würde es dir zeigen.

Na, zeig es mir doch, sagte Joe, ganz gegen seinen Willen leise kichernd.

Du Idiot. Ich weiß, daß du bloß ein Träumer bist. Du wirst es nie zu etwas bringen. Du weißt nicht, was du tust. Aber ich kann dir sagen, was du tun solltest. Ich bin eine Realistin. Ohne mich würdest du es nirgendwohin bringen.

Joe lachte gelassen: Ho, ho, ho!

Was machst du? erwiderte sie hitzig. Du kannst mich nicht auslachen. Eines Tages wirst du nicht wissen, wie dir geschehen ist.

Joe lachte bloß. Ich glaube, du brauchst ein paar neue Nachthemden, sagte er. – Kümmere dich um deine Angelegenheiten. Warum gibst du mir kein Geld, um bessere zu kaufen, setzte sie bei weiterem Nachdenken hinzu.

Beruhige dich, sagte Joe, die Stimme ein wenig hebend. Ich will nicht am ersten Tag, wo wir wieder zusammen zu Hause sind, mit dir streiten. – Schsch! sagte sie, du weckst die Kinder. Alles, was du weißt, habe ich dir beigebracht, fuhr sie fort. Du hast nichts gewußt.

Drucken beispielsweise, sagte Joe.

Nein, das habe ich dir nicht beigebracht. Aber ich habe dir beigebracht, wie du es nutzbringend anwenden kannst.

Tja, kämpfen und gewinnen, das ist leicht, aber kämpfen und verlieren, das ist bitter, gab er ihr zur Antwort.

Du traust dich nicht, sagte seine Frau. Wie willst du gewinnen, wenn du es nicht versuchst? Ich hätte diesen Sommer hier sein sollen. Ich habe Mut. Ich glaube nicht, daß du etwas getan hast. Ich kann es riechen. Angeln. Ein Haus suchen. Du? Daß ich nicht lache. Und ich muß es wohl hinnehmen. Andere Frauen haben Männer, die ihnen Geschenke bringen. Das einzige, was ich kriege, ist Geschirr, das ich spülen, und Kinder, um die ich mich kümmern muß. Zum Glück bin ich stark. Aber wenn andere das am Halse hätten, womit ich fertig werden muß, sähen sie nicht so gut aus.

Für mich siehst du gut genug aus, sagte Joe.

Ach, du bist ein Idiot.

Er lachte. Das habe ich gern. Jetzt habe ich das Gefühl, daß wir alle wieder zu Hause sind und alles in Ordnung ist. Übrigens, sagte er, ich habe den Kontrakt.

Welchen Kontrakt?

Hab ich's dir nicht erzählt?

Nein. Du hast mir nichts erzählt.

Für die US-Zahlungsanweisungen.

Was! *Du* hast den Kontrakt bekommen? Wann?

Heute. Ich habe es gerade in der Zeitung gelesen.

Du Lieber! Und sie zog ihn an sich und umarmte und küßte ihn überschwenglich. Sieg! Und damit Strich drunter.

Ich wünschte, es wäre so.

Erzähle!

Ich erzähle dir morgen früh alles darüber. Ich muß morgen nicht arbeiten. – Das stimmte.

## KAPITEL 5

# Im Viertel

Als sie am nächsten Morgen ruhig zusammen im Bett lagen, erzählte er ihr alles, wie er es versprochen hatte – Gurlie lauschte gespannt, Joe sprach mit seiner leisen gleichmäßigen Stimme, als bedeute ihm die ganze Sache wenig. Sie waren früh aufgewacht, ehe die Kinder aufstanden, die beste Tageszeit für nachdenkliche Beratungen. Während das erste gelbe Morgenlicht in den offenen Fenstern zunahm, redete er, und sie hörte zu.

Guten Morgen.

Guten Morgen, mein Lieber. Hast du gut geschlafen?

Sehr gut. Er stieß einen tiefen, zufriedenen Seufzer aus. So gut wie noch nie in diesem Sommer.

So hatte es begonnen. Sie sprachen ein paar Minuten über nichtige Angelegenheiten und kamen dann naturgemäß zu den brandaktuellen Dingen.

Du weißt doch, was die ganzen Jahre vor sich gegangen ist, sagte Joe.

Mach weiter. Ich will jetzt alles hören.

Ich meine den Druck der Zahlungsanweisungen für die Regierung –? Nun, das kommt Geld so nahe, wie es irgend kann, ohne daß es Geld ist. Ich meine, erst einmal war es ein politischer Schwindel. Von der schlimmsten Art, das weißt du. Und du weißt, wer den Auftrag immer zum höchsten Preis bekommen hat. Das war der Stand der Dinge. Sie hatten Freunde im Apparat, die für sie arbeiteten. Und sie haben sie immer noch.

Wer sind sie?

Was wir immer machten, war, zwei Angebote bereitzuhalten, ein hohes und ein niedriges – bloß für den Fall. Wir bekamen den Zuschlag sowieso.

Sie lag da und betrachtete einen Fleck an der Decke.

Aber der Haken an den Zahlungsanweisungen war, fuhr Joe fort, daß sie so leicht gefälscht werden konnten. Durch die Postämter gingen jedes Jahr Tausende von Dollar wegen Schecks verloren, in die hinterher eine höhere Summe eingetragen war, und durch alle möglichen anderen Betrügereien und sogar durch ganze Bücher gefälschter Formulare.

Warum hat man die Leute nicht ins Gefängnis gesteckt?

Damit hatten wir nichts zu tun. Ab und zu verloren wir im Betrieb ein Blankoformular, aber das machte nicht viel aus. Nein, der Punkt, wo die Firma hätte ansetzen können, wäre das Papier gewesen, das sie benutzen. Ich wollte, daß sie ein neues Papier verwandten, das ich gefunden hatte. Aber der Alte wollte nichts davon hören. Damit wäre der ganze Ärger mit dem Fälschen erledigt gewesen. Wenn man darauf etwas änderte, würde die Oberfläche des Papiers verändert. Na, so hat es angefangen. Ich versuchte, es ihm zu verkaufen – ein Jahr lang. Ich konnte die Vorteile sehen, und als er nicht wollte, habe ich deshalb beschlossen, zu sehen, was ich selbst mit dem Papier anfangen könnte. Ich habe ein Monopol darauf erworben! – In der Erinnerung daran lächelte er in sich hinein.

Wie gut für dich!

Warum nicht? Ich wußte, dieses Jahr würden die Angebote wieder fällig sein. Ich sprach mit ein paar Freunden, mit Männern wie Senator Platt und Chauncey M. Depew, und sie sagten, sie würden mich unterstützen.

Ja, natürlich. Jetzt rückst du endlich damit raus.

Sie sagten, ich würde was Gutes damit machen.

Habe ich dir nicht immer das gleiche gesagt? Warum hast du nicht schon vor einem Jahr auf ihren Rat gehört?

Sie waren keine Drucker, sagte Joe. Na ja, viele Dinge sind zusammengekommen. Ich lernte Mr. Lemon kennen, der das Sicherheitspapier herstellte, und so führte eins zum anderen. Wenn Lemon nicht gewesen wäre, hätte ich natürlich nichts unternehmen können, er lieh mir das Geld. Jedenfalls, schließlich sagte ich denen in der Firma, daß ich ginge.

Das muß gleich gewesen sein, nachdem ich wegfuhr, sagte Gurlie. Warum hast du es mir nicht *damals* gesagt?

Ich spreche nicht gerne über ungelegte Eier, sagte Joe.

Als du mir dein Telegramm aufs Schiff geschickt hast, hast du gesagt, du würdest in Washington sein. Warst du da?

Ich hatte vor, nach Washington zu fahren, aber im letzten Augenblick entschloß ich mich, es nicht zu riskieren. Ich wußte, was da ablief. Aber ich dachte, auf jeden Fall wäre es besser, aus der Stadt zu verschwinden.

Was dann? sagte Gurlie. Erzähle weiter.

Dann besuchte ich Mr. Lemon, und er lieh mir fünfzigtausend Dollar.

Was! sagte Gurlie. Fünfzigtausend Dollar! Wieso denn das?

Ich weiß es nicht, sagte Joe. Ich schätze, er mochte mein Gesicht.

Du meinst, er hat es dir einfach gegeben? Wo ist es?

Auf der Bank. Genaugenommen hat er es mir nicht wirklich gegeben, er hat es in das Geschäft investiert.

In welches Geschäft?

In mein Geschäft.

Oh. Und wenn du schließlich den Kontrakt doch nicht bekommst, würde es dann immer noch im Geschäft sein?

O ja, ich denke schon. Jedenfalls, ich sagte denen in der Firma, ich würde kündigen. – Er kicherte in sich hinein.

Endlich! sagte Gurlie. Das predige ich dir schon seit Jahren. Was haben sie gesagt?

Sie waren sehr nett. Sie boten mir an, mein Gehalt zu erhöhen. Sie boten an, es zu verdoppeln, um die Wahrheit zu sagen. Sie boten mir sogar eine Beteiligung am Geschäft an.

Was sagst du jetzt! Da siehst du es! sagte Gurlie. Hatte ich nicht recht die ganzen Jahre? Hatte ich nicht recht? Gib's mal zu. Gib's zu.

Nein, sagte Joe. Damals war nicht die rechte Zeit dafür. Man muß eine solche Sache richtig angehen.

Natürlich war es immer die richtige Zeit. Nicht einer von denen ist so klug wie mein kleiner Deutscher. Nicht einer.

Na, na, na, sagte Joe. Rede keinen Quatsch.

Ich meine es ernst. Du bist ein Idiot, wenn du dich so klein machst, als wüßtest du nicht mehr als das ganze Pack zusammen. – Und sie rollte sich herüber und küßte ihn.

Rede keinen Quatsch, sagte Joe und stubste sie weg. Ich habe ihnen gesagt, daß ich gehen würde, und ich ging. Das ist alles. Ich ging. Sie versuchten alles mögliche, um herauszukriegen, was ich tun würde. Sie rochen den Braten. – Joe lachte. – Sie hatten Verdacht geschöpft. Sie stellten mir alle möglichen Fragen. Ich verriet ihnen nichts. Das war, als die Leute in meiner Abteilung mir den Freundschaftspokal schenkten. Ich glaube, sie kämen alle zu mir, wenn ich sie darum bitten würde.

Sie müßten ja schön blöd sein, wenn sie es nicht täten, sagte Gurlie. Sie wissen, was gut für sie ist.

Du sollst nicht so reden, sagte Joe.

Hast du deine Lektion immer noch nicht gelernt? sagte seine Frau. Kannst du denn nie etwas lernen? Du bist ein großartiger Mann, niemand kommt dir gleich, und du benimmst dich, als wärst du ein Obsthändler.

Jedenfalls habe ich gekündigt. Und sie haben mich beobachtet. Das hat es so schwierig gemacht. Sie wußten, was ich wußte. Sie wußten, daß die Angebote bevorstanden. Und sie wußten, daß ich wußte, daß ihr Angebot nicht reell sein würde. Sie wußten, daß jeder aufrechte Drucker sie bloßstellen könnte. Aber sie bekamen nie heraus, wo ich das Geld herhatte. An dem Punkt hab ich sie an der Nase herumgeführt.

Wie gut für dich.

Also, ich dachte, wenn ich den Kontrakt bekommen kann, sind das vier Jahre, in denen ich mir keine Sorgen zu machen brauche. Danach kann ich genug Aufträge bekommen, so daß ich ausgelastet bin, aber diesen Auftrag brauchte ich dringend.

Nur vier Jahre? fragte Gurlie.

Vier Jahre, alle vier Jahre wird er erneuert. Deshalb habe ich mir überlegt, ob ich den Sommer über alles unter einen Hut bekäme, Gewerberäume und Druckerpressen – alle Kosten, den Standort – alles, was nötig wäre. Dann, wenn die Angebote veröffentlicht würden, hätte ich, falls ich den Zuschlag bekam, noch drei Monate, um alles einzurichten, ehe ich anfing, die Zahlungsanweisungen auszuliefern.

Warum hast du mir das nicht erzählen wollen?

Alles muß ein Geheimnis sein. Ich wollte ganz sicher gehen, sagte Joe.

Ach! Du machst mich krank, sagte seine Frau. Traust du mir nicht?

Jedenfalls hatte ich ganz schön viel zu tun. Kostet eine Menge Geld. Ich habe aber eine gute Fabriketage in der Center Street gemietet, und heute, wenn die Papiere alle unterzeichnet und die anderen Kleinigkeiten erledigt sind, bin ich einzugsbereit. Wenn es durchkommt.

Ist nicht alles geregelt? fragte Gurlie.

Ich kann dir nicht alle Einzelheiten aufzählen, sagte ihr Mann. Ich muß wahrscheinlich bald wieder nach Washington. Ich denke, es gibt noch ziemlich viel Ärger, ehe ich soweit bin. Ich kenne die. Die würden mich lieber umbringen als zusehen, wie ich den Kontrakt bekomme, und vielleicht versuchen sie es sogar.

Gurlie saß aufrecht im Bett. Das heißt, du hast den Kontrakt eigentlich noch gar nicht?

Nein.

Was!

Mein Angebot war das niedrigste, und gewissermaßen habe ich den Zuschlag bekommen, aber, weißt du, um es offiziell zu machen, muß das Ministerium dem zustimmen, und ich vermute, ich muß dort erscheinen und beweisen, daß ich die richtigen Maschinen habe und auch sonst in der Lage bin, den Auftrag zu erfüllen. So ist es im Geschäftsleben.

Nun?

Nun, du weißt doch. Wenn irgend jemand im Apparat gegen mich arbeitet, kann man nie wissen, was passiert.

Angenommen, sie sagen, das niedrigste Angebot komme bloß von Joe Stecher. Der habe noch nicht einmal eine eigene Werkstatt zum Drucken.

Aber du wirst eine haben, die beste.

Ja, aber das wissen sie nicht. Das ist eine Arbeit für die Regierung. Angenommen, ich gehe in den ersten sechs Monaten bankrott und kann die Zahlungsanweisungen nicht liefern. Das ist schon vorgekommen. Das ist das Gute an der alten Firma. Sie haben die Maschinen, und sie können immer liefern.

Sie hatten *dich* da, deshalb.

Ja, sie hatten mich da, aber sie hatten auch die Pressen, sie hatten die Organisation.

Was willst du mir damit sagen? fragte Gurlie. Sie setzte sich auf und schaute ihrem Mann direkt ins Gesicht.

Ich habe einen guten Freund, fuhr Joe fort, ohne sie zu beachten, das ist der Postminister, Payne. Ein guter Mann. Und David ist auch in Ordnung. Wenn er etwas damit zu tun hat, weiß ich, daß ich mir keine Sorgen machen muß – wenn sie es ihm nicht aus den Händen nehmen. Du weißt, wie das ist, es kommt vielleicht nie auf seinen Schreibtisch.

Dann fahr zu ihm, wenn er ein Freund ist. Fahr zu ihm, warte nicht. Tu, was ich dir sage.

Moment mal, sagte Joe. Vielleicht ist es nicht nötig. Ich habe gehört, daß der Postminister krank gewesen ist. Er ist nicht sehr kräftig. Wir werden sehen.

Ich verstehe dich nicht, sagte Gurlie.

Also, nehmen wir mal an, die unterschreiben mir den Kontrakt – nachdem ich sie überzeugt habe, daß ich ihn erfüllen kann, fuhr Joe fort, gerade so, als habe seine Frau nichts gesagt. Als nächstes muß ich mich einrichten und zu arbeiten anfangen. Das ist keine Kleinigkeit. Jedes Blatt ist fortlaufend numeriert. Alles muß in jeder Einzelheit vollständig überprüft werden. Ich muß die richtigen Männer und Frauen einstellen, ich muß sie ausbilden. Es sei denn, die anderen kommen wirklich zu mir. Es wird ein harter Kampf, das will ich dir sagen.

War es das nicht immer? fragte Gurlie.

Als sie so da lagen, gab es weit weg draußen eine dumpfe Explosion, zweifelsohne wurde eine Sprengladung für das Fundament eines neuen Bauwerks auf dem Drive gezündet. Sieben Uhr, sagte Joe. Der erste September. – Dann Stille in der kleinen Wohnung. Aber die Explosion hatte die Seiten von Flossies Kinderbettchen quietschen lassen, und bald konnten sie die Kinder hören.

Ich stehe wohl besser auf, sagte Joe.

Merkwürdig, nachdem man Vermont mit seinen kalten, nassen Morgen und dem Vorgeschmack von Herbst in der Luft verlassen hatte, in diese siedenden Stadtstraßen und stickigen Räume zurückzukommen. Die Sonne, in ihrer immer noch unverminderten sommerlichen Heftigkeit, kehrte nun für einen weiteren heißen Tag zurück.

Als Joe aus dem Bad zurückkam, sah er die Kinder bereits an den Fenstern, die nach vorn schauten. Das Baby mit verrutschtem Nachthemd tat sein Bestes, um sich an der Fensterbank festzuhalten.

Flöckchen! Flöckchen! sagte sie mit ausgestrecktem Zeigefinger, als ihr Vater sich ihr näherte. – Was? sagte Joe. – Sie muß die Vögel meinen, rief Gurlie aus dem Nebenzimmer. Vögelchen! Sie rief es nachdrücklich mit lauter Stimme. Es war das übliche frühmorgendliche Drama der Vögel und Katzen, der Spatzen und Tauben, die auf einer Mauerbrüstung auf der anderen Straßenseite saßen, wo nun die Sonne hinschien.

Merkwürdigerweise hatte Joe einmal nichts zu tun. Um zehn hatte er eine Verabredung mit seinem Rechtsanwalt, aber bis dahin wanderte er rastlos umher, las die Zeitung, half, die Mädchen zu versorgen. Schließlich mußte er gehen. Lottie beobachtete ihn, wie er unten aus der Tür trat, sich umdrehte und ihr zuwinkte und allmählich in Richtung der Hochbahnhaltestelle an der 6. Avenue verschwand. Sie blieb stehen und sah ihm nach, ihre Schwester neben ihr versuchte auch auf die Straße hinauszuschauen, aber sie war zu klein.

Sie sahen einen Wagen mit einem weißen Pferd davor langsam vorbeifahren und einen Mann, der daneben herging und mit sich überschlagender Stimme rief, aber sie verstanden nicht, was er sagte. Und ein anderer Mann schaute in eine Tonne auf der gegenüberliegenden Straßenseite – um die Wahrheit zu sagen, in alle Tonnen am Bordstein, eine nach der anderen, obwohl er weder etwas herausnahm noch etwas hineinwarf, sondern einfach immer so weitermachte.

Später, nachdem sie gewaschen und angezogen worden waren, stand Lottie wieder am Fenster und sah, wie mehrere Männer die Tonnen hochhoben und sie in einen großen Wagen leerten und sie dann mit reichlich Scheppern und Klappern wieder auf die Straße stellten. Aber Lottie hatte Angst hinauszugehen, das ganze Schauspiel, auf das sie von so hoch oben schaute, war ihr fremd. Das Baby stand einfach bloß neben seiner Schwester und verstand gar nichts.

Wo seid ihr, Kinder? sagte Gurlie nach einer Weile hinten in der Wohnung, denn sie waren so still. Wenn sie sie aus dem Hause hätte schaffen können, hätte sie es getan.

Es klopfte an der Tür. Ein älteres Mädchen, Eleanor Soundso von gegenüber, an das Gurlie sich erinnerte, hatte Lottie und das Baby am Fenster gesehen und war herübergekommen, um Mrs. Stecher zu fragen, ob sie eine Weile auf sie aufpassen könne. Wunderbar! sagte Gurlie. Aber du darfst nicht mit ihnen weggehen. Bleibt hier vor der Treppe, wo ich euch sehen kann. Denk dran. Ich bringe den Kinderwagen herunter.

Die meisten kleinen Kinder im Viertel, die, die keine Botengänge verrichten oder bei der Hausarbeit helfen mußten, spielten mittlerweile draußen, so daß die frisch zurückgekehrten Stecher-Mädchen so etwas wie eine Neuigkeit waren, besonders für die älteren. Sie sammelten sich um Eleanor, die ihnen so den Rang abgelaufen hatte, sahen sie neidisch an und starrten neugierig auf die beiden ländlichen kleinen Fräulein.

Wo waren sie? Wann sind sie zurückgekommen? Eleanor beantwortete alle Fragen, während Lottie im Hintergrund blieb und das Baby, über sie alle verwundert, seine sämtlichen Tricks vorführte – den Blick hob, den Blick senkte – die Unterlippe vorschob und kräftig pustete, bis es ein ziemlich ordinäres gurgelndes Geräusch erzeugte. Dann schaute es achtsam umher, um die Wirkung auf alle seine Bewunderer zu beobachten.

Ich kann nichts Tolles an ihnen entdecken, sagte ein Mädchen.

Laß mich das Baby eine Weile fahren, darf ich, Eleanor? Eleanor drehte sich um und schaute zum Fenster hoch, als erwartete sie, daß Gurlie sie von dort beobachtete, und sagte: Wie kann ich, es ist nicht mein Baby.

Du bist gemein.

Ich habe gehört, er ist arbeitslos, sagte ein anderes Kind und meinte den Vater der beiden kleinen Mädchen. Mutter hat gesagt, er hat sie den ganzen Sommer auf einen Bauernhof geschickt, weil das Baby krank war. Ich glaube, sie ist es immer noch, guckt sie euch an. Sie lachten ohne erkenntlichen Grund. Aber die Neuheit der beiden Mädchen nutzte sich ziemlich schnell ab, und schließlich verlor Lottie ihre gewohnte Befangenheit – oder begann sie zu verlieren –, nur um erneut von Entsetzen ergriffen zu werden, als ein älterer Junge vorbeikam, sie von oben bis unten musterte und sagte: Wer ist denn das?

Andere kamen und gingen, das war ihre gewohnte Welt. Da war der Junge – Urheber von Zwischenfällen –, der in einem fort eine Holzpistole an den Kopf eines aufgebrachten kleinen Mädchens hielt, das ein Baby in seinem Puppenwagen die Bordsteinkante entlangschob. Der Junge schlug schließlich die Puppe mit der Faust und tat so, als würde er auf die Decke in den Wagen spucken oder tat es tatsächlich – bis die kleine Mutter, rot im Gesicht, gezwungen war, in die Gosse hinab und mit ihrem Schützling über die Straße zu gehen, während er vor den anderen her auf sein nächstes Angriffsziel zustolzierte.

Und da stand plötzlich der liebe Arthur Pfeffermann, den Lottie vergessen hatte, den sie aber, wie sie schnell wieder entdeckte, mehr liebte als alles andere auf dieser Welt. Sie starrte und errötete dann, als sie sah, daß er sie anschaute, und sagte: Guten Tag.

Und nun fingen ein paar der ein wenig älteren Kinder an, Verstecken zu spielen, nur daß es nicht viele Winkel gab, in denen man sich verstecken konnte. So gut wie keine, um die Wahrheit zu sagen, außer bei den Vordertreppen und in den Eingängen der nächsten Häuser. Und die ganze Zeit über lehnte ein sehr kleiner Junge an seiner Haustür auf der anderen Straßenseite und beobachtete sie, während er unablässig auf einer Pfeife blies, die er in der Hand hielt, müßig, ohne irgendeinen Ausdruck auf dem Gesicht, immer wieder den einen schrillen Pfiff, immer und immer wieder.

Schließlich konnte auch Lottie von den anderen überredet werden, sich zu verstecken, während das Mädchen an der Treppe, so schnell sie konnte, eins, zwei, drei, vier, fünf, sechs, sieben, acht, neun, zehn und so weiter bis hundert zählte. Eines der älteren Mädchen hatte Lottie ein kurzes Stück die Straße hinauf in einen Eingang gestellt. Sie selbst ging sich anderswo verstecken. Als Lottie hinter der Eingangstür stand und von Zeit zu Zeit hinausspähte, um zu sehen, ob jemand kam, stieg ein Mann die Treppe herauf und kam auch herein und schloß halb die Tür hinter sich. Er war sehr nett in diesem Dämmerlicht und bot ihr Bonbons an, aber sie hatte zu große Angst, um ihm auch nur zu antworten. Oh, sagte er, ich weiß, daß du Bonbons magst. Nur diese Sorte magst du vielleicht nicht. Komm mit mir, sagte er und hielt ihr die Hand hin, und du wirst es nicht bereuen. Ich gehe die Straße rauf bis zur Ecke, und du folgst mir.

Mittlerweile war das Kind aber durch und durch verängstigt und konnte sich kaum rühren, weil der Mann zwischen ihr und der Eingangstür stand. Sie versuchte zu sprechen, aber das Herz schlug ihr bis zum Halse. Nein, sagte sie und wich vor ihm zurück.

Gerade da öffnete Arthur Pfeffermann die Tür, schaute herein und rief: Lottie! Sie war noch nie in ihrem Leben so froh gewesen, jemanden zu sehen. Lottie, sagte er, komm her. Und als sie durch die offene Tür auf ihn zuging, sagte er: Lauf! Also jagten sie die Treppen hinunter, und sie lief, so schnell sie konnte, bis sie zu den anderen kamen, die aufgeregt um den Kinderwagen standen und auf sie warteten. Arthur war dicht hinter ihr, als sie stehenblieben und sich nach dem Mann umdrehten, der schnell in der anderen Richtung die Straße hinunterging, ein junger Mann. Ehe die älteren Mädchen etwas tun konnten, war er verschwunden. Sie hatten solche Angst.

Eleanor brachte die Kinder zu ihrer Mutter zurück.

## KAPITEL 6

# Die Zeitungen

Ruhm bringt Verpflichtungen mit sich, und wenn der eigene Name in den Zeitungen erscheint, ist das in jeder kleinen Gruppe, wie der der Freunde und unmittelbaren Nachbarn der Stechers an der West 104. Street, der erste Schritt in diese Richtung. Jeder begann jetzt Joe Stecher kennenzulernen und zu respektieren, und damit begannen viele zum erstenmal seiner Frau Aufmerksamkeit zu schenken und über sie zu reden, ein früher Nach teil.

Nun begannen die Fahrten nach Washington, die sich einen Monat und länger bis zur entscheidenden Kraftprobe hinziehen sollten. Gurlie blieb wie früher schon viel allein, wartete auf ein Ergebnis, tat, was sie konnte, um sich nicht aus dem Gleichgewicht bringen zu lassen. Was gab es schon zu tun? Einkaufen, kochen, ein bißchen aufräumen und saubermachen, sich um die Kinder kümmern. Dann kam Joe zurück, und sie erfuhr, was es Neues gab – nicht viel. Es erbitterte sie manchmal über die Maßen, daß er ihr so wenig erzählte.

Am ersten Sonntag nach ihrer Rückkehr bestand Gurlie darauf, daß Joe mit ihr zur Kirche ging. ›Denn welche der Geist Gottes treibt‹, stand auf der Tafel vor der Kirchentür, die den Predigttext verkündete, ›die sind Gottes Kinder‹. Siehst du, sagte Gurlie anerkennend, genau das meine ich. – Das ist gut, sagte Joe. Mehrere Männer grüßten ihn mit ehrerbietigen Gesten. Offensichtlich war er ein zum Aufstieg bestimmter Mensch, ein Mann von herausragender Begabung. Die, die ihn gestern nicht bemerkt haben würden, waren heute ein paar gedruckter Zeilen wegen eifrig darauf bedacht, ihn zu grüßen.

Was halten Sie von seiner Frau?

Denn die Zeitungen regten sich nun immer mehr auf über die vielen betrügerischen Zweige des Postministeriums in Washington, und man konnte sich darauf verlassen, daß mitten darin jeden Tag Joe Stechers Name auftauchte. Seit dem Krieg mit Spanien und seinem unvergeßlichen Fleischskandal, der allen noch gut in Erinnerung war, hatten die Untersuchungsbeamten die verschiedenen Ministerien der Regierung durchgekämmt. Die Post war eins der letzten gewesen, aber nun kam sie an die Reihe – dank Joe Stecher. Wenn Gurlie einkaufen ging, konnte man es den Augen der Frauen ansehen. Es lag in der Luft.

Ich könnte nicht sagen, daß sie sich besser kleidet als ich, sagte eine von ihnen. Schauen Sie sie sich an! sagte eine andere und lächelte.

Manche Frauen waren kühner als andere, und weil sie der glücklichen Frau Joseph Stechers nichts zu sagen hatten, aber reden wollten, zwangen sie Gurlie, ihren persönlichen Kümmernissen zuzuhören, das einzige, worüber sie mit Berechtigung etwas sagen konnten.

Gurlie hatte sich nie am Leben des Viertels beteiligt. Sie hatte manchmal von Kindern, die an die Tür kamen, Lose für Tombolas oder einen Kirchenbasar gekauft, aber sie hatte keine Freunde dort. Um die Wahrheit zu sagen, die Stechers waren immer sehr für sich geblieben.

Aber nun hielt sie noch weniger von ihren Nachbarn. Wir wohnen hier, weil wir es uns nicht leisten können, zu leben, wo wir hingehören, drückte sie es aus. Aber ich werde noch eine feine Dame, warte es ab. Aus der besten Gesellschaft. Natürlich gehören wir dazu, setzte sie nach Joes Einwänden hinzu. Jawohl, mein Lieber. Ich zeige es ihnen. Du beeilst dich mal besser und schaffst Geld heran. Das war selbst damals ihr ständiger Refrain.

Warte, bis wir die Kinder los sind. Wir werden wer sein und auf einem Gut leben. Ich möchte Gesellschaften geben. Ich möchte ihnen zeigen, wer wir sind.

Wer sind wir? sagte Joe.

Na ja, wer auch immer wir sind, wir sind nicht wie diese Leute, die hier in der Gegend leben. Pah! Ganz gewiß nicht.

Und sie konnte darüber verletzend und grausam sein. Sie lachte ihnen ins Gesicht und fragte sie, wofür sie sich eigentlich hielten – wenn sie sich erdreisteten, in einer Angelegenheit, ganz gleich, in welcher, eine andere Meinung zu haben als sie – es sei denn, es waren ›hohe Tiere‹. Also, Sie können ja nicht kochen, sagte sie. Oh, so zieht man doch kein Kind auf, wissen Sie es nicht besser? Und sie lachte laut und wandte sich ab. Was für Leute! Sie machte sich nichts daraus. Und solche Kinder. Tatsächlich hatten die meisten Angst vor ihr oder zogen es zumindest vor, sich nicht mit ihr anzulegen. Sie konnte bösartig und draufgängerisch sein, wenn sie gereizt wurde, Mann, Frau oder Kind gegenüber – so tief sie auch standen –, wenn es dazu kam oder die Gelegenheit es verlangte. Das Ergebnis war, daß niemand sie belästigte – jedenfalls nicht sehr.

Du hättest Professor werden sollen, sagte sie zu ihrem Mann. Wenn ich mir diese Männer anschaue und an die Bildung denke, die du genossen hast, muß ich lachen. Sie denken, weil du Ausländer warst, können sie dich an der

Nase herumführen. Was die wissen, hast du doch im kleinen Finger.

Damit würde ich nicht so angeben, sagte ihr Mann.

Stimmt es denn nicht? Sie denken, daß du nichts weißt, weil du für deinen Lebensunterhalt arbeiten und einen Beruf, ein Handwerk erlernen mußtest. Du siehst ihre Gesichter nicht, aber ich tue es. Das wird sie lehren, wohin sie gehören. Also, alles, was du brauchst, ist ein bißchen Geld und mich, um dich anzutreiben, und du kannst überall hingehen und eine wichtige Person sein. Ich weiß, wovon ich rede. Wer stellt denn hier schon etwas dar? Niemand. Geht das denn nicht in deinen deutschen Dickkopf? Es gibt niemanden, der an dich herankommt.

Nun, nun, rede nicht über ungelegte Eier, sagte Joe. Wir müssen ihnen vielleicht noch eine ganze Weile etwas vorspielen, ehe wir durchblicken lassen, wie klug wir sind.

Die wissen das schon. Alle werden es ganz schnell wissen.

Aber um Himmels willen, fang nicht schon jetzt an, darüber zu reden, sagte Joe. Darum bitte ich dich inständig. Halte den Mund, bis ich wenigstens angefangen habe, die Anweisungen zu liefern. Du verdirbst sonst noch die ganze Sache.

Das stimmt, räumte sie ein, und von da an gelang es ihr, ihr Wissen für sich zu behalten – obwohl ihr Gesichtsausdruck noch schärfer und kritischer wurde als zuvor, wenn sie diese oder jene Nachbarin beim Einkaufen traf. Aber es fiel ihr nicht immer gerade leicht.

Guten Tag, Mrs. Stecher, sagte eines Tages eine tranige dünne hohe Stimme zu ihr. Ich bin in Eile, sagte Gurlie. Ei nun, Sie werden aber schrecklich stolz in der letzten Zeit, sagte die kleine Frau, Sie sehen noch nicht einmal mehr Ihre Nachbarinnen. Wie geht's den Kindern? – Sie war ein merkwürdiges kleines Geschöpf, aber offen wie der Tag, eine der wenigen, mit denen Gurlie auskam, weil die Frau nie etwas übelnahm und etwas Gemeines oder Hinterhältiges nie mitbekam. Sie bewunderte die selbstbewußte Gurlie ungemein.

Wollen Sie nicht eine Minute mit mir plaudern? sagte diese Mrs. Goodale – sie war erst vor einem Jahr von einem kleinen Bauerndorf draußen an der Spitze von Long Island in die Stadt gezogen. Gurlie war von der Gutmütigkeit dieses kleinen Geschöpfes entwaffnet und beging den weiteren Fehler, auch sie zu fragen: Wie geht's Ihren Kindern? – Das war das Ende.

Also, begann Mrs. Goodale ... O Herr im Himmel, dachte Gurlie. Also, dem Baby geht's nicht so gut. Ich glaube, es kriegt Zähne.

Gurlie wollte aufstöhnen, weil sie wußte, was nun kam, aber ›Originale‹ belustigten sie auch immer ein bißchen, und dieses kleine Geschöpf war eine komische Figur, wie sie im Buche stand. Sie sind katholisch, nicht? sagte Gurlie. Ja, sagte die kleine Frau. Ich vermute, deshalb haben Sie auch so einen Haufen Kinder, sagte Gurlie.

Ach, sie sind doch zu niedlich, sagte das kleine Geschöpf. Aber Jimmy, das ist der Fünfjährige, ich weiß nicht mehr, was ich mit ihm machen soll, er macht sich immer naß. Eine Freundin hat mir gesagt, ich soll ihn mit einer Tasse trainieren. Das einzige, was er tun will, ist die Tasse packen und damit spielen.

Sie müssen ihn beobachten, sagte Gurlie.

Tu ich ja, aber ich kann nicht überall sein. Sowie ich ihm den Rücken kehre, tut er es. Aber der Kleinste ist ein Süßer, fängt gerade an, Geräusche von sich zu geben und mich auszuschimpfen, wenn ich ihn aus der Wanne nehme. Ich habe sie gerne, wenn sie so klein und hilflos sind. Das ist die beste Zeit. Ich sehe sie nicht gerne erwachsen werden.

Ich wohl, sagte Gurlie. Sie sollten nicht noch mehr Kinder bekommen, Sie können es nicht verkraften. Man sollte annehmen, der Priester würde Ihnen etwas raten, was Sie tun sollen, damit Sie sich um die anderen kümmern können.

Er versucht sein Bestes, der arme Mann. Aber was weiß er schon?

Sie sind doch intelligent, sprechen Sie mit Ihrem Mann darüber, sagte Gurlie.

Er trinkt ein bißchen, wissen Sie, sagte die arme Frau, und manchmal vergißt er sich. Wir leben natürlich, schon immer.

Wie viele Kinder haben Sie jetzt? fragte Gurlie.

Fünf. Drei Mädchen und zwei Jungen. Aber ich hatte noch nie ein Baby, das so jung gezahnt hat. Mein letztes Mädchen vor diesem war sieben Monate, und Matthew war neun Monate alt. Aber dieser, wissen Sie, mit fünf Monaten bekommt er zwei Zähne. Wenn sie so früh kommen – man sagt, sie beeilen sich, um Platz für das nächste zu machen.

Mein Gott, sagte Gurlie. Sind Sie von Sinnen?

Ich weiß, was Sie meinen, sagte die Frau, Sie haben nur zwei. Sie sollten noch eins bekommen. Ich glaube, das nächste Mal wird es ein Junge.

Woher wissen Sie das? fragte Gurlie, deren Interesse auf der Stelle geweckt war.

Nach dem letzten haben Sie, glaube ich, nicht wieder Ihre alte Figur bekommen. Da habe ich doch recht, oder?

Ja, sagte Gurlie, das stimmt.

Dann wird es ein Junge, wenn Sie jetzt eins kriegen, sagte Mrs. Goodale.

Also, ihr Leutchen wißt manchmal Dinge, von denen die Ärzte noch nie gehört haben.

Stellen Sie sich doch vor, wie nett es wäre, wenn Sie jetzt einen kleinen Jungen bekämen, sagte die Frau, gerade, wo Ihr Mann anfängt, Geld zu verdienen.

Das hörte Gurlie nicht gerne. Jetzt nehmen Sie es nicht krumm, sagte das kleine Geschöpf. Gurlie begann sie eingehender anzusehen und fragte sich, ob sie nicht entweder einen kleinen Tick hatte oder vielleicht einer dieser gewöhnlichen Menschen war, die mit hellseherischen Fähigkeiten begabt waren und die Zukunft voraussagen konnten. Sie glaubte fest an solche Dinge. Für einen Augenblick empfand sie Argwohn gegenüber der Frau und zögerte gerade so lange, daß Mrs. Goodale noch ein paar Brocken aufregender Unterhaltung unterbringen konnte, ehe sie nach Hause eilen mußte, um den Kindern das Abendessen zu machen.

Für eins bin ich dankbar, sie essen alles, was ich ihnen gebe. Ich weiß nicht, was ich tun würde, wenn das nicht wäre – es macht sie aber nie dick. Sie sind mager wie Stekken, ganz egal, wieviel ich in sie hineinstopfe. Alle außer dem Baby. Sie waren alle gleich. Sie fingen an, dünn zu werden, als sie anfingen zu laufen.

Das war genug für Gurlie. Aber die Frau hielt sie noch einmal fest. Sie wußte genau, in welchem Augenblick sie etwas durchsetzen konnte: Ich habe gehört, im Herbst müssen wir alle Kinder impfen lassen.

Ganz großer Unsinn, sagte Gurlie. Ich lasse das nicht zu.

Aber Sie müssen, wenn die Sie zwingen. Sie gehen herum und zählen die Kinder, habe ich gehört.

Was glauben Sie denn, wo wir sind? sagte Gurlie. Dies ist ein freies Land, nicht mit meinen Kindern, das können sie nicht, nicht, wenn ich es nicht zulasse.

Dann können sie nicht zur Schule gehen.

Wir wohnen weit weg von hier, sagte Gurlie, ehe es soweit ist. Und sie lachte laut und gab der kleinen Frau einen Klaps mit der Hand, als sie wegging und das Geschöpf dastehen und ihr mit besorgten Augen nachschauen ließ.

Aber das war keinesfalls alles! Die Frau wollte Gurlie nicht gehen lassen, den einzigen Anhauch von Ruhm, den sie vielleicht je erleben würde, das arme Ding, eine Straßenbekanntschaft mit einer Person, die, wenn auch indirekt, in der Zeitung stand. Wollen Sie nicht mal einen Moment warten, Mrs. Stecher? rief sie und eilte Gurlie nach.

Was ist denn? sagte Gurlie und blieb ganz gegen ihren Willen stehen.

Bitte seien Sie nicht ungehalten über mich, aber ich unterhalte mich so gerne. Ich kriege kaum mal jemanden, der mir zuhört. Und Sie sind so freundlich. Ich wollte Sie was fragen.

Ich weiß, sagte Gurlie. Sie haben es bereits gesagt.

Wirklich? Ich bin schrecklich dumm, Sie müssen mir verzeihen. Habe ich es wirklich schon gesagt?

In diesem Augenblick kamen zwei zwölf- oder dreizehnjährige Mädchen mit Schulbüchern unter dem Arm die Straße entlang. Sie unterhielten sich ernsthaft, als ein kleiner Junge hinter ihnen über den Bürgersteig gerast kam. Macht Platz! Macht Platz, schrie er. Ha! Und als er sie mit ausgestreckten Armen schubsen wollte, gingen sie ein wenig auseinander, um ihn durchzulassen, kamen wieder zusammen und redeten weiter wie zuvor.

Sind Jungen nicht schrecklich? sagte Mrs. Goodale.

Die Mädchen haben selbst schuld, sagte Gurlie. Sie sollten es nicht zulassen.

Ach ja, die Suppe, die man sich eingebrockt hat, muß man auslöffeln. Ich habe mir meine eingebrockt, als ich den Mann heiratete, den ich geheiratet habe. Hören Sie sich mal das Baby an, es hat Schluckauf wie eine Kukkucksuhr. Sind sie nicht komisch? Ich hatte mal eine Freundin, die gab ihrem Dreijährigen Bier, Wein, grüne Bohnen und – Limburger. Das haben sie ihm zu essen gegeben, und er entwickelte sich prächtig dabei. Sie brachten ihn ins Krankenhaus –

Das kann ich mir vorstellen, daß sie das mußten, sagte Gurlie.

– und gaben ihm Milch und Getreideflocken und so etwas. Er wollte es nicht essen. Nein, grüne Bohnen, sagte er. Aber wenn sie nicht Wasser trinken und nicht essen wollen, das ist das Schlimmste. Meinem Zweiten bekam die Flasche nicht, weil er so dagegen ankämpfte. Ach, die ganze Sache ist mir so leid. Ich bin es so leid, ich wünsche, ich wäre tot.

Das würde Ihnen auch leid tun, sagte Gurlie.

Die Frau lachte: Das stimmt. Da muß jemand wie Sie kommen, nicht wahr, um so etwas zu sagen. Die Kinder tun es einfach nicht. Ich versuche, es ihnen beizubringen. Nehmen Sie meinen Kleinen. Er sagt oo-hoo, ticktack und wauwau. Ja und tata. Aber ein Wort, das sagt er nicht.

Er ist aber doch ein aufgeweckter, lebhafter kleiner Junge, sagte Gurlie und fragte sich, wann das vorüber wäre.

Hm, er ist ein *Schatz*. Das Kind im Wagen fing an zu weinen. Ach, halt die Klappe. Mama mag dich nicht, sagte die Frau. Ich habe mit der Hand gegen die Wand gehämmert, so hat mich das angewidert. Jetzt schläft er die ganze Nacht durch. – Und so weiter und so weiter. Die Frau schien nicht aufhören und Gurlie eine Gelegenheit geben zu wollen, sie zu verlassen. – Jetzt gebe ich ihm Getreideflocken aus der Flasche. O Gott! Ich habe es mit einem Löffel versucht, das hat mich zwei Stunden gekostet. Ich war ein Nervenbündel. Der Teufel und seine Großmutter können das Kind nicht zum Schlucken bringen.

Ja, sagte Gurlie.

Aber ein paar Sachen habe ich von alleine rausgefunden. Er mag gerne Spinat, deshalb gebe ich überall ein bißchen Spinat dazu. Das funktioniert gut.

Ich muß gehen, sagte Gurlie. Auf Wiedersehen.

Nein, ehrlich, ich möchte Sie was fragen. Bitte.

Also dann, um Himmels willen, fragen Sie, sagte Gurlie ungeduldig, und lassen Sie mich gehen.

Na ja, beinahe schäme ich mich, sagte Mrs. Goodale, aber ich muß mit jemandem darüber sprechen, mit einem, der sich auskennt. Der Doktor sagt, ich muß mich operieren lassen. Ich habe Angst. Ich will es nicht, und mein Mann will es auch nicht. Aber der Doktor sagt, ich muß es machen lassen, wenn ich mich um meine Kinder kümmern will.

Was für eine Operation? sagte Gurlie.

Sehen Sie, was den gesunden Teil meines Körpers betrifft, oben, da hatte ich nie Probleme –

Oh, sagte Gurlie, ich verstehe.

Aber viele junge Frauen werden operiert, und was bleibt? Bloß eine Hülle. Ich bin heute morgen so deprimiert aufgewacht, ich habe keinen Mut mehr. Was soll ich tun?

Das müssen Sie selbst entscheiden, sagte Gurlie. Ich muß jetzt gehen.

Wollen Sie mir nicht sagen ...? begann die Frau. Aber Gurlie war weg. Als auch die Frau aufbrach, blieb ein kleines Mädchen mit knubbeligen Knien und einer rotweißen Skimütze an der Gosse stehen, sah die Straße hinauf und herunter und schüttelte eine Münze in der Hand, ein Bündel mit Brot unter den anderen Arm geklemmt. Ein kleiner Junge mit den Händen in den Taschen ging vorbei.

Joe war nach Hause gekommen, während Gurlie einkaufen war. Du solltest die Kinder nicht alleine lassen, wenn du rausgehst, sagte er.

Also, ich nehme sie ganz bestimmt nicht jedesmal mit, wenn ich ein Brot holen gehe, sagte seine Frau. Was soll ihnen denn schon passieren? Es sind doch Leute gegenüber.

Ein Feuer. Das Haus könnte abbrennen.

Ach, sie warf den Kopf zurück. Jemand wird sie hören und sie herausholen, mach dir darüber keine Sorgen.

Gurlie brauchte nicht lange, um ein leichtes Mittagessen zusammenzubekommen, und so setzten sie sich zum Essen.

Was Neues heute?

*Es geht*,* sagte Joe. Weißt du, setzte er hinzu, es sind immer die Kleinigkeiten, die man nicht bedenkt, die die meiste Aufmerksamkeit verlangen und sich sogar als die entscheidenden Faktoren herausstellen.

Flossie, sagte ihre Mutter, hör auf, dir die Suppe ins Haar zu kippen. Sprich weiter, ich höre zu.

Eine Sache, die ich neulich abends vergessen habe zu erwähnen. Aber vielleicht habe ich es dir erzählt, es ging um einen Schlüssel.

Nein, davon hast du mir nichts erzählt.

Das Ganze war eigentlich Zufall. Aber es scheint funktioniert zu haben. Ich habe eben Petty getroffen, der mit in der Hochbahn fuhr, und er sagte, der ganze Betrieb habe davon gehört.

Wovon? Gibst du mir bitte die Butter. Iß, Lottie. Iß deine Möhre, oder du bekommst keinen Nachtisch.

Als ich letzten Juni den Betrieb verließ, habe ich alle meine Schlüssel abgegeben. Zumindest dachte ich, ich hätte sie alle abgegeben. Aber gerade an dem Morgen, genau dem Morgen, als die Angebote veröffentlicht werden sollten – ich weiß nicht, vielleicht hatte ich nach deiner Abreise jene Hose nicht mehr angezogen.

Das denke ich mir auch. Ich glaube, du hast nichts von deinen Sachen waschen oder bügeln lassen, solange ich weg war. Und übrigens, ich möchte gerne wissen, was du überhaupt getragen hast. Deine Hemden sind schlicht und ergreifend schmutzig. Wie soll ich sie deiner Meinung nach sauberkriegen, wenn sie so aussehen. Die Kragenränder sind schwarz. Wenn man sie schrubbt, nutzt man nur das Material ab. Du solltest es besser wissen.

Gib mir die Butter, sagte Joe.

Erzähl mir von dem Schlüssel.

Ich versuche es dir seit zehn Minuten zu erzählen, aber du willst mir ja nicht zuhören. Jedenfalls, ausgerechnet an dem Morgen fand ich den Schlüssel in meiner Tasche, gerade, als ich Petty zur Hochbahn gehen sah. Und mir schoß durch den Kopf, daß sie Verdacht geschöpft haben könnten und es eine gute Art wäre, sie wissen zu lassen, daß ich nicht in Washington war.

Erinnerst du dich, daß du mir ein Telegramm geschickt hast –?

Ja, das war ein Fehler. Jedenfalls egal, es sieht so aus, als könnte gerade diese Kleinigkeit unser ganzes Leben geändert haben.

Wie meinst du das?

*Gott im Himmel!** sagte Joe. Ich habe es dir doch gerade erzählt. Es macht keinen Unterschied. Die Sache ist bloß, daß, wenn das nicht gewesen wäre, der Alte vielleicht ein ruinöses Angebot eingereicht hätte, bloß um den Kontrakt zu kriegen. Ich glaube, ich gehe mal eine rauchen.

Nimm die Kinder mit. Aber warte. Ich will dir erst was

zeigen. Ich glaube, sie macht es noch mal. Flossie, komm mal her. Sie trug das Kind ins vordere Zimmer und sagte Joe, er solle sich eine Weile auf das Sofa setzen und aufpassen. Sie stellte das Kind mitten im Zimmer auf den Boden, holte eine kleine Puppe, die irgendwo in der Wäsche wieder aufgetaucht war, und warf sie beiläufig auf einen kleinen Tisch, der am Durchgang zum Eßzimmer an der Wand stand.

Flossie sah sie an, sah den Tisch an, dann ihren Vater und lächelte breit. Warte mal, sagte ihre Mutter. Beobachte sie.

Nach einem Augenblick ließ das Kind sich auf Hände und Knie nieder und begann sich auf den Tisch zuzubewegen. Sie hat ihn heute nachmittag wieder entdeckt, sagte Gurlie. Was für ein Gedächtnis! Sie wußten genau, was nun passieren würde. Beobachte sie.

Flossie hielt inne und schaute sich nach ihnen um, wozu sie sich auf ihre vier Buchstaben setzte, dann nahm sie den Weg zum Tisch wieder auf. Niemand sagte ein Wort. Als sie an ihrem Ziel angekommen war, bemühte sie sich, auf die Füße zu kommen, indem sie sich an einem der vorderen Tischbeine hochzog, bis sie stand. Dann schob sie den Tisch. Er brach langsam zusammen, eines der hinteren Beine gab langsam nach, genauso, wie sie es erwartet hatte. Rumms! Dann setzte sie sich auf den Boden und schaute sich mit großer Selbstzufriedenheit um. Also, was für ein Gedächtnis! sagte Gurlie. Sie wußte, daß das Bein gebrochen war. Sie hat es nicht vergessen.

Na ja, wenn du nie etwas reparieren läßt, sagte Joe. – Du warst doch den ganzen Sommer hier, sagte seine Frau. Egal, ist es nicht bemerkenswert, wenn man bedenkt, daß sie sich nach dem ganzen Sommer daran erinnert? – Wunderbar! sagte Joe.

Er fand es nicht so komisch.

Ich kann mich erinnern, sagte Gurlie, wie ich damals auf dem Fluß hinter Sonderheim bis ganz oben auf den Mast eines Schoners geklettert bin. Ich kann mich erinnern, wie ich auf einem Pferd ritt, als niemand glaubte, daß ich mich oben halten könnte. Ich war immer waghalsig.

Ja, sagte Joe, und ich kann mich erinnern, daß ich lange Wanderungen im Harz unternahm, manchmal mehrere Tage. Wir nahmen immer ein Stück Stoff und falteten es über unsere Zehen und schütteten Leinöl – oder vielleicht war es auch Klauenfett – darauf, damit es sich leichter ging. Wir hatten keine Socken oder Strümpfe. Aber das war, als wir älter waren. Ich kann mich an nichts erinnern, das vor meinem fünften Lebensjahr war. Wenn wir jetzt stürben, wäre es für diese Kinder, als hätten wir nie existiert.

Und nach dem Abendessen saß Joe im Sessel und las Lottie etwas vor, während Flossie in seinem Arm schlief, so erhitzt, so entspannt und in seinen Armen schwitzend. Und das Ausziehen und das Badezimmer – o ja, und der Schluck Wasser – und so endlich einmal mehr ins Bett, und wieder ein Tag beinahe vorbei.

Mann und Frau tranken zusammen ein Glas Bier in der Küche, nachdem die Kinder eingeschlafen waren, keiner von beiden sagte viel, sie saßen bloß da, hatten die Hände um die Gläser gelegt und starrten die meiste Zeit auf die Tischplatte.

Es ging auf Mitternacht zu, und immer noch saßen sie da und vertrödelten die Zeit.

Wann fährst du wieder nach Washington? fragte Gurlie.

Vielleicht morgen früh. Weiß noch nicht, erwiderte Joe. Das schien seine Frau zu erzürnen.

Ich muß es wissen, sagte sie. Ich habe deine dummen Antworten satt. Ich bin deine Frau.

Ach! Laß mich in Ruhe, sagte ihr Mann. Es ist doch sowieso alles für dich, was habe ich denn schon davon? Ich kann dir nicht immer sagen, was ich als nächstes tue. Ich weiß es nicht. Jetzt kümmere dich um deinen Kram, und ich kümmere mich um meinen.

Ist das so? sagte Gurlie und setzte ein böses Gesicht auf.

Joe ging ins vordere Zimmer und nahm sich die Abendzeitung vor. Sie folgte ihm: Typisch Mann. Du sagst etwas Beleidigendes und Gemeines, und dann hast du nicht den Anstand, die Angelegenheit weiter zu verfolgen. Was habe ich jetzt verbrochen? Sag's mir.

Joe wollte keine Antwort geben. Er schaute sie bloß an.

Du meinst also, du hast den Streit gewonnen.

Welchen Streit?

Du meinst, du hast mich in meine Schranken verwiesen. Scher dich zur Hölle!

Wozu sollen wir überhaupt versuchen zu reden. Alles, was ich sage, endet in Streiterei. Wenn ich sage, ja!, fängst du darüber an zu streiten.

Sei nicht so deutsch.

Ich bin ein Deutscher. Was brütest du jetzt wieder aus? Soll ich dir etwas sagen, was ich selbst noch nicht weiß?

Was ich ausbrüte? Was brütest du aus? Warum gibst du keine Antwort? Jetzt mach bloß eine Schnute wie ein verwöhntes Kind und sage, ich war's.

Warst was? sagte Joe.

*Du* warst es. Ich wollte nicht streiten. Also, warum sagst du nichts? Hast du gehört, was ich gesagt habe? Scher dich zur Hölle!

Da bin ich schon, sagte Joe. Was du brauchst, ist nicht einen Ehemann, sondern einen Gebieter.

Warum bist du es dann nicht? Mach doch, versuche es – wenn du Manns genug bist.

Joe lachte gegen seinen Willen, bitter vielleicht, aber trotzdem amüsiert. Es fehlte nur noch, daß Gurlie ihn anspuckte. Er stand auf, klatschte ihr auf den Hintern und zündete sich eine Zigarre an. Ein Wunder, daß sie ihm nicht ins Gesicht schlug.

Ich frage mich, ob es das wert ist, sagte er zu ihr. Ich frage mich, ob es das wert ist. Sieh mal, was für ein schöner Abend da draußen ist.

KAPITEL 7

# Ein Haus im Grünen

Also, ein Gutes hat es, wenn man für sich arbeitet, sagte Joe eines Tages Anfang September. Ich habe nichts zu tun. Das war ein außergewöhnliches Ereignis in seinem Leben, und da seine Familie zu Hause und das Wetter herrlich war und die Spannung des Sommers den Höhepunkt überschritten hatte, genoß er es, obwohl Schlimmeres drohen konnte.

In diesen Tagen konnte er mehr oder weniger nach Belieben aufstehen, sich anziehen, frühstücken, vielleicht mit den Kindern spazierengehen – aber das würde nicht so bleiben. Es war bloß die Ruhe vor dem Sturm, während das Postministerium seine Maschinerie in Gang setzte und neue Ereignisse sich zusammenbrauten.

Warum gehst du nicht mit den Kindern in den Zoo, sagte Gurlie. Ich würde euch zur Abwechslung gerne einmal alle für einen Tag aus dem Haus haben. Ich habe die Kinder den ganzen Sommer gehabt, jetzt sieh du mal zu, wie es dir gefällt.

Laß uns rausfahren und ein Haus auf dem Land angucken, sagte ihr Mann. Es wurde abgemacht: Morgen früh nehmen wir die Kinder und fahren los. Am nächsten Tag also, an einem Mittwoch – man könnte denken, sie führen nach Europa – trieb Joe sie alle zur Eile an.

Du verdirbst alles, ehe wir noch da sind, sagte Gurlie. Warum bist du so nervös?

Aber ich habe dir doch schon vor einer Stunde gesagt, meinte ihr Mann, daß wir das Schiff nehmen müssen, das um neun Uhr an der 23. Street ablegt, wenn wir den Anschlußzug kriegen wollen.

Wer bin ich eigentlich? erwiderte seine Frau. Mach nicht so einen Wind. Nimm die Kinder und fahre, wenn du so in Eile bist. Ich komme später nach. Ich lasse mich nicht so hetzen. Kannst du denn nie etwas lernen? Ich bin nicht deine Angestellte.

Sie verpaßten das Schiff natürlich, und Joe wollte bereits umkehren und den ganzen Ausflug aufgeben. Aber Gurlie schmuste mit ihm, wie sie es konnte, wenn sie wollte, also warteten sie zwanzig Minuten und nahmen das nächste. Wo fahren wir hin? fragte sie ihn. Du hast mir nichts gesagt. Wo fahren wir hin, Daddy? fragte die ältere Tochter.

Wenn ihr zugehört hättet, sagte er. Ich habe es euch zwanzigmal erzählt.

Nimm dich in acht!

Pssst! sagte er. Wenigstens waren sie nun soweit und tatsächlich an Bord. Die Kinder wollten – zumindest Lottie – nach vorne gehen und den Fluß sehen. Gurlie trug das Baby auf dem Arm. Sie gingen nach vorn und hatten, weil um die Tageszeit kaum jemand sonst an Bord war, das Schiff beinahe für sich – abgesehen von den Pferden und Fuhrwerken auf dem Fahrzeugstreifen unten in der Mitte des Schiffes.

Es war wirklich ein herrlicher Tag. Gurlie war völlig verändert. Hier kann man atmen, sagte sie. Ab und zu spritzte ein wenig Gischt über den stumpfen Bug der Fähre fast bis zu Lotties Füßen. Sie war fasziniert. Man konnte deutlich spüren, wie das schwere Schiff sich hob und senkte, und mit der warmen Sonne auf den Gesichtern bewegten sie sich in der salzigen Brise stromabwärts.

Guckt mal, sagte Joe. Da fährt ein großes Schiff zum Meer.

Laß es fahren, sagte Gurlie. Ich will es nicht. Was ist das für ein Haus da drüben auf dem Hügelkamm? Es sieht aus wie eine Burg. Es muß großartig sein, da zu leben. Ich wette, da wohnen reiche Leute.

Es heißt Steven's Castle, sagte Joe. Ich glaube, die Leute sind pleite.

Dies ist eine wunderbare Fahrt, wenn man darüber nachdenkt, sagte Gurlie. Ich bin überrascht, daß nicht mehr Leute auf dem Schiff sind.

Was meinst du denn, was sie tun sollen, den ganzen Tag hier rauf- und runterfahren? Joe fühlte sich merkwürdig fehl am Platze. Diese Tageszeit, seine Familie um sich herum. All dies war eine neue Welt für ihn. Die Welt des Müßiggangs und Reichtums? Aber nichts an seinem Gesichtsausdruck hätte auch nur andeutungsweise verraten können, was er dachte: Es muß schrecklich sein, nichts zu tun zu haben. – Daddy! wagte das Baby ganz ohne Grund.

Guck dir diese Möwen an, sagte Gurlie, als eine große Möwe direkt vor dem Bug der Fähre widerstrebend vom Wasser aufflog, mit einem letzten Seitenhieb des Schnabels versuchte, etwas mitzunehmen, was sie gerade fraß, und mit den Füßen schlagend in die Luft glitt und dem Schiff auswich. Andere Möwen kreischten und drehten im Flug die Köpfe – sie beobachteten ihre Gefährten.

Flossie wollte auf den Boden hinunter wie ihre Schwester und versuchen zu laufen, aber Gurlie erlaubte es ihr nicht. Man konnte den Ammoniakgeruch der Pferde riechen, die auf der anderen Seite der Schranke standen – man konnte sie berühren, und auch die Fahrer, die auf den Kutschböcken der Fuhrwerke die Zügel hielten und vornübergebeugt in den Strom starrten.

Das ist der Norddeutsche Lloyd da drüben, sagte Joe. Sie ziehen es vor, in Hoboken anzulegen. Das ist eine gute deutsche Gemeinde.

Da fahren wir doch nicht hin, sagte Gurlie, oder?

Nein, sagte Joe. Wir nehmen den Zug. Wir fahren zu einem Ort namens Meadowhill, an der Erie Railroad; und er lachte.

Warum lachst du?

Weil der Erie heutzutage für jeden so was wie ein Witz ist. Aber es ist eine hübsche Stadt. Ich denke, sie wird dir gefallen. – Ist sie in der Nähe von Montclair? fragte Gurlie. – Das weiß ich nicht, sagte Joe. Kommt es darauf an? Gurlie gab keine Antwort.

Da standen sie, eine kleine vierköpfige Familie: der Mann in einem schwarzen, konventionellen Geschäftsanzug, einen preiswerten Panamahut auf dem Kopf, ein Mann von schmächtiger Statur, mit struppigen Augenbrauen, einem wohlgeformten Schnurrbart, einem breiten tiefgekerbten, nicht übermäßig hervorspringenden Kinn – es vermittelte den Eindruck von Festigkeit, zeigte aber gleichzeitig einen sensiblen Mangel an Geltungssucht. Aber am schönsten waren seine Augen und seine Stirn.

Sie standen da und genossen die gleichmäßige, erfrischende Brise, während das Schiff mit rhythmischem Schlagen der Schaufelblätter den Fluß hinunterfuhr, mit einer Geschwindigkeit von gut einer Meile. Gurlie war ein anderer Typ, für jeden Mann attraktiv, der ihr begegnete. Auch sie hatte ein ausgeprägtes Kinn, aber länger und schmaler als das ihres Mannes, ließ es ihr Gesicht ovaler aussehen als seines, das einwandfrei viereckig war. Sie runzelte leicht die Stirn gegen das vom Wasser zurückgeworfene Licht, und auf ihren vollen Lippen lag ein entschlossenes Schmollen. Aber ihr Blick war geltungsbewußt, wenn sie einen ansah, und ihr Haar war blond. Ein ziemlich dunkler Mann, in mancher Hinsicht, mit einer blonden Frau.

Die Kinder waren eine Mischung. Lottie war eindeutig dunkel wie der Vater, ähnelte ihm aber nur in der Haarfarbe, und Flossie hatte goldblondes Haar wie ihre Mutter, ähnelte aber im Schnitt ihres ziemlich kleinen Gesichts viel mehr ihrem Vater. Sie hatte gewöhnlich ein Grienen auf dem Gesicht, während Lottie meistens traurig dreinschaute und ihre großen braunen Augen immer verwundert auf die Welt zu gucken schienen. Mrs. Stecher trug das Übliche, eine plissierte Hemdbluse mit hohem Kragen und einen langen blauen Rock, mit einem Hut von entsprechender Größe, den sie festhalten mußte, damit er nicht fortgeweht wurde. Die Kinder waren mit Bändern und Blumen herausgeputzt und trugen hübsche kleine Strohhüte, unter dem Kinn von Gummibändern festgehalten.

Die Fähre näherte sich der Küste von Jersey. – Das ist also Jersey, wo wir leben werden.

Kommt schon, kommt schon, sagte Joe. Geht aus dem Weg, damit der Mann das Tor aufmachen kann. Einen Augenblick später gingen sie den Landungssteg hinauf, während die Pferde an ihnen vorbeistampften und rutschten und die Kutscher brüllten. Joe führte sie in den Wartesaal – der den Kindern riesig erschien –, denn er wußte, daß sie warten müßten – beinahe eine Stunde. Mein Gott! Auf diesen harten Bänken, sagte Gurlie.

Sie saßen da und sahen sich das große Holzgebäude an – zu seiner Zeit, vor dreißig oder vierzig Jahren, wahrscheinlich eine ziemlich berühmte architektonische Errungenschaft. Die Büros der Eisenbahnangestellten und anderer gingen von einer kreisrunden Galerie aus, die im ersten Stock um den Raum herumführte. Der ganze Saal roch komisch, wie nach faulendem Holz. Er war voller Menschen. Gurlie stutzte. Dann begann ihr klarzuwerden, was sich abspielte.

Es war, als kampiere eine Armee dort, Männer und Frauen und Kinder, ein Exodus, in fremdländischen Trachten, buchstäblich Hunderte von Menschen.

Wer sind die denn? fragte Gurlie.

Kannst du das nicht sehen? sagte Joe. Es sind Einwanderer, die irgendwohin in den Westen verfrachtet werden. Gurlie hatte so etwas noch nie gesehen. Sie standen in Gruppen, lagerten zwischen den Bänken des Wartesaals oder auf dem Fußboden, hatten ihre Habe in fremdartigen Schachteln und Bündeln, alte Frauen und Kinder saßen dazwischen. Die Männer standen etwas abseits, jede Gruppe hatte gewöhnlich einen Sprecher, der manchmal mit einem Dolmetscher redete. Sie alle hatten irgendwelche Fahrkarten an die Jacken geheftet. Sie sahen beunruhigt aus, warteten auf ein Signal zur Abfahrt.

Hier waren die Beweise für die Anspannung und das ungestüme Wachstum, die der Nation ein nicht leichtes Schicksal aufzwangen, die gleichen Zwänge, die auch in Joes Brust kämpften. Er wünschte, er wäre nicht auf diesen dummen Ausflug verfallen. Wie konnte er wissen, ob nicht in diesem Augenblick zu Hause ein Telegramm lag, das ihn aufforderte, nach Washington zu fahren.

Warum entspannst du dich nicht? sagte Gurlie. Hier hast du mal eine Gelegenheit, dich ein paar Stunden auszuruhen, und du läufst auf und ab wie ein Tier im Käfig. Es stimmte, der Mann konnte keine fünf Minuten sitzen bleiben. Ich weiß nicht, warum wir gekommen sind, sagte er, so den halben Morgen herumzusitzen.

Dann laß uns nach Hause fahren, mir ist es gleich, sagte Gurlie.

Die Kinder sahen sie an, sahen von einem Gesicht zum anderen, als sie sie so reden hörten.

Guck dir diese Kleider an, sagte Gurlie. Die Jacke dieses Mannes! So einen Stoff haben wir in diesem Land noch nie gesehen.

Ich wette, sie sind völlig verlaust, sagte Joe.

Nein. Sie sehen aus wie saubere, sparsame Leute. Ich frage mich, wo sie herkommen. Geh und frage sie.

Kümmere dich um deine Angelegenheiten, sagte Joe. Sie konnten die klare, bedächtige Stimme des Stationsvorstehers hören, die die Züge ankündigte: Port Jervis, Binghampton, Buffalo, Chicago und westliche Ziele auf Gleis drei. Chicago Express! Seine Stimme schallte durch die leere Halle. Einer der Dolmetscher brüllte einer Gruppe Bauern etwas zu, die sich sofort erhoben und ihm folgten. Einige andere brachen auch auf, wurden aber auf ihre alten Plätze zurückgewinkt und wieder zum Warten gezwungen.

Genau wie Vieh, sagte Joe. Eine Million kommt nun jedes Jahr herein und füllt den Westen.

Wieso kann ich nicht eine von ihnen als Dienstmädchen haben? fragte Gurlie.

Weil das Bauern sind, sagte Joe. Kannst du nicht sehen, daß es Familien sind? Sie haben wahrscheinlich Fahrkarten bis Minnesota, um Grund und Boden für Höfe zu erwerben – oder bis zu den Bergwerken vielleicht, in Pennsylvania oder West Virginia.

Warum behalten sie die nicht hier, an Stelle all dieser Juden?

Weil die Juden keine Bauern sind.

Dann sollen sie doch lernen, Bauern zu sein. Ich werde mit einer der Frauen sprechen.

Mach nur, sagte Joe, wenn du Slowakisch sprechen kannst. Sie werden dir ein paar ihrer Wanzen geben. Ich gehe nach draußen und rauche.

Gerade als er hinausging, klopfte ihm an der Schwingtür, durch die Leute in der entgegengesetzten Richtung hereinströmten, jemand auf die rechte Schulter und sagte zu ihm: Hallo, Stecher.

Joe zögerte, dann drehte er sich um: Wie geht's Ihnen, Mr. Depew?

Sie erinnern sich also an mich?

Joe nickte. Mr. Depew, Chauncey M. Depew, wie Joe zu sich sagte, trug einen Stock. Er war ein großer Mann mit einem Backenbart und tadellosem Geschäftsanzug, ordentlicher schwarzer Jacke und hohem, ordentlichem rundem Filzhut. Er war beträchtlich älter geworden, seit Joe ihn das letzte Mal gesehen hatte. – Es ist schon eine ganze Weile her, seit ich Sie gesehen habe. Ich bin überrascht, daß Sie sich an mich erinnern, sagte Joe.

Oh, seit den Tagen der alten Cooper Union konnte ich Sie doch nicht vergessen, Stecher, eh? Sie waren damals ein überzeugender Arbeiterführer, ein begabter Redner. – Vor zehn Jahren war Joe ein aktiver und geschätzter Wortführer der Arbeiterbewegung gewesen, hatte aber wegen der korrupten Leute an der Spitze die Sympathie für die Sache verloren. – Ich wünsche, es gäbe dort jetzt mehr wie Sie. Aber die Zeiten sind schlecht, Stecher.

Ja, sagte Joe.

Bei der Eisenbahn geht es immer schlimmer zu, und ich sage Ihnen, ich weiß nicht, wo das noch mal enden soll – es sei denn, Harriman tut etwas für uns. Wie stehen Sie denn heute zur Arbeiterbewegung?

Das ist eine schwere Frage, sagte Joe. Haben Sie Probleme?

Reichlich. Ich habe Ihren Namen wieder in der Zeitung gesehen. Glückwunsch, falls ich mit meinen guten Wünschen nicht zu früh komme. Und er lachte. Alles Gute. Sie schließen sich jetzt den Kapitalisten an, was?

Ja, sagte Joe. Wo kommen diese Einwanderer her, die heute hier sind? Ziemlich viele, nicht?

Wir kriegen unseren Anteil. Über diese Gruppe hier weiß ich nicht viel. Wir befördern sie bis nach Chicago. Eine gute Sache für die Banken. Bedeutet, daß neues Land aufgekauft wird. Darlehen – die Einwanderer sind so gut wie bares Geld für uns, wenn wir genug von ihnen kriegen können.

So sieht es aus, sagte Joe.

Wo wollen Sie hin?

Ich habe meine Familie mit. Wir fahren in die Vororte, suchen ein Haus.

Das ist schön. Sie haben vor, einer unserer Pendler zu werden?

Ich hoffe, ja, sagte Joe.

Schauen Sie mal vorbei. Ich habe ein Büro da oben. Er zeigte in Richtung Galerie. Gehen Sie, rauchen Sie. Ich wünschte, ich könnte mithalten. Anordnung vom Arzt. Auf Wiedersehen.

Als Joe zu seiner Familie zurückkehrte, wollte Gurlie wissen, wer der Mann war, mit dem er geredet hatte. Joe sagte es ihr. Du wolltest ihn nicht deiner Frau vorstellen, nicht wahr, sagte sie. Rede keinen Unsinn, antwortete Joe.

Secaucus, Meadowhill, Carleton Hill, Passaic Park, Passaic, Clifton, Lake View und Paterson! rief der Ansager aus: Gleis vier. Um sie herum standen hier und da Leute auf und setzten sich zur Tür in Bewegung, manche falteten ihre Zeitungen zusammen, andere trugen schwere Taschen, eine sehr schwergewichtige Frau watschelte allein des Wegs, und auf sie folgte eine italienische Familie mit Mann, Frau, drei kleinen Kindern plus einem Wickelkind, das auf dem Arm getragen werden mußte. Joe tat sein Bestes, um Gurlie zurückzuhalten, aber sie drängelte trotzdem voran.

Es gab nur drei Wagen, einen davon für Raucher und den letzten für Gepäck, so daß die wenigen morgendlichen Passagiere alle die hohen Holzstufen zu dem mittleren Wagen hinaufstiegen, und in der Tat landete Gurlie auf der anderen Seite des Gangs direkt gegenüber der sackförmigen italienischen Mutter, die, kaum daß sie saß, eine ihrer Brüste hervorholte und das Baby stillte – dabei redete sie in dem Bemühen, ihre anderen Kinder im Zaume zu halten, die ganze Zeit mit großer Geschwindigkeit. Joe schaute in die andere Richtung.

Da saßen sie. Ridleys frische gebrochene Karamellen! Ein Mann mit schmaler Nase und einer hohen nasalen Stimme ging langsam mit einem großen Korb auf dem Arm vorbei. Ridleys frische gebrochene Karamellen! rief er. Auch das noch, dachte Joe. Nehmen Sie eine Tüte für die Kinder mit nach Hause. Er blieb vor ihrem Sitz stehen und schaute mit einem freundlichen Lächeln auf die beiden kleinen Mädchen herab, die auf seine Schirmmütze und die geheimnisvollen Leckereien starrten, die er in ordentlich gefalteten Papiertüten mit sich führte, aber sowohl Joe als auch Gurlie schüttelten den Kopf. Die Pfeife ertönte. Alles einsteigen! Als der Zug sich in Bewegung setzte, stieg der Mann mit den Karamellen aus, Gott sei Dank! und war weg.

Schließen Sie vor dem Tunnel die Fenster, hatte der Schaffner gerufen, als er die Fahrkarten einsammelte. Eine Frau kam mit ihrem nicht zurecht, und der schwere Qualm der Lokomotive begann in Schwaden hereinzuziehen. Ein Mann in ihrer Nähe beugte sich hinüber und zog das Fenster nach unten. Der Tunnel kam den Kindern endlos vor, besonders als der Zug plötzlich stehenblieb. Gurlie gefiel das gar nicht, die brennenden Gaslampen und das plötzliche Tosen, als ein Zug auf einem anderen Gleis vorüberdonnerte. Die Kinder sahen ihren Eltern ins Gesicht, aber sie fühlten sich erleichtert, als sie endlich weiterfuhren und schließlich am anderen Ende des schwefligen langen Tunnels wieder herauskamen und die Fenster überall langsam wieder aufgingen.

Mach das Fenster auf, Daddy, sagte seine ältere Tochter.

Nein, sagte Gurlie. Stütze dich nicht so auf das Fensterbrett, siehst du denn nicht, daß es ganz schwarz ist? Du machst dir dein Kleid dreckig.

Der Zug fuhr weiter. Dann kam mit einem plötzlichen ohrenbetäubenden Krach und Getöse ein anderer Zug aus der entgegengesetzten Richtung an ihnen vorbei. Sein schrilles Pfeifen verebbte. Sie fuhren jetzt in einem guten Tempo, und ein anderer Zug auf einem Außengleis, diesmal in gleicher Richtung, hielt noch Schritt mit ihnen oder rollte vielleicht eine Idee schneller, weil er schließlich langsam rechts vorbeizog, bis sie nur noch das hintere Ende sehen konnten, und weg war er.

Auf den Rangierbahnhöfen warf jedes Gebäude, das sie passierten, jeder Güterwagen, den sie hinter sich ließen, das Rattern des vorbeifahrenden Zuges verstärkt zurück – aber in dem Maße, in dem sie all das hinter sich ließen, wurde der Lärm des Zugs schwächer, und endlich waren sie beinahe davon erlöst. Man spürte das offene Land.

Auch Joe fühlte sich besser. Zumindest saßen sie nicht in diesem gottverlassenen Wartesaal, wenigstens bewegten sie sich.

Neben- und Rangiergleise nahmen ab, die Umrisse leerer Güterzüge blieben zurück, zusammen mit den Gerüchen, die sich dort stauten, und nun fuhr der Zug alleine dahin, inmitten von anscheinend endlosen Ebenen schwankender Schilfgräser, die sich bis zu den niedrigen Hügeln in der Ferne erstreckten. Joe atmete freier. Es war immer noch grün, mit einem breiten braunen Graben, der neben dem Fenster entlanglief und der, wie Lottie fand, wenn man den Blick darauf gerichtet hielt, sich ab und zu drehte und wand wie eine große Schlange. Seine schlammigen Ufer fielen zu dem braunen Wasser ab, und wenn man genau hinschaute, konnte man gelegentlich eine Schildkröte hinuntergleiten und verschwinden sehen, während das Gewicht des Zuges das Ufer erschütterte, auf dem sie sich gesonnt hatte.

Dichter am Zug waren die Telegraphenmasten. Plötzlich stürzte einer ins Blickfeld, aber ehe man den Blick darauf heften konnte, war er weg, und ein anderer näherte sich, während die Leitungsdrähte zwischen ihnen sich senkten und wieder erhoben, an der Spitze eines neuen Mastes bebten und langsam sanken, immer und immer wieder.

Es war ein heißer Tag, und über die ebenen, von Gräben durchschnittenen Niederungen flogen Amseln. Manche der breiten Felder, die von den Bächen unterteilt wurden, waren wie ein Teppich, kein Schilf, sondern ein außergewöhnlich eintöniges Gras, das eine ganz ebene Fläche bildete, außer an den Stellen, wo es von Flecken gelber Blumen unterbrochen wurde – Gurlie konnte nicht erkennen, was es für welche waren – goldene Gänseblümchen vielleicht. Ist das nicht schön? sagte sie. Das räumte Joe ein. Und dann bremste der Zug vor dem Bahnhof von Secaucus ab, aber weil niemand an dem kleinen kioskähnlichen Schuppen stand, der den Bahnhof darstellte, beschleunigte er wieder und ratterte beinahe unmittelbar danach über den Hackensack River, wo man entlang der schlammigen Ufer ein paar Hausboote mit schmalen Planken auf Stelzen davor sehen konnte, die zu kleinen Kaimauern auf der Höhe der Niedrigwassermarke führten. Das Wasser war hellbraun, sonnig und von vielen kleinen Wellen gekräuselt – nichts außer dem Zug bewegte sich.

Merkwürdig, sagte Gurlie, so nahe bei der Stadt. Man sollte meinen, man wäre in Rußland. Es ist so viel Platz in diesem Land, man sollte denken, es könnte nie genug Leute geben, um es zu füllen. Was für ein Reichtum!

In dem hier steckt nicht viel Reichtum, sagte Joe. Aber er hatte die Landschaft nichtsdestoweniger sehr gern.

Ich wette, man könnte dort etwas anbauen und züchten, sagte Gurlie.

Moskitos, sagte Joe.

Guck dir Holland an.

Das ist auch das einzige, was sie da drüben machen können. Sie haben nichts anderes, sagte Joe. Hier haben sie besseres Land – sie brauchen nichts zu erschließen. Zu schade, fügte er im stillen hinzu.

Lottie mußte austreten. Also, sagte Joe, warum bist du nicht mit ihr gegangen, als ihr im Wartesaal wart. Beinahe eine Stunde wart ihr da. Dahinten im Wagen ist eine Damentoilette. Bring sie dahin. – Aber sie war verschlossen. Gurlie war wütend. Was sind das bloß für Leute! Du mußt warten.

Meadowhill! rief der Schaffner, als der Zug eine leichte Steigung nahm und langsamer wurde. Dann wiederholte er leiser: Meadowhill!

Da sind wir, sagte Joe. Die romantischen Ebenen lagen hinter ihnen, und unterhalb des Bahndamms, auf dem sie fuhren, sahen sie flache, schäbig aussehende Häuser, ein häßliches Gebäude, in dem Kohle gelagert wurde, und – da waren sie.

Jetzt bring sie bloß zur Damentoilette, sobald wir aus dem Zug steigen, sagte Joe.

Laß mich in Ruhe, sagte seine Frau. Ich weiß, was ich zu tun habe.

Droschke! Droschke!

Hier, sagte Joe. Warten Sie einen Moment, bis meine Frau zurückkommt.

Jawohl, mein Herr.

Droschke! Droschke!

Nein, ich habe eine.

Joe zündete sich eine Zigarre an. Gurlie kam schon wieder zurück. Es ist zu schmutzig. Einfach unsäglich. Widerlich.

Na, und was willst du jetzt tun?

Tja, was wollen *wir* jetzt tun? Zwei oder drei Droschkenfahrer standen herum und schauten sie an, während ihr Kutscher sein Pferd wendete und den offenen Kutschwagen, der am oberen Rand einen Fransenbesatz hatte, zum Bordstein brachte. Das arme Pferd sah schon müde aus, ehe es losging.

Joe zog sein kleines Notizbuch hervor: Wo ist der Orient

Way? Direkt da drüben, sagte der Droschkenfahrer und zeigte auf eine breite Lehmstraße mit einem Makadambelag in der Mitte. Sie führte in einem Winkel vom Bahnhofsplatz nach Süden. Welche Nummer? Joe gab sie ihm, und sie fuhren los.

Die Kinder dachten, sie wären wieder in Vermont.

Nun, was hältst du von dem Flecken? fragte Joe.

Nicht viel, sagte Gurlie.

## KAPITEL 8

# Drohende Wolken

Guck mal, sagte Joe eines Morgens zwischen Frühstück und Weggehen, das ist der nackte Mechanismus der Sache, die Maschinerie, die hinter diesen Kontrakten steht. Du verstehst, was ich dir sage? Ich will, daß du es klar vor Augen hast.

Ja, sagte seine Frau.

Da ist das Postministerium, dem der Postminister vorsteht. Er ist ein Mitglied der Regierung. Das ist Payne. Er hat nicht viel damit zu tun, aber sein Wort gilt – beinahe. Dann ist da einer der Stellvertreter des Postministers. Das ist Davids. Er ist eine aufrichtige Haut. Da haben wir keine Probleme. Payne wird alles tun, was Davids ihm sagt – es sei denn, man übt zu großen politischen Druck auf ihn aus.

Ja.

Aber dann ist da Caldwell, dem die Zahlungsanweisungsabteilung untersteht. Er ist derjenige, welcher. Da liegt die Schwierigkeit.

War er nicht immer dein Freund? Du hast ihn erwähnt.

Das stimmt, sagte Joe. Aber sein Neffe ist einer der jüngeren Teilhaber der Mohawk Press.

Oh, sagte Gurlie. Ich verstehe, wie sie es drehen.

Nein, tust du nicht, sagte Joe. Noch nicht. Habe ich zuerst auch nicht. Aber jetzt verstehe ich es. Dagegen mußte ich kämpfen. Daran knabbert die Regierung jetzt, und recht bald wird jemand abgeschossen werden. Vielleicht ich.

Unsinn! sagte Gurlie. Das glaube ich nicht.

Ich wußte bis vor kurzem überhaupt nichts von all dem, sagte ihr Mann. Jetzt weiß ich alles darüber – dank Davids und Black.

Wer ist Black?

Der stellvertretende Justizminister. Er hat mir Gelegenheit gegeben, eine Kopie der Anschuldigungen gegen mich einzusehen, damit ich bei der Anhörung letzte Woche etwas darauf entgegnen konnte.

Oh, sagte Gurlie, ehrlich, hat er das getan? Was waren denn das für Anschuldigungen?

Alles, was sie gegen mich haben, was für ein Schwindler ich bin, sagte ihr Mann. Und um Himmels willen, erzähle das bloß nicht jedem, der dir über den Weg läuft.

Ausnahmsweise erwiderte Gurlie nichts.

Du hast gehört, was ich gesagt habe. Sage niemandem weiter, was ich dir erzähle. Rede einfach nicht darüber. Ich muß jetzt gehen.

Du brauchst dir keine Gedanken zu machen, sagte Gurlie.

Es gibt viele Leute, die ein Interesse daran haben, daß ich den Kontrakt nicht bekomme – und außerdem jetzt ihre eigene Haut retten wollen. Bis dann.

Es wird alles zu deinen Gunsten geregelt, sagte seine Frau. Heute.

Wovon redest du?

Ich sage dir, heute wird alles geregelt, und du wirst gewinnen. Es wird in der Zeitung stehen, warte mal ab.

Woher weißt du das? fragte Joe.

Irgend etwas sagt es mir. Vielleicht ist es Telepathie. Er lachte. Na gut, sagte sie, ich weiß es. Warte es ab. Hast du Räume für dein Geschäft gefunden? Denn schließlich mußt du bereit sein.

Er sah sie bloß an. Ich habe ein Auge auf ein paar Häuser geworfen, sagte er. Wenn du zuhörtest, würdest du es mir viel leichter machen.

Kommst du zum Mittagessen nach Hause?

Nein.

Gut. Geh schon.

Gurlie war nicht wohl zumute. Schsch! sagte sie zu den Kindern, nachdem Joe gegangen war. Auch sie hatte zu arbeiten. Den ganzen Weg zum Gemüsemarkt ging sie mit gesenktem Kopf, und ihre Arme schwangen steif hin und her. Dann und wann bewegte sie sie mit einem raschen Ruck, als schlüge sie in Gedanken irgend etwas.

Es hätte anders sein können, wären die Stechers geselliger gewesen, wenn sie lockere Bekanntschaften in der Nachbarschaft gehabt, wenn sie dazugehört hätten. Aber wie immer lebten sie strikt zurückgezogen.

Da war beispielsweise das Gewerkschaftsgebäude auf der East Side zwischen der Second und Third Avenue mit seinen Komitees für jedermann – Mann, Frau und Kind. Gruppen aller Arten, die Nachbarn planten ständig Picknicks, Ausflüge, was auch immer. Joe und Gurlie waren ein- oder zweimal dabeigewesen – die Frauen brachten ihr Weihnachtsgebäck mit und was alles so dazugehörte, aber es schien nicht das Richtige für sie zu sein. Für wen halten die uns denn, sagte Gurlie.

Mehr angezogen hätte Joe, wenn er nicht soviel im Kopf gehabt hätte, der Hudson-River-Angelklub, der näher an seiner Wohnung am Fuß der West 113. Street am Fluß lag. Mehrere seiner unmittelbaren Nachbarn waren Mitglieder, prima Kerle, die Joe mehrfach gefragt hatten, ob er nicht gerne auf den einen oder anderen Ausflug mitkommen würde. Nein, er dankte ihnen immer und schüttelte den Kopf. Zuviel zu tun. Schließlich hatten sie ihn in Ruhe gelassen. Er schien es so haben zu wollen.

Und er hatte auch gesehen, wie sie große Fische mit nach Hause brachten, gelegentlich Flußbarsch, Seebarsch, Kabeljau und Aal. Gurlie war einmal zutiefst interessiert gewesen, als eine Frau, die in der Nähe wohnte, erzählte, daß sie einen Aal enthäutet und ihn sich gegen Rheuma ums Knie gebunden habe. Wie bei dem Verein auf der East Side waren die Stechers einmal zum Angelklub gegangen, am Memorial Day, zu einer Party. Ein großer Kessel mit Muscheleintopf dampfte auf der massiv gemauerten Feuerstelle – die Kinder strichen Tomatenketchup auf Schiffszwieback, bis er ihnen die Kleider hinunterlief. Eine Party in Hemdsärmeln und Schürze – nein, sie waren zu nervös, zu scheu – hatten zu schnell etwas auszusetzen.

Gurlie tobte hinterher: Huh! Wenn ich an die Küche in Sonderheim denke und die schönen Sachen, die *Hunderte* von Jahren alt waren, das Silber und die Kupferkessel, die Stühle und die Tische aus bestem Holz! Worauf die sich hier bloß was einbilden!

Aber die Skandale im Postministerium spitzten sich immer mehr zu und machten oft Schlagzeilen in den Morgenzeitungen. Joe war höchst beunruhigt. Das ganze Zahlungsanweisungsbüro ist durch und durch korrupt, sagte er, als er ein paar Abende später nach Hause kam und Zeichen von stärkerer Erschöpfung und Entmutigung als üblich zeigte. Gott sei Dank haben wir wenigstens Payne. Ohne ihn wären wir verloren. Wenn er stirbt …

Wieso, ist er krank?

Ja. Ich wünsche, ich hätte diesen ganzen gottverdammten Schlamassel hinter mir und einen Druckauftrag für Arzneiflaschen-Etiketten.

Unsinn! sagte Gurlie lachend – ihr Lieblingswort. Du wirst gewinnen. Ich weiß es. Ich habe einen guten Riecher. Warte es ab.

Warten? sagte Joe. Ich habe den ganzen Sommer gewartet, und jetzt muß ich warten, bis sie das ganze Ministerium gesäubert haben, ehe ich meinen Lebensunterhalt verdienen kann.

Ganz gewiß waren Zweifel aufgekommen. Selbst der Präsident der Vereinigten Staaten könne schließlich in die Sache verwickelt werden, hatte Joe Gurlie erzählt: Er ist der einzige, der den Knoten durchhauen und eine Entscheidung fällen kann. – Joe erwartete nun täglich einen Anruf aus Washington, seit Druck, großer Druck ausgeübt wurde, um ihm – weil er verantwortungslos gehandelt habe und nicht einmal einen eigenen Betrieb besitze – den Auftrag wegzunehmen und ihn der Mohawk Press als der besten Firma, die ihn ausführen konnte, zurückzugeben, auch wenn sie die höchsten Angebote eingereicht hatte.

Das können sie nicht tun, sagte Gurlie. Wie können sie so etwas tun?

Stell dir mal vor, sie erschießen mich eines Nachts. Ich nehme an, die Kugel würde nicht mal durch meine Gedärme durchgehen, weil ich ein so durch und durch verläßlicher Mensch bin, sagte Joe.

Aber du bist doch derjenige, der das ganze Geschäft für sie aufgebaut hat. Sie sind Schwindler.

Sie versuchen zu beweisen, daß ich einer bin, sagte ihr Mann.

Du? Du ein Schwindler? Sie tobte. Du bist ganz schön clever, aber noch nicht clever genug dafür.

Na, hätte ich nicht über sie Bescheid gewußt, dann hätte ich nicht Wind von dem Auftrag bekommen können, ganz gleich, wer ich war. Und am Ende hätte ich schmutziger dagestanden als der schmutzigste Dieb, der dir täglich so über den Weg läuft. Ruiniert. Kommt vielleicht noch. Ich weiß es nicht.

Du hast bloß Angst, das ist alles. Du hast keinen Mut. Bekämpfe sie. Sei ein Politiker.

Herein und hinaus, herein und hinaus. Noch ein Tag, und da war Joe schon mitten am Nachmittag wieder zu Hause, das Gesicht gerötet, die Augen blitzend.

Sie haben ihn rausgeschmissen! sagte er jubilierend, noch in der Tür.

Wen?

Caldwell.

Hurra! Wer hat es dir gesagt?

Es steht in der Nachmittagszeitung. Hier. Ich nehme ein Bad. Wo sind die Kinder?

Ich habe sie auf die Straße zum Spielen geschickt. Gib mir die Zeitung.

Sieht aus, als wär's das, worauf ich gewartet habe. Joe ging hinein, um sich auszuziehen, und Gurlie nahm die Zeitung mit ans Fenster und fing an zu lesen. Aber gleich war er wieder da und nahm sie ihr aus der Hand. Guck mal hier, sagte er. Sie haben gerichtliche Schritte gegen ihn unternommen. Jetzt kommen wir voran.

Er setzte sich mit der Zeitung in einen anderen Sessel, während Gurlie die Hände in den Schoß legte und wartete.

Ich dachte, du wolltest ein Bad nehmen.

Stimmt, sagte ihr Mann. Gleich.

Ich sehe nach, ob heißes Wasser da ist.

Joe las weiter in der Zeitung, bis seine Frau aus der Küche zurückkam. Also, sagte sie und blieb stehen, nimmst du ein Bad oder nicht? Ich will die Zeitung haben.

Stimmt, sagte er, ohne aufzusehen.

Raus mit dir! Sie riß ihm die Zeitung aus der Hand. Ich habe das satt.

Joe lehnte sich zurück und lachte sie aus. Jedenfalls muß ich jetzt nach Washington fahren, und dann sehen wir weiter. Es sieht gut aus.

Das ist schön. Du gehst mir auf die Nerven, erwiderte sie ihm. Ich kann nichts tun. Jetzt beeil dich, ehe die Kinder zurückkommen. Also ging er hinein und drehte das Wasser auf, während sich Gurlie wieder ans Fenster setzte, um zu lesen.

Und tatsächlich, da stand es. Caldwell war seines Amtes als Direktor der Zahlungsanweisungsabteilung wegen Unregelmäßigkeiten oder versuchter Unregelmäßigkeiten bei der Abwicklung der kürzlich erfolgten Angebote für den Druck der Zahlungsanweisungsformulare enthoben worden. Gurlie las es immer wieder. Joes Name wurde mehrere Male erwähnt. Es sah so aus, als habe er, Caldwell, versucht, auf Stecher einzuwirken, damit er sein erfolgreiches Angebot für den Vierjahreskontrakt zurückziehe und Frieden mit der Mohawk Press schließe – was die Regierung schätzungsweise soundso viele tausend Dollar im Jahr zusätzlich kosten würde. Aber Stecher habe schlankweg abgelehnt, usw. usw. Was soll man davon halten? war das einzige, was sie sagen konnte.

Als Joe sich fertig gewaschen hatte und aus der Wanne stieg, hörte er die Kinder wieder durchs Haus tollen und Gurlies Stimme, die ihnen befahl, spielen zu gehen und sie in Ruhe zu lassen. Ich möchte auch ein Bad nehmen, sagte Lottie gerade, als er ins vordere Zimmer kam, barfuß und in Hose und Unterhemd, das Haar in allen Richtungen vom Kopf abstehend.

Gütiger Gott, sagte Gurlie, ich dachte, ich würde ein paar Minuten Frieden haben. Diese Familie macht mich verrückt. Wozu seid ihr eigentlich gut? – Vergiß es, sagte Joe. Ich unterhalte sie. Lies deine Zeitung.

Ich will ein Bad, sagte Lottie. Das Baby stand an einem Stuhl und sagte das gleiche – mehr oder weniger. Nein, sagte Joe. Nicht heute. Eure Mutter ist müde.

Es ist heiß heute, sagte Gurlie. Warum badest du sie nicht selbst, wenn du denkst, als Frau habe man dabei immer seinen Spaß. Sie müssen gebadet werden. Mach du es, es sind deine Kinder genausogut wie meine.

Ich habe noch nie in meinem Leben ein Kind gebadet, sagte Joe.

Ach, laß mich in Ruhe, sagte seine Frau. Das ist das einzige, was ich will. Lottie kann sich selbst baden. Laß ein bißchen Wasser in die Wanne. Mach in der Küche noch mehr Wasser heiß, bis es die richtige Temperatur für sie hat. Mach schon. Sie wandte sich wieder ihrer Zeitung zu.

Kann ich sie beide auf einmal baden? fragte Joe. Ja, sagte Gurlie.

Joe war *der* methodische Handwerker, wenn es je einen gab, deshalb ging er mit Vorbedacht an die Arbeit und plante jeden Schritt sorgfältig. Sofort geriet er aber mit Lottie in einen großen Streit, die schon begonnen hatte, ihre Kleider überall im Raum zu verstreuen, ehe er auch nur mit dem warmen Wasser aus der Küche zurückkommen konnte. Außerdem hatte er selbst noch nicht aufgeräumt, und alles war in großer Unordnung. Er wußte nicht, wo er anfangen sollte.

Lottie tat das meiste selbst und lief bald nackt herum, also zog Joe die Kleine aus, die in die Hose gemacht hatte, trug sie schließlich mit gerunzelter Stirn ins Badezimmer und setzte beide Kinder in die Wanne. Er fischte zwei Waschlappen heraus und Seife und –

Wo fängst du an? rief er zu seiner Frau zurück. Soll ich ihnen die Haare waschen?

Gurlie gab ihm nicht einmal eine Antwort.

Auf einem Stuhl neben ihnen sitzend, seifte er beide Kinder gut und gründlich ein und begann schließlich höchst belustigt in sich hineinzulachen, als die Kleine an einem Zipfel des Waschlappens saugte, mit dem er versuchte, sie abzuwaschen, und baß erstaunt zu ihm aufschaute, weil es so eklig schmeckte. Auch Lottie wollte das Baby einseifen. Er machte dem ein Ende.

Seit Urzeiten hatte er sich nicht mehr so fröhlich und glücklich gefühlt. Halb lachte er über sich selbst, voller Liebe zu seinen kleinen Kindern – halb war es, als sei seine eigene Mutter ausgegangen und habe ihn, selbst ein Kind, zum Spielen zurückgelassen. Er machte seine Sache gründlich, und die kleinen Mädchen plantschten herum und amüsierten sich königlich. Traurig, irgendwie. Er wußte nicht, warum.

Die kleine Flossie, ihr halblanges blondes Haar ganz zerzaust und hinten in der Mitte wie ein Entenschwänzchen aufwärts gekräuselt, ihre Kleinkinderhände, die Finger weit gespreizt und ausgebreitet, wie die eines Froschs.

Er half erst Lottie aus der Wanne, damit sie nicht rutschte und hinfiel, und behielt dabei das Baby im Auge – und sagte seiner älteren Tochter, sie solle sich alleine abtrocknen. Dann hob er das Baby heraus, legte, auf dem Toilettendeckel sitzend, ein Handtuch über den Schoß und machte sich daran, sie abzutrocknen. Sie wollte sich hinstellen und ihn umarmen. Er hatte alle Hände voll zu tun, um sie festzuhalten und sie abzutrocknen und gleichzeitig davon abzuhalten, nach seiner Nase zu grabschen, und als er einen Augenblick später aufsah, war Lottie weg und lief nackt im vorderen Zimmer herum.

Er trocknete die Kleine fertig ab und trug auch sie in das vordere Zimmer, wo er sich hinsetzte und sie eine Weile auf dem Schoß hielt. Sie interessierte sich für seinen Schnurrbart, aber er wandte den Kopf ab. Dann nahm sie sein Gesicht zwischen beide Hände und schaute ihm in die Augen und sagte: Daddy. Er legte sie über eine Schulter, aber da entdeckte sie sein Ohr, in das sie immer wieder ihren spitzen kleinen Finger bohrte.

Es endete damit, daß er eine Bettdecke auf dem Boden im vorderen Zimmer ausbreitete und die Kinder so, wie sie waren, darauf spielen ließ.

Meinst du, sie bleiben darauf? sagte seine Frau. Guck dir jetzt mal Lotties Füße an. – Sie waren schwarz.

Laß sie, sagte Joe. Das ist meine Sache.

Es war wirklich sehr schwül in dem Zimmer, und Joe wurde bewußt, wie die Kinder sich fühlten. Sie schauten auf ihre Mutter, als sie die Zeitung senkte und sprach, und warteten auf die unausweichliche Ermahnung, als aber nichts kam und ihr Vater bloß dasaß und lachte, lachten sie sogleich verschmitzt zurück und begannen herumzupurzeln, wälzten und verrenkten sich, als seien sie kleine Affen. Joe grinste von einem Ohr zum anderen.

Wie es kommen mußte, wurde Lottie die Decke leid, und sie lief in die Küche. Ihre Füße platschten leise auf dem Teppich und den Dielen. Joe ließ sie gehen. Laß sie alles tun, was ihnen Spaß macht, sagte er zu sich, mal sehen, was dann passiert.

Hier steht, sagte die lesende Gurlie, daß Mrs. Douglas und Tochter den ganzen Sommer in Bar Harbor verbracht haben und morgen nach Europa abreisen. Sie kehren eventuell im Dezember zurück.

Wann segeln wir los? fragte Joe. Ich spiele mit dem Gedanken, eine Jacht zu kaufen.

Seine Frau sah schnell über den Zeitungsrand, als dachte sie, er sei übergeschnappt, dann erkannte sie, daß er Spaß machte, und ignorierte ihn wieder.

Jetzt kam Lottie aus der Küche zurück. Ich wünsche, du würdest uns immer baden, Daddy.

Klar, mache ich, sagte Joe.

Daddy, sagte das Baby, erhob sich unsicher auf die Füße und kam auf ihn zu.

Ab in die Küche ging Lottie wieder – sie wurde jetzt ein großes Mädchen – beinahe alt genug für die Schule – ein hübsches kleines Ding.

Jetzt kam sie wieder zurück – zweifelsohne mit irgendeiner verbotenen Frucht.

Er beobachtete, wie sie nackt über den Gang zwischen den Zimmern kam. So hatte Joe seine Kinder wirklich nie gesehen, nie erkannt, daß er, Joe Stecher, zwei solch nette Sprößlinge von femininer Üppigkeit besaß – wenn man es so nennen konnte.

So war es, wenn man Zeit für sich hatte. Er lernte eine Welt kennen, die ihm selbst innerhalb der eigenen Familie nicht vertraut war. Er wurde verlegen und drehte sich um, um Gurlie anzuschauen, die immer noch las und sich um nichts scherte. Sie wollte einen Jungen!

Lottie war sehr würdevoll, wenn sie ging, hielt sich sehr gerade, streckte ihre kleinen Füße mit großer Selbstsicherheit vor sich aus. Sie hielt eine Banane in der Hand.

Dürfen sie eine Banane haben? fragte Joe seine Frau.

Ja, sagte Gurlie, ohne aufzuschauen.

Darf ich mich auf deinen Schoß setzen, Daddy?

Nein, es ist zu heiß, sagte Joe. So stellte Lottie sich neben ihn, eine Hand auf der Armlehne seines Sessels, und schaute das Baby an, dessen Possen ihm großen Spaß machten.

Es stand da eine schwere gepolsterte Fußbank, die Joe manchmal abends benutzte, wenn er las. Die wurde das spezielle Ziel des Babys. Erst richtete sie sich daran auf, dann schob sie sie ein paar Zentimeter weiter, dann krabbelte sie hinauf und legte sich mit dem Bauch darauf, als schwimme sie. Dann kippte sie langsam kopfüber auf den Boden und machte eine ganze Rolle, ohne es zu wollen –

Ich kann auf dem Kopf stehen, sagte Lottie.

Dann mach mal, sagte ihr Vater.

Natürlich konnte sie es nicht, aber sie gab sich Mühe, und das Baby stand ihr nicht viel nach, setzte den Kopf auf den Boden und stieß erst den einen, dann den anderen Fuß in die Luft – was für ein Unterschied zwischen den beiden.

Gurlie hatte Lottie – ein Prachtbaby – stillen können, aber der andere kleine Floh war viel zu dünn. Das Bemerkenswerte an ihr war ihre Lebendigkeit, sie spürte die Freiheit, die sie genoß, viel stärker als Lottie, und der intensive Ausdruck in den kleinen Augen machte ihre Grenzen wett.

Nun fand sie ein in Papier geschlagenes Buch, das auf dem Boden lag, und fing an, damit in einen großen Sessel zu klettern. Als es ihr gerade gelang, den Sitz zu erobern – Lottie wollte ihr helfen, aber Joe ließ es nicht zu –, rutschte ihr das Buch weg, und sie verlor es. Also kam sie wieder herunter und versuchte, das Buch festhaltend, noch einmal, den Anstieg zu bewältigen. Noch einmal fiel das Buch zu Boden. Also kletterte sie ohne es hoch und lehnte sich im großen Sessel zurück, eine Hand auf jeder Lehne, die Füße von sich gestreckt, und lächelte ihren Vater an.

Beinahe sofort kam sie wieder herunter. Ständig in Bewegung. Schön, schön, schön! sagte sie und zeigte auf etwas in der Luft, das Joe nicht erkennen konnte. Dann versuchte sie, die schwere Fußbank mit den Armen hochzuheben.

Hier steht, daß Alice Roosevelt beim Pferderennen in Newport gestern ein graues Crêpekleid getragen hat.

Warte, bis ich reich bin, sagte Joe. Ich kaufe dir Kleider, daß du sie jede Stunde wechseln kannst.

Ha! sagte seine Frau. Das solltest du besser mal tun.

Komm mal her, Lottie, sagte er, und diesmal nahm er sie auf den Schoß.

Lies mir eine Geschichte vor, Daddy.

Klar, sagte Joe, eine Geschichte von einem großen Haus

und Bäumen und allen möglichen Blumen und Trauben und Äpfeln und Pferden und Schafen und Schweinen – Millionen Schweinen.

Was redest du da? sagte seine Frau.

Ja, ist das nicht genau das, was du willst? sagte er zu ihr. Ein großes, großes Haus auf einem Berg, ganz hoch oben – mit einem See und Seerosen und Fischen – Gurlie wandte sich ab, und Joe fuhr fort – großen, großen Fischen. Und einem Hund und einer Katze – ganz hoch oben auf einem Berg unter dem Mond – und nachts kommt der Mann im Mond eine Leiter herab, um in dem See zu fischen, und wir schleichen uns aus der Hintertür und fangen ihn! Grrr! Schnell. Genauso, und der Mond bleibt am Himmel stehen, um auf ihn zu warten. Er bleibt ganz still am Himmel stehen, ohne sich zu rühren, und es wird nie wieder Morgen werden, wenn er uns nicht fünfzig Säcke mit Silberdollars gibt. Er muß sie uns geben, denn sonst fesseln wir ihn im Keller –

Wer, Daddy!

Der Mann im Mond.

Was soll das? sagte Gurlie. Was erzählst du dem Kind da?

Lies du weiter deine Zeitung. Und dann, sagte Joe, gehen wir nach oben, und wir wecken Mutter und sagen ihr, was wir im Keller haben, und dann kommen die Sterne und suchen den Mond. Die schauen zu den Fenstern herein – und sie machen ein Geräusch wie Mücken und große Fliegen. Aber wir lassen sie nicht herein.

Geben wir ihm zu essen, Daddy?

O ja, sagte Joe. Wir geben ihm blaue Milch. Literweise blaue Milch. Ganze Wagenladungen voll. Wir kaufen alle blaue Milch der Welt und geben sie ihm. Tausende von Litern.

Rumms! Gurlie ließ die Zeitung fallen. Aber Joe lachte sich tot. Das Baby hatte die Tischdecke von einem kleinen Tisch mit einem Aschenbecher und einer Blumenvase darauf heruntergezogen – aber nichts war zerbrochen.

Du spinnst, sagte seine Frau.

Laß sie, sagte Joe. Ich räume auf. Ich möchte sehen, was sie tut.

Sie wird alles im Haus zerschlagen.

Was kümmert uns das, wir haben jede Menge Geld!

Es klingelte an der Haustür. Was ist das denn? Paß auf die Kinder auf, sagte Joe. Ich gehe und sehe nach. – Gurlie beugte sich aus dem Fenster. Sieht aus wie ein Telegramm. Ich kann die Kappe des Jungen von oben sehen. Hab ich's nicht gesagt?

Aha! sagte Joe. Genau das war es. Ein Telegramm, das ihn anwies, am nächsten Morgen so früh wie möglich in Washington zu sein. Ich muß heute abend fahren, sagte Joe.

Gurlie scheuchte die Kinder zusammen, zog ihnen die Nachthemden über, steckte sie aus Bequemlichkeit ins Bett und ging in die Küche, um Abendessen zu machen. Das Baby stand sofort auf und fing an zu schwatzen. Joe holte seine Tasche aus dem Schrank und legte sie auf das Bett. Er begann, seine Sachen hineinzuwerfen.

Fährst du weg, Daddy? fragte Lottie.

Ja, ich fahre nach Washington, um zu kämpfen! sagte ihr Vater.

Was wird passieren? fragte Gurlie später bei Tisch.

Sie werden versuchen, alles gegen mich ins Feld zu führen, was sie können. Versuchen, mich hinauszudrängen – mit allen erdenklichen Mitteln. Ihr erster Schachzug hat nicht hingehauen, deshalb wir werden sehen, was kommt.

Was meinst du?

Sie haben ein paar ganz schön teure Rechtsanwälte. Die könnten es schaffen.

Hast du einen Anwalt?

Nein, dafür nicht. Ich kann sie allein schlagen, ohne Hilfe.

Na prima. Ich weiß, daß du das kannst, sagte seine Frau, kam herüber und küßte ihn heftig auf den Mund. Ich weiß, daß du sie aus dem Feld schlagen kannst. Niemand kann dich schlagen –

O doch. Ein Lügner, sagte Joe. Wenn er Glück und genügend Freunde in der Regierung hat.

Du bist doch nicht in Eile, oder? fragte Gurlie.

Nein, nein.

Du kannst mit dem Mitternachtszug fahren.

Sicher.

Gut. Das wollte ich wissen.

Als das Abendessen vorüber war, die Kinder im Bett waren und Gurlie die Küche aufräumte, ging Joe, wie es seine Gewohnheit war, zu den vorderen Fenstern der Wohnung und sah hinaus. Ein Mann wie er lehnte gegenüber auf einer Fensterbank, schmauchte eine Pfeife und blies den Rauch zufrieden vor sich hin. – Woher will ich wissen, ob er zufrieden ist? fragte Joe sich. Vielleicht ist er schlechter dran als ich, viel schlechter. – In einem der Fenster in dem Stockwerk über dem sich herauslehnenden Mann zeichnete sich die Gestalt einer Frau, die sich das Haar kämmte, auf dem erleuchteten Fensterrollo ab.

Gurlie rief von drinnen nach ihrem Mann: Willst du ein Glas Bier, ja? Er hörte sie erst nicht. Was machst du da? Willst du ein Bier?

Ja, gerne.

Es war einer jener dampfenden Abende, wie sie in New York im Herbst so häufig sind, windstill und ohne Wolken oder Sterne – wenn die Straßen unter den Bogenlampen hier und da wie ein riesiges geschlossenes Theater aussehen. Man hörte keinen Verkehr außer dem gelegentlichen Rumpeln der Hochbahn an der Kreuzung der 9. Avenue und den Kinderstimmen unten, die ungewöhnlich deutlich klangen.

Eine kleine Familiengruppe auf der anderen Seite fiel Joe ins Auge. Das sieht sich der andere Mann wohl auch an, dachte Joe. Zehn oder zwölf Leute standen auf den Ziegelsteinstufen gegenüber, ohne Hut, die Männer in Hemdsärmeln – kleinere Kinder rittlings auf den Steingeländern –, und sahen einer kleinen Darbietung auf dem

Bürgersteig vor sich zu. Ein Junge von ungefähr fünfzehn führte einen Steptanz zu einer auf der Harmonika gespielten Melodie vor, die Joe nicht erkannte. Der Junge hörte auf, wischte sich übertrieben mit der Hand über die Stirn und brach neben seinem Begleiter zusammen oder tat jedenfalls so, während die kleine Gruppe Beifall klatschte.

Und nun trat in der völligen Stille der Straße ein kleines Mädchen vor das Publikum und begann zu singen. Jedes Wort war deutlich zu verstehen, als Joe sich lauschend, lauschend hinauslehnte: Goodbye, Dolly Gray!

Komm schon, sagte Gurlie hinter ihm. Was guckst du dir da draußen an? Sie zog ihn an der Schulter in das heiße Zimmer.

Es sah gut aus, als sie sich an den abgeräumten Eßtisch setzten. Joe nahm eine kalte Flasche, ließ den Patentverschluß zurückschnappen und füllte einen kleinen Steinkrug – Gurlie hatte zwei gebracht, schlichtgrau mit einem blauen Kreis einen Zentimeter unterhalb des Randes. Er schenkte einen weiteren für sich ein und vergrub sofort seinen Schnurrbart darin. Ah, das tut gut, sagte er.

Gurlie strich etwas Käse auf zwei Cracker für ihn, während er sich auf seinem Stuhl zurücklehnte. Wenn ich mir diese großen Geschäftsmänner angucke, sagte er nach einem Augenblick zu ihr, und sie reden höre, sage ich oft zu mir: Achje, haben die überhaupt *Verstand*? Manchmal ist das schwer zu glauben.

Sie wissen nichts, sagte seine Frau, verglichen mit meinem kleinen Deutschen.

Joe lächelte nachsichtig. O doch, sie wissen schon etwas, sagte er. Sie wissen viel. Sie kennen ihr Geschäft. Aber ich frage mich oft, ob das nicht alles ist, was sie kennen. *Dumm!** sagte er auf Deutsch und tippte sich an die Stirn. Sie haben keine Kultur, setzte er lächelnd hinzu, und sie wollen keine. Es klang komisch, als er mit seinem leichten, kaum merklichen deutschen Akzent versuchte, die gerade gängigen Redensarten nachzumachen.

Nun, dann man los, sagte seine Frau.

Los mit was?

Du hast gesagt, du würdest mir erzählen, was jetzt passiert.

Nun, der einzige Grund, aus dem ich überhaupt je ein Angebot für den gottverdammten Kontrakt eingereicht habe, war, daß ich ahnte, es gäbe ein paar ehrliche Leute in der Regierung, die wissen würden, worum es ging. Aber vielleicht lassen sie es jetzt gut sein, meinen, sie hätten Caldwell genug bestraft, und geben den Kontrakt letzten Endes doch wieder der alten Firma.

Was! sagte Gurlie.

Sicher, sagte Joe. Warum nicht? Dies ist ein freies Land.

Komm mir nicht damit, sagte seine Frau. Und wenn du den Kontrakt schließlich doch nicht bekommst? Was dann?

Dann gehen wir zurück nach Buffalo, – wo sie vorher gewohnt hatten.

Nein, sagte Gurlie. Niemals. Ich bleibe hier an Ort und Stelle. Bring sie ins Gefängnis, wenn du mußt.

Ja, wenn sie Schwindler sind, ›bring sie ins Gefängnis‹! Bring sie alle ins Gefängnis! Ich Herkules, mit einer Frau und zwei Kindern am Halse. Bring sie ins Gefängnis!

Du kannst es. Ich lasse nicht zu, daß du dich lächerlich machst. Ich habe es nicht gerne, wenn du so redest. Du bist nicht komisch. Du hast zu viel Grips dafür.

Das wußte Joe leider sehr wohl. Er konnte nicht komisch sein, ganz gleich, wie sehr er sich anstrengte. Ja, ja, ja, ja.

Guck mal, sagte Gurlie und holte die Zeitung. Ich möchte ins Theater gehen. Ich bleibe nicht hier und verzichte auf jeden Spaß, bloß weil die Regierung sich nicht entschließen kann. Guck mal. Wir müssen die Kinder impfen lassen. Ich brauche ein paar neue Kleider. Ich kann nicht bloß hier sitzen und den Rest meines Lebens warten. Du bekommst diesen Kontrakt.

Nein, sagte Joe, den Kopf schüttelnd. Wir müssen warten, bis wir wissen, was mit uns geschieht. Dann sehen wir weiter.

Ach, du machst mich krank, sagte Gurlie. Joe stand auf

und ging, auf die Uhr schauend, langsam ins Schlafzimmer. Zehn Uhr, ich mache mich wohl besser auf den Weg.

Aus der obersten Schublade des Schreibtischs nahm er einen Smith & Wesson-Revolver, Kaliber 36, klappte den Lauf nach oben, inspizierte ihn und warf die Waffe, ohne sie zu laden, zwischen die anderen Sachen in seiner Tasche.

Was ist das? fragte Gurlie, die hinter ihm herantrat.

Mein Rasiermesser.

Sie griff in die Tasche, nahm den Revolver heraus, hielt ihn in der Hand und schaute ihn an.

Sie sind mir den ganzen Sommer über gefolgt, sagte er zu ihr.

Warum hast du mir das nicht gesagt?

Wenn was passiert, erfährst du es aus der Zeitung. Es wird nichts passieren.

Gurlie warf den Revolver aufs Bett und ging an ihre Arbeit zurück. Ja, sagte sie, als sie den Raum verließ. Es wird nichts passieren.

## KAPITEL 9

# Das vierblättrige Kleeblatt

Joe war immer noch in Washington. Ende September, ein Tag, wie man ihn sich in vollkommener Wahrhaftigkeit erträumt. Als Gurlie am vorderen Fenster stand und das Pfeifen des Postboten hörte, konnte sie das sehen und riechen. Beinahe die ganze vergangene Woche war es heiß und schwül gewesen, aber heute, am Montag, war der Himmel kristallklar. Die Luft rührte sich, man spürte es sogar im Haus, war klar im Kopf und bereit, auszugehen.

Sie sah, perspektivisch verkürzt, den Briefträger die Stufen zur Wohnung heraufkommen, die Tasche über die Schulter gehängt, und ging sofort hinunter, um zu sehen, ob er etwas für sie dagelassen hatte. Ja, da war ein Brief. Er kam von Joe. Einen Augenblick blieb sie auf dem steinernen Treppenabsatz stehen, um Luft zu schöpfen. Als sie wieder die Treppe hochstieg, schaute sie sich das Emblem auf dem Umschlag an.

Sie las ›The Raleigh‹, darüber geschwungen wie ein Regenbogen, hervorstehend, mit Verzierungen vom Stichel des Graveurs, die sich als verjüngende Augenbrauen und Schnörkel zogen. Darunter war ein Eberkopf – oder war es ein Wolfskopf? –, aufrecht, wie abgehauen und auf eine Platte gelegt, kein Hals, bloß die Ohren und eine Halskrause. Darunter horizontal ein Balken, ein heraldisches Symbol in zwei Schattierungen, weiß und grau wie eine Zuckerstange oder eine Friseurstange. Darunter wieder der Schild, ganz schlicht, mit Wolkenschnitt in Rot schräg rechts geteilt –

Das mußte das Wappen der Raleighs sein. Natürlich! Sir Walter Raleigh.

Europäischer Entwurf. Todsicher. Das mußte heißen, es war es nicht wirklich. T. J. Talty, Geschäftsführer. Was für ein Name ist das? Klingt französisch.

Washington, D. C. stand oben im Briefkopf, 25. August 1903. Joe hatte die Drei ausgemalt.

Liebe Gurlie,
heute hatte ich Besprechungen mit dem Ersten Stellvertreter des Postministers und einem Stellvertreter des Justizministers. Der Rechtsanwalt von W– hat seine Unterlagen eingeschickt, und einige wurden heute vom stellvertretenden Justizminister durchgearbeitet. Es wurde mir gestattet, diese Papiere zu lesen, und ich hatte Gelegenheit, mehrere Behauptungen zurückzuweisen.

Die obengenannten Beamten haben mir heute versichert, die Regierung wolle, daß ich den Kontrakt bekomme und daß der Zuschlag in ein paar Tagen offiziell erteilt würde.

Dies ist alles sehr ermutigend, aber das Folgende ist schlecht.

Ich habe heute von meinen Hintermännern ein Telegramm erhalten, daß ihre Namen bekanntgeworden seien. Ich habe keine Ahnung, wie das bekanntgeworden sein kann, und habe telegrafisch um weitere Informationen gebeten. Ich *hoffe*, daß es nicht stimmt, denn es könnte darauf hinauslaufen, daß sie sich zurückziehen und Abstand nehmen, und das würde natürlich größere Schwierigkeiten verursachen, die ich zu überwinden hätte.

Achte darauf, daß du zu niemandem ein Wort sagst.

Dein dich liebender

Joe

Größere Schwierigkeiten zu überwinden. Sie las das noch einmal. Gut! sagte sie.

Mammie! sagte die ältere Tochter. Können wir nach draußen gehen? Das Baby in seinem neuen Laufstuhl ratterte in seinem üblichen wilden, schwankenden Galopp den Flur zur Küche herunter. Ja, sagte Gurlie, ich bringe euch bald nach draußen.

Sie hob die Morgenzeitung auf, die sich Joe in diesen Tagen ins Haus schicken ließ, damit Gurlie dem offiziellen Verlauf seines Falls folgen konnte. Und in der Tat brachte der ›Herald‹ auf der dritten Seite eine Viertelspalte darüber. Sie schnitt sie mit der großen Schere aus, zog den Leimtopf aus der hinteren Ecke des Schreibtischs hervor, nahm das große hellblaue Album – auf dem vorne in großzügiger Schrift das Wort Album stand – und klebte ihren Ausschnitt hinein. So. Mehrere aus der Form geratene, trockene vierblättrige Kleeblätter waren in den Spalt zwischen den Seiten gerutscht.

Als sie mit den Kindern in den Park kam, Lottie zu Fuß und Flossie im Kinderwagen, spazierte Gurlie müßig im strahlenden Sonnenschein und dachte bei sich über Gegenwart und Zukunft nach. Hier und dort hüpften Eichhörnchen herum, und fette Tauben liefen vor dem Kinderwagen her, im Zickzack nach rechts und links, schauten zurück oder pickten schnell nach unsichtbaren Krumen in ihrer Nähe. Gurlie sah sie nicht einmal, überfuhr sie beinahe mit den Rädern des Kinderwagens, so zahm waren sie. Lottie blieb stehen und hielt die Luft an, wenn eine Taube manchmal gerade so viel Platz machte, damit der Kinderwagen vorbeifahren konnte. Dann atmete das Kind wieder auf und ging weiter, holte die ein oder zwei Schritte wieder auf, die es hinter seiner Mutter zurückgeblieben war. Man konnte sie nicht aus dem Weg drängen, so fett, behaglich und sicher waren sie dort.

Hier war der Park wunderschön, mit seinem hügeligen felsigen Gelände und einem kleinen Bach, der Gurlie immer an die Tage denken ließ, als das hier überhaupt noch keine Stadt war, sondern ein romantischer Wald, wo ungestört wilde Tiere und Indianer lebten. Bald verließ sie diesen Teil des Parks, weil sie sich lieber die Sonne ins Gesicht scheinen lassen wollte, und ging nach Süden in Richtung des Wasserreservoirs. Nun kam sie auf dem sich schlängelnden Pfad an vielen sonnigen Stellen und gepflegten Flecken frischen Grases vorbei. Bei einem von diesen, wo zwei Bänke standen, hielt sie an, um sich auszuruhen. Ihr war sehr warm vom Gehen. Flossie verlangte schreiend, heruntergelassen zu werden, deshalb breitete Gurlie eine kleine Decke auf dem Gras aus und ließ sie darauf sitzen. Der Boden war warm und trocken, als sie die Hand darauf legte, um ihn abzufühlen.

Darf ich übers Gras laufen? fragte Lottie. Ja, sagte Gurlie, soviel du Lust hast. Weil sie es recht bequem und sogar trockener fand, als sie erwartet hatte, setzte Gurlie sich mit den Kindern aufs Gras, wo ein Flecken Klee wuchs, und begann, diesen sorgfältig nach vierblättrigen Kleeblättern abzusuchen.

Was suchst du, Mammie?

Ach, lauf und spiele.

Das Baby hatte sich schnell auf Hände und Knie niedergelassen und begann davonzukrabbeln.

Guck mal! sagte ein kleines Mädchen, das mit einer älteren Frau vorbeikam. Man *kann* auf dem Gras laufen. – Nein, sagte die Frau, ich habe dir gesagt, nein. Da ist es feucht, und du erkältest dich. – Gurlie hörte sie nicht. Das kleine Mädchen begann zu weinen. Mama, rief es über die Schulter zurück, ich will auf dem Gras spielen wie sie. Es zeigte mit dem Zeigefinger. Nana läßt mich nicht.

Gurlie schaute auf und sah das Kind mit der Frau, die anscheinend seine Großmutter war, während ein paar Schritte dahinter eine jüngere Frau, wahrscheinlich die Mutter, mit übertriebener Anstrengung einen sehr schweren englischen Kinderwagen den kleinen Hügel hochschob. Uff! sagte sie, schwerfällig die Schultern rollend. Laß uns hier hinsetzen. Nein, sagte die ältere Frau, nicht hier. Daraufhin stellte die junge Frau den Wagen quer über den Weg und ließ sich auf eine der Bänke fallen. Sie wollte nicht weitergehen.

Die ältere Frau blieb einen Augenblick stehen und setzte sich dann auch. Gurlie, sechs Meter entfernt mit dem Rükken zu ihnen, kümmerte sich nicht weiter um sie. Drei Tauben ließen sich in der Nähe der Neuankömmlinge auf dem Gehweg nieder, und das kleine Mädchen war sofort von ihnen angezogen: Ich will Erdnüsse, für Vögelchen. Sie begann mit der Hand am Fußende des Kinderwagens zu wühlen. Schon gut, schon gut, sagte ihre Mutter. Laß die Hände da weg. Das könnte dir leid tun.

Die Dame, die ziemlich dick und langsam in ihren Bewegungen war, tat ein paar Erdnüsse aus einer Papiertüte in den Schoß und knackte die Schalen. Das kleine Mädchen nahm eine Nuß, ehe sie geknackt war, und warf heftig damit nach den Vögeln, die ein paar Meter von ihr weg hüpften, zur Nuß tippelten, sie beäugten und zurück zur Bank kamen. Siehst du, sagte die Frau zu dem kleinen Mädchen, das hast du davon, wenn du so übereilig bist, sie fressen sie nicht. Hier. Halte ihnen die Hand hin – aber das kleine Mädchen fürchtete sich.

Gurlie konnte sie hören, aber sie drehte sich nicht um.

Sieh mal, sagte die Frau zu der alten Dame neben sich.

Ist das nicht ein niedliches Baby? Sieh mal, wie es versucht zu gehen. Pardauz! Da liegt es. Und in der Tat fiel die kleine Flossie hart auf den Popo, als sie versuchte, auf die Bank zuzulaufen, von der die neue Aufregung kam. Nun krabbelte sie ein paar Meter, setzte sich dann hin und grinste die Neuankömmlinge an.

Will mit dem Baby spielen, sagte das kleine Mädchen. Nein, sagte die ältere Frau. Ich will nicht, daß du aufs Gras gehst. Das Kind sah die Mutter an, setzte dann einen kleinen Fuß aufs Gras und drehte sich zur Seite, um die Großmutter anzusehen, die aufstand, sie grob am Arm zurückriß und ihr mit dem Finger vor dem Gesicht herumfuchtelte: Nein! Ich habe gesagt, nein!

Ach, Mutter, sagte die jüngere Frau, laß das Kind.

Laß sie, ja. Wenn sie heute abend wieder Pseudokrupp hat, wer hat dann die Schuld? Dann lasse ich sie. Komm schon. Ich will gehen.

Noch nicht, sagte ihre Tochter. Ich bin müde.

Nun sah das kleine Mädchen Lottie und ging über den asphaltierten Weg, bis sie ihr gegenüber war. Da stand sie und lächelte, legte den Kopf schräg und drehte den Körper ein wenig heftig, so daß ihre kleinen Röcke mit einem Rascheln um sie herumwogten. Dann wurde ihr Gesicht ernst. Dann lächelte sie breit, aber sie traute sich nicht, übers Gras zu ihrer neuen Freundin zu gehen.

Die Dame nahm das Baby aus dem schweren Wagen und hielt es auf dem Schoß. Es war noch ein kleines Baby und sehr schläfrig, nicht älter als sieben oder acht Monate. Sie stritt mit der älteren Frau, die schließlich die Achseln zuckte und sich abwandte. Die Frau breitete, wie Gurlie vorher, eine Decke auf dem vollkommen trockenen Rasen aus und legte ihr Baby darauf, während sie sich auf eine Ecke setzte. Sie schien großen Spaß an Flossies Verrenkungen zu haben.

Oh, sagte sie nach einem Augenblick. Pfui! Nein, nein, nein! Sehen Sie mal, meine Dame, sagte sie zu Gurlie, sehen Sie mal, was Ihr Kind da macht.

Gurlie sah hin. Flossie saß mit dem Rücken zu ihrer Mutter ganz still auf dem Gras.

Sehen Sie mal! sagte die Frau. Sie ißt etwas, eine Erdnuß, glaube ich. Gurlie rief ihrem Kind zu: Spuck es aus. Das macht nichts, sagte sie zu der Frau. Es schadet ihr nichts. Die Frau war schockiert. Oh, ich hätte Angst, sagte sie, es könnte ein Wurm sein. Gurlie lachte, aber sie stand auf, ging zu Flossie und beugte sich über sie. Böse, sagte sie, und sie steckte dem Baby einen Finger in den Mund. Es war ein kleiner Stein, auf dem Flossie mit halb angeekelten Grimassen herumkaute. Komm her, sagte Gurlie, und sie legte sie wieder auf die Decke. Jetzt bleib hier.

In dem Augenblick ging am anderen Ende des kleinen Rasenstücks ein großes Geschrei und Prügeln los. Die Großmutter hatte das kleine Mädchen gepackt und schüttelte sie, wie ein Terrier ein Kissen schüttelt: Habe ich dir nicht gesagt, du sollst nicht aufs Gras gehen? Du bist das ungehorsamste Kind, das mir je untergekommen ist. Setz dich dahin, und sie setzte es hart auf die Bank, wo das Kind schluchzte und beschämt und jammervoll zu Lottie hinguckte.

Nach einem Augenblick nahm die alte Frau das Kind am Handgelenk und ging den Pfad hinab. Hier bleibe ich nicht, sagte sie zu ihrer Tochter. Ich gehe nach Hause. – Laß Sarah hier, sagte die jüngere Frau. Ich hätte sie gerne bei mir. Also ging die ältere Frau alleine den Weg hinab. Die junge Frau schüttelte den Kopf, während Gurlie die Szene beobachtete, als wolle sie sagen: Ist es nicht schrecklich? Komm her, sagte sie zu ihrem Kind. Komm her. Putz dir die Nase! Sie wischte ihrer Tochter über das kleine Gesicht. So. Jetzt lauf und spiel mit dem kleinen Mädchen. Aber lauf nicht weg. Und setze dich nicht ins Gras. Denk daran. Das Kind war jetzt verlegen und wollte nicht gehen. Aber schließlich ging es trotzdem langsam fort.

Es ist schrecklich, sagte die Frau in Gurlies Richtung. Alte Leute werden so närrisch. Sie vergessen, daß die Welt sich ändert. Schauen Sie sich das an! setzte sie plötzlich hinzu. Schnell!

Flossie strampelte und schüttelte den Kopf, kniff die Augen zusammen und öffnete den Mund, so weit sie konnte. Was für ein Gesicht! – Was in aller Welt hat sie? fragte die Frau, die zu ihr gelaufen war. Eine Zigarette!

Und tatsächlich hatte Flossie eine Zigarettenkippe im Gras gefunden und verbittert und schweigend darauf gekaut.

Soll sie lernen, sagte Gurlie.

Aber sie ist zu klein, sie kann es nicht wissen.

Dann soll sie es lernen, sagte Gurlie. Wenn sie es nicht mag, kann sie es ja ausspucken.

Aber sehen Sie mal, sagte die Frau. Eine Zigarettenkippe. Jemand anders hat sie im Mund gehabt. Sie ist schmutzig. Das Kind wird sich vergiften.

Dann sollte sie's nicht essen, sagte Gurlie.

Die Frau sah sie an. Ich hätte Angst. – Wo sind die Kinder?

Lassen Sie sie nur, sagte Gurlie. Tatsächlich waren die beiden älteren Mädchen bloß unter ein paar niedrige Fichtenäste getreten, wo ein Teppich roter Nadeln den trocknen Boden bedeckte. Die kleinen Mädchen waren damit beschäftigt, das Zeug mit beiden Händen aufzusammeln und es behutsam durch die niedrigen Zweige herauszutragen, um auf dem Gras davor einen kleinen Haufen zu machen.

Lebt Ihre Mutter bei Ihnen? fragte die Frau Gurlie.

Nein, sagte Gurlie. Wo geht sie hin?

Oh, sie kommt schon zurück, erwiderte die Frau. Das tut sie immer. Sie haben aber ein furchtbar niedliches kleines Mädchen. Haben Sie noch mehr Kinder?

Nein, sagte Gurlie. Ist das ein Junge? – Ja, sagte die Frau, wie entschuldigend. Jungen sind so anders. Schauen Sie, wie er schläft. Ist das nicht niedlich? Ich schaue sie so gerne an, wenn sie schlafen. Aber er kann ein Teufel sein. Sie nimmt ihn immer auf. Wenn mein Mann zu Hause ist, darf sie das. Zu Hause bin ich die einzige, die ihn weinen läßt.

Zwei kleine Jungen brachen durch die Bäume, wo Lottie und ihre Freundin spielten, blieben eine Minute stehen, traten den Haufen Fichtennadeln nieder, den die beiden gesammelt hatten, und liefen lachend davon, nicht ohne sich umzudrehen, um die Wirkung ihres Überfalls zu sehen. Sie verschwanden den Pfad hinunter.

Die Mädchen kamen zu ihren Müttern: Guckt mal, was diese bösen Jungen getan haben.

Ach, macht nichts, sagte Gurlie. Schaufelt sie wieder zusammen. Dann habt ihr was zu tun. Das andere kleine Mädchen starrte Gurlie mit offenem Mund an und ging mit Lottie davon, um mehr Fichtennadeln zusammenzuklauben.

Sie machen sich keine Sorgen, oder? fragte die Frau Gurlie.

Gurlie lachte ihr ins Gesicht. Sie sind eine Deutsche, nicht? sagte Gurlie. Ihr seid alle gleich, ihr Deutschen. Ich wünsche, ich könnte ein vierblättriges Kleeblatt finden.

Sie machen sich über nichts Sorgen, oder? fragte die Frau. Gurlie sah sie an. Ich lasse es nicht zu, daß mir etwas Sorgen macht, sagte sie. Wenn Sie die Bibel lesen, wissen Sie alles, was geschehen wird.

Stimmt das? fragte die Frau. Aber ich weiß nicht, was ich mit meiner Mutter machen soll.

Ach, sagte Gurlie, das wird sich einrenken.

Ja, vermutlich. Aber sie treibt uns zum Wahnsinn. Sie ist gut, aber ich glaube, sie ist krank. Sie spaziert nachts herum, und wenn das Baby weint, nimmt sie es auf, ehe ich auch nur da sein kann. Ich darf über mein eigenes Kind nicht bestimmen. Ich glaube, sie denkt an ihre eigenen Kinder, wir waren sieben, und wir waren immer krank. Sie tut mir leid, aber man kann nicht mit ihr reden.

Warum schicken Sie sie nicht fort? fragte Gurlie.

Würde ich ja, wenn ich wüßte, wohin, sagte die Frau. Wir sind alle am Ende. Ich habe die Nase voll. Sie hackt schrecklich auf meinem kleinen Mädchen herum. Aber ich lasse nicht zu, daß sie mein Baby verzieht.

Haben Sie denn niemanden sonst in der Familie, zu dem Sie sie schicken können?

Nein, sie sind alle drüben.

Nun, dann schicken Sie sie rüber, sagte Gurlie.

Sie will nicht. Ich habe es im letzten Jahr versucht. Sie haben da drüben alles verloren, was sie hatten, und sie will nicht zurück.

Näht oder strickt sie nicht? fragte Gurlie.

Dafür kann sie nicht lange genug still sitzen. Sie will die ganze Zeit putzen. Sie sagt, ich bin schmutzig. Sie sagt, in diesem Land weiß niemand, wie man einen Haushalt führt. Ich sage ihr, dies ist nicht Deutschland, aber das ist ihr gleichgültig. Sie sagt die ganze Zeit dasselbe.

Liest sie nicht?

Nein. Ich wünschte, ich könnte wie Sie sein. Sind Sie Deutsche? – Nein, sagte Gurlie und begann wieder ins Gras zu schauen. Die Frau blickte auf die kleine Stelle mit Klee, die Gurlie untersuchte, beugte sich dann ein wenig vor, um Gurlie in die Augen zu schauen, und sah dann wieder auf den Klee hinab. In dem Flecken waren ein paar kleine weiße Blüten, und eine Biene kam und begann nervös auf einer herumzulaufen.

Passen Sie auf! Da ist eine Biene, sagte die Frau, die sticht Sie.

Gurlie lachte. Die tun einem nichts.

Sie stechen doch, oder?

Nein, sagte Gurlie und schob die Biene mit der Hand fort. Oh! sagte die Frau und neigte sich zurück. Dann drehte sie sich um und sprang auf. Die kleine Flossie hatte schon wieder die Hände im Mund. Kuks, Keks, Kuks! sagte sie, als die Frau zu ihr kam.

Ein netter alter Mann, der in dem Augenblick vorbeispazierte, schaute lächelnd auf sie hinab. Dada, sagte sie. Bringen Sie sie her, sagte Gurlie zu der Frau. Schuh, sagte das Baby, die Füße des Mannes beäugend. Sie hat wieder was im Mund, sagte die Frau und brachte Flossie zu ihrer Mutter. Ich möchte es nicht herausnehmen. Das tun besser Sie.

Geben Sie sie mir, sagte Gurlie. Spuck es aus. Das Baby schloß den Mund nur fester und schaute, den Kopf ein wenig senkend, mit widerwilligen Augen zur Mutter hoch. Gurlie steckte dem Baby einen Finger in den Mund und fischte in seinen Backentaschen herum, bis sie etwas fand, was sich als ein Stück Erdnußschale herausstellte.

Macht sie das immer? fragte die Frau. Ich glaube nicht, daß das gut für sie ist, so etwas zu essen. Bekommt sie keine Krämpfe? Ich weiß, daß sie von Bananenschalen Krämpfe bekommen.

Der Mann, der einen Augenblick stehengeblieben war, um das Baby anzuschauen, ging ruhig weiter.

Mein armes Baby hat ein Muttermal, begann die Frau angelegentlich wieder.

Wo? fragte Gurlie. Auf dem Gesicht? – Ja, sagte die Frau. Ich wünschte, ich wüßte, was man dagegen machen kann. Gucken Sie mal, Sie können es von hier sehen.

Ich kann gar nichts sehen, sagte Gurlie. Sie stand langsam auf und rieb sich die Knie. Uff! sagte sie, als sie sich aufrichtete. Sie ging mit der Frau, um sich das schlafende Kind anzuschauen. Dort lag es fest schlafend auf der Decke, den Kopf zur Seite gedreht, die Arme symmetrisch ausgestreckt, an den Ellbogen angewinkelt, die Handflächen nach oben, völlig entspannt. Man konnte es atmen sehen.

Die Frau drehte das Gesicht des schlafenden Kindes herum, damit Gurlie es sehen konnte. Ein gesprenkelter roter Streifen zog sich von der Nasenwurzel über dic Stirn bis ins Haar, das sehr blond und dünn war, und auch das linke Augenlid war tief weinrot. Das macht nichts, sagte Gurlie. Das geht weg. Viele Kinder haben das. Ich wette, im Nakken hat er noch so einen Flecken.

Das stimmt, sagte die Frau. Sie wissen aber Bescheid. Woher kommt das? Der am Hinterkopf wird vom Haar verdeckt sein, aber dieser –

*Sie* müßten das doch wissen, in Deutschland nennt man es *Storchenbiß.**

Sie meinen, daß der Storch sie angeblich beißt, wenn er sie bringt, meinen Sie das? Sehen Sie mal, er wacht auf.

Das Baby gähnte und streckte sich mit steifen Beinen. Ist er nicht wunderbar? fragte die Mutter. Gurlie nickte. Der Säugling schlug zwei tiefblaue Augen auf. – Er wird so lebhaft nun. Sie werden so lebhaft in diesem Alter. Sehen Sie zu! – Gurlie sah ihm zu. Er war wirklich ein sehr hübscher kleiner Bursche.

Er ist vollkommen, abgesehen von diesem Muttermal. Und sie haben ihn nicht ordentlich beschnitten. Wir sind keine Juden, aber mein Mann wollte es, deshalb wurde es gemacht. Sie haben es nicht gut gemacht, sie haben zu viel Haut übriggelassen. Ich hätte es nicht gewußt, wenn ich nicht andere kleine Jungen gesehen hätte. Es ist nur eine kleine Eichel vorne, aber man kann sie nicht sehen, wenn ich nicht die Haut zurückziehe. Das ist nicht richtig.

Der Kleine öffnete die Augen jetzt weit und lächelte unsicher. Dann wurde er ganz aufgeregt und begann steifbeinig mit den Füßen auf die Decke zu trommeln. Das tut er gerne, sagte die Frau. Mutter legt dann ein Kissen für ihn hin. Sie hat Angst, daß er sich die Fersen verletzt.

Nun verrenkte das Baby den Leib, bis es sich umgedreht hatte, hob dann den Kopf und schaute sie lächelnd an. Er krabbelt rückwärts, sagte die Mutter. Warum tun Babies das immer – vielleicht weil ihre Arme stärker sind als ihre Beine. Aber er ist so anders als seine Schwester. Mit ihr hatte ich Schwierigkeiten, aber er ißt alles. Sie hob ihn auf. Ak, ak, ak! sagte er, auf den Zehen stehend. Er will immer auf den Zehen stehen, sagte die Mutter.

Manchmal, wenn er da liegt, hebt er sich auf die Ferse und wirft sich hart zu Boden, oft. Kann er seine Nieren verletzen?

Die Frau machte mit der Zunge ihren rechten Zeigefinger naß und klebte dem Baby eine kleine blonde Locke auf der Stirn fest.

Gurlie kehrte zu ihrem Platz zurück.

Sich selbst überlassen, hatten die beiden älteren Mädchen wieder Fichtennadeln geholt, bis sie genug gesammelt hatten, um zwei kleine Haufen zu machen, die sie Betten nannten und auf denen sie jetzt flach auf dem Rücken lagen, vollkommen glücklich, und sich mit leisen Stimmen unterhielten, als die alte Dame zornentbrannt zurückkam.

Steh von der Erde auf, sagte sie zu dem kleinen Mädchen, während Lottie sich aufrichtete und sich entsetzt mit den Händen hinter dem Rücken aufstützte. Die kleine Spielgenossin wurde hochgezerrt.

Nicht hauen! Nicht hauen! rief sie der alten Dame zu. Bitte! Nicht hauen! Aber zack! bekam sie eine auf die eine Seite und nun auf die andere. Zack! Dann fiel die Frau über die Tochter her und gab es ihr, bis sie ebenso wie Lottie in Tränen aufgelöst war.

Gurlie schenkte dem keine Beachtung, außer daß sie die alte Frau verächtlich ansah. Flossie krabbelte zu ihr und setzte sich plumps mitten in den Klee. Gurlie hob sie auf, und als sie das tat, fiel ihr Blick plötzlich auf eine Stelle, wo die Blätter vom Druck des Kinderfußes umgedreht worden waren. Nein, nur zwei dreiblättrige, die zusammengedrückt worden waren, so daß es aussah wie ein vierblättriges Kleeblatt, aber wenn man sie auseinanderzog, rutschte das zusätzliche Blatt fort und wurde wieder Teil des anderen.

Lotties kleine Freundin wurde laut weinend weggezerrt. Es war ihr befohlen worden, sich an der Kante des Wagens festzuhalten. Das tat sie und brüllte dabei lustvoll – ohne darauf zu achten, wohin sie ging, sondern über die eigenen Füße und den Rand des Weges stolpernd, über den sie ihrem Schicksal entgegengeschleppt wurde.

Komm, Lottie, wir gehen jetzt auch besser, sagte Gurlie zu ihrer älteren Tochter. Sie legte sich einen Augenblick mit den Händen unter dem Kopf ins weiche Gras zurück und schaute in die Sonne. Das Baby beugte sich über sie und bettete den Kopf seitlich auf die Brust der Mutter. Auch Lottie kam zu ihrer Mutter und stand da und schaute auf sie hinab.

KAPITEL 10

# Impfung

Das kleine Mädchen von gegenüber hatte Masern. Bloß Masern? sagte Gurlie. Dafür muß doch nicht ein Doktor dort aus und ein gehen. Wer ist dieser Arzt, ich habe ihn noch nie gesehen?

Oh, sagte eine der Lehrerinnen, die auf der anderen Seite des Gangs wohnten, er wohnt – ich meine, er hat seine Praxis in der Fifth Avenue. Ich glaube, er heißt Mabbot.

Viele haben Masern im Viertel, sagte Gurlie an dem Abend zu Joe. Ich glaube, ich lasse die Kinder impfen.

Ja gut, tu das. Er war wieder aus Washington heimgekommen, und der Kampf ging immer noch weiter. Red nicht soviel darüber. Ist das Abendessen fertig?

Ja, sagte seine Frau, sowie ich mich um die Kinder gekümmert habe. Und überhaupt, was mach ich mit den Kindern?

Also, was du mit den Kindern machst? Was willst du denn mit ihnen machen? Frag mich nicht. Steck sie in einen Schrank und schließ die Tür ab.

Das würde ich manchmal gerne tun. Ich habe es leid, alles in der Wohnung selbst zu machen. Heute habe ich sie auf der Straße gelassen, während ich zum Metzger gegangen bin. Die kleine Eleanor war da, aber sie geht am Montag wieder zur Schule. Ich kann sie nicht den ganzen Tag im Haus behalten. Ich gehe in den Park. Aber dann gibt es noch den ganzen Nachmittag.

Willst du schon wieder eine faule Negerin hier herumlungern haben?

Nein. Ich will ein ordentliches weißes Mädchen. Diesmal will ich einen ausgebildeten Dienstboten.

Du hast Geld. Bezahle sie doch.

Ich weigere mich, so weiterzumachen.

Bitte deine Mutter, den Winter über herzukommen. Ich

kann mir im Augenblick nichts anderes leisten. Sie braucht sowieso eine Bleibe. Gunnar hat genug um die Ohren in Brooklyn – Gunnar war Gurlies Bruder –, es sei denn, er geht nach Vermont. Bitte sie, herzukommen und uns beizubringen, wie man einen Haushalt führt.

Gurlie sagte nichts. Also, was ist? fragte Joe. Ich würde es begrüßen. Sie ist eine nette alte Dame. – Ich wußte, daß du das gerne haben würdest, sagte seine Frau. – Frage sie trotzdem, vielleicht lehnt sie es ab.

Sie wird taub, sagte Gurlie. Laß sie nach Vermont fahren. Sie ist zu alt für die Kinder.

Es ist mir egal, tu, wozu du Lust hast. Ich habe Hunger. Post? – Nichts außer der Gasrechnung, sagte seine Frau. – Reiß sie in Stücke, sagte Joe. Wo ist sie? Gurlie ging zum Fenster, blieb einen Augenblick dort stehen, schaute hinaus und kam dann dahin zurück, wo Joe saß.

Also gut, sag ihr, sie soll kommen, sagte sie dann. Das ist die einzige Möglichkeit. Ich bringe morgen die Kinder zu einem Arzt in der Fifth Avenue.

Fifth Avenue! Dann mach dir klar, daß du eine Menge Geld dafür zahlst, damit du auch ganz sicher weißt, daß du in den Händen eines Gauners bist. Er wird sie krank machen, auch wenn sie gar nicht krank gewesen sind, als du sie zu ihm gebracht hast, sagte ihr Mann.

Du redest wie ein Blödmann, meinte Gurlie.

Ich bin ein Blödmann, sagte Joe. Wo sind die Kinder überhaupt?

In der Küche, sie essen zu Abend. Was Neues?

Nichts, ich warte bloß wie üblich mal wieder darauf, etwas aus Washington zu hören. Sie konnte sehen, daß er extrem nervös war.

Am nächsten Tag brachte Gurlie die Kinder in Dr. Mabbots Praxis. Es waren vier oder fünf Leute vor ihr, deshalb sagte man ihr, sie müsse warten. Als sie am Eingang zum Wartezimmer standen, sahen sie einen halb kahlen Mann mittleren Alters, der eine Zeitung las, sie über den Rand seiner Brille anschaute und dann weiterlas. Ihm gegenüber saßen zwei korpulente Frauen, eine kleine und eine große, offensichtlich Schwestern. Sie schauten Gurlie an, und eine flüsterte der anderen etwas zu. Dann war da eine sehr hübsche Frau, modisch gekleidet, die sehr gerade in der Ecke saß, mit einem kleinen Mädchen neben sich, das sich gegen ihr Knie lehnte.

In der Nähe der Tür saß auch eine sehr nette, einfach gekleidete Frau mit einem kleinen Jungen auf dem Schoß, einem weiteren von ungefähr drei auf dem Fußboden zu ihren Füßen und einem Mädchen von sieben oder acht auf einem Stuhl daneben. Die Jalousien waren halb zugezogen, und auf jeder Seite der beiden Fenster zur Fifth Avenue hingen schwere Vorhänge. In der Mitte des Raums stand ein großer Tisch, auf dem mehrere Zeitschriften lagen.

Der schwere Teppich auf dem Fußboden gab einem das Gefühl, man müsse leise sprechen, und es roch nach Staub und Kampfer. Lottie ging zuerst, geschubst von ihrer Mutter, und blickte auf den Teppich, als sie durch die Tür ging. Dann, als sie sich all diesen Menschen gegenüber fand, die da saßen und sie anschauten, trat sie plötzlich aus dem Wartezimmer zurück.

Hier ist ein Platz, sagte die nette Frau mit den Kindern. Steh auf, Alice, und laß die Dame hier sitzen. Du kannst stehen, es schadet dir nichts. Gurlie setzte sich. Vielen Dank, sagte sie. Aus dem Augenwinkel bemerkte sie, daß, obwohl die Frau dunkles Haar hatte, all ihre Kinder rothaarig waren.

Stille, absolute Stille, während jeder sich des anderen bewußt war, wie sie steif dasaßen und warteten. Es klingelte an der Tür, noch jemand wurde eingelassen, eine gedämpfte Unterhaltung im Flur, und die Tür öffnete und schloß sich wieder.

Merkwürdig, sagte die Frau rechts von Gurlie, und ihre Stimme schien jedem im Ohr zu dröhnen, wie still manchmal selbst in einer Stadt alles ist und sogar in einer belebten Straße. – Ja, sagte Gurlie. Gleich darauf brüllte und pfiff ein Junge unter dem Fenster, Wagen fuhren wieder vorbei, und man konnte die Spatzen laut auf den Fenstersimsen tschilpen hören.

Flossie saß auf dem rechten Knie ihrer Mutter, während der kleine Junge auf dem linken Knie seiner Mutter saß, so daß sie einander anblickten.

Sind die Kinder krank? fragte die Frau.

Nein, ich bringe sie bloß zum Impfen, sagte Gurlie.

Jemand kam über den Flur vom Sprechzimmer hinten im Haus und ging vorne zur Tür hinaus. Miss Brown, sagte das Mädchen am Eingang zum Sprechzimmer.

Warte hier, sagte eine der ältlichen Frauen und stand auf.

Nein, Matilda, ich komme mit dir. Ich möchte den Doktor selbst sehen.

Mir wäre es lieber, du würdest es nicht tun, sagte die andere.

Aber du weißt doch, was letztes Mal passiert ist.

Bitte.

Nein, ich komme mit dir.

Miss Brown, sagte das Mädchen an der Tür, der Doktor möchte Sie jetzt sehen. – Die beiden Frauen blieben einander gegenüber stehen, da erschien unerwartet ein runder Kahlkopf in der Tür.

O Doktor, sagte diejenige, die Matilda hieß, es tut mir so leid.

Was ist denn? sagte der Doktor.

Meine Schwester läßt mich nicht …

Kommen Sie beide mit. Guten Tag, sagte er zu der eleganten Frau hinten im Raum. Sein Blick huschte über die anderen, er lächelte, verneigte sich, trat beiseite und ließ die beiden alten Jungfern vor sich den Korridor nach hinten gehen.

Puh! sagte die kleine rundliche Dame mit den Kindern, jetzt geht's mir besser. Ich konnte nicht atmen. Setz dich dahin, Alice. – Der Mann gegenüber senkte die Zeitung einen Augenblick, schaute sie über den Brillenrand an, blickte auf Lottie und las weiter.

Alice wollte ihrer Mutter nicht von der Seite weichen. Jetzt guck dir mal das kleine Mädchen da drüben an, wie artig sie ist, sagte die Mutter. Tu, was ich dir gesagt habe. Sollen wir uns da drüben ans Fenster setzen? fragte sie Gurlie und deutete auf eine Couch mit Schlummerrollen an den Seiten und einer hohen verzierten Rückenlehne. Sollen wir? Ich lebe auf dem Land, so ein Besuch kostet mich einen ganzen Tag. Aber er ist ein schrecklich guter Arzt. Ich kenne ihn seit Jahren. Leben Sie in der Stadt?

Ja, sagte Gurlie. Halten Sie was vom Impfen?

Eigentlich nicht, sagte die Frau. Ich glaube, es ist gefährlich und nützt sowieso nichts. Ich will es nicht haben.

In Europa werden alle geimpft, sagte Gurlie. Aber hier ist es nicht so üblich, oder? – Nein, sagte die Frau. Na ja, ich vermute, wenn man in Mexiko oder in Indien lebte, wo Tausende jährlich sterben –

Ihr Kind wollte vom Schoß herunter. Ich frage mich, ob er ... Ach, sagte sie. Was für ein Wilder er ist. Sie erleben ihn gerade einmal ruhig, aber das bedarf nur eines Augenblicks. Warten Sie's ab. Ich weiß nicht, was ich mit ihm machen soll.

Das kleine gutgekleidete Mädchen am Ende des Raums flüsterte seiner Mutter etwas zu, setzte sich dann zurück und schaute hochmütig auf die anderen.

– schauen Sie ihn sich an, die gutmütige kleine Mutter sprang auf und packte ihr Kind. Nichts ist sicher vor ihm! Absolut nichts! Wenn ich ihn anziehe, geht das immer quer durchs ganze Zimmer. Wenn Sie ihm bloß sagen, daß er aufs Töpfchen soll oder so etwas, ist er schon meilenweit weg. Er dreht sich einfach um und rennt weg.

Waywie! sagte das Kind.

Baby! Er meint ›Baby‹, sagte die Frau zu Gurlie. Er fängt gerade erst an. Aber er versteht natürlich alles, was man sagt.

Hut.

Ja, Hut, das ist richtig. Jetzt laß den Hut des Mannes in

Frieden, sagte sie und sprang schon wieder auf. Ist er nicht schrecklich?

Bis dahin hatte Flossie wie versteinert dagesessen, während Lottie den kleinen Jungen auf dem Fußboden anstarrte, der die ganze Zeit kein einziges Mal den Kopf gehoben hatte.

Warum gehst du nicht zu Alice und sprichst mit ihr, sagte die Frau zu Lottie. Geh nur. Sie mag kleine Mädchen in ihrem Alter. – Oh, geben Sie sich keine Mühe mit ihr, sagte Gurlie. Sie kann aus dem Fenster gucken. Lottie schaute zum Fenster hin, und Alice eilte ihr sofort dahin voraus. Das kleine gutgekleidete Mädchen in der Ecke blickte ihnen nach, rührte sich aber nicht.

Wissen Sie, das Alter macht solch einen Unterschied bei Kindern. Wir merken das nicht. Direkt neben uns lebt ein kleines Mädchen, sie ist acht, und Alice ist knapp fünf. Es ist ein großer Unterschied zwischen fünf und acht, wissen Sie. Sie würden staunen, wie sie untereinander kämpfen und streiten. Sie haben beide kleine Brüder, und Sie sollten sie mal hören. Geben Sie Ihrem Baby jetzt Kartoffeln?

Ja, sagte Gurlie. Ich auch, sagte die Frau. Aber wenn ich meinem Baby etwas gebe, dann hat das andere Kind von etwas zu erzählen, was deren Baby bekommt und unser Baby nicht. Alice, Liebes, gib acht mit den Vorhängen. Und wissen Sie, was sie sonst noch sagt? Sie sieht, wie ich das Baby anziehe, und sie sagt: Hast du das mit mir auch gemacht, als ich ein Baby war? Ich muß ihr alles sagen. Sie würden staunen, worüber die reden. Sind Sie katholisch?

Nein, sagte Gurlie.

Nun, ich auch nicht. Aber Sie wissen … Sie schaute auf die gutgekleidete Frau hinten im Raum und sprach nicht weiter. Er ist so verstopft. Er war schon immer so. Ganz gleich, was ich ihm gebe, es nützt nichts. Er ißt zu gut, verarbeitet alles. Geben Sie ihrem Baby Lebertran? Gurlie bejahte das. Die Frau brach plötzlich ab, biß sich auf die Lippen und schaute durchs Zimmer. Bis dahin war Gurlie nicht aufgefallen, wie müde ihre Augen aussahen.

Ich spreche zuviel, sagte die Frau und blinzelte auf die Schuhe ihres Kindes hinunter, um zu sehen, ob es vielleicht hineingepinkelt hatte.

Flossie hatte sich kaum gerührt, sondern beobachtete die Frau fasziniert. Gurlie schaute sie an und lächelte. Sie wird mir später von allem hier erzählen, sagte sie zu der Frau.

Sie wollen sagen, sic spricht!

Nein, nicht richtig, sagte Gurlie. Aber sie erzählt mir alles mögliche in ihrer eigenen Sprache, und Sie sollten mal ihr Gesicht sehen, wie ernst sie wird, alles Unsinn. Das ist manchmal sehr komisch. Die Frau schaute Gurlie schnell in die Augen, doch die waren abgewandt.

Mrs. Ambergris, sagte das farbige Mädchen. Jetzt geht's los, sagte die Frau. Kommt, Kinder. Hier lang, so. Auf Wiedersehen. Auf Wiedersehen. Zwei süße kleine Mädchen, sagte sie über die Schulter zu Gurlie, als sie das Zimmer verließ.

Und wieder wurde der Raum still. Gurlie beäugte die Frau in der Ecke, setzte sich gerade hin und starrte auf die Wand gegenüber, wo eine riesige Lithographie vom Grand Canyon des Colorado in einem geschnitzten Eichenrahmen hing.

Es dauerte eine geschlagene Dreiviertelstunde, bis sie an der Reihe war. Es wird aber auch Zeit, sagte sie zu dem unerschütterlichen Mädchen am Empfang. Ich komme nie wieder hierher, wenn ich so lange warten muß.

Was ist denn? fragte der Arzt, der über den Teppich hinter sie getreten war. Ich mache Ihnen nicht den geringsten Vorwurf. Es muß eine arge Geduldsprobe sein.

Ich will sie nur impfen lassen, sagte Gurlie.

Na, dann kommen Sie mal rein – eine gedehnte sanfte Stimme. Glauben Sie nicht, ich wäre nicht müde. Ist das Ihre ganze Familie? Zwei nette kleine Mädchen. Sehr unterschiedlich auch, nicht wahr. Sehr unterschiedliche Typen. Diese hier, sagte er und tätschelte Lottie den Kopf, ist die Künstlerin, nicht? Das sieht man – Nun ja, nein, ich mag mich irren. Ich glaube nicht, daß sie so sentimental ist, wie man meinen könnte. Sehen Sie sich das kleine Kinn an. Sehr entschlossen. Während diese … Hm. Sie hat auch einen eigenen Willen, nicht, aber auf ganz andere Art. Der dürfen Sie nicht in die Quere kommen – aber dieser. Er lachte. Sie ist ganz schön lebhaft, nicht? Er lachte noch einmal. Hätten Sie gerne ein Glas Wasser, Mrs. – äh? – Stecher, sagte Gurlie.

Guckt mal, sagte er, und er ging zu der Wand hinüber, wo in beinahe zwei Meter Höhe vom Boden so etwas wie ein geschnitztes Vogelnest an der Täfelung befestigt war. Darin saßen dicht aneinandergedrängt, nebeneinander, drei unproportioniert große Köpfe mit langen gelben Schnäbeln, die über den Rand hervorschauten. Unter dem Nest hing eine Kordel. Guckt mal, sagte er und drehte sich um. Kuckuck! Kuckuck! Bei dem Wort zog er die Kordel, und die drei großen gelben Schnäbel öffneten sich hungrig. Die Kinder waren entzückt. Kuckuck! Kuckuck! schienen die Vögel zu sagen. Es war ein ungeheurer Erfolg.

Nun, wozu sind wir denn hier? sagte der Arzt zu Gurlie. Ach ja, zum Impfen.

Aber ich möchte, daß Sie sie auch gründlich untersuchen, sagte Gurlie. Diesen Herbst sind viele krank.

Ich fürchte, heute nachmittag nicht mehr, Mrs. Stecher, sagte er, die Uhr herausziehend. Halb vier.

Sie hat so eine trockene Haut, sagte Gurlie. Das muß doch irgendwo herkommen.

Trockene Haut? sagte der Arzt. Wasser macht es schlimmer.

Ja, das weiß ich. Aber ich muß sie doch baden, Doktor.

Ja, ich weiß, daß Sie sie baden müssen. Ich sage Ihnen, was Sie tun müssen. Kaufen Sie sich etwas grobe Kleie. Sie wissen schon, Futterkleie, die, die man Pferden und Kühen gibt, Sie bekommen sie überall, fünf Cent das Pfund. Tun Sie das ins Badewasser.

Direkt so, wie es ist, meinen Sie? Wie es gekauft wird?

Nein, nein. In einem Stoffsäckchen natürlich. Zwei

Handvoll. Nehmen Sie einen der handelsüblichen Salz- oder Zuckerbeutel. Binden Sie ihn oben mit einer Kordel zu und ziehen Sie ihn ordentlich durch das Badewasser. Wenn Sie die Kleie einfach so hineinschütten, sieht das Kind hinterher aus wie ein kleines Kleiebrötchen.

Vielen Dank, sagte Gurlie. Solche Hausmittel sind immer das beste.

Noch etwas?

Nein, sagte Gurlie. Sie sind gesund, aber wir hatten so viele Masern im Viertel, daß ich dachte, ich sollte sie besser einfach mal impfen lassen.

Der Arzt sah sie an. Hm, sagte er. Ihnen ist natürlich klar, daß die Impfung nur gegen Pocken ist.

Ja, sagte Gurlie schnell.

Machen Sie bitte ihre linken Arme frei, Mrs. Wallace, sagte er zu der Schwester. Und geben Sie mir ein bißchen Alkohol und Watte.

Merkwürdige kleine Dinger, nicht? sagte er, als er sich für einen Moment zurücklehnte und wartete. Ich habe immer eine Tochter gewollt.

Haben Sie keine Kinder? fragte Gurlie.

Zwei Jungen, zwölf und vierzehn. Aber ich wollte immer ein Mädchen haben. Ich wollte immer mit ihr spielen, sie anziehen, ausziehen, zu Bett bringen, sehen, wie sie im Haus spielt und aufwächst – in den meisten Männern steckt viel von einer Frau, Mrs. ...

Stecher, sagte Gurlie.

Ja, in Ärzten auf jeden Fall – viel von einer Frau. Es ist vielleicht gut, daß ich nie eine Tochter hatte, vermute ich. Meine Frau sagt, wenn ich je eine Tochter gehabt hätte, wäre sie, noch ehe sie sechzehn geworden wäre, auf der Straße gelandet, wenn ich etwas mit ihr zu tun gehabt hätte. Er lachte. Gurlie beobachtete die Krankenschwester.

Wissen Sie, fuhr er fort, Gurlie anschauend und anscheinend überhaupt nicht in Eile, obwohl die Schwester die Impfutensilien auf dem Tisch bereitgelegt hatte, wartend dastand und die Kinder hätschelte. Komische kleine Dinger, nicht?

Gurlie war ein wenig ungeduldig, die Kinder standen da mit bloßen Armen und warteten. Sie fragte sich, ob alle Ärzte so waren. Nun, die alten jedenfalls. Ich frage mich, was bloß seine Frau denkt.

Dann wollen wir mal sehen, sagte der Arzt, auf seine Karte schauend. Nanu, Sie wohnen ja in der 104. Street. Ja klar. Direkt gegenüber von einem kleinen Mädchen, das ich da behandle. O ja. Sie ist sehr krank. Um die Wahrheit zu sagen, sie hat Lungenentzündung, ein schwerkrankes Kind. Sie wollen nicht, daß ich sie ins Krankenhaus bringe. Ich mache mir Sorgen um dieses Kind.

Sie wollen sagen, Sie glauben …

Wollen wir hoffen, daß nicht, sagte der Arzt. Merkwürdig, wie wir unser Leben für unsere Kinder leben. Es ist es nicht wert. Es ist es nicht wert, weder für sie noch für uns. Es ist zu spät für sie, ehe wir auch nur eine Chance gehabt haben, uns zu entscheiden. Es ist zu Ende. Was auch immer aus ihnen wird. Es ist zu spät, sie später noch einmal zu formen. Er schien von etwas ganz Bestimmtem zu sprechen, das er aber nicht offenbarte.

Was meinen Sie? fragte Gurlie.

Nehmen Sie einmal Ihr kleines Mädchen da. Sie wird zwei im nächsten April. Gut. Ich vermute, Sie haben Pläne für sie, alles mögliche. Aber Sie merken nicht, daß das, was heute, was jetzt passiert, ihr Leben bestimmt. Was Sie zu ihr sagen, was Sie ihr antun, der Ton Ihrer Stimme, Ihre eigenen Mißgeschicke …

Doktor, meinen Sie nicht, Sie würden besser …

Ja, die Ältere zuerst. Sie weint nicht. Das kann ich sehen. Kuckuck! Denk daran. Sei ein braves Mädchen.

Also rieb er ihr direkt unterhalb der Schulter den Arm mit Alkohol ein, nahm eine Nadel zwischen die Finger und kratzte und kratzte und kratzte beinahe einen Zentimeter lange parallele Linien in die Haut und schraffierte sie dann im rechten Winkel, bis gelbliche Lymphe und Blut aus der ganzen Fläche sickerten. Lottie versuchte den Arm wegzuziehen, weil es so langwierig und schmerzhaft war, aber die Schwester hielt sie fest. Sie wollte nicht weinen, aber die Tränen strömten ihr trotzdem die Wangen herunter.

Sie tun ihr ja weh, sagte Gurlie.

Nicht so sehr, wie Sie ihr weh getan haben, als Sie sie geboren haben, sagte der Arzt. Das brachte Gurlie für einen Augenblick zum Schweigen. – Was tun Sie denn *jetzt*? fragte sie. – Sie impfen, sagte er. Er zerbrach eine kleine Glasröhre und zwang mit einem winzigen Gummiball die gelbliche Flüssigkeit darin in den zerkratzten Arm des Kindes.

Das ist ja schrecklich, sagte Gurlie, ein Kind auf diese Art krank zu machen. Das ist nicht natürlich.

In der Medizin ist nichts natürlich, sagte der Arzt. Aber wir tun das, was wir für wirkungsvoll halten, weil wir nichts Besseres wissen. Im Freiheitskrieg richteten Pocken eine Verheerung unter der Bevölkerung von Philadelphia an. Jetzt das Baby. Miss Wallace, legen Sie ein bißchen Gaze über den Arm des Kindes.

Flossie kreischte, wand und verrenkte sich mit aller Kraft, um davonzukommen. Nützt nichts, kleines Mädchen, sagte der Arzt. Du bist jetzt in den Händen der Erwachsenen. Gott helfe dir.

Ist mir gleich, sagte Gurlie. Es tut mir leid, daß ich gekommen bin. Das gefällt mir nicht.

Wenn das das Schlimmste war, was Sie ihr je angetan haben, würde ich Ihnen zustimmen. Aber das ist es nicht, bei weitem nicht. Machen Sie sich keine Gedanken. Ein Pessimist, hm? Bin ich das? Ärzte als Gruppe insgesamt neigen dazu. Und sind meistens kinderlieb. Sie wird sich nicht daran erinnern, nicht mehr als an – was Ihnen halt so einfällt. Guck mal, sagte er. Kuckuck! Kuckuck! Und er zog die Kordel unter den Vögeln noch einmal, und beide Kinder waren gebannt und lächelten unter Tränen.

Wir sind die Verlierer, nicht sie. Wissen Sie, ich schreibe gerne.

Oh, auch Schriftsteller, sagte Gurlie.

Nicht so sehr wissenschaftliche Studien. Würden Sie vielleicht gerne ein kleines Pamphlet mit nach Hause nehmen, das ich kürzlich in einer unserer Zeitschriften veröffentlicht habe? Zeigen Sie es Ihrem Mann, vielleicht hat er Interesse daran. Es heißt – wo ist es, Wallace? Ich habe vergessen, wie ich es genannt habe.

Worum handelt es sich? fragte Gurlie.

Es gehört zu einer Serie und beschreibt das Kind im zweiten Lebensjahr.

Wo haben Sie das her? fragte Gurlie.

Ich schreibe es und lasse es drucken, um es meinen Patienten zu schenken. Nur ein Hobby. Ich hätte Schriftsteller werden sollen. Nur zu meinem eigenen Spaß. Ich möchte über jedes Jahr im Leben eines Kindes schreiben, bis zum zehnten oder zwölften oder so. Und so weit bin ich gekommen, sagte er mit einem Lachen. Nehmen Sie es mit nach Hause. Oh, fahren Sie jetzt zurück in die 104th Street?

Ja, sagte Gurlie.

Ich fahre Sie hin, wenn Sie wollen. Ich muß jetzt dorthin. Durch den Park. Sollen wir das tun? Beim Sprechen wandte er sich an die kleine Flossie.

Als Joe, müde und unsicher, sich an dem Abend der Wohnung näherte, kam er an zwei etwa elfjährigen Mädchen vorbei, die sich am Bordstein voneinander verabschiedeten. Sie hatten sich schon getrennt, und eine schaute von der Straßenmitte aus zurück, als die Freundin ihr mit leiser Stimme zurief: Na dann, gute Nacht – und dann eine kurze Pause – und süße Träume, Katherine! Joe klomm die Treppe zur Wohnung hinauf und wiederholte es immer wieder für sich – *und süße Träume, Katherine.* In seinen Ohren klang es reif und alt wie die Welt selbst.

KAPITEL II

# Die Jungs werden vorgestellt

Dan, das ist mein Partner, Mr. Crossman, Percy Grossman. Perce, das ist Dan McColum, unser Bezirksvertreter, ein guter Freund von Devery. Er steht dafür ein, daß den Betrieben in diesem Bezirk nicht übel mitgespielt wird.

Ja, ich habe von Mr. McColum gehört. Eine ziemliche Persönlichkeit, hat man mir gesagt.

Mr. Crossman gehört zur tonangebenden Schicht, Dan. Laß dich durch ihn nicht stören. Im Grunde seines Herzens ist er ein guter Kerl. Sehr wichtig für uns. Unentbehrlich, um die Wahrheit zu sagen. – Dann wandte er sich an seinen Rechtsanwalt: Du und McColum, ihr kennt einander, nicht wahr, Blake?

Ja, Dan und ich kennen uns.

Hm. So gut wie, nicht wahr?

Nun, wir wollen keine Zeit mit dem Vorgeplänkel verschwenden, meine Herren. Laßt uns direkt zur Sache kommen. Hast du was dagegen, wenn Dan hierbleibt, Blake? Wir haben nichts zu verbergen. Hier liegen alle Karten auf dem Tisch. Ich habe ihn heraufgebeten, um zu sehen, ob wir in diesem Bezirk in irgendeiner Weise kooperieren können – und er kann uns vielleicht hilfreich sein.

Ja, Dan ist in Ordnung.

Du weißt, worum es geht, nicht wahr, Dan?

Ich habe etwas flüstern hören.

Zwei Dinge müssen unternommen werden. Zuerst wollen wir etwas für die Jungs in Washington zuwege bringen. Caldwell kommt später. Er sitzt in der Klemme da unten, und wir müssen ihm helfen. Das zweite ist unser eigenes Unternehmen, und da kommst du ins Spiel, Percy. Erzähl uns doch mal, was gestern in Atlantic City passiert ist, damit wir wissen, welche Hilfe wir von dort erwarten können.

Moment mal, Moment mal, sagte McColum. Das ist mir

zu schnell. Sie müssen das ein bißchen mehr mit Ruhe machen.

Liest du denn keine Zeitung, Dan? fragte Blake.

Nein, damit gebe ich mich nicht ab, wenn ich rauskriegen will, was los ist. Ich habe gehört, daß Sie irgendeinen Strauß mit der Regierung ausfechten. Stimmt das?

Sie sind vorsichtig, was, Dan?

Ja, einfach bloß vorsichtig, das ist alles.

Erzähl's ihm, Percy.

Der alte Mann saß an einem kleinen Tisch mitten im Hotelzimmer, den Hut auf dem Kopf. Die anderen saßen um ihn herum auf nicht zusammenpassenden Stühlen, manche davon zierlich und vergoldet, völlig fehl am Platze. Der junge Wynnewood und Caldwells Neffe saßen nebeneinander auf einer Couch an der Wand.

Ich erzähle es ihm, sagte Rechtsanwalt Blake. Siehst du, gestern gab es in Atlantic City eine Tagung. Es gibt so etwas wie einen Verein von ehemaligen Druckern, die sich Associates nennen. Angeblich kümmern sie sich um die Ideale des Handwerks oder so etwas. Wir brauchten ihre Hilfe. Also schickten wir Crossman hin, unser bestes Aushängeschild. Er sollte sehen, ob er mit ihnen etwas anfangen könnte.

Also, sagte Dan McColum, das meine ich nicht. Ich will mich nicht in die Arbeit der Herren hier einmischen. Ich sehe, daß Sie viel zu tun haben. Ich möchte nur eine allgemeine Vorstellung von der Gesamtsituation, was ich für Sie tun soll, so ganz allgemein.

Dazu kommen wir ja gerade, Dan, sagte der alte Mann. Wir kriegen gleich was zu Trinken, sobald Caldwell hier ist. Ich möchte, daß du uns einen Rat gibst. Aber erst mußt du die Geschichte hören.

Na gut, fahren Sie fort, aber geben Sie mir nicht die Schuld, wenn ich dabei einschlafe. Ich habe gestern nacht nicht viel Schlaf bekommen.

Was war los, Dan? Eine Versammlung?

Eins meiner Kinder hat gestern geheiratet. Wir hatten ein großes Fest.

Ich wußte nicht, daß du so große Kinder hast, Dan.

Doch, meine älteste Tochter. Erzählen Sie mir lieber so knapp wie möglich, was ich tun soll.

Der alte Mann sah Blake an, und Blake sah den alten Mann an: Skizziere ihm die Sache mal, ja, Blake? Ich dachte, du wüßtest Bescheid, Dan.

Ich erinnere mich, daß Sie mir etwas erzählt haben, aber ich habe dieser Tage zuviel im Kopf. Sie haben diesen früheren Angestellten, der Ihnen Konkurrenz macht.

Er versucht, uns mit hinterhältigen Methoden unser Geschäft zu nehmen. Stiehlt es uns unter den Augen weg.

Sie meinen, er ist ein krummer Hund? Wie konnte er dann da unten in Washington gegen Sie bestehen? Mit der Truppe da unten ist ganz schön schwer fertig zu werden. Politik?

Nein. Aber er hat gute Freunde.

Oh! Was weiß er Schlimmes über Sie?

Rein gar nichts. – Dan sah dem alten Mann gerade in die Augen, und der Alte erwiderte den Blick, ohne mit der Wimper zu zucken: Betrügerische Geschäftsmethoden. Wir sind ihm nicht gewachsen. Was soll aus uns Geschäftsleuten werden, wenn jeder kleine Scheißer von einem Angestellten denkt, er kann einem jedesmal einfach abhauen, wenn er ...

Immer mit der Ruhe, J. W., sagte sein Rechtsanwalt. Siehst du, Dan, J.W. hier hat Stecher in den vergangenen zehn Jahren in der Firma großgezogen. Er hat ihm alles Geschäftliche beigebracht, ihm jedesmal, wenn sich eine Gelegenheit bot, eine Chance gegeben. Ja, selbst jetzt ist er bereit, ihn wieder in die Firma aufzunehmen, wenn er bloß ein Wort sagt. Er hat ihm eine Gehaltserhöhung angeboten und Prozente von den Aufträgen, die er hereinbringt – vergeben und vergessen. Etwas Großzügigeres kann man nicht erwarten. Aber nein, er will nicht. Er ist verstockt. Und er scheut vor nichts zurück, um seinem alten Freund in den Rücken zu fallen. Ja, er hat Mr. Wynnewood hier sogar krimineller Vergehen beschuldigt. Das verletzt einen Mann tief. Deshalb sind wir alle so aufgebracht. Was soll man im Geschäftsleben noch machen, wenn jeder skrupellose Mensch mit so etwas durchkommt? Ja, keine Organisation in der Stadt wird mehr sicher sein. Wenn die Arbeiter mit so etwas durchkommen, sind wir alle verloren. Verstehst du, was ich meine?

Tja, sagte Dan. Sie müssen ihm das Handwerk legen.

Ja, wir müssen ihm das Handwerk legen, sagte Crossman. Wir können nicht zulassen, daß solche Treulosigkeit sich durchsetzt. Das ist unmoralisch. Ganz gleich, welche leichten Verfahrensunregelmäßigkeiten er aufdecken mag, alles was wir getan haben und was die Regierung mißbilligt, kann auf Grund verschiedener Voraussetzungen erklärt werden. Da ist nichts Unaufrichtiges – nur eine andere Art, an dieselbe Sache heranzugehen.

Danke, Crossman. Darum geht es, sagte Blake. Wir müssen ihm das Handwerk legen.

Ja, wie wollen Sie das tun? sagte Dan. Ich meine, wie weit wollen Sie gehen?

Gott verdammt noch mal, sagte Mr. Wynnewood.

Moment mal, Moment mal, J. W. Wir haben Probleme. Glauben Sie nur nicht, daß wir keine hätten. – Dann zu McColum: Die haben formell Anklage gegen den Chef und Mr. Caldwells jungen Neffen, Hubert hier, erhoben. Wir müssen uns strikt an die Tatsachen halten.

Der besagte junge Mann wurde puterrot und dann weiß, als Dan ihn ansah. Damit werden wir fertig, fügte Blake hinzu. Das ist es nicht, aber mehr können wir im Augenblick nicht verkraften. Wir müssen ihm das Handwerk legen, aber wir dürfen nicht zu stark in den Vordergrund treten, solange das Verfahren schwebt.

Gibt es keine Möglichkeit, ihn mit legalen Mitteln zu schlagen?

Was ist denn illegal daran! brauste der alte Mann sofort auf.

Schon gut, sagte Dan. Regen Sie sich nicht auf. Ich verstehe. Er spitzte die Lippen und begann leise vor sich hin zu pfeifen.

Höre mal, Blake, platzte Wynnewood sen. heraus, wir haben nicht bis ultimo Zeit. Caldwell wird um vier hier sein, sagte er. Bis dahin müssen wir mit diesem Teil unseres Gesprächs fertig sein. Dan, du mußt uns helfen.

Ja, ich weiß. Aber können Sie es nicht von Washington aus einfädeln, oder? Wir müssen hier in New York im Augenblick ein bißchen aufpassen. Teddy ist Feuer und Flamme für Reformen und so was. Was haben Sie da unten unternommen?

Wir versuchen, sie dazu zu bringen, sein Angebot rauszuschmeißen. Er will nicht herkommen und mit uns zusammenarbeiten, deshalb hoffen wir, daß es so geht. Perce, erzähl ihm bitte, was du gestern getan hast. Sehen Sie, er muß in sechs Wochen anfangen, die Formulare ans Postministerium zu liefern. Er hat keine Firma, und laut Gesetz kann er den Kontrakt nicht unter der Hand weitergeben, deshalb gibt es ein definitives Zeitlimit. Mr. Crossman.

Percy Crossman stand auf und räusperte sich. Also, gestern fuhr ich, wie ich Ihnen gerade sagte, nach Atlantic City, weil ich vor den Associates sprechen wollte, um herauszukriegen, ob sie nicht beim Präsidenten für uns intervenieren würden.

Die Associates, sagte Mr. Blake, sind eine Organisation von Druckern, die ein Interesse daran haben, die Standesehre des Handwerks hochzuhalten. Meistens Männer, die früher hohe Positionen in verschiedenen Großdruckereien des Landes innehatten –

Lassen Sie mich reden, Blake, ja, bitte? sagte Percy Crossman.

Bloß ein Haufen ausgelaugter – begann der alte Mann.

Mein Vorschlag war, beharrte Crossman, daß dieser Fall angesichts der Regelwidrigkeit von Mr. Stechers Vorgehen eine schwere Verletzung der Geschäftsmoral darstellte. Und ich dachte, warum nicht? Daran sind die Associates interessiert, warum sich also nicht an sie wenden.

Der alte Mann grub die Zähne in seine Zigarre. Crossman wandte sich an den jungen Caldwell: Unser Mr. Caldwell begleitete mich. Wie ist es denn Ihrer Meinung nach gelaufen, Hubert? Meinen Sie nicht, daß wir Eindruck machten?

Ja doch, Sir! sagte der junge Mann.

Es ist nur eine Frage der Moral, fuhr Crossman fort.

Jetzt hör mal zu, Perce, begann J. W.

Lassen Sie ihn erzählen, was er getan hat.

Gott, wozu soll dieses ganze verdammte Gerede gut sein?

Weil es ein wichtiger und bedeutender Punkt ist, J. W. Ich habe ihnen eine Rede gehalten, die sie nie vergessen werden, das kann ich Ihnen sagen. Sie haben gut fünf Minuten lang applaudiert, nachdem ich mich wieder hingesetzt hatte. Dann ernannten sie das Komitee. Ich denke, Sie werden Ergebnisse sehen.

Was soll das Komitee tun? fragte McColum.

Sie haben vor, sich direkt an den Präsidenten der Vereinigten Staaten zu wenden. Er kann die ganze Sache für nichtig erklären und den Auftrag neu ausschreiben lassen.

Genau das Richtige, sagte McColum.

Ja, ich weiß, nahm Blake den Faden auf, aber wir können uns nicht zu fest darauf verlassen. Die Geschichte stand schon in den Zeitungen. Und an prominenter Stelle. Jedem im Postministerium ist in der letzten Zeit der Boden unter den Füßen heiß geworden. Die Zeitungen werden diesmal nicht zulassen, daß sie die Sache vertuschen. Wenn das nicht wäre, wäre sie völlig bedeutungslos. Wir könnten sie über Nacht unterdrücken.

Ich glaube, es war aber doch ein taktischer Fehler von Mr. Caldwell, seine Amtsmacht zu gebrauchen, um – Soweit kam der junge Willie Wynnewood. Alle drehten sich nach ihm um.

Was zum Teufel verstehst du denn davon? unterbrach ihn sein Vater.

Du siehst, Dan, wir müssen ihm das Handwerk legen. Wenn man einem Mann nicht mehr trauen kann, dann gute Nacht. Er kennt keine Grenzen mehr. Er hat Briefe in seinem Besitz, die dieser Firma gehören –

Schon gut, J. W. Wir wollen uns an das Praktische halten, sagte Blake. Sehen Sie, Dan, er muß hier in der Stadt verdammt schnell was aufmachen, wenn er diesen Kontrakt erfüllen will. Wenn er die Ware nicht liefern kann, dann ist das das Ende für ihn. Er muß eine Fabriketage haben, in der er arbeiten kann. Verstehen Sie? Und er hat eine. Wir wußten das, aber wir konnten sie nicht finden, bis einer unserer Männer ihn gestern um acht Uhr morgens dort hineinschleichen sah. Er muß seine Druckerpressen dort sofort aufbauen lassen, und Sie wissen, daß das eine langwierige Arbeit ist.

Wem gehört das Gebäude?

Das herauszufinden, können wir uns nicht leisten, Dan. Wir müssen es irgendwie anders schaffen.

Verdammt noch mal, Dan. Wir sorgen schließlich für die Einhaltung der Geschäftsmoral – der Bauinspektor ...

Schon gut, schon gut. Ich sehe mir das Gebäude heute abend mal an und lasse Sie wissen, was ich tun kann.

Dan erhob seinen schweren Leib aus dem kleinen Sesselchen, in dem er gesessen hatte, und wischte mit einer fleischigen goldberingten Hand die Zigarrenasche von der Weste.

Also, Jungs, ich gehe dann mal.

Wir erwarten Mr. Caldwell jede Minute hier, Dan. Wollen Sie nicht bleiben und ihn kennenlernen?

Nein. Nicht heute, Wynnewood. Ein anderes Mal.

Hubert wird mit Ihnen gehen, Dan, und Ihnen das Gebäude zeigen.

In Ordnung, meine Herren. Freue mich immer, einem Freund helfen zu können.

Ich wünsche, ich könnte das auch von ein paar anderen Leuten sagen, die ich kenne, warf der alte Mann ein. Genau so was wie das, was du jetzt für uns tust, Dan, sorgt für eine florierende Wirtschaft und guten Bürgersinn. Die anständigen Leute müssen zusammenhalten. Dieses gottverdammte Gerede vom vollen Eßnapf und einem anständigen Anteil für die Arbeiter und all dieser Mist – wo bringt das einen hin, wenn einem die eigenen Männer bei jeder Gelegenheit, die sich ihnen bietet, in den Rücken fallen? Woher, glauben sie, kommt ihr Geld überhaupt? Woher, *zum Teufel*, glauben sie denn, kommt es? Nun, ich will mich nicht wieder so aufregen. Vielleicht können wir eines Tages auch etwas für dich tun, Dan. Du kannst auf uns zählen, wann immer du es für nötig hältst.

Ich schaue vorbei. Machen Sie sich keine Sorgen. Drukken Sie auch Hochzeitseinladungen in Ihrer Firma, oder so etwas?

Dan, wir lassen eine in Pergament für dich prägen, wenn du willst.

Dan lachte. Also, bis dann, Jungs, sagte er und ging zur Tür.

Hubert, gehen Sie mit Mr. McColum. Nehmen Sie eine Droschke, und zeigen Sie ihm das Haus in der Center Street.

Machen Sie sich keine Mühe, sagte McColum, geben Sie mir bloß die Hausnummer.

Nein, nimm ihn mit, Dan – der alte Mann zwinkerte seinem Bekannten breit zu, nimm ihn mit. Geh, Hubert. Ich sage deinem Onkel, daß du später kommst. So gingen die beiden gemeinsam.

Sie fuhren im Aufzug hinunter, der junge gutaussehende, studierte Geschäftsmann und der schwere, breitschultrige Politiker, den Filzhut auf dem Kopf, die grauen Augen gelassen unter struppigen Augenbrauen.

Soll ich eine Droschke rufen, Mr. McColum?

Nein. Es sind nur drei oder vier Blocks von hier. Kommen Sie, junger Mann, wir laufen. Ich hasse diese verdammten Droschken. Zu meiner Zeit war ich ein begeisterter Fußgänger, setzte er hinzu. Als junger Mensch bin ich jeden Morgen über die Brooklyn Bridge gestiefelt und abends wieder zurück. Ich habe mich nie an das Innere einer Droschke gewöhnen können.

An der Sixth Avenue blieben sie stehen, während ein Konvoi von Obst- und Gemüsewagen langsam vorbeifuhr. Der Kutscher brüllte sein Gespann an und beugte sich weit vor, um das linke Pferd mit den Enden der Zügel unter den Schwanz zu schlagen. Das Pferd schreckte ein wenig auf, hob den Kopf, als es die Last anzog, und fiel dann wieder in seinen langsamen Trott.

Sie sagten, Sie seien jeden Morgen über die Brooklyn Bridge gekommen, sagte der junge Caldwell. Wozu?

Wozu? Weil ich es verdammt noch mal mußte. Das war vor zwanzig Jahren. Ich war ein schmächtiger, magerer Junge damals, nicht viel älter als das Kind dort drüben, sagte er, auf einen Jungen zeigend, der schmutzig und mit eingefallenen Wangen an einem Feuerhydranten lehnte. Ich habe gearbeitet, sage ich Ihnen, schwer gearbeitet in jenen Tagen, und das ist nicht übertrieben.

Was, meinen Sie, werden die in Washington mit uns machen, Mr. McColum?

Es wird vors Große Schwurgericht gehen, vermute ich, sagte der ältere Mann, Sie werden Kaution hinterlegen müssen, und damit hat es sich, wenn Sie es richtig angehen – und ein paar Freunde haben. Ja, junger Mann, vor zwanzig Jahren, als ich in Schwung war, konnte ich diese Brücke in sechzehn Minuten hinter mich bringen. Aber es war kalt im Winter, das kann ich Ihnen sagen.

Einen Bordstein hinunter, über das holprige Kopfsteinpflaster, vom Verkehr getrennt, an der anderen Seite wieder vereint, wieder hoch und weiter die Straße hinunter.

Ich arbeitete für einen Kerl unten auf der Water Street. Er war so ungefähr der geizigste Mensch, den ich je kennengelernt habe. Grantland hieß er. Hatte ein Ledergeschäft, wo er Zaumzeug und so etwas verkaufte. Ich werde ihn nie vergessen. Er ist seit sechzehn Jahren tot, zum Glück für ihn. Aber er wird es nie wissen.

Der junge Caldwell wollte das nicht hören, aber er mußte gute Miene dazu machen und Dan McColum bitten, weiter zu erzählen.

Es ist viel Zeit vergangen seit jenen Tagen, sagte der schwere Mann, und ich selbst und die Stadt haben sich seitdem sehr verändert.

Der junge Caldwell drehte sich zur Seite und versuchte, interessiert auszusehen.

Nie hätte ich erwartet, so lange zu leben, nie. Meine Mutter starb mit zwanzig, als ich drei Jahre alt war. Sie hatte irgendwas mit dem Herzen, ich weiß nicht, was. Und mein Vater starb mit dreiunddreißig an Tuberkulose. Das war ein ziemlich schlechter Anfang für mich. Wenn mir jemand gesagt hätte, daß ich älter als mein Vater würde, hätte ich ihm gesagt, er sei verrückt. Ich arbeite, seit ich zehn wurde. Ich hatte schlechte Zähne und wurde herumgeschubst, zwei Wochen hier, zwei Wochen da. Ich sage Ihnen, es war nicht leicht. Nicht, daß ich mich beschwere, ich hätte nur nicht erwartet, so lange zu leben, das will ich damit sagen. Und hier bin ich, vierzig und so gut in Form wie nur je. Besser, bei Gott. Daran besteht kein Zweifel. Meine erste Stelle hatte ich bei einem Mann auf der Fulton Street in Brooklyn. Wenn ich daran denke, was ich für drei Dollar die Woche gemacht habe, kann ich es kaum fassen. Wissen Sie, später fand ich heraus, daß dieser Mann mich bloß jeden Tag über die Brooklyn Bridge hin und zurück laufen ließ, um die drei Cent Fahrgeld zu sparen. Es gab damals diese mit einem Drahtseil gezogenen Straßenbahnen, Sie werden sich wohl nicht erinnern. Ich konnte es mir nicht leisten. Ich war arm, das kann ich Ihnen sagen. Ich gab jeden Cent, den ich bekam, die ganzen drei Dollar, den Leuten, bei denen ich wohnte. Oh, ich hatte einen Onkel, der Geld besaß. Ich erinnere mich, daß ich ihn einmal um drei Dollar für ein Paar Schuhe bat, die ich brauchte. Wissen Sie, da bekam ich den Vortrag meines Lebens darüber, wie man spart und am besten mit seinem Geld wirtschaftet. Mit drei Dollar die Woche! Aber hier bin ich, und es geht mir so gut wie nie zuvor. Ich war seit fünfzehn Jahren nicht mehr beim Arzt.

Auch nicht beim Zahnarzt, sagte der junge Caldwell zu

sich, aber er nickte mit dem Kopf, als sei er fasziniert von der Geschichte und warte darauf, daß der Mann fortfahre.

Lesen Sie ab und zu, Dan? bemerkte der junge Mann nach ein paar Augenblicken des Schweigens.

Ja, ich lese manchmal Geschichten und Bücher. Ich mag meinen Dreck. Sex und all das. Will bis zu den Knien darin waten und es flutschen hören, wenn ich sie rausziehe.

Das ist eine gute kritische Haltung.

Muß schon allerhand passieren, um mich loszureißen, wenn ich mal lese. Versuchen Sie es mal, wenn Sie sich von etwas ablenken wollen. Sagen Sie mal, warum schreiben Sie nicht selbst – mit Ihrer Bildung? Es müßte doch Geld drinstecken, in diesem Zeug. Police Gazette und so was.

Nebeneinander gingen sie weiter und kamen am Stadtgefängnis vorbei. Da ist es, sagte Dan McColum ungerührt, als sei es eine Hütte, die er gerade auf dem Land gebaut hätte.

Gehen, gehen, gehen, jeder in die eigenen Gedanken vertieft. Einen Bordstein hinunter, über die Straße und einen anderen herauf. Den Block entlang, Blicken der einen oder anderen Art oder gar keinen Blicken begegnend, bis sie in der Center Street gegenüber der Hausnummer eintrafen, die sie suchten. Dort blieb Dan vor dem Schaufenster eines Drugstores, voll mit patentierten Heilmitteln, stehen. Er zog einen Zahnstocher aus der Tasche, drehte sich um und starrte über die Straße.

Hm! sagte er. Das muß das Haus sein.

Ja, sagte der junge Caldwell.

Sie standen da und schauten eine geschlagene Minute, ohne ein Wort zu wechseln. Es war ein sechsstöckiges Gebäude mit einem Lastenaufzug hinter den Vorderfenstern rechts. Dan hatte viel Mühe, etwas zu entfernen, das ihm zwischen zwei Backenzähnen steckengeblieben war: Sieht mir nicht stabil genug aus, um eine Reihe schwerer Pressen verkraften zu können. – Endlich war er fertig mit seinen Zähnen, säuberte das Ende des Federkiels zwischen Daumen und Zeigefinger und steckte ihn wieder in die Westentasche: Schätze, wir müssen sehen, was der Bauinspektor morgen früh darüber zu sagen hat. – Er stand eine Weile da, als wälze er die Sache im Geiste hin und her.

Also dann, guten Abend, sagte er abrupt. Nett, Sie kennengelernt zu haben. Damit drehte er sich um und ging fort.

Der junge Caldwell fühlte sich vor den Kopf gestoßen. Er wollte viel mehr über Denken und Art dieser einflußreichen New Yorker Politiker wissen – viel mehr. So stand er da und sah den breiten Rücken von Dan McColum die Center Street hinunter entschwinden.

## KAPITEL 12

# Die reine Wahrheit

Ich habe heute einen Brief von Gunnar bekommen. Er meint, er bringt deine Mutter nächsten Sonntag.

Nächsten Sonntag! Warum hat er nicht mir, sondern dir geschrieben?

Weil ich ihm geschrieben habe. Wieviel hat der Doktor dir abgeknöpft?

Fünf Dollar.

Was! sagte Joe. Das ist Diebstahl. Hast du sie ihm gegeben?

Ja, sagte Gurlie. Er hat uns in seiner Kutsche nach Hause gefahren, bis vor die Türe.

Tja, sagte Joe. Was ist denn das? Und er hob die Broschüre auf, die Doktor Mabbot Gurlie gegeben hatte.

Eine Broschüre, die er mir gegeben hat. Er schreibt sie und läßt sie selbst drucken, sagte sie.

Joe befühlte sie: Billiges Papier, rundherum billig gemacht, da steckt kein Geld drin.

Lies sie, sagte Gurlie.

Hast du sie gelesen?

Nein.

Was soll ich denn damit anfangen? Aber Joe nahm sie nichtsdestoweniger und setzte sich damit unter die Lampe. Gurlie hatte die Kinder noch nicht zu Bett gebracht, sondern ließ sie wie gewöhnlich zuerst ein paar Minuten in ihren Nachthemden herumtollen.

Joe las den Titel: ›Die Entwicklung des Kindes im zweiten Lebensjahr.‹ Wieviel hat er dir dafür abgeknöpft?

Ich habe dir doch gesagt, er hat sie mir geschenkt, sagte Gurlie.

Dann kann es nicht viel wert sein, sagte ihr Mann, als er das Heftchen zwischen den Händen drehte.

Das zweite Jahr im Leben eines Kleinkindes, las er, kommt uns oft als ereignislose, verschenkte Zeit vor. Aber es ist trotzdem die Zeit, in der es zu laufen und zu sprechen beginnt, lange ehe die Erinnerung einsetzt. Und nicht nur das. Dies sind eigentlich nur die äußeren Anzeichen –

Spricht er auch so?

Nein, sagte Gurlie.

Das ist gut. – die äußeren Anzeichen der ausgefülltesten und wichtigsten Monate unseres ganzen Lebens. – Ich kann daran nicht viel finden, sagte Joe.

Er hat es mir geschenkt, sagte Gurlie, ich möchte bloß gerne wissen, was drin steht.

Warum liest du es dann nicht selbst?

Ich kann mir nicht die Zeit nehmen.

Und was soll ich dann tun?

Sag mir bloß, was drin steht.

Das Säuglingsalter ist vorbei, begann Joe wieder zu lesen, zusammen mit der unmittelbaren und dringend notwendigen Aufmerksamkeit, die man dem Kind im ersten – dem körperlichen – Jahr zollt, aber das verlassene Kind muß trotz allem weitermachen.

Einspruch, sagte Joe.

Dies soll keine Pflanze oder ein bloßes Tier werden, sondern ein menschliches Wesen. Es beginnt nun, seine erste Unabhängigkeit zu erfahren – und die Unglücksfälle, die das mit sich bringt. Ein Larvenjahr, unserem Blick größtenteils verborgen – ein Larvenjahr mehr als jedes andere im Leben, unserm Blick größtenteils verborgen – las er noch einmal –, das dem Bewußtsein seine bleibende Form gibt. Es gibt dem Bewußtsein seine Form. – Joe las das noch einmal und kaute einen Augenblick auf seinem Schnurrbart. – Gebote und Verbote werden nun zwingend. Das Universum breitet sich für den kleinen Reisenden, ausgesetzt wie er ist, nun so geschwind aus, daß ein Mensch sein Leben lang wohl alle Entschuldigungen für jegliches Unglück in dem suchen mag, was sich in diesem Jahr ereignet hat, und sie gewöhnlich auch darin findet. –

Ich vermute, er meint, sinnierte Joe, daß das, was sich in diesem Jahr ereignet, das ist, was ihm sein Leben verbaut. Das mag so sein. Na und? – Doch es wird in ein dunkles Grab gelegt und in seinem wahren Charakter weder in Liedern noch Geschichten je wieder ausgegraben. Begraben und für immer vergessen. –

Nicht schlecht, sagte Joe.

Es gefällt dir also.

Es ist in Ordnung.

Der kleine Gefangene muß in die zufällige Form des Lebens gezwängt werden, die seinen Eltern wiederum durch ihre eigenen mehr oder minder zufälligen ökonomischen und ererbten Umstände auferzwungen wurden. Er muß ›gezähmt‹, an tausend Haltungen und Verhaltensweisen gewöhnt werden, wo er doch bloß weiß, daß seine Arme, mit Fingern an den Enden – denn er hat oft genug daran gesaugt –, herumfliegen und etwas berühren, was mit einem Krach herunterfällt – ganz anders als die unangenehmen Kräfte, die als Konsequenz auf sein Hinterteil einwirken und die seinen Verstand so sehr erstaunen, wie sie seinem Körper schmerzen. –

Wie gefällt es dir? fragte Gurlie.

Hm? sagte Joe, ohne aufzusehen. Es ist in Ordnung. Er las weiter: Was soll's? scheint der ungeformte Geist zu sagen. Zwei und zwei sind vier. Wenn ich dies tue, kriege ich das. Ich! Wer ist dieses ›Ich‹, das etwas tut? Wollen mal sehen, ob das stimmt. Krach! Zack. Genau so. Ja, zwei und zwei sind ganz korrekt vier. Nun, was soll's, das wußte ich sowieso. –

Nein. Das ist zu blöd, sagte Joe. Ich glaube, alle Ärzte sind verrückt. Aber er las weiter.

Es ist alles so ruhig hier, schien das Baby zu sagen, mal sehen, ob zwei und zwei manchmal nicht fünf sind – Krach! Und tatsächlich war es diesmal ein echter Krach. Alle zuckten zusammen. Joe lachte laut auf: Das ist wirklich gut. Er stand auf und kam dem Baby zu Hilfe. Gurlie ließ ihn machen.

Joe hob das Baby auf, nachdem er sich vergewissert hatte, daß es nicht verletzt war, und sagte: Gut so! Ich habe mich schon gefragt, wie lange es dauern würde, bis wir dieses verdammte Ding los würden, und er begann, die Scherben einer besonders häßlichen Blumenvase aufzusammeln, die noch einen Augenblick zuvor auf dem kleinen Wandtisch gestanden hatte, und warf sie in einen Papierkorb. Hier, sagte er zu dem Baby. Na, na, na! Weg von dem Korb, und er stellte den Korb auf den Schreibtisch und setzte sich wieder hin, um weiterzulesen.

In dieser Zeit, ging es in der Broschüre weiter, werden die moralischen Grundsätze eines Lebens eingepflanzt, was wir danach in unserem Leben Gutes und Böses tun und nicht tun. Für den Augenblick hat alles die gleiche Färbung. Welchen Weg wird das Kind einschlagen? Was wird dieser kleine Geist aus seinen Erfahrungen schließen? –

Ein guter Kerl, dieser Joe! schien die Kleine zu sagen und bewegte sich langsam auf ihn zu. Joe verstand das auch so und nahm es gut auf. Beim Lesen spürte er, wie die Kleine sich an seinem Hosenbein hochzog und neben seinem Knie stand. Er schenkte ihr wenig Aufmerksamkeit. Sie legte ihren kleinen Mund auf den straffen Stoff über seinem gebogenen Knie und rieb mit ihrem Zahnfleisch darüber.

Dann, aus einem Überschuß an Gefühl oder purem Forschergeist, öffnete sie den Mund und schlug ihre kleinen Zähne in den Schenkel ihres Vaters.

Die Wirkung erfolgte auf der Stelle. Sie war fulminant. Joe, den das unerwartet traf, bog sein Knie vor Schmerz plötzlich weg und warf das Baby um. Diesmal stieß sie ein lautes Geheul aus, mehr aus Überraschung und Verblüffung denn wegen einer erlittenen Verletzung. Gurlie kam angerannt.

Was hast du jetzt getan? schrie sie ihren Mann an, hob das Baby auf und küßte es.

Sie hat mich gebissen! sagte Joe.

Sie hat dich gebissen? sagte Gurlie und schaute ihn angewidert an. Gut.

Mach schon, beiß sie, sagte Joe zu seiner Tochter. Vielleicht schmeckt sie dir besser als ich. Au! sagte er, den Schenkel reibend. Was für eine Kraft sie in den Kiefern haben! Diese Zähne sind wie Nadeln.

Komm, Lottie, sagte ihre Mutter. Ins Bett mit euch beiden. Ich bringe euch etwas Wasser. Tut, was ich sage. Rein mit euch, wiederholte sie. Nein, ihr könnt nicht alles haben.

Guck mal, sagte Joe am Fenster, als Gurlie zurückkam, nachdem sie die Kinder hingelegt hatte.

Ich glaube, gegenüber ist was passiert. Das Kind muß gestorben sein.

Du meinst das kleine Mädchen, das wir letzte Woche singen gehört haben?

Wer sonst? Geh runter und erkundige dich, sagte Gurlie.

Warum sollte ich? sagte Joe. Ich kenne die Leute nicht. Geh selbst – ich kann da nichts tun. Gurlie ging ins Schlafzimmer, betrachtete sich einen Augenblick im Spiegel, zupfte ihr Haar zurecht und ging dann nach unten, um herauszufinden, ob es stimmte, was sie vermutet hatte.

Joe ging zu seinem Schreibtisch, schloß ihn auf, setzte sich und begann seine Papiere durchzuschauen.

Ja, sie ist tot, sagte Gurlie, als sie nach ein paar Augenblikken zurückkam.

Zu schlimm, sagte ihr Mann. Können wir etwas für die Leute tun?

Nein, ich gehe morgen mal hin. Was machst du da?

Schaue bloß ein paar Papiere durch.

Hast du gesehen, was ich aus der ›New York Times‹ für dich ausgeschnitten habe? Sie gab ihm einen Ausschnitt.

Ja, habe ich gesehen. Aber er las trotzdem:

ENTSCHEIDUNG ZU STECHERS GUNSTEN
New Yorker als qualifizierter Partner für Kontrakt über Zahlungsanweisungsformulare angesehen

– – – – – – – –

Eigenbericht der New York Times

Washington, 6. September: Im Wettbewerb um den Kontrakt für den Druck von Zahlungsanweisungen, mit dem die Entlassung Frank E. Caldwells, des Leiters der Zahlungsanweisungsabteilung in Verbindung steht, gibt es einige Komplikationen. Der Stellvertreter des Justizministers, Black, hat entschieden, daß der hier ansässige Joseph Stecher, der das niedrigste Angebot einreichte, ein qualifizierter Anbieter sei.

Die Arbeiterorganisationen von Philadelphia, Baltimore und New York haben gemeinsam entschieden dagegen protestiert, daß der Kontrakt einem *open shop* gegeben wird. Heute hat ein Komitee des Vereinigten Druckgewerbes einen Protest gegen den Vertragsabschluß mit Stecher mit der Begründung eingereicht, daß er kein Mitglied des Druckgewerberates sei. Ein Komitee des Vereinigten Drukkerbundes ist ebenfalls vorstellig geworden, um einen Einspruch mit der Begründung einzureichen, daß der Kontrakt mit Stecher bedeuten würde, Angestellte zum Treuebruch zu ermutigen.

Mr. Stecher und Mr. Blake, der Anwalt der Mohawk

Press, waren heute im Ministerium, wobei jeder nachdrücklich seine Sicht der Angelegenheit vertrat. Es ist wahrscheinlich, daß Stecher den Kontrakt bekommt, wenn er versichert, daß er einen *closed shop* führen und sich an die Regeln der organisierten Druckereibetriebe halten wird, was er zweifelsohne tun wird. Er sagt, er könne seine Maschinen rechtzeitig aufstellen, um bis zum 4. Dezember Formulare zu liefern, und daß er allen vom Ministerium auferlegten Bedingungen genügen will.

Es besteht jedoch noch eine Möglichkeit, daß Stecher den Kontrakt nicht bekommt, weil er das Angebot seines Konkurrenten kannte, ehe er sein eigenes machte. In einem Fall, über den der Postminister vor nicht allzu langer Zeit entschied, wurden die Angebote aus einem ähnlichen Grund für ungültig und der Wettbewerb für unlauter erklärt.

Joe betrachtete, langsam den Kopf schüttelnd, den Ausschnitt noch eine Weile.

Was ist los? fragte Gurlie.

Nichts. Er legte den Ausschnitt hin und wollte den Schreibtisch zumachen.

Mach den Schreibtisch nicht zu, sagte seine Frau.

Warum? Willst du etwas daraus haben?

Ich will mehr darüber wissen, was los ist. Ich weigere mich, dieses verrückte Leben noch länger zu leben, sagte Gurlie. Hast du einen Vertrag oder was? Ich weiß nichts. Ich will jetzt wissen, wo wir stehen.

Gut, sagte Joe, setz dich hin, und ich erzähle es dir. Gurlie holte sich einen Stuhl aus dem Eßzimmer und stellte ihn neben ihren Mann. Hier, guck dir das an.

Was ist das? fragte Gurlie.

Joe nahm ein zusammengerolltes Papier in die Hand und glättete es auf dem Schreibtisch vor ihnen. Es war ein doppelter Kanzleibogen, unliniert bis auf die doppelten Linien, die den linken Rand markierten. Gurlie nahm ihn in die Hand. Wo hast du das versteckt? fragte sie.

Ich habe vor zwei oder drei Wochen versucht, es dir zu zeigen – aber du hast immerfort geredet.

Red nicht so. Du hast nicht versucht, mir etwas zu zeigen.

Erinnerst du dich, als ich dir den silbernen Freundschaftspokal gezeigt habe, den die Angestellten mir zum Abschied schenkten? Also, dies gehörte dazu.

Oh, sagte Gurlie. Das meinst du. Wozu ist es gut?

Lies schon, sagte Joe.

Das Blatt war in Handschrift beschrieben, eine schön nuancierte Schrift; einige der wichtigsten Wörter waren mit roter Tinte unterstrichen.

*Die Mohawk Press, Inc.*
*Zahlungsanweisungsabteilung*
*Fahrkartenabteilung*

New York, 12. August 1903

*Sehr geehrter Mr. Joseph Stecher!*

*In Anbetracht dessen*, daß es uns in der letzten Woche, nach vielen Tagen des Zweifels und der Unsicherheit, zur Gewißheit geworden ist, daß Sie Ihre Verbindung mit dieser Firma gelöst haben; und

*in Anbetracht* der Tatsache, daß Sie Ihr ernsthaftes und aufrichtiges Bemühen, uns die Arbeit unter Ihrer Aufsicht angenehm und ansprechend zu machen, so oft bewiesen haben, und der unleugbaren Tatsache, daß Sie vielen von uns über Jahre sowohl ein Mentor, Ratgeber und Prüfstein als auch ein Vorgesetzter gewesen sind, vier Eigenschaften, die bei einem Arbeitgeber äußerst selten zu finden sind, wurde deshalb von der versammelten Abteilung –

*beschlossen*, daß es uns ein Anliegen ist, Ihnen und Ihrer Familie die aufrichtige Hochachtung und die von Herzen kommenden guten Wünsche Ihrer ehemaligen Angestellten zum Ausdruck zu bringen. Deshalb sei es

*beschlossen*, daß wir Ihnen dieses kleine Zeichen unserer

> innig empfundenen Hochachtung und ernsthaften Hoffnung auf eine helle und erfolgreiche Zukunft für Sie und die Ihren überreichen.

Ich wette, das ist dir zu Kopf gestiegen, sagte Gurlie. Warum hast du mir das nicht vorher gezeigt? Sie schaute wieder auf das Blatt.

> Mit vorzüglicher Hochachtung

Und dann folgten die Unterschriften, eine einzige lange Reihe die Seite hinunter, in alphabetischer Reihenfolge, am Rand entlang, ein Kasten Raum für jede, und jeder Kasten numeriert, mit roter Tinte, von eins bis siebenundvierzig. Die Unterschriften waren in Schwarz geschrieben. Alle nur erdenklichen Handschriften, schwerfällige und flüssige, klare und unleserliche, schnörkelige, eckige, mit Auf- und mit Abstrich, zarte und gedrungene, manche sorgfältig und manche hingeschmiert, männliche und weibliche.

Waren das alles deine Untergebenen? fragte Gurlie. Wo kommen sie her? Solche Namen.

Lies, sagte Joe, dann findest du es heraus.

Ich lese ja, sagte seine Frau. Sie sehen aus wie deutsche und englische und irische Namen. Aber was ist Lopides? Was für ein Name ist das? Gurlie begann laut zu lesen: Jos. Berwanger, E. J. Brittain, Carl Bull, Rose Carey ... Die sind in Ordnung.

Aber natürlich, sagte Joe. Was hast du denn erwartet? Das ist eine Gruppe, die ich handverlesen habe. Man kann sich darauf verlassen, daß sie gute Arbeit tun.

Gurlie fuhr fort: Carpeter, Cronin, Eulner, Fagan, Traub, Frank, Gillespie, Gallager, Stasia Hanrahan. Ich frage mich, wie sie an den Namen Stasia gekommen ist. Vielleicht war ihre Mutter Russin: Harris, Nellie ... Was ist das denn für eine?

Joe beugte sich vor, um besser sehen zu können: Hartiger. Nellie Hartiger.

Huh, du scheinst sie ja ganz gut zu kennen, sagte seine Frau. Ist sie hübsch?

Ach, vergiß es, sagte Joe.

Nein, ich will wissen, wer sie sind.

So findest du das nicht heraus, sagte ihr Mann.

Doch. Gurlie begann, einige zu überfliegen: John J. Hayes, C. Fred Heilshorn. Ein Jude?

Nein.

Hohmann, Hube, Ingraham, Jeffreys, Jeffs, Kelly, Lopides, McDaragh, McGuire, Mehan, Mays, Neidinger, Sosovsky, M. Yeszinsky, S. Yeszinsky. Nun, sagte Gurlie, was wollen sie?

Sie wollen zu mir kommen, wenn ich meinen neuen Betrieb aufmache, sagte Joe.

Alle? Können sie das?

Sie können tun und lassen, was sie wollen, sagte Joe. Ich habe sie nicht aufgefordert.

Phantastisch! Erzähl mir mehr. Vielleicht kann ich dir helfen.

Joe nahm ein Blatt Papier vom Schreibtisch und begann, es Gurlie auseinanderzusetzen.

Jetzt paß mal auf, sagte er, ich gehe die ganze Sache in wenigen Worten durch – und dann ist Schluß damit. Sieh her.

Sie warf einen Blick darauf. Das kann ich alles nicht verstehen.

Wenn du das nicht verstehen kannst, dann kannst du gar nichts verstehen, und dann brauche ich auch nicht meine Zeit zu verschwenden. Das ist ein Vierjahresvertrag. Das verstehst du. Für die Formulare für die Zahlungsanweisungen der Vereinigten Staaten. Mein erfolgreiches Angebot belief sich auf 135 000 Dollar jährlich für die vier Jahre.

Du? Hundertfünfunddreißigtausend Dollar! Stimmt das?

Sicher stimmt das. Meinst du, ich könnte das für weniger tun?

Vielleicht hast du dich verrechnet. Gurlie hatte ein bißchen Angst. Angenommen, du schaffst es nicht.

Dann sind wir bankrott, sagte Joe.

Können sie dir etwas anhaben?

Mich ins Gefängnis stecken, vielleicht, sagte Joe. Mein Angebot war 40 000 Dollar niedriger als das der Mohawk Press. Es gab nur drei Angebote. Das andere Angebot war völlig aus dem luftleeren Raum gegriffen.

Hättest du nicht dein Angebot ein bißchen höher machen und den Zuschlag trotzdem bekommen können?

Sicher, sagte Joe, wenn sie mir erst gesagt hätten, was die anderen bieten würden. Jetzt hör mal zu, was ich sage, und ich nenne dir ein paar Zahlen – um dir zu zeigen, wie es geht. Um dir klarzumachen, was zu tun ist, ehe ich anfangen kann zu produzieren. – Er rieb sich kurz den Schenkel, wo das Baby ihn gebissen hatte. – Wenn du etwas nicht verstehst, unterbrich mich und sag mir, was du wissen willst.

Fang an, sagte Gurlie. Ich verstehe.

Erst mußte ich mein Angebot mit einem Scheck über 5 000 Dollar abgeben, um meine Redlichkeit unter Beweis zu stellen. Das habe ich Mitte Juli getan. Ich wußte, daß man bei der Ausschreibung intern von billigerem Papier als vor vier Jahren ausging. Das nutzte ich für mich aus. Ich wußte, daß die alte Firma auf mehreren Stockwerken arbeiten mußte – das macht die Sache teurer. Das kam dazu. Ich rechnete mit meiner Erfahrung.

Mit wem redest du, wenn du in dieser Angelegenheit nach Washington fährst?

Am meisten hatte ich mit Frank E. Caldwell zu tun.

Wer ist das?

Um Himmels willen! sagte Joe. Seit zehn Jahren erzähle ich dir von ihm. Der, der rausgeschmissen wurde.

Ja, aber was hat er gemacht?

Er ist der Leiter des Zahlungsanweisungsbüros. Ihm unterstand die ganze Sache. Aber der wichtige Mann ist Davids, der Erste Stellvertreter des Postministers. Er ist die wichtige Figur.

Ist er für dich?

Ja. Wenn er nicht ehrlich wäre, hätte ich keine Chance. Und dann ist da Black, der Stellvertreter des Justizministers. Das sind die beiden, auf die es ankommt. Was immer die beiden beschließen, wird Payne wahrscheinlich machen. Nach dem Präsidenten hat er völlig freie Hand.

Gurlie sah zu ihm auf, aber sagte nichts.

Nun, sagte Joe, weißt du, worüber ich rede?

Sprich weiter, sagte Gurlie, führ dich nicht auf wie ein Kind.

Gut. Ich hatte mit 135 000 Dollar das niedrigste Angebot, der niedrigste Preis in der Geschichte des Ministeriums. Ich bot darauf, Hefte mit Zahlungsanweisungsformularen zu drucken, im Durchschnitt 1400 Hefte die Woche mit fünfzig bis fünfhundert Formularen pro Heft. Sie müssen auf Spezialpapier gedruckt, gebunden und – der neuen Vorschrift entsprechend – direkt zu den verschiedenen Postämtern in den Vereinigten Staaten befördert werden. Das heißt, wir müssen sie unter strikter Bewachung halten, solange sie in unserem Besitz sind.

Wieviel ist das im Jahr?

Das ist für ein Jahr. Ein wenig über eine halbe Million Dollar für die vier Jahre.

Du hast das geboten? Worauf?

Auf meine Fähigkeit, die Formulare zu produzieren.

Wie schön, sagte Gurlie in aufrichtiger Bewunderung. Kannst du das?

Joe lachte gegen seinen Willen. Ein Mann kann alles, wenn er die richtige Frau hat, die ihn unterstützt, sagte er. Gurlie lachte ebenfalls. Ja, ich kann es, setzte er hinzu – wenn man mir hilft. Siehst du, eine Sache, gegen die sie Einwände vorbringen, ist, daß ich keinen Betrieb habe. Die anderen sagen, mein Angebot sei deswegen illegal. Du siehst, sie bringen eine Menge technischer Einwände gegen mich.

Was geschieht in diesem Fall? fragte Gurlie.

Sie mußten darüber eine richterliche Verfügung erwirken. Da griff der Stellvertreter des Justizministers erstmals in den Fall ein. Wir mußten erscheinen und Zeugnis ablegen, und er entschied zu meinen Gunsten. Er sagte, meines sei ein Bona-fide-Angebot.

Natürlich war es das, sagte Gurlie, was denken die denn?

Nun, vor dem Gesetz spielt das keine Rolle. Jedenfalls habe ich diesen Punkt gewonnen. Dem Buchstaben des Gesetzes nach sollte der Kontrakt an den niedrigsten Anbieter gehen, und der niedrigste Anbieter bekam ihn. Aber ich mußte zusätzlich 50 000 Dollar als Pfand hinterlegen, als Sicherheit bei Nichterfüllung des Kontraktes – für den Fall, daß ich ihm nicht nachkommen kann. Du weißt, ich habe keinen Betrieb.

Aber du wirst einen haben.

Das hoffe ich.

Ja, du mußt pokern. Das habe ich immer gesagt. Du kommst nie zu was, wenn du nicht pokerst.

Leute, die Geld machen, pokern nicht, sagte Joe. Sie sind bloß Halsabschneider, das ist alles.

Wo kriegst du all das Geld her? fragte Gurlie.

Ich habe kein Geld, sagte ihr Mann. Ich brauche keins. Ich werde mich nicht unterkriegen lassen.

Aber angenommen, du wirst krank.

Dann müssen meine stillen Teilhaber bezahlen.

Oh, sagte Gurlie.

Ich muß nicht zahlen.

Hm! Wir werden herrlich leben, das sehe ich.

Jaha, sagte Joe, wenn die Pressen und die Miete und die Löhne nicht den ganzen Profit verschlingen. Mach dir nicht vor, daß ich mit *diesem* Kontrakt viel Geld verdiene. Nur das Prestige, das er mir gibt, bedeutet etwas. Falls sich nächstes Jahr die Preise ändern, muß ich vielleicht mit Verlust drucken.

Wie meinst du das, mit Verlust?

Daß wir Geld dabei verlieren.

Und was passiert jetzt? fragte Gurlie.

Du hast es in der Zeitung gelesen, sagte ihr Mann. Alles

ist in der Schwebe. Aber zu lange können sie nicht warten. Wer auch immer die Zahlungsanweisungen druckt, sie müssen ab 1. Dezember ausgeliefert werden.

Aber du hast immer noch keinen Betrieb.

Ich habe eine Option auf drei Standorte. Einen in der Center Street und zwei andere. Ich habe sechs Hoe-Pressen bestellt und habe Optionen auf zwei weitere, wenn ich sie brauche. Ich habe keine Schwierigkeiten mit dem Papier. Druckerschwärze sollte kein Problem sein. Wenn jetzt das, was diese Leute hier, diese Namen hier sagen – wenn es stimmt, daß sie zu mir kommen – dann habe ich die fachliche Hilfe, die ich brauche.

Wunderbar! sagte Gurlie. Du bist ein richtiger kleiner Napoleon, nicht? Ich liebe dich, und sie fiel ihm unfeierlich um den Hals – oder wollte es, denn er duckte sich, und sie bekam ihn nur um die Nase und die Augen zu fassen. Sie drückte ihn fest, während er schnaufend versuchte, sie abzuwehren, weil er etwas sagen wollte. Du bist wunderbar, sagte sie, ihn neckisch aufs Ohr knuffend.

Na, na, na! rief er. Was ist denn mit dir los.

Wir werden reich! Wir werden reich! sagte Gurlie. Es ist mir egal, was du sagst. Morgen hole ich ein nettes skandinavisches Mädchen bei der Agentur. Das sage ich dir.

Meinetwegen, meinetwegen. Hol sie dir, aber laß mich in Frieden.

Und ob ich sie hole, sagte Gurlie.

Wo bringen wir sie unter, wenn deine Mutter hier ist?

Das stimmt, sagte Gurlie, wo bringen wir sie unter?

Willst du den Rest der Geschichte hören? fragte Joe.

Gibt es noch mehr? sagte Gurlie.

Nun, noch habe ich den Kontrakt nicht, sagte ihr Mann.

Oh, aber du kriegst ihn, oder nicht?

Vergiß nicht, ein Mann hat seine Stelle bereits verloren, und er hat einen Verwandten bei Wynnewood, Crossman & Co. Er ist seit sechs Jahren da.

Davon hast du mir nie erzählt.

Das geht so. Früher hat die Regierung die Hefte mit den gedruckten Blankoformularen selbst verteilt. Aber es war ein schlechtes Geschäft. Wir haben ihnen die Formulare en gros geschickt, und sie haben sie verteilt, ein paar hier und ein paar da, an die kleinen Postämter im ganzen Land – sie hatten alle möglichen Probleme damit. Beispielsweise, wenn ein Amt in Brooklyn eine geringe Menge von fünfzig Blankoformularen haben wollte, dann druckten wir sie, verfrachteten sie nach Washington, wo man sie wiederum auspackte, die verlangte kleine Sendung zusammenstellte und dann nach New York zurückschickte.

Daß das unökonomisch ist, kann ich begreifen, sagte Gurlie.

Deshalb beschlossen sie, uns die Anweisungen direkt an die verschiedenen Postämter schicken zu lassen. Das war meine Aufgabe. In acht Jahren hatten wir keine Fehlsendung. Das sage ich dir nur, damit du es weißt.

Und? sagte Gurlie.

Nun, wir haben das nicht umsonst getan. Wir wurden dafür bezahlt. Wir wurden außerhalb des Kontrakts dafür bezahlt. Der alte Mann verlangte sechseinhalb Cent pro Heft für die Lieferung. Caldwell bot vier Cent. Schließlich einigte man sich auf viereinhalb Cent. Selbst das überstieg die Kosten bei weitem. Die Jungs bekamen die Differenz, ungefähr einundeinsechstel Cent pro Heft. Das habe ich erst letzte Woche herausbekommen.

Das ist doch nicht dein Ernst!

Doch. Der Sohn des Chefs, Willie – den kleinen Angeber habe ich noch nie gemocht –, und der junge Hubert Caldwell. Jeder bekam einen Anteil. Nicht nur das, sondern es erklärt noch etwas anderes, das ich nie verstehen konnte. Wir druckten immer Hefte mit fünfhundert Formularen, aber in der letzten Zeit wurden sie nie mit mehr als zweihundert verschickt. Das macht zweieinhalbmal so viele Hefte. Keine schlechte Idee.

Stell dir das vor, sagte Gurlie. Das ist wohl das, was man Schiebung nennt, denke ich.

Es beläuft sich auf bis zu 9000 Dollar im Jahr für jeden der beiden jungen Herrn. Ganz schön viel für einen jungen Mann, der gerade erst im Geschäft anfängt.

Aber bist du dir sicher? fragte Gurlie.

O nein, sagte Joe. Sie leugnen es alle. Wie kann man sicher sein, niemand hat das Geld verbucht.

Aber wird ihnen nicht der Prozeß gemacht?

Doch, sagte Joe. Sie werden verhaftet, und sie werden eine schöne dicke fette Kaution hinterlegen, und später wird das Schwurgericht eine Menge Zigarren darüber rauchen, und damit hat es sich. Merk dir meine Worte.

Dann soll uns auch alles egal sein, sagte Gurlie, wenn wir so eine Regierung haben.

Aber *mir* darf es nicht egal sein, sagte Joe, weil das böses Blut machen wird. Außerdem gibt es da noch diese gottverdammten Associates. Sie sind letzte Woche zum Präsidenten gegangen, das ist das Neueste, um gegen meine Geschäftsmethoden zu protestieren. Und die Zeitungen sagen, der Präsident sei von ihren Einwänden gegen meine Geschäftsmethoden beeindruckt gewesen. Ich glaube, ich muß am Montag zum zehnten Mal nach Washington. Davids sagt, daß Payne dann den Präsidenten spricht, und ich muß da sein für den Fall, daß ich gerufen werde.

Gerufen wozu?

Falls ich erscheinen muß.

Wo erscheinen?

Vor dem Präsidenten.

Du?

Ja, er hat keine Angst vor mir.

Du meinst, du mußt mit ihm reden?

Ich weiß es nicht, aber ich glaube, ja.

Oh! Dann sag ihm, was für Schwindler diese Leute sind. Das ist deine Chance. Sag ihm die Wahrheit, damit er es ein für allemal weiß. Erzähl ihm, worum es hier geht. Oh, sagte Gurlie, ich wünsche, ich könnte dabei sein. Herrlich. Ich würde gerne sein Gesicht sehen. Er soll bloß ja nett zu dir sein –

Was liegt ihm schon an mir, sagte Joe. Meine einzige Chance ist, daß sich Payne in Schwierigkeiten befindet, die noch aus der Regierungszeit McKinleys stammen, und ich glaube, sie beide würden gerne Ordnung im Laden sehen. Ich glaube nicht, daß sie unter diesen Umständen gerne weitere Skandale durchstehen möchten.

Ja, ich vermute, es ist ein Skandal, nicht?

In Washington ist es schwerer als woanders, einen Wirtschaftskriminellen vor Gericht zu bringen, aber ich glaube, diesmal, mit dem Druck der Presse und der Wählerschaft – wenn wir keinen Fehler machen –, bekommen wir die endgültige Entscheidung nächste Woche.

Dann laß uns für nächste Woche beten, sagte Gurlie. Ich bete heute abend. Du kriegst den Kontrakt. Eine innere Stimme sagt es mir.

Wahrscheinlich deine Eitelkeit, sagte ihr Mann.

Also, einer in dieser Familie muß ja Stolz haben. Ich bin so gut wie jede andere in diesem Land oder der ganzen Welt, was das betrifft, weiß Gott, und ich kann es beweisen. Meine Familie reicht ohne eine einzige Unterbrechung fünfhundert Jahre zurück. Die Wikinger trieben Handel mit Irland und entdeckten Amerika, als das restliche Europa noch unzivilisiert war. Wir siedelten in Sizilien, in der Normandie – die ganze Welt hatte einmal vor uns Angst. Wir müssen uns von niemandem etwas gefallen lassen. Warte es bloß ab.

Ich warte ja ab, sagte Joe. Aber laß uns währenddessen ins Bett gehen, ich bin müde.

Du willst immer ins Bett gehen, wenn alle anderen aufbleiben wollen. Das ist dein Problem. Ich weiß, daß du dein Leben lang zu ernst gewesen bist. Aber du bist noch jung. Wach auf! Du wirst nicht mehr lange so leben. Ich lasse es nicht zu.

Nein? sagte Joe. Dann warte es mal ab. Ich muß jetzt härter arbeiten denn je.

Ach komm, sagte seine Frau. Vergiß es. Trinken wir was.

Meinetwegen. Aber vergiß nicht, daß deine Mutter kommt, und wir müssen ein Zimmer für sie herrichten.

Ja, ich sehe sie schon vor mir. Ich sage dir, ich will sie nicht hier haben. Ich tue das nur für dich. Das Kinderzimmer ist der einzige Raum, wo wir sie unterbringen können – bis auf die kleine Kammer hinter der Küche – aber da haben wir Koffer und alles mögliche Gerümpel. Das ist eigentlich eine Mädchenkammer. Wir brauchen ein Dienstmädchen.

Ja, aber nicht jetzt. Wir nehmen eins der Kinder zu uns.

Da haben wir es schon wieder. Kümmere dich um deine Sachen. Vergiß es. Komm schon. Ich trinke auf deinen Erfolg. Du kannst später ins Bett gehen.

## KAPITEL 13

# Hotelzimmersymphonie

Ein Hotelzimmer ist ein Fegefeuer zwischen Begierden, ein Fenster, aus dem man springen kann, eine Gefängniszelle, die Adrettheit eines schön hergerichteten Sarges, die ans Leben erinnert – das gestern nacht hier war, in diesem Bett, einem Überbleibsel, das versucht, ein wenig Wärme für sich zu behalten, nachdem *jenes* vergangen, verschwunden ist. Ein paar saubere Laken, ein neuer Kissenbezug, das Kissen, damit es wieder einigermaßen frisch aussieht, von dem alten sauertöpfischen Zimmermädchen aufgeschüttelt – dessen Augen zu gleichgültig sind, um etwas anderes außer Pennies und Dimes zu suchen – besonders Dimes, weil sie so dünn und klein sind und leicht verlorengehen –, die aus der Tasche der achtlos ausgezogenen Hose fielen, eine gute Haarnadel, die sofort eingesteckt wird, während es schwitzt und abstaubt und Betten macht.

Selbst der Regen ist – abgesehen von seinem Prasseln –

nicht mehr als Staub hier. Ohne Aussicht, etwas aufzurühren. Zu nichts mehr nutze, als Streifen auf die bereits schmutzigen Fenster zu machen – warum sich Mühe geben? dachte Joe. Wozu? Soll man es ihnen überlassen? Besonders, wenn man es so leicht bekommt. Das ist die Zeit, die Hände zu öffnen und es entgleiten zu lassen – so daß die Hände wieder rein werden können. Leer. Rein.

Leer. Joe sah durch den Regen über die Innenstadt von Washington und auf die Kuppel des Kapitols. Barfuß, in Unterwäsche. Dies war der große Tag. Kaum vorstellbar. Verglichen mit der Welt seiner Phantasie oder selbst mit den zwei, vier, sechs, acht Welten der öffentlichen Angelegenheiten, kam ihm sein eigenes kleines Geschäft so unbedeutend vor, sogar kindisch, wie schmutzige Socken über einer Stuhllehne.

Kindisch. Wozu ist es gut? Wenn es dort auf dem Tisch läge, so daß ich bloß die Hand auszustrecken brauchte, um den Reichtum der Welt zu besitzen – ich würde keinen Finger rühren. Ich würde mich rasieren und nach unten zum Frühstück gehen.

Deshalb drehte er das heiße Wasser im Becken auf und bereitete sich darauf vor, sich zu rasieren – oder einen anderen Vorwand zu finden. Für manche, die kein Gehirn oder Gewissen haben, ist es aber in Ordnung. Wenn sie kein Geld hätten, hätten sie keine Entschuldigung, Kirchen zu bauen. Man müßte ihre Köpfe mit einem Hammer aufbrechen, einen Riß in den Schädel brechen. Dann könnte man ihn mit einem kleinen Stück Metall, ein dicker Schraubenzieher wäre nicht schlecht, ein wenig aufstemmen und ein bißchen Verstand hineintun. Wenn man den Hebel herauszöge, würde der Riß sich von selbst schließen. Dann würden sie den Wert des Geldes und so weiter kennen.

Zwecklos. Man muß Schauspieler sein. Man muß ganz aufgeregt werden und in ihnen den Eindruck erwecken, daß man etwas verzweifelt haben will. Man *muß* das tun. Sie müssen einem am Gesicht ansehen, daß man Geld haben will. Weil es wichtig ist. Deshalb. Denn mit Geld kann man alles kaufen. Joe lachte laut auf. Man kann alles kaufen! Selbst eine Ladung Pferdescheiße. Er lachte.

Aber wenn man nicht gut Theater spielt, enttäuscht man die Leute. Sie glauben nicht, daß man Bescheid weiß. Sie hassen einen. Ja, sie hassen einen. Man ist ihr Feind. Man muß Geld schätzen. Man schuldet es ihnen. Man schuldet es ihnen, weil sic cincm lcid tun, man muß ihnen beweisen, daß sie recht haben. Bei Gott, Geld ist wertvoll. Es ist das Allerwichtigste. Dann hat man der Menschheit Ehre erwiesen, und sie muß einem nicht leid tun. Man muß sich den Teufel darum scheren, ob sie ... Er schnitt sich, als er versuchte, die eingekerbte Stelle an seinem Kinn zu rasieren.

Joe zeigte sich nicht beeindruckt. ›Seien Sie um 9.45 Uhr in den Büroräumen des Weißen Hauses. Ihr Termin ist Punkt 10.00. Ich treffe Sie dort.‹ Vom Postminister selbst unterschrieben. Der Präsident der Vereinigten Staaten wolle ihn sehen. Einfach bloß *sehen*, sagte Joe. Das ist alles. Er glaubt mir nicht. Er will mich sehen. Was wird er dann wissen? Er ist doch keine Frau, die instinktiv weiß, was ich bin.

Joe hatte die Zeitungen gelesen. Er wußte, was sich abgespielt hatte und wie der Präsident zu ihm stand. Roosevelt war mit den Worten zitiert worden: ›Ich mag diesen Mr. Stecher nicht. Ich mag es nicht, wie er Geschäfte macht.‹ Payne war hervorragend gewesen, ohne Zweifel – aber warum? Nicht etwa, weil er ein gutes Gespür oder ein Verständnis für die Situation gehabt hätte. Ganz und gar nicht. Bloß, daß die ganzen Schiebungen ihn, Payne, und sein Ministerium in eine mißliche Lage gebracht hatten. Wenn er, Joe Stecher, sein Spiel nicht so gespielt hätte, daß er Druck ausübte, als die Wirkung am eindrucksvollsten war – welche Chance hätte er dann gehabt? Das Eigeninteresse ist ein großer Wohltäter, dachte Joe. Jedenfalls war das der Stand der Dinge, und ich weiß es.

Und diese Associates! Große Kinder. Joe empfand freundliche Gefühle für sie. Was für ein Haufen *Narren.** Sie gehen mit offenem Mund herum wie Kinder im Zirkus. Man tritt an sie heran und steckt ihnen eine Münze in den

Mund. Sie sehen einen noch nicht einmal. Und dann spielen sie eine Melodie. Und so ernst! Sie wissen, daß sie recht haben. Sie halten die Ehre des Druckhandwerks hoch. Joe lächelte in sich hinein.

Aber die Saukerle können Ärger machen. Mir haben sie genug gemacht – ohne zu wissen, was sie tun.

Er wußte, daß der Präsident sie angehört hatte. Es stand in allen Zeitungen. Der Präsident der Vereinigten Staaten hatte sie angehört und ihnen gesagt, daß er dem, was sie zu sagen hatten, von ganzem Herzen zustimme. Dann hatte der Postminister geweint, berichteten die Zeitungen. Meine Angelegenheit hat den Postminister vor dem Präsidenten der Vereinigten Staaten zum Weinen gebracht, sagen sie. Vielleicht eine Lüge. Klingt aber gut.

Warum nicht eine gute, heilsame Lüge? – Ja, Mr. President, Sie haben vollkommen recht, wollte Joe zum Präsidenten sagen, wenn er ihn sah. Er wollte ihm in die Augen sehen und sagen: Mr. President, Sie haben recht. Sie haben immer recht. Dieser Joe Stecher ist ein Dieb und ein Lump. Ich würde den Kontrakt für die Zahlungsanweisungsformulare per Präsidenten-Verfügung sofort lösen, ganz gleich, was es kostet. Trauen Sie ihm nicht. Lassen Sie diesen Mann mit seinem Schwindelunternehmen nicht davonkommen. Und wenn Sie mir nicht glauben, würde Joe sagen, rufen Sie den Chef der Zahlungsanweisungsabteilung, den Sie nach langem Dienst so ungerecht entlassen haben, rufen Sie die Geschäftsführer der Mohawk Press, sie werden es Ihnen sagen. Dieser Stecher ist ein Betrüger.

Joe würde beim Sprechen den Präsidenten beobachten, und er würde sehen, wie der Ausdruck der Selbstzufriedenheit auf sein Gesicht träte. Er würde die Tugend triumphieren und die Autorität der Vereinigten Staaten von Amerika sich machtvoll vor ihm erheben sehen, und er, Joe Stecher, würde – lachen! Er würde lachen, bis er platzte. Aber er dürfte es nicht zeigen. Er würde ein guter Pokerspieler sein müssen. Er würde ohne die Spur eines Gefühls unter dem Schnurrbart dastehen, er würde dem Präsidenten für seine Einsicht und Initiative danken und – nach Hause gehen und – na, schon gut. Besser nicht davon reden.

Ganz gleich, welchen Weg man auch einschlägt, ein Mann muß frühstücken, wenn er einmal rasiert ist, angezogen – seine Schuhe! Mein Gott, er sollte sie lieber putzen lassen. Wahrscheinlich irgendwo im Keller.

Um 9.45 Uhr präsentierte Joe seine Karte im Amtssitz des Präsidenten, wurde aufgefordert, einzutreten und Platz zu nehmen. Zog den Regenmantel aus, die Galoschen, stellte den Schirm in den Schirmständer und zog die Zeitung aus der Jackentasche, um zu lesen. Ein schneller Blick in die Runde genügte ihm: ein Büro wie jedes andere – mit unbedeutenden Unterschieden.

Ich war dagegen, Ihnen diesen Kontrakt zu geben, Mr. Stecher, sagte der Präsident. Der Postminister saß neben ihm.

Ja, Mr. President, sagte Joe. Das habe ich in der Zeitung gelesen.

So. Ich mochte die Art nicht, in der Sie vorgegangen sind.

Mr. President, warf der Postminister ein.

Der Präsident hob die Hand. Aber mein Freund Payne scheint an Sie zu glauben. Sie sind angeblich zur Zeit der fähigste Drucker in den Vereinigten Staaten, das hat man mir zu verstehen gegeben.

Joe rührte sich nicht. Danke, sagte er.

Ich möchte Ihnen eine Frage stellen. Meine Politik ist es gewesen –

Aha! dachte Joe. Das ist es also.

Meine Politik ist es, Regierungsarbeit, wann immer möglich, in Regierungsbüros abzuwickeln, unter direkter Regierungskontrolle.

Klingt gut! dachte Joe.

Wie bitte?

Nichts, sagte Joe. Ich habe nichts gesagt, Sir.

Wir haben einen staatlichen Drucker, warum ist das Geschäft mit den Zahlungsanweisungen nicht in seiner Hand? Es entstand eine Pause. Nun? sagte der Präsident.

Wollen Sie meine Meinung hören, Sir? fragte Joe.

Ja, darum habe ich Sie gebeten.

Er könnte sie nicht drucken, sagte Joe.

Warum nicht?

Er hat weder die Ausrüstung noch das Wissen.

Das können wir beschaffen, oder? Wir können alles beschaffen, was wir brauchen.

Joe hatte beschlossen, nichts zu sagen, wenn er nicht direkt gefragt wurde. Sprechen Sie, sagte der Präsident. Ich möchte wissen, was Sie denken.

Ja, sagte Joe, Sie können alles bekommen, was Sie wollen, wenn Sie dafür bezahlen. Aber nicht an einem Tag.

Warum nicht?

Weil sie nicht wissen, wie.

Wie lange würde es ihrer Meinung nach dauern, in Washington eine effiziente Druckerei aufzubauen und diese und andere, ähnliche Arbeiten mit eigener Kraft auszuführen?

Das kann ich nicht sagen, sagte Joe.

Aber Sie müssen eine Meinung haben.

Sie meinen rein geschäftsmäßig?

Ja.

Wenn Sie genug Geld dafür bereitstellen, könnten Sie, denke ich, einen Betrieb auf die Beine stellen, der die Formulare in drei oder vier Monaten ausliefert, vielleicht aber auch erst in sechs Monaten, sagte Joe.

Ich glaube, Sie irren, sagte der Präsident. Wir könnten es schaffen, wenn wir es müßten. Sind Sie in der Lage, die Formulare rechtzeitig herauszubringen?

Ja, Sir, sagte Joe.

Sie scheinen sich Ihrer Sache sehr sicher zu sein, sagte der Präsident.

Joe gab keine Antwort. – Ich sage, Sie scheinen sich Ihrer Sache sehr sicher zu sein, sagte der Präsident.

Ja, Sir, sagte Joe.

Und Sie meinen, Sie sind in der Lage, die Bestellung rechtzeitig zu liefern?

Ja, Sir, sagte Joe.

Nun, dann sehen Sie zu, daß Sie das schaffen.

Wird er, sagte der Postminister und lächelte auf seine freundliche Art.

Tja, Payne, sagte der Präsident, damit ist die Sache wohl vom Tisch. Vielleicht haben Sie unter den Umständen die weiseste Entscheidung getroffen. Auf Wiedersehen, meine Herren. Er streckte die Hand aus. Joe nahm sie, berühmtes Fleisch!, und drehte sich um, ohne zu lächeln.

Ach, Payne, ich möchte Sie noch einen Augenblick sprechen, sagte der Präsident.

Der Postminister sah nicht gut aus. Passen Sie besser mal auf sich auf, sagte Joe zu ihm, ehe er ging.

Es geht schon, Stecher. Ich freue mich, daß Sie gekommen sind, und alles Gute. Es wird schon werden. Auf Wiedersehen, und er hielt Joe die Tür auf, als er hinausging.

Joe ging, so gelassen und gesammelt, als ginge er hinaus, um eine Zeitung zu kaufen. So gelassen, daß er jedes Härchen der Augenbrauen des Türstehers sehen konnte, als er an ihm vorbei in das Vorzimmer ging.

Und das war's, sagte er zu sich. Mehr ist nicht dran. So einfach. Ich frage mich, warum er mich sehen wollte. Ich vermute, er wollte mich einfach sehen. Bloß sehen, was für ein gemeiner Hund ich wäre. Mit Hängebauch, Wieselschnauze, buschigen Augenbrauen. Ein Schwindler, wie er im Buche steht. Ich vermute, er hatte schon ein fertiges Bild von mir im Kopf.

Ein GROSSER Mann. Armer Kerl. Joe mochte ihn nicht. Zu viel Lärm, hochtrabende Ideen. Nun, wenn man so denkt, dann muß man sehr bald erfolgreich sein, ob man will oder nicht. Dann muß man anfangen, ein paar nette kleine Entschuldigungen für sich auszudenken, bloß damit es funktioniert. Dann muß man ein paar bequeme Lügen erfinden, um die Fehlschläge zu vertuschen.

Den wollte ich nicht in meinem Betrieb haben. Nicht in meinem Betrieb. Er würde alle möglichen Entschuldigungen finden, um nicht das zu tun, was ich ihm auftrage. Auch noch gute Entschuldigungen.

Er setzte sich, um seine Galoschen anzuziehen. Er legte den Regenmantel um die Schultern, nahm den Hut in die Hand und ging hinaus. Es regnete so stark wie eh und je. Er spannte den Regenschirm auf und ging vom Amtssitz des Präsidenten über den bespritzten Bürgersteig zur Straße hinunter. Sinnlos, diesmal ein Telegramm zu schikken. Packen und nach Hause fahren. Das wär's gewesen.

Und was sollte das Ganze? Das war also das Geschäft ›Vereinigte Staaten‹. Ein recht kleines Geschäft, aber ganz anders, als es in der Zeitung steht. Was ist es schon, außer ein paar Männern, die meistens Frauen im Nacken haben und die herauszufinden versuchen, was der andere gerade denkt. Und was bekommen sie, wenn sie dahin vorstoßen? Etwas Faßbares? Etwas wirklich Durchdachtes? Auch nur etwas Gerechtes? Nie. Nur eine vage Annäherung. Meine Politik. Die Politik der Regierung. Pah! sagte Joe. So ein Fiasko.

Was macht Politik? Was bewirkt sie? Sie tut viel. Sie entwurzelt alles auf ihrem Weg. Man entschließt sich, sich durchzuackern. Dann ackert man drauflos. Man denkt nicht mehr darüber nach. Man schaut noch nicht einmal hin. Man ackert einfach geradeaus. Blumen, Vogelnester, Menschen, Leben, Gelegenheiten – ach ja. Daran ist nichts grundlegend Bedeutendes. Man muß ackern.

Aber er dachte weiter darüber nach. Nein, es ist mehr daran. Das ist nicht alles. Man achtet nicht mehr auf die Wahrheit der Details. Man schaut nicht mehr hin, um zu sehen, ob dieser Mensch ehrlich ist oder nicht, ob er die Arbeit gut oder schlecht verrichtet. Das einzige, woran einem liegt, ist ›Meine Politik‹. Soll die Regierung ihre Sachen selbst drucken, eine ›weitsichtige‹ Politik. Hm! grunzte Joe.

Oben im Hotelzimmer schaute er auf seine rechte Hand, öffnete und schloß sie ein paarmal. Jetzt mußt du dein Rasierzeug und deine schmutzige Unterwäsche aufsammeln, sagte er zu ihr. Komm schon, beeil dich, du kannst nicht den ganzen Tag Präsidentenhände schütteln. Mach dich an die Arbeit.

Mach dich an die Arbeit. Er stieß einen Seufzer der Erleichterung aus. Er ging durch den Regen zum Bahnhof, um das Droschkengeld zu sparen. Er hatte aber noch reichlich Zeit – mit seinem kleinen schwarzen Koffer in der Hand.

Im Raucherabteil saß er am Fenster und beobachtete den ganzen Nachmittag die mit Regen durchtränkte Landschaft, die Bäume in und um Washington noch in vollem Laub, das dünner und dünner wurde, als er nach Norden und durch New Jersey fuhr – es regnete immer noch – in den Abend hinein. Einige wenige verlassene Kühe, der Winterweizen, der hier und da als grünes Getreide stand – aber Meilen um Meilen brachliegendes Land. Das konnte er nie begreifen. Warum ist das nicht gerodet und bearbeitet – wie es in Deutschland wäre?

Meine Politik! Was sonst? Meine Politik. Nichts funktioniert mehr richtig wegen dieser Vorstellung. Kirche, Regierung – das einzige, was funktioniert, ist ein Mann, der dem, was er tut, volle Aufmerksamkeit schenkt und weiß, was er zu machen hat. Mein Bruder spielt Geige in Prag. Meine Schwester zeigt ihre Beine auf der Bühne – ich bin Drucker. Ich hoffe, wir tun unsere Arbeit richtig. Denn wenn wir das nicht tun – Es ist, weil sie dem einen oder anderen zum Vorteil gereicht, meine Politik! – sonst würden wir so viel pflanzen, wie wir wollen und brauchen, und hätten eine Welt, in der zu leben sich lohnte.

Verschwendung, Verschwendung, Verschwendung. Das ist die Lösung für alles. Bearbeitet nur dieses Land, nur dieses kleine Stückchen der Anbaufläche New Jerseys, das man zu beiden Seiten der Zugfenster sehen kann, das hier vergeudet wird. Mehr müßt ihr nicht tun, aber nutzt es wirklich. Und es würde keine Armut und kein Elend in der ganzen Welt mehr geben – wenn ihr es nur nutztet.

Sie sind nicht intelligent genug. Und sie sind zu faul und zu eingebildet und zu – dumm. Nur darum geht es. Jeder könnte die Probleme der Welt in fünfzehn Minuten lösen – wenn die Menschen guten Willens wären – und wenn es nicht jemand aus Profitsucht verhinderte. Und um der Befriedigung willen, ›meine Politik‹ durchzusetzen.

Beinahe auf jede Scheune war in Großbuchstaben Reklame gemalt, Tabakgeld für irgendeinen dummen Farmer. Joe schüttelte den Kopf. Er verachtete Farmer. Schrecklich. Und niemand kann es aufhalten. Was ist die öffentliche Meinung? Weiß man, was die öffentliche Meinung ist? Sie ist – warum bekomme ich nicht mehr davon? Das ist die öffentliche Meinung. Ich frage mich, wie viele Millionen Menschen jedes Jahr aus einem Fenster zwischen New York und Philadelphia sehen, und nicht einer, nicht ein einziger sieht auch nur für den Bruchteil einer Sekunde glasklar, was richtig ist. Nie. Die nehmen nie etwas Einfaches wahr. Es ist wohl da – aber sie kriegen es nicht mit. Sie sind zu wichtig. Sie wissen zuviel. Sie sind Gesetzgeber, Staatsmänner, große Geschäftsleute, Frauen! – sie wissen nichts – außer dem, was man ihnen sagt.

Bin ich denn besser? Was tue ich? Ich ereifere mich über den Druck von ein paar Formularen für Zahlungsanweisungen. Was habe ich denn vorzuweisen? Aufrichtigkeit. Eine kleine Sache richtig tun – beispielsweise Geige spielen. Das zumindest weiß ich. Sie gehen ins Konzert und hören einen gut Geige spielen. Wunderbar! Phantastisch! Sie weinen, sie applaudieren, es ist ihnen warm ums Herz – und es kostet auch noch wahnsinnig viel, und sie können es bezahlen. Aber wissen sie, was es heißt, daß er gut spielt? Wissen sie das? Kein einziger von ihnen.

Sie wissen nicht, was es heißt, vortrefflich zu sein. Nein, kein einziger von ihnen. Sie wissen schlicht und einfach nicht, was es heißt, eine Sache gut zu machen. Der Rest –?

Es gut zu machen. Aufrichtig. Tag für Tag. Und nie zu lügen. Nie.

Was würde es einem Künstler nützen, ein Klavier oder eine Geige zu belügen? Überhaupt nichts. Aber sie wollen Geige spielen, indem sie ihr erzählen, daß ›meine Politik‹ darin bestünde, beim Kopfstand oder in der Badewanne Geige zu spielen, oder – beim Essen. Oder darin, eine Schaufel an Stelle eines Bogens zu nehmen.

Ich frage mich, ob ich nicht besser hier esse – ehe ich nach Hause komme.

## KAPITEL 14

## Gesichter

Hier war er zu Hause, bei seinen Freunden, die um den Eßtisch saßen, seinen Lieblingsblumen, zwei Dutzend roten Nelken, die dahinter in dem berühmten Freundschaftspokal auf dem Kaminsims prangten – Gurlie hatte sie weggestellt, damit sich alle über den Tisch hinweg sehen konnten – Kaffee, Gebäck, Zuckermandeln standen vor ihnen, hier redete und lachte er, die Schlacht war geschlagen. Glückwünsche waren angesagt!

Vielen Dank, sagte Joe. Schön, daß ihr vorbeigekommen seid.

Dies war keine große Gesellschaft, bloß Melquist und seine Frau Martha, die jeder liebte, alte Freunde der Stechers, Tante Olga, der alte Kapitän Ostland und seine Frau, Joe, Gurlie und Grandma, die jetzt eine Weile bei ihnen wohnte, obwohl sie sehr wenig von dem verstehen konnte, was gesagt wurde.

Jetzt erzähl uns mal, Joe, was wirklich geschehen ist, sagte Melquist. Wir sind doch hier alles Freunde. Ich würde es gerne wissen.

Frag Gurlie, sie ist die bessere Rednerin, sagte Joe und

lächelte über den Tisch. Das ist jetzt alles Vergangenheit. Sie hat für solche Dinge ein besseres Gedächtnis als ich.

Was ist wirklich passiert, Gurlie? Wer hat zuerst die Idee gehabt, ein Angebot für den Zahlungsanweisungskontrakt einzureichen? Warst du das? Es sieht dir ähnlich. Er sah Gurlie direkt in die Augen.

Gurlie lachte und schlug die Augen nieder: Klar, ich war es.

Stimmt das, Joe? Er drehte den Kopf wieder Joe zu.

Ja, das stimmt, sagte Joe und klopfte die Asche von seiner Zigarre. Das ist die Geschichte für die Eingeweihten. So richtig wie das meiste, was man hört.

Aber das beantwortet meine Frage nicht, fuhr Melquist fort. In den Zeitungen standen ein paar richtig nachteilige Dinge über dich, Joe.

Das ist richtig, sagte Joe. Wenn du es in der Zeitung gelesen hast, muß es stimmen. Sein Gesicht war ausdruckslos.

Nein, das meine ich nicht, aber du weißt doch, die Leute glauben solche Dinge. Manche Leute.

Nun, sagte Joe, manche Leute werden immer alles glauben, was sie hören – oder lesen. Man braucht alle möglichen Menschen auf der Welt. Gurlie lachte ohne Grund.

Aber ich höre es überall, und es gefällt mir nicht. Ich möchte endlich einmal die Wahrheit wissen, dann kann ich Antwort geben, wenn man mich fragt, und glaub mir, ich werde antworten, entschlossen schüttelte er den Kopf, sobald ich weiß, worüber ich rede.

Das ist richtig, sagte Gurlie zu ihrem Mann. Erzähl ihm die ganze Geschichte.

Von Anfang an, sagte Melquist. Wie fing sie an?

Gurlie lehnte sich zurück, während die anderen sich auf ihren Stühlen vorbeugten, um besser zu hören.

Warum gründest du nicht eine ehrliche Zeitung? fragte Joe und betrachtete wieder seine Zigarre, dann kann ich dir die Geschichte verkaufen und ein bißchen Geld damit verdienen. Er schaute zu Melquist hoch.

Komm schon.

Komm schon, Joe, erzähl.

Ach, komm schon, Joe, sagten sie alle, wir wollen die Wahrheit wissen.

Ihr habt doch die Zeitungen gelesen, was gibt es noch zu sagen? Sie wissen alles, selbst Sachen, die nie passiert sind, und fünf oder sechs Versionen derselben Sache. Was macht es schon aus, was ich sage? Ich kenne mein eigenes Geschäft nicht. Ich weigere mich, etwas darüber zu sagen! Mit einer großspurigen Geste streckte er das Kinn vor.

Sie alle lachten. Komm schon, Joe.

Na gut, wenn ihr versprecht, es nicht den Zeitungen zu verraten, erzähle ich es euch. Er schaute sich im Kreis um. Schenk uns was zu Trinken ein, Gurlie. Komm, mach. *Es lebe die Wahrheit!** Die Wahrheit besiegt alles. Was ist Wahrheit? *In vino veritas. Austrinken.** Hand aufs Herz, glaubt es oder nicht. *Skål!* Und er erhob sein Glas und nahm einen Schluck. Ah!

Ach, komm schon, Joe, sei nicht so bockig.

Was ist denn so interessant daran? Es ist passiert, und damit hat es sich. Eine Lüge verkauft sich doch viel besser. Auf die Ehre des vierten Standes, auf den großartigen Beruf des Journalisten! Unsere tägliche Lüge gib uns heute, und gib uns viel Platz! Amen.

*Du Dummer!** sagte seine Frau. Was ist denn los mit dir? Sie sah ihn scharf an.

Das ernüchterte ihn ein wenig: Ihr wollt also die Wahrheit wissen, die ganze Wahrheit und nichts als die Wahrheit, so wahr mir Gott helfe. Mit dem linken Daumen und Zeigefinger zwirbelte er den Schnurrbart und schien darüber nachzudenken, wie er anfangen solle.

Genau, Joe, was ist passiert?

Nun –, er hielt inne. Gurlie hat mir schon seit Jahren gesagt, ich müsse den Chef wegen einer Gehaltserhöhung anhauen –

Versuch bloß nicht, komisch zu sein, sagte seine Frau, die auf ihrem Stuhl herumrutschte und einen Löffel aufhob, um ihn dann wieder auf die gleiche Stelle zu legen.

Deshalb bat ich ihn schließlich um mehr Geld. Ich muß

mehr Geld haben, sagte ich zu ihm. Joe machte eine Farce daraus, finster die Brauen runzelnd. Er hielt inne und zündete sich eine Zigarre an.

Schon gut. Was ist dann passiert?

Sie haben mich rausgeschmissen, sagte er und brach ab.

Also jetzt aber, Joe. Wenn du es uns doch nicht erzählen willst, möchte ich dir nicht damit auf die Nerven gehen. Melquist sah Gurlie ein wenig beleidigt an, als wolle er sagen: Was will er?

Er muß es euch jetzt erzählen, sagte Gurlie, sonst tue ich es. Das ist deine letzte Chance, sagte sie zu ihrem Mann. Redest du jetzt ernsthaft oder nicht?

Oder nicht, sagte Joe. Ich erzähle ihnen die Wahrheit.

Das ist gut, sagte Melquist.

Ja, das ist lieb von dir, Joe, sagte Martha. Du bist immer so lieb. Joe verehrte sie, wie Gurlie wußte, und sie war einmal mit Joes Bruder Oswald verlobt gewesen.

Also, letzten April bekamen wir Nachricht aus Washington, daß die Angebote für den neuen Zahlungsanweisungskontrakt im Juni ausgeschrieben würden. Wir hatten sie in den letzten sechzehn Jahren gedruckt – ich bitte um Verzeihung, unterbrach er sich, als sei er empört, die Zeitungen schrieben zwanzig Jahre – also in den letzten zwanzig Jahren. Deshalb bat mich der Chef, mich bereitzuhalten, um sie diesmal wieder zu kalkulieren. Das war kein Geheimnis.

Das fällt in seine Abteilung, die Lithographie, sagte Gurlie erklärend. Das war seine Arbeit in den letzten fünfzehn oder sechzehn Jahren. Niemand sonst konnte das tun.

Ja, ich weiß, sagte der alte Kapitän, der bis dahin nichts zu sagen gewußt hatte.

Zwanzig Jahre, vergeßt das nicht, sagte Joe. Also sagte ich ihnen, daß ich mehr Geld bekommen müsse: Ich muß mehr Geld haben! Joe spielte es mit rauh verstellter Stimme. Meine Familie wächst, und ich will ein Haus auf dem Land kaufen.

Was geschah?

Er sagte mir, wenn ich ein Angebot für den Zahlungsanweisungskontrakt kalkulieren würde, den größten Einzelposten im Betrieb zu der Zeit, dann würde er darüber nachdenken, mir hinterher eine Gehaltserhöhung zu geben. Kluger Kerl.

Bloß ein Trick, fiel Gurlie ein. Aber glaubt mir, wenn ich ihn nicht gewarnt hätte, hätte er es geglaubt. Er wollte mir zuerst nicht glauben, er ist zu ehrlich, und er denkt, alle anderen sind auch ehrlich. Sie sprach laut und voll Selbstvertrauen, unterstrich ihre Bemerkungen mit durchdringendem Lachen. Ich erzähle ihm schon seit Jahren, daß dem nicht so ist. Hach! Wie könnten Leute reich werden, so wie sie es tun, wenn sie es ehrlich anfingen? Sie arbeiten nicht dafür, und sie haben keinen Verstand, du meine Güte, nein, das sieht man klar und deutlich. Sie kennen die Tricks, hach! das ist alles. Aber er ist wie ein kleines Kind. Er will mir nicht glauben, ich kenne die Menschen.

Wer erzählt die Geschichte denn, fragte ihr Mann, du oder ich?

Du versuchst, sie zu erzählen, sagte seine Frau ihm nachdrücklich ins Gesicht.

Ich habe aufgehört, sagte Joe.

Nein, nein, sagte Melquist. Hör nicht auf. Er schaute Gurlie flehend an. Laß ihn in Ruhe, Gurlie, bis er fertig ist.

Ich meine, ich habe mit der Arbeit aufgehört. Alle lachten. Ich hatte das Gefühl, daß es in dem Laden nicht so lief, wie ich es gerne gesehen hätte, daß da zu viele junge Leute von den Verträgen lebten. Ich hatte ein paar Dinge durchschaut – nach rund zwanzig Jahren, setzte er lächelnd hinzu, seine Frau anschauend. Über die Jahre bemerkt schließlich sogar ein *Dummkopf,** wie etwas läuft. Und ich konnte dem Alten an den Augen ansehen, daß er wußte, daß ich wußte, was gespielt wurde. Ich vermute, er dachte, daß ich schon zu lange dasei. Deshalb sagte ich zu ihm: Nein. Ich sagte, er müsse mir eine Gehaltserhöhung geben, ehe ich den Kontrakt kalkulierte, oder ich müsse auf der Stelle gehen.

Wie hat er das aufgenommen? fragte Olga, vor Erwartung die Lippen spitzend.

Er fragte mich, ob ich versuche, ihn auszunehmen. Ich sagte nein, aber daß ich zu meinem eigenen Schutz lieber ginge, ehe der Kontrakt kalkuliert war. Ich hatte sowieso keine Lust mehr.

Aber die Zeitungen sagten, du wußtest –

Nein! sagte Joe und warf sich in gespieltem Ernst in die Brust, nach zehn, nein sechzehn, nein zwanzig Jahren – ich bin so doof, daß ich nicht weiß, wovon ich spreche. Besonders, weil ich die einzelnen Punkte der Ausschreibung selbst geschrieben habe.

Du meinst, die Regierungsbedingungen? Du sagst, *du* hast sie geschrieben?

Klar, sagte Joe, zigarrepaffend.

Stimmt das, Gurlie? Melquist war skeptisch.

Ja, das stimmt.

Klar, sagte Joe. Wenn sie es sagt. Der Leiter der Zahlungsanweisungsabteilung wußte selbst nicht, wie er es anstellen sollte, deshalb hat er mich darum gebeten. Er wollte sicher sein, daß er jemanden hatte, der das Geschäft kannte.

Also, da will ich doch verdammt sein, Melquist lehnte sich auf seinem Stuhl zurück und sah einen nach dem anderen in der Runde an, als wolle er sagen: Könnt ihr das fassen? Sie alle schüttelten ernsthaft den Kopf. Da will ich doch verdammt sein, wiederholte er.

Nur zu, sagte Joe. Aber entgegen allem, was gesagt wurde, habe ich nicht das Angebot für die Mohawk Press kalkuliert. Ich *wußte* sowieso, wie hoch ihr Angebot sein würde, ohne es zu kalkulieren. Ich wußte, wie hoch *beide* Angebote sein würden. Ich kündigte.

Ja, unterbrach Gurlie ihn wieder. Wenn er getan hätte, was sie von ihm wollten, hätten sie ihn rausgeschmissen, sobald sie aus ihm herausgeholt hätten, was sie brauchten. Dann wäre es zu spät gewesen. Sie wußten, was er wert war.

Du bist also gegangen, sagte Melquist fragend.

Ja, ich bin gegangen. Und was, meint ihr, ist passiert?

Joe begann sich ein bißchen zu erwärmen, man sah es seinem Gesicht an.

Ich weiß es nicht.

Ich habe versucht, eine Stelle bei einer anderen Firma zu bekommen, aber ich konnte nirgendwo Arbeit finden. Und schließlich, wenn man die Art Arbeit, an die ich gewöhnt war, weder in New York noch in Philadelphia oder Boston bekommen kann – wo steht man dann? Ich ging überall hin und konnte nichts finden.

Sie haben ihn auf eine schwarze Liste gesetzt, sagte Gurlie.

Stimmt das, Stecher?

Ja, das stimmt, sagte Joe.

Da will ich doch verdammt sein.

Also, fuhr Gurlie fort, habe ich zu ihm gesagt: Na gut, dann mach ein eigenes Geschäft auf. Du weißt doch, wie das mit den Zahlungsanweisungsformularen geht. Reiche *du* ein Angebot dafür ein. Ich helfe dir. Ich lebe in Armut, ich esse Dreck. Ich tue alles. Gurlie schlug mit der Faust auf den Tisch und wurde rot im Gesicht.

Nun ja, wir mußten nicht Dreck essen, sagte Joe, sie beruhigend. Aber man kann nicht ein Geschäft ohne auch nur einen roten Heller aufmachen. Ich sage euch, ich hatte großes Glück. Wenn ich nicht die richtigen Leute gehabt hätte, die mich unterstützten, hätte ich es nicht geschafft.

Gurlie lachte laut auf. Er spinnt, sagte sie. Er will nie haben, daß einer glaubt, er hätte Verstand oder sonst eine Fähigkeit oder so was. Meint ihr, er hätte jemanden um Unterstützung fragen oder anbetteln müssen? Ganz gewiß nicht. Sie kamen zu ihm und bettelten IHN an, ihre Unterstützung zu akzeptieren. Diese Männer wußten, mit wem sie zu tun hatten. Er hat es keinem Menschen erzählt, nicht einmal mir. Glaubt ihr, es gibt in New York noch jemanden wie ihn? Diese Männer waren klug, und sie kniff die Augen zusammen, wie um ein neunmalkluges Gesicht zu machen.

Wer war es denn, Joe? fragte Melquist ganz gespannt. Stille senkte sich herab.

Platt und Depew und ein oder zwei andere. Sie sagten mir, sie würden mir die Druckaufträge für die Chase National Bank und für die Fahrkarten der New York Central geben und –

Hui! Jetzt redest du. Platt und Depew, hm? Das ist was anderes. Ich wußte, es mußte ...

Ja, aber das war erst, nachdem ich ein Angebot für die Zahlungsanweisungen eingereicht hatte.

Wann war das alles?

Letzten Sommer.

Aber in den Zeitungen stand, du hättest den Kontrakt für die Mohawk Press kalkuliert und dann gekündigt und sie unterboten. Sie sagten, du hättest beide Kontrakte kalkuliert und vertrauliche Informationen gehabt.

Klar, sagte Joe, ich hatte vertrauliche Informationen, reichlich. Ich weiß, wie man es macht. Sie nicht, deshalb haben sie verloren.

Aber die Zeitungen –

Tja! Wenn ich ihr Angebot kalkuliert hätte und sie geglaubt hätten, ich würde wie sie auch eins einreichen, glaubt ihr dann, sie wären so blöde gewesen, das Angebot abzugeben, das ich für sie erstellt hatte – nachdem ich zwei Monate vorher gekündigt hatte?

Aber in den Zeitungen stand –

Die Zeitungen können mich mal, sagte Joe. Ich habe die Briefe des Leiters der Zahlungsanweisungsabteilung im Postministerium in sicherer Verwahrung. Sie haben versucht, sie mir wegzunehmen, aber ich habe sie als Beweis.

Ja, ich habe gelesen, daß du mit einer Klage gedroht hast, wenn sie nicht mit ihren Verleumdungen aufhörten.

Und was ist dann passiert? haben sie den Fall weitergetrieben? Nein. Sie haben ihn aufgegeben, wie das solche Feiglinge wie sie eben machen. Sie haben ihn aufgegeben! sagte Joe mit zornigem, aber kontrolliertem Schwung. Es waren *meine* Briefe, und die hätten sie gerne in die Hände gekriegt.

Immer mit der Ruhe, Joe, sagte die liebe und bezaubernde Mrs. Melquist. Du darfst ihn nicht aufregen, Melquist. Sei nicht so ernst, Joe. Komm – lächle mal.

Joe lächelte und trank einen Schluck. Na ja, das ist wohl alles, was ihr wissen wollt, sagte er.

Ganz bestimmt nicht, sagte Melquist. Nachdem sie gemerkt hatten, daß du mit deinem Angebot erfolgreich warst, was ist dann passiert? O ja, und was war das mit den Associates? Wer war das, und was wollten sie?

Ein Haufen Idioten, sagte Joe. Sie sind ehemalige Geschäftsführer von stillgelegten Druckereibetrieben, die nichts anderes zu tun haben, als zum Präsidenten der Vereinigten Staaten zu laufen und ihm etwas über mich vorzujammern. Der Chef hat sein Aushängeschild Crossman zu ihnen geschickt, damit er sie ANFLEHT, dagegen zu protestieren – beim Präsidenten der Vereinigten Staaten! Stellt euch das vor! – daß ein Schwindler wie ich den Auftrag bekommen würde. Und sie gingen hin und überzeugten ihn. Was für ein kleinliches Spiel.

Ja, davon habe ich etwas gelesen. Was haben sie getan?

Sie haben mein Geschäftsgebaren angegriffen, und an dem Punkt fing die Zeitungskampagne gegen mich an. Ich war ein Verräter. Ich hatte mein Handwerk in einem bestimmten Betrieb gelernt und mich dann gegen ihn gestellt. Puh! Es würde Angestellte in anderen Firmen ermutigen, zu kündigen und ihrem Chef das Geschäft zu stehlen! Das ist illegal! Das ist unsittlich! Das mußte Crossman diesen bezaubernden Herrn sagen, die sich in Atlantic City zu einer Konferenz versammelt hatten – um das Gewerbe rein zu halten! Schnappt diesen jungen Drucker Stecher! Schnappt ihn! Die Chefs krochen vor ihren eigenen Arbeitern auf dem Boden, um mich herausschmeißen zu lassen, als sie es anders nicht schaffen konnten …

Warst du Gewerkschaftsmitglied?

Nein, sagte Joe. Ich hatte meinen Gewerkschaftsausweis vor Jahren auf *ihr* Verlangen zurückgegeben, um meine Stelle zu behalten. Das wissen sie. Und jetzt verwenden sie das gegen mich. Was meinen sie damit, ich wolle keinen *closed shop* führen? Ich führe noch gar keinen Betrieb, noch nicht. So etwas zieht die Aufmerksamkeit der Öffentlichkeit auf sich – und wird auch manchmal ganz oben geglaubt. Und gewöhnlich wird jemand bezahlt, damit dem so ist. Sie wollten mir nicht erlauben, der Gewerkschaft anzugehören. Aber das spielt keine Rolle. Tatsache ist, ich war nicht Mitglied, und sie wollten bloß, daß diese Leute in Washington gegen meine Person aussagten, um ihre eigene Schiebung zu bemänteln – und diese schwachsinnigen Herren fielen darauf herein, Einfaltspinsel, die sie sind. Sie tun mir leid. Schöne Arbeitervertreter sind das! Sie haben nichts zu tun, deshalb vertreten sie die Arbeiter!

Und dann?

Und dann, als sie merkten, daß sie mich so nicht schlagen konnten, ging der Spaß wirklich los. Da *erwies* ich mich als Schuft. Ich gab es ihnen. Und sie heulten wie abgestochene Schweine. Ha, ha, ha, ha! lachte Joe sarkastisch.

Aber erst verliebten sie sich in mich, setzte er hinzu.

Jeder würde sich in dich verlieben, Joe, sagte Mrs. Melquist. Er wurde purpurrot.

Was willst du denn von meinem Mann? fragte Gurlie kampflustig.

Oh, du weißt doch, daß ich es nicht ernst meine, Gurlie, sagte ihre Freundin.

Da bin ich mir nicht so sicher, sagte Gurlie. Jetzt, wo wir reich werden.

Also, Gurlie, du bist schrecklich. So ein Quatsch – meine ich. Wirklich, Gurlie.

Wollt ihr Frauen bitte endlich den Mund halten, sagte Melquist ernst. Ich will den Rest der Geschichte hören. Sie wollten dich also wieder in die Firma aufnehmen? Ja, ich erinnere mich, daß ich das gelesen habe. Warum bist du nicht gegangen? Hätte dir das nicht Ärger erspart? Du warst doch nicht einmal sicher, daß du den Kontrakt bekommen würdest –

Was meinst du denn, wie lange ich mich da gehalten hätte? Sie hatten Angst. Sie hätten alles versprochen. Aber wie lange, glaubst du, hätte das gegolten? Caldwell war der erste, der mich bat, mich mit ihnen auszusöhnen. Das festigte meinen Entschluß bloß. Da *wußte* ich, wo ich stand. Vorher war ich mir nicht sicher.

Joe brach ab, deshalb nahm Gurlie den Faden auf. Sie taten alles, um ihn bei etwas zu erwischen, sagte sie. Sie haben sogar einen Reporter direkt in dieses Zimmer geschickt –

Mrs. Melquist stieß einen kleinen Schrei aus und schaute sich um. Hast du ihn gesehen?

Ich habe ihn ertappt, sagte Gurlie.

Stimmt das? fragte Melquist.

Es stimmt, sagte Joe. Sie erwischte ihn und schrie nach den Nachbarn.

Mutig, sagte Melquist. Wer war es? War er jung?

Ein netter junger Mann, sagte Gurlie. Sie hatten ihn hergeschickt, und er durchstöberte den Schreibtisch.

Das ist doch nicht dein Ernst?

Sie haben alles getan, damit er den Kontrakt aufgab und wieder in die alte Firma eintrat.

So blöd waren sie, sagte Joe. Könnt ihr euch das vorstellen? Der Leiter der Zahlungsanweisungsabteilung versuchte, die Regierung zu übervorteilen, indem er das niedrigste Angebot ablehnte und den Kontrakt einem höheren Bieter zuschlug. Er war der Mittelsmann – er arrangierte ein Treffen zwischen dem Chef und mir in Washington – um die Regierung zu übervorteilen!

Das ist doch strafbar, oder? sagte Melquist.

Und sie versuchten, ihn auszutricksen, sagte Gurlie. Sie versuchten zu beweisen, daß er den Kontrakt unter der Hand weitergeben wollte, was gegen das Gesetz ist. Aber in Wahrheit schickten sie andere Firmen, um ihn zu fragen und zu bedrängen, sie die Arbeit für ihn machen zu lassen – absichtlich, damit er erwischt und sein Angebot disqualifiziert würde.

Oh, oh! sagte Mrs. Melquist.

Aber die Zeitungen, sagte Joe, – ich weiß nicht, was sie

dafür bekommen haben – druckten die Geschichte, als ob ich, der ich das Gesetz kenne, so ein Esel wäre, der sich disqualifizieren ließe.

Er hatte keine Betriebsräume, versteht ihr, sagte Gurlie.

Oh, ich verstehe, sagte Melquist. Er hatte seinen Betrieb noch nicht eingerichtet ...

Sie baten mich, mir doch die Mühe zu ersparen, einen neuen Betrieb einzurichten.

Was boten sie dir als Anreiz?

Sechzig Dollar die Woche und fünf Prozent der Bruttoeinnahmen, die ich der Firma bringen würde.

Wieviel hätte das ausgemacht? Eine hübsche Summe, kann ich mir denken.

Ungefähr 20 000 Dollar im Jahr.

Und das hast du ausgeschlagen, Joe?

Klar.

War das richtig? fragte Mr. Melquist.

Ha! Das ist noch gar nichts, sagte Gurlie, wartet mal ab.

Das stimmt, sagte Joe. Wartet mal ab. Ich werde das Geld nur so scheffeln!

Aber mittlerweile hattest du sie in der Hand, sagte Melquist.

Ja, sagte Joe. Ich wußte, daß sie Dreck am Stecken hatten.

Und du wolltest sie bestrafen.

Nein. Ich wollte in Ruhe gelassen werden, um vorwärtszukommen.

Also, ich weiß nicht, Joe –

Pah! sagte Gurlie. Was wißt ihr denn schon. Das ist mein kleiner Deutscher, er macht mich zu einer reichen Frau.

Klar, sagte Joe und wandte sich ab.

Aber wirst du dann glücklicher sein als –

Geld ist alles in diesem Land, sagte Gurlie.

Wozu willst du reich sein, bist du nicht zufrieden mit dem, was du hast?

Wozu ich reich sein will! Wozu soll man denn leben? Natürlich bin ich nicht zufrieden mit dem, was ich habe.

Ich will reisen, Gurlie war jetzt laut und ernst, ich will alles sehen, was es zu sehen gibt und wozu ich Lust habe. Er will nichts, sagte sie, mit dem Kopf auf ihren Mann weisend, deshalb braucht er *mich.* Er würde sich damit zufriedengeben, allein für sich im Wald herumzuspazieren, er sieht nie etwas. Ich bin anders. Weshalb meint ihr, will ich reich sein? Ihr solltet es doch wissen. Ich will ins Theater gehen und auf den besten Plätzen sitzen – wo ich nicht öfter als ein- oder zweimal gesessen habe. Ich will danach in ein gutes Restaurant gehen – wenn ich Lust dazu habe – alles! Und sie schwenkte ihre Arme in einem großen Kreis und lachte laut.

Es würde dir über werden.

Sicher würde es mir über werden. Dann würde ich etwas anderes tun – wenn ich reich wäre. Aber jetzt kann ich gar nichts tun. Ich will die Kinder loswerden –

O Gurlie.

Sicher will ich die Kinder loswerden. Wer wollte das nicht, wenn er ehrlich wäre? Ich will ausgehen, wenn ich Lust dazu habe, und ein schönes Haus haben – mit schönen Blumen, die ich pflücken und riechen kann.

Das kannst du jetzt haben. Blumen sind nicht so teuer. Aber was nützen solche Dinge ohne Kinder. Ich sehne mich so nach einem Kind.

Warum adoptierst du nicht eins, wenn du keines haben kannst, sagte Gurlie. Sie lachte ihr lautes spöttisches Lachen, das man einen Häuserblock weit hören konnte, wenn die Fenster aufstanden. Sicher hätte ich gerne einen Sohn, und ich werde auch einen haben, wenn ich soweit bin – aber nicht jetzt. Erst will ich Geld, viel Geld – wobei mir das Geld an sich egal ist –, aber ich will haben, was ich damit kaufen kann. Jeder will Geld. Warum soll man sich deswegen etwas vormachen?

Nicht jeder ist so, Gurlie. Das stimmt nicht. Was ist Geld schon? Im Geld liegt nicht das Glück, nur Jammer, und du verlierst all die schönen Dinge des Lebens.

Ja, wenn du blöd bist. Ich bin nicht so blöd. Wenn ich Geld habe, werde ich es ausgeben, ich bin nicht geizig.

Armer Joe, sagte Martha.

Nein, du bist nicht geizig, das ist richtig, sagte ihr Mann.

Wenn du es ausgibst, hast du es nicht lange, sagte Joe lächelnd.

Ach, sagte Gurlie, du weißt nicht, wovon du redest. Du bist nur zum Arbeiten gut. Du brauchst mich, damit ich dir etwas Leben einhauche. Wo würdest du ohne mich sein?

In der Patsche, sagte Joe lachend.

Alle lachten.

Und wo würde Gurlie ohne dich sein, Joe? fragte Martha.

Joe lächelte, sagte aber nichts. Wo ich sein würde? sagte Gurlie. Ich sage euch, wo ich sein würde. Ich würde da sein, wo ich sein will, ganz gleich, wo das ist. Und ich würde vielleicht mehr Geld haben als jetzt.

Jetzt hast du gar keins, sagte Joe.

Aber ich werde welches haben. Warte es bloß ab!

## KAPITEL 15

# Ein letztes Angebot

Gurlie verließ das Haus, um Joe in der Innenstadt zu treffen, weil sie darauf bestanden hatte, daß er nicht alleine ging. Sie ließ ihre Mutter bei den beiden Kindern im vorderen Zimmer.

Wo gehst du hin? fragte die alte Frau.

Wir treffen uns mit den Leuten, für die er früher gearbeitet hat. Sie wollen mit ihm sprechen.

Und was willst *du* da dabei tun? Das ist Männersache.

Huh! sagte Gurlie. Den möchte ich sehen, der mich da fernhält. Joe braucht mich. Diese Leute sind Betrüger, und sie könnten ihm was tun.

Pff! sagte ihre Mutter. Du hast schon immer mehr Phantasie gehabt, als dir guttut. Warum kümmerst du dich nicht um den Haushalt und läßt die Männer sich um ihre Angelegenheit kümmern?

Das ist meine Angelegenheit. Es kann sein, daß ich nicht bis zum Mittagessen zurück bin, sagte Gurlie.

Auf Wiedersehen, sagte ihre Mutter. Viel Glück jedenfalls. Ich verstehe es nicht, aber wenn Joe dich dabei haben will, dann gehst du wohl besser.

Er hat nichts zu sagen, schloß ihre Tochter und ging hinaus.

Das Baby krabbelte in seiner üblichen Art auf dem Fußboden herum, aber als die Tür zuschlug, hielt es inne, zeigte auf die Tür und sagte: Mammie weg! und schüttelte heftig den Kopf. Die alte Frau sah es ohne zu lächeln an, hob es auf und schnallte es in seinem Gehstuhl fest. Dort stand das Baby stockstill und schien zum erstenmal zu erkennen, daß sich ein Neuankömmling im Haushalt befand. Die alte Dame stand ein paar Fuß entfernt und schaute auch. Sie schüttelte den Kopf. Das Baby tat das gleiche.

In der Innenstadt traf Gurlie wie verabredet Joe vor dem Gebäude in der Center Street, wo er ihr sofort erzählte, was passiert war: Ich muß andere Gewerberäume finden. Der Bauinspektor hat mir mitgeteilt, daß die Böden hier nicht stark genug sind, um die Pressen zu tragen.

Stimmt das? fragte Gurlie.

Nein, sagte Joe. Aber ich kann es nicht beweisen. Und selbst wenn ich es könnte, habe ich nicht die Zeit dazu. Du bist ja zur Abwechslung einmal pünktlich hier, sagte er zu seiner Frau.

Du hast gesagt Viertel vor zehn, also bin ich da.

Gemeinsam gingen sie die Straße hinunter. Sie wollte seinen Arm nehmen, aber er zog ihn weg: Na, na, na! Nichts da. Also gingen sie nebeneinander her, sie wollte sich unterhalten, und er wich ihr aus, so gut er konnte.

Was wollen sie von dir?

Warte, bis wir da sind. Ich wollte nicht, daß du mitkommst. Jetzt mach dich um Himmels willen nicht zum Narren. Hör zu, und laß es dabei bewenden. Sprich nicht.

Was, du wolltest nicht, daß ich mitkomme! O nein! Mir ist wohl aufgefallen, daß du nicht versucht hast, mich abzuhalten, als ich sagte, ich würde dich auf keinen Fall alleine gehen lassen – in ein Hotel.

Unsinn.

Denk daran, was sie letztes Jahr mit dir gemacht haben. Ich habe das Gefühl, du denkst, du kannst jeden schlagen. Laß es sie heute mal versuchen.

Nun ja, ein Zeuge kann nie schaden.

Wie weit ist es?

Nicht sehr weit. Und denk dran, sprich nicht. Überlaß das mir.

Punkt zehn kamen sie vor dem Eingang zum Hotel an. Kein beeindruckendes Gebäude, wie Gurlie es wohl erwartet hatte, sondern bloß eine Fassade in dem Block östlich des Broadway, der Name *Hotel Fortway* in Gold auf dem Glas des Haupteingangs.

Das Foyer war leer, die übliche morgendliche Eintönigkeit eines kleinen Hotelfoyers, und niemand fragte sie nach ihrem Woher oder Wohin, als sie einen Augenblick dort stehenblieben, um die Augen an das gedämpfte Licht zu gewöhnen.

Wo gehen wir hin? fragte Gurlie. Da ist der Aufzug.

Joe drückte den Knopf, und erst da sprach der Mann an der Rezeption sie an. Kann ich Ihnen helfen? fragte er.

Ich möchte Mr. Wynnewood sprechen.

Oh, Mr. Stecher? Ich denke, er erwartet Sie. Der Page bringt Sie zu seinem Zimmer. Und er kam hinter seinem Schreibtisch hervor und läutete die Glocke selbst.

Sie fuhren hinauf, während der Liftboy Joe scharf anstarrte. Im sechsten Stock ließ er sic hinaus und zeigte nach links: Nummer sechzehn. – Joe ging voran. Die Tür öffnete sich, als sie darauf zugingen. Mr. W. stand eilig auf, um sie zu begrüßen. Wie geht's, Stecher? sagte er, anscheinend gutgelaunt, aber als er Gurlie sah, hielt er inne, verblüfft, endlich einmal überrumpelt. Äh, äh, äh, sagte er. – Meine Frau, sagte Joe. – Guten Tag, sagte Gurlie. – Ich bin Mr. Wynnewood, sagte der Boss. Guten Tag, Mrs. Stecher. Ich hatte keine Ahnung – wollen Sie nicht hereinkommen? Ich wußte nicht, daß – sagte er zu Joe. – Nein, sagte Joe.

Drinnen saßen mehrere Männer im Zimmer herum, sie alle sprangen sofort auf und wurden Gurlie vorgestellt, die ihr hübschestes Lächeln lächelte und sich der Reihe nach vor jedem verneigte, wenn Mr. Wynnewood den Namen nannte. Danach folgte ein verlegener Augenblick. Niemand hatte diesen Schachzug von Joe erwartet.

Der Boss räusperte sich und sah Joe scharf an. Äh, sagte er, wie wär's, wenn Sie und ich, Stecher, mal nach unten gehen –

Nein, sagte Joe schneidend. Wir bleiben hier.

Oh, sagte der Boss.

Mr. Blake, der Rechtsanwalt, lachte kurz auf und sagte: Eigentlich wollten wir ein kleines persönliches Gespräch mit Mr. Stecher führen. Aber ich sehe in der Gegenwart seiner Frau nichts Nachteiliges. Ich verstehe, wie er sich in der Angelegenheit fühlen muß. Ich denke, er hat recht.

Oh, du verstehst das, was, sagte der alte Mann. Nun gut. Meinetwegen. Ich nehme an, Sie kennen die Geschäfte Ihres Mannes so gut wie er, Mrs. Stecher, lachte er. Sie sehen so aus. Zweifelsohne erzählt er Ihnen, was sich abspielt. Also setzen wir uns und kommen wir zur Sache.

Warum kommen Sie nicht zu uns in die Firma zurück, Stecher? fragte der alte Mann ohne Umschweife. Sie würden uns einen großen Gefallen tun. Ich schlage es Ihnen von Mann zu Mann vor. Wir brauchen Sie. Sie wissen, daß es weder hier noch sonstwo jemanden gibt, der Ihren Platz einnehmen kann. Diese Sache ist zu weit gegangen.

Es entstand eine Pause.

Also, was sagen Sie?

Alle einschließlich Gurlie sahen auf Joe. Er schaute dem alten Mann gelassen in die Augen und sagte, er glaube nicht, daß er zurückkommen wolle.

Warum nicht? sagte der alte Mann. Ich weiß, daß Sie

mehr Geld brauchen. Ich gebe zu, daß ich in diesem Punkt ein wenig starrköpfig gewesen bin, aber Sie haben es mir gezeigt. Ich weiß, wann ich mich geschlagen geben muß, und er versuchte zu lachen, aber es gelang ihm nicht ganz. Sie haben mich etwas gelehrt, Stecher, und ich gebe es gerne zu. Kommen Sie wieder zurück zu uns, und ich werde Ihnen gegenüber ein anderer Mensch sein. Nennen Sie Ihren Preis. Sie werden nicht viele Gelegenheiten wie diese hier finden. Vergeben und vergessen. Was sagen Sie?

Wieder entstand eine Pause.

Joe wartete eine ganze Minute, ehe er antwortete. Nein, sagte er.

Aber warum sind Sie dann überhaupt hergekommen? fiel Mr. Blake ein. Sie müssen doch etwas im Sinn gehabt haben, das Sie uns sagen wollten, sonst hätten Sie uns doch nichts von diesem Treffen erwarten lassen.

Ja, sagte Joe. Ich wollte offen und ehrlich hierherkommen. Ich wollte sehen, ob wir nicht so etwas wie ein Einvernehmen herstellen könnten, damit ich weitermachen und meine Geschäfte in New York abwickeln kann, ohne behelligt zu werden.

Was soll denn das!

Was wollen Sie damit sagen, Stecher. Mr. Stecher? Was wollen Sie damit sagen?

Ich habe nicht darum gebeten, herzukommen, sagte Joe. Sie haben mich darum gebeten. Deshalb bin ich gekommen. Wenn das alles ist, gehe ich jetzt.

Nein, das tun Sie nicht, sagte der alte Mann und erhob sich. Joe stand schon, aber Gurlie hatte sich nicht gerührt. Sie war zu fasziniert.

Was tue ich nicht? fragte Joe.

Jetzt kommen Sie, kommen Sie, kommen Sie, Stecher, sagte der alte Mann, ging zu ihm herüber und legte Joe die Hand auf die Schulter. Sie kennen mich doch, viel Gepolter und ein großes Mundwerk und so, aber im Grunde meines Herzens bin ich nicht der Mensch, für den die Leute mich halten. Es ist Ihnen doch klar, daß Sie mich in eine üble Lage gebracht haben. Hier sind wir, der junge Caldwell und ich, des schweren Diebstahls angeklagt. Sie haben uns den Zahlungsanweisungskontrakt weggenommen. Caldwell selbst wurde aus dem Postministerium entlassen – nach fünfzehn Jahren im Dienst, nach einer einwandfreien, tüchtigen Laufbahn – einer Ihrer besten Freunde, Stecher. Sie können doch nicht völlig ohne Mitgefühl sein. Was wollen Sie tun, um uns zu helfen? Jetzt mal von Mann zu Mann, vergessen Sie Ihre halsstarrigen Ideen. Wir sind kein Haufen Schwindler. Wir sind Geschäftsleute, die genauso wie Sie versuchen, sich den Lebensunterhalt zu verdienen. Was sollen wir tun, einander die Kehle durchschneiden?

Gurlie schaute Joe an. Er konnte sie aus den Augenwinkeln sehen.

Lassen Sie mich aussprechen? fragte Joe.

Gewiß, gewiß, sagte der alte Mann. Deshalb haben wir ja nach Ihnen geschickt – deshalb haben wir Sie ja hierhergebeten. Reden Sie.

Erst einmal, sagte Joe, möchte ich Ihnen persönlich für all das danken, was Sie in den Jahren, in denen ich bei der Mohawk Press war, für mich getan haben.

Nicht der Rede wert, sagte der alte Mann.

Sie haben mir in meiner Abteilung immer freie Hand gelassen, fuhr Joe fort, und mir so vertraut, wie ich das erwartete. Ich war zufrieden dort – nun, ich habe keine bösen Gefühle, und wenn Sie mich meinen Geschäften nachgehen lassen, tue ich alles, was ich kann, um Mr. Caldwell zu helfen.

Darum geht es nicht, sagte der alte Mann.

Moment mal, J. W., sagte sein Rechtsanwalt. Lassen Sie Mr. Stecher zu Ende reden.

Ja, lassen Sie ihn zu Ende bringen, was er zu sagen hat, sagte Gurlie.

Alle sahen sie an, Joe verärgert, die anderen leicht belustigt oder erstaunt, aber sie erwiderte die Blicke. Niemand sagte direkt etwas zu ihr.

Nun, was haben Sie zu sagen, Stecher?

Ich möchte bei meinem Vorhaben, hier in dieser Stadt einen Betrieb aufzumachen, nicht behindert werden.

Wer behindert Sie?

Das ist meine Sache, sagte Joe. Ich habe nichts gegen Sie persönlich, Mr. Wynnewood, oder einen von den anderen Herren hier.

Warum haben Sie denn diesen Schlamassel angerichtet?

Halt, J.W., unterbrach ihn sein Rechtsanwalt. Lassen Sie mich mit Mr. Stecher sprechen.

Ich wäre Ihnen dankbar, wenn Sie sich da raushielten, sagte Joe zu dem Rechtsanwalt. Mr. Wynnewood und ich können uns alles, was wir einander zu sagen haben, ohne Ihre Hilfe sagen. – Alle sahen Joe verblüfft an, besonders Gurlie, deren Augen rund wurden. – Sie wissen ganz genau, fuhr Joe, an seinen alten Chef gewandt, fort, daß ich genausosehr wie Sie das Recht hatte, auf diesen Kontrakt zu bieten.

Wenn Sie nicht in meinem Unternehmen angestellt gewesen wären, als Sie es taten, sagte der alte Mann, der sich langsam erregte, könnten Sie das sagen. Aber ich lehne es ab – Er redete nicht weiter.

Ich war nicht bei Ihnen angestellt, als ich mein Angebot einreichte, sagte Joe.

Nein, aber das ist nur eine Formsache, und das wissen Sie. Sie wußten, was wir bieten würden. Sie selbst haben die Bedingungen festgesetzt.

Ich hatte nichts mit Ihrem Angebot zu tun, sagte Joe.

Auch das ist technisch gesehen wahr, sagte der alte Mann. Aber Sie wissen verdammt gut – Entschuldigung Mrs. Stecher –, daß Sie wußten, wie hoch unser Angebot sein würde.

Sicher wußte ich, wie hoch es sein mußte, sagte Joe. Deshalb habe ich ja gegen Sie geboten.

Endlich rücken Sie mit der Wahrheit heraus, sagte der alte Mann.

Wann habe ich je etwas anderes gesagt? fragte Joe.

Das ist unlauteres Geschäftsgebaren, sagte der alte Mann.

Was ist unlauteres Geschäftsgebaren? fragte Joe.

Warum haben Sie mir nicht offen gesagt, Sie würden ein Angebot für den Kontrakt einreichen? Dann wäre es ein fairer Kampf gewesen. Sie hatten nicht den Mumm dazu, deshalb, sagte der alte Mann.

Was hätten Sie getan, wenn ich das getan hätte? fragte Joe.

Wir hätten unsere Zahlen gedrückt –

Joe lächelte. Deshalb habe ich es Ihnen nicht gesagt, sagte er.

Sie haben die Unverschämtheit gepachtet, sagte der alte Mann. Sie kommen und nehmen unsere Ausbildung, unsere Methoden, unser ganzes privates Wissen –

Ich nehme nichts aus Ihrem Unternehmen mit, das ich nicht hundertfach selbst hineingesteckt habe, sagte Joe. Und was Sie mir gezahlt haben, habe ich Ihnen an Dienstleistungen mit Zinseszins zurückgezahlt, und das in den besten Jahren meines Lebens. Jetzt bin ich fertig mit Ihnen, verstehen Sie das?

Nein, sind Sie nicht, sagte der alte Mann. Ich will verdammt sein, wenn Sie das sind, bilden Sie sich das bloß nicht ein. Sie mußten nicht unseren persönlichen Ruf verunglimpfen, um uns Ihren dreckigen kleinen Kontrakt abzuluchsen. Anders hätten Sie es nicht geschafft. Sie mußten das nicht tun, und Sie werden nicht davonkommen, ohne dafür zu bezahlen –

Verzeihung, J. W., warf sein Rechtsanwalt wieder ein.

Kümmere dich um deine eigenen Sachen, sagte der alte Mann. Denken Sie dran, fuhr er zu Joe gewandt fort, wir müssen nicht zu schmutzigen Tricks greifen. Wir brauchen kein Gerichtsverfahren, um in dieser Stadt Gerechtigkeit durchzusetzen. Sie sind so weit gegangen, wie ein Mann nur gehen kann, ohne im Gefängnis zu landen, um uns ins Unrecht zu setzen. Sie haben unseren Namen besudelt, unser Geschäft gestohlen – jetzt will ich Ihnen mal sagen, was Sie tun sollten, und zwar schnell, sagte der alte Mann, wenn Sie Ihren fünftrangigen kleinen Druckereibetrieb in

New York aufbauen wollen. Erstens will ich, daß Sie die Briefe zurückgeben, die Sie gestohlen haben –

Nehmen Sie das zurück, sagte Joe.

Wessen Briefe waren es denn?

Es waren meine Briefe, an mich persönlich adressiert vom Leiter der Zahlungsanweisungsabteilung, der mich um die Gefälligkeit bat, ihm beim Aufstellen der Bedingungen für den Kontrakt zu helfen.

Zu der Zeit waren Sie von dieser Firma angestellt.

Das hatte nichts damit zu tun, sagte Joe.

Ich verlange diese Briefe. Und ich fordere Sie auf, zum stellvertretenden Postminister – Ihrem Freund! – in Washington zu gehen und ihm zu sagen, er soll die Finger von mir lassen. Es ist mir gleich, was für Freunde Sie haben – den Teufel in Person meinetwegen – aber ich fordere Sie auf, diese Verleumdungskampagne – diese Schlammschlacht zu unterlassen. Ich fordere Sie auf, das zu tun, ehe es zu spät ist.

Nun, ich sage Ihnen, sagte Joe, nur dies. Ich fange Montag in zwei Wochen hier in dieser Stadt an, Zahlungsanweisungsformulare zu drucken.

Wo ist Ihr Betrieb? fragte der alte Mann. Und wo sind Ihre Pressen?

Joe sah ihn einen Augenblick an, als wolle er etwas sagen, änderte dann aber seine Meinung. Und, fuhr er fort, ich erwarte, daß Sie mir die Matrizen für die Lithoplatten vorbeischicken, sobald ich Ihnen die Adresse zukommen lasse.

Ach, das tun Sie. Nun, dann will ich Ihnen noch eines sagen –

Nein, sagte Joe, werden Sie nicht. Ich bin nicht hergekommen, um mir von Ihnen etwas sagen zu lassen, geschweige denn, was ich tun soll.

Setzen Sie sich hin, sagte der alte Mann drohend zu ihm.

Daraufhin erhob sich Gurlie. Komm, sagte Joe zu ihr.

Sie gehen hier nicht weg, sagte der alte Mann, ehe ich –

Geh schon, sagte Joe zu Gurlie.

Haltet ihn fest, sagte der alte Mann. Aber niemand rührte sich. Gehen Sie zur Hölle, tobte der alte Mann, als Joe zur Tür hinausging. Dafür werden Sie bezahlen.

Joe läutete nach dem Aufzug und blieb schweigend neben Gurlie stehen, während sie darauf warteten, daß der Aufzug ratternd den Schacht zu ihnen heraufkroch. Der Liftboy zeigte keine Regung, als er beim Hinunterfahren Joes weißes Gesicht betrachtete. Er öffnete die Tür, und Joe und Gurlie traten hinaus.

Draußen auf der Straße gingen sie in Richtung Broadway. Keiner sagte ein Wort. Fahr nach Hause, sagte Joe, als sie zur Ecke der 18th Street kamen. Ich habe hier in der Gegend noch zu tun.

Nein, ich bleibe bei dir – ich will zu Mittag essen, sagte sie.

Ich will kein Mittagessen, sagte Joe. Ich muß in die Innenstadt.

Wozu?

Ich will mich um die Pressen kümmern.

Was ist mit ihnen? Du bist doch noch gar nicht soweit.

Fahr nach Hause. Bis später. – Er hielt eine Straßenbahn an und schob Gurlie hinein, drehte sich beinahe auf der Stelle um und ging Richtung Innenstadt.

## KAPITEL 16

# Zwei Generationen

Die alte Dame ging durch die Räume der Wohnung und prägte sich alles ein, zum ersten Mal hatte sie Zeit dafür, seit sie letzte Woche gekommen war. Sie stellte fest, daß Gurlie keine gute Hausfrau war, ganz wie sie vermutet hatte.

Oma! rief Lottie von vorne im Haus. Ich will eine Schere.

Nun sprach die alte Dame eigentlich nur Norwegisch. Sie wußte von vielen Gegenständen die englische Bezeichnung, aber das war auch so ungefähr alles.

Schere? Nein, nein, sagte sie. Nicht für kleine Mädchen, aber dieser letzte Teil war in einer fremden Sprache, und Lottie sah sie, wie schon oft in den vergangenen Tagen, sehr verdutzt an.

Ich will ein paar Bilder ausschneiden, brüllte sie, um sich besser verständlich zu machen.

Was ist? sagte die alte Dame. Schrei nicht so laut. Bilder? Oh, du willst eine Schere, um Bilder aus der Illustrierten auszuschneiden. Da mußt du warten, bis deine Mutter nach Hause kommt. Ich habe hier nichts zu sagen. Das kleine Mädchen verstand kein Wort.

Da ging Lottie hin und holte die Schere selbst, die die alte Dame ihr wegnahm. Lottie konnte es nicht begreifen. Sie schaute die alte Dame an, als sei sie verrückt. Genau da ertönte Lärm aus der Küche. Großmutter, fast taub, hörte es nicht, aber Lottie. Das Baby ist in der Küche, sagte Lottie, um die Aufmerksamkeit von sich abzulenken.

Was? sagte die alte Dame. Lottie wußte nicht, was sie damit anfangen sollte. Also ging sie in den Flur und zeigte mit dem Finger. Die alte Dame folgte ihr. Der Lärm aus der Küche hielt an. Lottie blieb stehen, und Großmutter ging an ihr vorbei. Daraufhin kehrte Lottie ins vordere Zimmer zurück, nahm die Schere und begann Bilder auszuschneiden.

Gerade als die alte Dame zur Küchentür kam, streckte Flossie, in ihrem kleinen Laufstuhl am Küchentisch, die Hand aus, so hoch sie konnte. Ihre Finger berührten gerade den Rand einer Teetasse, die sie nicht ganz zu fassen bekam. Die alte Dame blieb stehen und beobachtete sie. Flossie reckte sich in ihrer ganzen Größe hoch, stand auf den Zehenspitzen, aber war einfach zu klein, sie konnte die Tasse nur berühren, und mit jeder Berührung stieß sie sie ein wenig weiter weg von sich.

In diesem Augenblick drehte sie sich um und sah, daß

die alte Dame sie beobachtete. Augenblicklich erstarrte sie in Hab-acht-Stellung, und die beiden blieben unbeweglich stehen und betrachteten einander.

Dann lächelte die Kleine, ein gezwungenes, gekünsteltes Lächeln. Keine Reaktion. Dann wurde sie ernst und beobachtete ihre Großmutter ein paar Sekunden. Dann runzelte sie die Stirn. Und dann lohnte es sich, ihr Gesicht zu betrachten. Sie tat so, als sei sie ungeheuer überrascht, riß die Augen weit auf und kräuselte die Lippen, als wolle sie gleich pfeifen. Dann ein Lächeln, eine Schnute, ein Augenverdrehen und Gesichterschneiden. Schließlich ließ sie ihre Faxen sein, sah zu der Tasse hoch und rang dramatisch die Hände. Dann lächelte sie, ein natürliches Lächeln, als wolle sie sagen, nun gut!, verließ für einen Augenblick das Blickfeld der alten Dame und kam sogleich mit einem Ball zurück, den sie irgendwo aufgestöbert hatte und den sie nun zur Versöhnung anbot. – Bah! sagte sie. Bah!

Bah! Ja, bah! sagte die alte Dame. Aber du bist trotzdem ein unartiges kleines Mädchen. Du wirst die Tasse kaputtmachen. – Flossie manövrierte sich zum Tisch hinüber, langte mit einer Hand nach oben und schaute dabei ihre Großmutter an. Sie sagte nichts, blieb so stehen, die Hand erhoben, während sie die alte Dame fragend ansah.

Willst du etwas essen?

Flossie suchte die Hand und grinste, bloß weil sie angesprochen worden war. Na schön, sagte ihre Großmutter, ich gebe dir ein Butterbrot. Aber frag nicht nach etwas anderem, denn etwas anderes bekommst du nicht. Und sie schnitt eine Scheibe Brot ab und bestrich sie für das kleine Mädchen mit Butter. Da!

Die alte Dame gab das Butterbrot, das sie zusammengeklappt hatte, so daß die Butterseite innen lag, unerreichbar für die kleinen Finger, dem Baby in die Hand. Bleib hier und iß das, sagte sie, komm mir nicht nach, und ging dann ins vordere Zimmer. Dort war Lottie mit der Schere. Und binnen kurzem kam das Baby aus dem hinteren Teil der Wohnung herangeklappert, der kleine Laufstuhl schwankte wild, als sie näher kam. Uk, uk! sagte sie und winkte mit dem nicht angebissenen Brot. Sie hatte die Doppelschnitte sorgfältig aufgeklappt und leckte auch die letzte Spur von Butter von der Innenfläche ab. Uk, uk! sagte sie. Ihre Großmutter war entsetzt. So zog sich der Tag dahin.

Als Gurlie ein oder zwei Stunden später kam, nahm sie den Hut ab, warf ihn irgendwo beseite und ließ sich in einen Sessel fallen. Puh, sagte sie und begann sich umzuschauen.

Die Kinder waren schrecklich, sagte ihre Mutter auf norwegisch zu ihr. Solche ungehorsamen Kinder. Sie treiben einen zum Wahnsinn. – Für einen solchen Anfang war der Zeitpunkt schlecht gewählt. Außerdem begann in diesem Augenblick Flossie, die von der alten Dame einen Augenblick zuvor gescholten worden war, zu weinen.

Was hast du mit ihnen gemacht, während ich weg war? fragte Gurlie und stand auf, um ihren Mantel auszuziehen, den sie über einen Stuhl warf. Hör auf, sagte sie zu Flossie, du hast keinen Grund zum Weinen.

Joe verstand sich gut mit der alten Dame, nicht aber Gurlie, obwohl es ihre Mutter war. Joe mochte das alte Mädchen und sah ihr wegen ihres Alters alles nach; vielleicht dachte er im tiefsten Innern, daß so jemand zu einem Zuhause gehöre, damit es Stabilität habe. Jedenfalls hatte er nichts dagegen, daß sie im Hause war. Und sie, obwohl sie ihn nicht verstand, behandelte ihn immer mit Respekt, akzeptierte ihn schlicht und einfach als Herrn des Hauses – ein Gefühl, das sie zweifelsohne seit ihren Kindertagen im alten Land verinnerlicht hatte.

Ich habe Hunger, sagte Gurlie und ging ins Schlafzimmer, um sich ein wenig frisch zu machen. Hast du Mittagessen zubereitet?

Nein, sagte die alte Dame.

Ich habe dir doch gesagt, du solltest etwas machen, sagte ihre Tochter.

Du hast nichts dergleichen gesagt, erwiderte ihre Mutter.

Aber was ist mit den Kindern?

Ich wollte mich gerade um die Kinder kümmern.

Oh, sagte Gurlie auf englisch, du bist unmöglich.

Was heißt das?

Laß mich in Ruhe, sagte die Tochter. Wozu bist du eigentlich gut? Die alte Dame ging zu der Stelle, wo Lottie vorher gespielt hatte, und begann die kleinen Papierstückchen aufzuheben, die über den Teppich verstreut lagen.

Gib dich damit nicht ab, sagte Gurlie. Das können wir später auffegen.

Nun, was soll ich dann tun?

Setz dich, sagte Gurlie, und komm mir nicht in die Quere.

Ja, für deine Bequemlichkeit bin ich da, sagte ihre Mutter, wenn du ausgehen willst. Aber sonst, ›komm mir nicht in die Quere‹. Für wen hältst du mich eigentlich? So kann ich nicht leben. – Mittlerweile war sie zornig. Gurlie hatte sie stehenlassen und war in die Küche gegangen.

Es gibt keine Liebe in diesem Haus, schleuderte die alte Dame ihrer Tochter nach.

Die alte Mrs. Torlund war, auch wenn man von der gegenwärtigen Erregung absah, eine äußerst ernste Person. Sie hatte einen ziemlich dunklen, beinahe schwarzbraunen Teint, der für manche Norweger typisch ist, und jetzt hatte sie zwei dunkelrote Flecken auf den Wangen, als sie sich tief in den Sessel setzte und ihrer Tochter nachschaute. Sie trug ein Haarnetz, unter dem vorne und hinten die Haare in grauen Fransen hervorschauten. Sie hatte ein schweres Leben gehabt. Dabei hatte sie sich immer an zwei soliden Ankern festgehalten, der Küche, die die körperlichen Bedürfnisse einer wachsenden Familie symbolisierte, und der Bibel, die der Seele Nahrung gab. Ihre Stimme war ziemlich laut und tief. Wie sie dazu kam, Gurlies Mutter zu sein, schien immer ein Rätsel.

Gurlie und ihre Mutter hatten absolut nichts gemein, außer der Tatsache, daß sie Frauen waren. Von der Zeit an, da Gurlie das Unglück der Familie erstmals hinter sich gelassen und in der Neuen Welt eine Arbeitsstelle gefunden hatte, war die Familie für sie, soweit es ihr eigenes Leben betraf, erledigt.

Das ist eine neue Welt, sagte sie. Oder verriet es zumindest mit jedem Blick. Nun gut, ich arbeite! Und sie hatte gearbeitet. Aber ich werde nicht vergessen, daß ihr, ihr alle, mich dazu getrieben habt. Ich komme da raus. Ihr werdet ja sehen, daß ich das schaffe. Ich werde es schaffen. Aber euch will ich nicht haben. Macht ihr nur und seht zu, wie ihr klarkommt, ich kümmere mich um mich selbst.

Das Ergebnis war gewesen, daß die Mutter, nachdem der alte Herr, Gurlies Vater, gestorben war und sie praktisch ohne einen Pfennig dastand, nie bei Gurlie gewohnt hatte, jedenfalls nie für längere Zeit. – Jetzt glauben sie, daß sie mir das antun können, weil ich reich werde. Die werden sich wundern.

Wir essen in der Küche, sagte Gurlie durch die Tür des vorderen Zimmers. Ich habe keine Zeit, den Tisch zu dekken. Bloß eine Tasse Tee.

Ich habe keinen Hunger, sagte ihre Mutter.

Stell dich nicht an. Komm und iß, sagte Gurlie. Du benimmst dich wie ein Kind.

Und was für ein Kind *du* bist, sagte die alte Dame. Ich schäme mich für dich, daß du so zu deiner Mutter sprichst.

Tu, was du willst, sagte Gurlie.

Keine von beiden traute der anderen oder mochte sie und täuschte auch nichts anderes vor. Jede gab der anderen die Schuld an allen Mißgeschicken, für die sie in der anderen den lebenden Beweis erblickte. Gurlie war die Jüngste der Familie gewesen, diejenige, die die Enttäuschungen und das Unglück, die sie von zu Hause in dieses Land verschlagen hatten, am deutlichsten gespürt hatte. Während sie in den Augen der alten Dame eine leibhaftige Erinnerung war, Produkt einer schlimmen Zeit, jemand, mit dem es ein böses Ende nehmen mußte.

Du wirst es sehen, sagte sie immer und manchmal mit einem Unterton von Schadenfreude, Gott wird auch dich für deine Sünden strafen.

Dessenungeachtet hatte Gurlie die richtige Taktik angewandt, und es dauerte nicht lange, bis Grandma sich an das Zauberwort Tee! erinnerte, unter Mühen aufstand und in Richtung Küche schlurfte. Das Baby trommelte auf dem Tisch mit einem Löffel herum, den Gurlie prompt von hinten wegnahm, so daß das Baby nicht wußte, wohin er verschwand, und erstaunt auf die eigene Hand guckte, um zu sehen, ob er nicht doch noch dort war.

Die beiden Frauen sprachen nicht miteinander, auch wenn Gurlie mit unverhüllter Abscheu zusah, wie ihre Mutter den Tee in die Untertasse goß, letztere elegant mit vier Fingerspitzen der linken Hand hochhob und daraus trank, ohne einen Tropfen zu verschütten.

Lottie wollte mit ihrer Milch das gleiche tun, wurde aber gerade noch rechtzeitig daran gehindert. Das Baby schien zu wissen, daß Spannung in der Luft lag, und wurde sehr aufgeregt, wackelte und schaukelte in bester Laune auf seinem hohen Stuhl.

Wie ist es heute morgen ausgegangen? fragte Mrs. Torlund endlich ziemlich heiser. Sie hatte ihren Tee noch nicht ganz heruntergeschluckt und begann heftig zu husten, ehe Gurlie antworten konnte.

Die Schlacht tobte wie eh und je. Jeder, der zehn Minuten bei ihnen geblieben wäre, hätte das sehen können, jeder außer Joe. Oder vielleicht sah er mehr, als er zugab, den vertrauten Kampf zwischen den Generationen. Er, der einzige Mann in dieser Situation, war der Zankapfel, das heißt, beide schmeichelten sich bei Joe ein – warteten auf eine Gelegenheit, die andere in seinen Augen in schlechtes Licht zu rücken. Es war ein offensichtlicher Machtkampf, ganz gleich, ob sie Mutter und Tochter waren, sie waren Frauen.

Die alte Dame, kleinmütig von Natur aus, hatte immer eisern auf Form geachtet – was natürlich Gurlies Holterdipolter-Manieren erklärte, nämlich als Rebellion. Nachdem die Mutter es mit ihrem orthodoxen Denken nicht geschafft hatte, die Familie sicher zusammenzuhalten, stand

Gurlie den Einzelheiten der Haushaltsführung gleichgültig gegenüber. Der alten Dame war das völlig klar, und sie stieß sich an jeder Geste ihrer Tochter, um so mehr, als sie darin ihr eigenes Versagen erkannte.

Daß sie eine Sprache unter sich hatten, die Joe nicht verstehen konnte, machte ihren Schlagabtausch bloß nur noch hitziger, obwohl den Kindern mit der Zeit das Norwegische ganz natürlich wurde. Joe machte sich über sie alle lustig, zog mit seinem üblichen, halb vorgetäuschten schwerfälligen Hänseln ihre ›ogs‹ und ihre ›ugs‹ ins Lächerliche, wenn er dazu aufgelegt war.

Jedenfalls stritten Gurlie und ihre Mutter erbittert und in einem fort vom ersten Tag, an dem die alte Dame ins Haus kam, obwohl sie beide, weil sie auf einen strategisch günstigen Augenblick warteten – es strikt vor Joe geheimhielten. Die alte Dame wollte diesen Moment gegen ihre Tochter verwenden, um Joe zu zeigen, was für eine Frau er hatte – und Gurlie wollte ihn desgleichen überzeugen, daß ihre Mutter unmöglich den Winter über bei ihnen bleiben könne.

Warum lächelst du nicht? fragte Gurlie ihre Mutter. Du läufst mit einem Gesicht herum, das jeden unglücklich machen kann. Was haben wir dir getan? Was ist los?

Was los ist? Huh! Ja, sagte die alte Mutter, das mußt gerade du fragen. Als glaubtest du, ich wüßte es nicht. Ich bin in diesem Haus nicht willkommen.

Also, ich will jetzt nicht darüber reden, erwiderte Gurlie. Kommt, sagte sie zu den Kindern, geht ins Bett und haltet euren Mittagsschlaf. Mach schon, sagte sie zu Lottie und hob das Baby aus seinem Stuhl. Sie tat es achtlos und schürfte dem Kind dabei die Schienbeine am hinteren Rand des Tabletts auf.

Typisch, meinte ihre Mutter. Warum nimmst du dir nicht die Zeit, etwas anständig zu machen, anstatt dem armen Kind die Beine aufzuschürfen.

Was soll ich denn tun? Soll sie doch lernen, die Füße hochzuhalten. Flossie weinte wieder. Halt den Mund! zu dem Kind.

Heb das Tablett hoch, ehe du das Kind herausnimmst.

Solange Gurlie mit den beiden Kindern aus dem Zimmer war, räumte die alte Dame den Tisch ab, holte die Spülschüssel hervor, goß heißes Wasser hinein und begann, die Gläser der Kinder abzuwaschen. Gurlie kam zurück und sagte ihr, sie wolle nicht, daß sie das tue. Ich mache es selbst, sagte sie.

Soll ich denn nichts in diesem Hause tun? fragte die alte Dame.

Du kannst nicht mehr sehen, sagte Gurlie. Bei dir wird nie etwas sauber.

Das war ein bißchen zuviel. Soweit ist es also gekommen, sagte die alte Dame. Ich gehe zurück nach Brooklyn.

Benimm dich nicht wie ein Kind, sagte ihre Tochter, die das Gefühl hatte, daß sie Joe darauf besser allmählich vorbereiten sollte. Meinetwegen, wenn du das Geschirr spülen willst, dann spüle.

Nein, sagte die alte Dame. Spüle selbst. Ich bleibe nicht noch eine Nacht in diesem Haus. Ich gehe.

Mutter! Mutter! riefen die Kinder.

Seid ruhig, schrie Gurlie zurück.

Du bist mir eine nette Mutter für zwei solche Kinder, sagte die alte Dame.

Und dann begann Flossie zu weinen. Gurlie warf den Seifenhalter in die Schüssel, spülte die Hände, trocknete sie ab und verließ das Zimmer. Ihre Mutter fischte die Seife aus dem heißen Wasser, legte sie auf das Ablaufbrett und folgte ihrer Tochter. Sie war aufgebracht und wild entschlossen.

Du willst mich loswerden, weil ich alt bin und du Angst hast, daß ich dir zur Last falle, sagte die alte Frau zu ihrer Tochter. Gurlie war zu den Kindern hineingegangen, aber Flossie wollte nicht aufhören zu schluchzen. Die alte Dame hielt sich für einen Augenblick zurück, bis Gurlie aus dem Schlafzimmer wiederkam und die Tür schloß.

Nun gut, ich gehe, sagte die alte Dame. Aber ehe ich gehe, will ich dir etwas über dich sagen, das du wissen solltest. Ich bin deine Mutter, und niemand sonst wird es dir sagen. Also sage ich es dir.

Laß mich in Frieden, Mutter, sagte Gurlie. Hörst du die Kinder nicht weinen? Sprich nicht so laut. Du kannst dich selbst nicht hören.

Sie weinen über deine Sünden, deshalb weinen sie. Ja, ich kann mich selbst hören. Und auch du wirst mich hören.

Auch Gurlie war aufgebracht. Niemand will dich haben, sagte sie zu ihrer Mutter. Ich bin nicht die einzige. Du willst dich nie bei jemandem bedanken. Du denkst nur an dich. Du bist wie alle alten Leute.

Schande über dich! Schande! Schande! sagte die alte Dame. So zu deiner Mutter zu reden. Du bist egoistisch. Du. Nicht ich. Du bist immer egoistisch gewesen. Alle hatten immer Mitleid mit dir. Wir hatten am Ende nichts mehr, also haben sie dir alles gegeben. Aber du hast dich nie für etwas bedankt. Du hast genommen, genommen, genommen. Als gehörte es dir. Aber es gehörte dir nicht. Sie haben es dir aus Herzensgüte gegeben, weil du die jüngste, das Baby warst. Aber sie hätten dir nichts geben sollen, denn du hast nichts verdient.

Du machst mir Vorwürfe, sagte Gurlie, weil ich immer den Kopf hochgehalten habe. Ich mußte mich für nichts schämen.

Nein? Du schämst dich, weil ich arm bin und Hilfe brauche. Nein, du mußt dich für nichts schämen, außer für deine eigene Mutter, das ist alles. Geld, das ist alles, was du willst. Geld, ohne Liebe. Nur nehmen und nehmen. Und du wirst es auch bekommen. Du wirst deine Geldsäcke bekommen, und mögen sie dir Gutes tun. Nimm sie. Ich werde dich nicht um einen Pfennig bitten. Nie. Von dir würde ich keinen dreckigen Kamm nehmen.

Flossie weinte wieder, unerklärlich, lauter und lauter. Hör sie dir an, sagte die alte Dame. Das ist dein Gewissen, das in deinem Kind weint. Deine Kinder tun mir leid. Sie tun mir leid.

Gurlie ging zu Flossie. Auch Lottie wollte nicht im Zimmer bleiben. – Also steh auf, sagte Gurlie grob zu ihr, und geh in die Küche. Und hör auf, sagte sie zu Flossie. Hör auf, hörst du?

Flossie schluchzte lauter denn je, sie wurde ganz hysterisch. – Was ist los mit dir? Du fängst doch sonst nicht so ein Theater an.

Wenn sie einmal so anfangen, ist es schwer, sie wieder zu beruhigen, sagte die alte Dame mit einer ruhigeren Stimme hinter ihrer Tochter.

Sie hat noch nie so geweint, sagte Gurlie. Meinst du, sie ist krank? Hör auf! Hör auf! Sie schüttelte ihre Tochter. Und leg dich hin. Heute nachmittag ist der Teufel los in diesem Hause. Sie ging hinaus und schloß die Schlafzimmertür, aber Flossie kreischte nun noch lauter als vorher, stand in ihrem Bettchen, hielt sich am Gitter fest und schrie sich die Seele aus dem Leib.

Armes Kind. Armes Kind, sagte die alte Dame. Laß mich sie nehmen.

Nein, sagte Gurlie. Bleib draußen. Sie hat nie so geweint, bis du gekommen bist.

Wie du willst, und die alte Dame ging nach hinten.

Wo gehst du hin?

Ich packe meine Koffer. Ich verlasse dieses Haus. Ich habe dir gesagt, ich will hier nicht bleiben. Du bist unmenschlich. Du bist ein Unmensch. Ich wünsche, ich hätte dich nie geboren.

Das brachte Gurlie für einen Augenblick zum Schweigen. Aber sie warf den Kopf zurück, ging zum vorderen Fenster und schaute hinaus. Sie wollte nicht, daß ihre Mutter so plötzlich ging, aus vielen Gründen. Und trotzdem –

Die alte Dame kam wieder ins Zimmer. Ich war noch nicht fertig mit dem, was ich dir sagen wollte, sagte sie, als das Baby zu weinen anfing. Ich will es zu Ende bringen, weil ich nie wieder in dieses Haus kommen werde. Ich möchte dich warnen. Denn dein Mann und deine Kinder tun mir leid. Du bist meine Tochter, aber ich will dir sagen, daß ich nie, in meinem ganzen Leben nicht, mit so einer unmenschlichen Kanaille zu tun hatte.

Ja, sagte Gurlie kühl. Wahrscheinlich habe ich auch meinen Vater ruiniert. Er war ein Herr, ein Mann von Kultur und Bildung.

Laß deinen Vater aus dem Spiel, sagte die alte Dame.

Sie wußte, worauf Gurlie nun hinauswollte. Im Gegensatz zu ihrem Mann kam sie aus dem bäuerlichen Zweig der Familie. Sie war nicht lange zur Schule gegangen.

Oh, müssen wir schon wieder damit anfangen?

Ja, du sollst mich anhören, ein für allemal.

Gurlies Vater hatte Pech im Geschäft gehabt. Er war ein hochgewachsener Büchernarr gewesen, blond, mit schmalen Händen und in die Ferne blickenden blauen Augen, dessen Vorfahren, wie Gurlie gerne erklärte, über fünfhundert Jahre ohne Unterbrechung auf genau den Baron Rosenkranz zurückgingen, von dem Shakespeare in seinem ›Hamlet‹ sprach.

Du willst mir etwas über deinen Vater sagen, ausgerechnet du. Was weißt du von seinen Sorgen! Aber du. Das einzige, was dich an einem Mann oder sonst jemandem interessiert, ist, was du aus ihm herausholen kannst.

Der alte Torlund hatte eine gutgehende Gerberei geerbt, aber seine literarischen Vorlieben hatten ihn alles verschwenden lassen, und so hatte er die Familie in den Ruin und nach Amerika getrieben.

Amerika! pflegte Gurlie zu sagen, Emporkömmlinge, Neureiche, Abkömmlinge des Pöbels aus den englischen Schuldgefängnissen, Kontraktarbeiter und die nichtsnutzigen jüngeren Söhne der Adeligen und Reichen. Bastarde!

Gegen ihre Mutter, die bloß von Bauern abstammte, richtete sich natürlich Gurlies größter Haß. Und bei den Norwegern kann der Haß äußerst tief sitzen. Die alte Dame hätte nach all dem, was Gurlie von ihr hielt, eine Schwedin sein können.

Wenn du sagst, ich hätte deinen Vater ruiniert, dann war es nicht das, was du deinem Mann antun wirst. Er kennt dich nicht. Noch nicht. Aber er wird es schon noch herauskriegen. Du denkst nur an eines. Ich bin dir im Weg, ich bringe dir nichts. Früher einmal war es ehrenhaft, alt zu sein. Heute nicht mehr. Für eine alte Frau ist in deinem Haushalt kein Platz. Nirgendwo heute. – So ebbte der Streit langsam ab.

Flossie schluchzte und verstummte, schluchzte und verstummte, bis auch sie Ruhe gab.

Joe kam nach sechs. Die Schweinehunde haben mir die Pressen weggekauft, sagte er sofort. Hoe sagt, er kann sie mir nicht geben. Ich hatte sie vor zwei Monaten bestellt.

Was willst du jetzt machen?

Ich besorge sie mir morgen von Scott.

Bist du sicher?

Ich kriege sie. Und ich kann keine Druckerschwärze bekommen. Sie haben alle eingeschüchtert. Sie haben Angst, mir etwas zu verkaufen, denn wenn sie das tun, verlieren sie die alte Firma als Kunden. Deren Bestellungen werden immer größer sein als meine.

Ist so etwas nicht illegal?

Habe keine Zeit, etwas dagegen zu unternehmen. Ich kann nicht warten. Was macht das Abendessen?

Ich habe ein gutes Abendessen für dich.

Ich muß heute abend noch einmal in die Stadt zurück. Ich muß ein paar Freunde treffen.

KAPITEL 17

## Nacht

Was ist denn mit dem Baby los? fragte Joe nach dem Abendessen. So habe ich sie noch nie weinen hören.

Sie weint schon den ganzen Nachmittag, sagte seine Frau.

Was hast du mit ihr gemacht?

Ich weiß nicht, sagte Gurlie, ihn scharf anblickend. Ich habe sie heute abend in unser Zimmer gelegt. Vielleicht ist ihr das fremd.

Warum hast du das getan?

Ich will sie dahinten nicht mehr haben.

Warum nicht?

Sie stört meine Mutter. – Joe guckte, sagte aber nichts.

Das Baby hinter der geschlossenen Tür gab für einen Augenblick Ruhe, und die Familie fuhr mit der Mahlzeit fort. Grandma hob kaum den Kopf vom Teller, und da niemand etwas zu sagen haben schien, sagte niemand etwas. Sie aßen schweigend.

Aber das Kind in dem verschlossenen Zimmer war nicht eingeschlafen. Lottie lag, der üblichen Routine gemäß, gemütlich in ihrem eigenen kleinen Bett in tiefem Schlummer, aber nicht Flossie. Sie lag mit weit offenen Augen und starrte in die Dunkelheit – erwartungsvoll. Sie fühlte sich völlig verloren, wußte nicht, was geschehen würde. Etwas kam, um sie zu holen. Das wußte sie. Und daß sie wieder zurückkommen würde, das wußte sie auch – vielleicht. Sie waren jetzt hier und warteten auf sie – aber sie wollte nicht gehen. Noch nicht.

Sie lag da und lauschte, lange. Manchmal hörte sie Stimmen im Nebenzimmer. Manchmal hörte sie nichts. Ein Lichtstrahl von der Straße unten zog sich quer über die Zimmerdecke über ihr. Dann schlief sie ein und schlief – lange, lange.

Es war spät. Joe war nach dem Abendessen weggegangen und noch nicht zurückgekehrt. Gurlie reckte sich in dem großen Bett nahe dem Baby und schlief schließlich auch ein. Nichts von dem, was sich tagsüber in der Wohnung ereignet hatte, war Joe bis jetzt zu Ohren gekommen. Die alte Dame hatte eingewilligt, bis Sonntag zu warten. Dann würde sie mit ihrem Sohn Gunnar sprechen und ihn bitten, sie zu holen. Sie und ihre Tochter waren fertig miteinander. Endgültig. Ein paar Nächte noch, und dann Schluß.

Eine neue Welt füllte das ganze Zimmer, als das Baby erwachte. Zurücktaumelnd in der Erinnerung, der kurzen, aber intensiven Erinnerung eines Kleinkindes, lag sie mit aufgerissenen Augen da und starrte in eine Leere, bevölkert mit allem, was sie am Tag gesehen hatte – dem Sturm der Dunkelheit, der Spannung und dem bebenden Boden, bösen Stimmen, die ihr plötzlich, aus dem Nichts, den ganzen Nachmittag in den Ohren gegellt hatten.

Solch ein kleines Knöpfchen. Was konnte ihr das überhaupt bedeuten? Etwas so Natürliches, so Einfaches und Überwältigendes wie die Dunkelheit selbst hatte plötzlich ihr Leben entzweigebrochen.

Durch einen leichten Luftzug im Zimmer, der kaum den Vorhang bewegte, erschien auf der Decke noch einmal der schmale flackernde Lichtstreifen von einer Straßenlaterne draußen. Flossie beobachtete ihn, bis ihre Augen vor Schwere zufielen. Dann schlug sie sie wieder auf! Aber sie *waren* offen! Und da war er immer noch, ohne sich zu rühren, wo er zuvor gewesen war.

Sie wollte weinen, nur kam nichts, das Licht ließ es nicht zu. Sie hatte sich am Nachmittag weinen gehört. Sie hatte am ganzen Leibe gespürt, wie es sie in immer größeren und größeren Zorn trieb, bis sie schwitzend darum gekämpft hatte, sich mit seinem betäubenden Schutz zu umgeben – dann und wann hatte sie aufgehört, aber nur, um zu sehen, ob sonst noch etwas vor sich ging. Mit Erstaunen und Befriedigung hatte sie sich gehört. Aus Verzweiflung hatte sie sich einmal brüllend auf Kopf und Fersen zurückgebogen. Ihre Mutter hatte sie aufgenommen, und sie hatte aufgehört. Sie war hingelegt worden, und sie hatte wieder zu schreien begonnen.

Das Licht flackerte, flackerte, flackerte an der Decke über ihr, und sie beobachtete es konzentriert.

Aber sie wollte sich wieder selbst hören – um zu wissen, daß sie da war. Wenn man weinte, fühlte man sich weniger einsam – die Nacht mit ihren bösen Gesichtern und ihrer Einsamkeit flößte ihr Entsetzen ein, ihre Stimme tötete das, aber es kam wieder, wenn sie aufhörte – also nahm sie allen Mut zusammen und weinte laut. Sie hätte aufhören können, wenn sie gewollt hätte, das wußte sie. Aber in der Nacht, wenn man alleine an einem fremden Ort ist, erscheinen verzerrte, vertraute Gesichter. Bis auf das Licht und die eigene Stimme von allen verlassen, schrie sie um Erlösung.

Warum, um Himmels willen, schreist du denn jetzt? fragte Gurlie, über das Bettchen gebeugt. Schlaf ein. Bist du krank? Was ist?

Das verwirrte Flossie erneut, die nicht wußte, was sie glauben sollte, als sie ihre Mutter so plötzlich aus dem Dunkel über sich auftauchen sah. Gurlie befühlte ihren Popo. Er war trocken. Sie befühlte ihren Kopf. Sie befühlte ihren Bauch. Es fehlt dir doch nichts. Du bist ein böses Mädchen. Schlaf ein.

Genau das wollte sie ja, einschlafen. Einschlafen. Sie mußte einschlafen. Nein.

Sie konnte ihre Mutter vor sich hin murmelnd aus dem Zimmer gehen und die Tür hinter sich schließen sehen. Sie konnte den Kopf, den Rücken und die linke Hand ihrer Mutter auf dem Türknauf sehen. Sie sah die Tür zugehen und den Arm kürzer werden und verschwinden. Sie wollte nicht, daß ihre Mutter sie hier alleine ließ. Dann war es wieder dunkel. Das Licht an der Decke schien gleichmäßig.

Dann, während sie es anschaute, ging das Licht schnell und vollständig aus. Es war weg. Sie wartete – sie wartete, dann begann langsam die Decke des Zimmers zu verschwinden, nach oben, oben, oben, oben, oben! Und da war eine Grube! Hinunter, hinunter – so weit sie sehen konnte, und da stand sie ganz alleine schwankend oben – hinunter, hinunter, hinunter.

Als sie zu fallen begann, schrie die kleine Flossie mit aller Kraft auf. Sie hörte es und krabbelte unter ihrem Bettzeug hervor und stand da, sich an den Stangen des Bettchens festhaltend. Sie wartete, alleine in der Dunkelheit.

Keine Antwort.

Mammi! Mammi! schrie sie. Sie war nicht gewöhnt, so

zu schreien, deshalb hörte sie auf und schaute nach rechts und links, aber niemand war in der Nähe, nicht einmal Lottie im Bettchen daneben.

Direkt hinter ihr waren Streifen und Wellen, deren Bedeutung sie nicht erklären konnte und denen sie sich voll Entsetzen zuwandte. War es ein Gesicht mit böse gerunzelten Brauen, das sich aufblies und verzerrte und brüllte? Es kam näher und schwebte im Zimmer, zur Namenlosigkeit verzerrt, und explodierte vor ihr.

Es wollte lächeln, das konnte sie sehen. Aber etwas war mächtiger, und gegen seinen Willen nahm es eine verzerrte Form an – Ausbuchtungen und Vertiefungen, die verschwanden und sich neu bildeten.

Jetzt kommt es wieder. Sie sah es. Es war ihre Großmutter, ein großes Gesicht, das das ganze Zimmer ausfüllte. Doch anstatt größer zu werden, als es näher kam, wurde es kleiner – bis sie sich nach den vertrauten Armen und Händen streckte, damit sie sie hochhöben. Sie stellte sich auf die Zehen, um hochgenommen zu werden, und da war nichts.

Jetzt erschien das Gesicht in wütender Erregung wieder, und es war das Gesicht ihrer Mutter, das näher und näher kam und dann, böse und verzerrt, plötzlich und wütend über ihr platzte.

Sie griff ins Dunkel, versuchte einen Schritt zu machen und fiel mit dem Gesicht nach unten ins Bettchen.

Gurlie kam ins Zimmer, nahm das Kind auf, steckte es unter die Decke. Jetzt mach die Augen zu und schlaf, sagte sie. Aber sie ging sofort wieder hinaus und schloß die Tür hinter sich.

Flossie versuchte ruhig liegenzubleiben, doch nach einer Weile schlug sie die Augen auf und sah wieder hinauf in die Dunkelheit. Sie wußte ganz genau, was ihr befohlen worden war. Doch statt dessen begann sie zu schluchzen. Sie kämpfte gegen die Decken, aber sie waren fest eingesteckt. Darauf hielt sie ein- oder zweimal die Luft an, blieb aber still.

Schließlich bekam sich das kleine Kind unter Kontrolle

und lauschte. Mammi! rief es, Mammi! Dann konnte es Stimmen in dem anderen Zimmer hören. Es wartete einige lange Minuten. Es rief wieder und wartete, und noch immer geschah nichts.

Darauf begann es zu weinen, dumpf, methodisch, ohne Rast, nur um sich weinen zu hören. Nicht enden wollendes Elend einer Welt, die nicht zu ändern ist. Kein Anfang und kein Ende. Das ist das Leben, und das ist meine Erwiderung darauf. Der Schlaf kann keine Antwort bringen, der Schlaf, der unterbricht, der das große Gesetz leugnet und ihm Widerstand leistet.

Ich will nicht schlafen. Ich weigere mich, ich weigere mich, ich weigere mich. Sagt mir doch, daß dies nicht wahr ist. Das ist nicht das Ende. Sagt mir doch, daß die Welt sich weiter drehen wird wie vor diesem schrecklichen Fall. Etwas liegt auf mir. Etwas trägt mich fort. Ich will zurück zu dem, was ich kenne, was mich gehalten und nicht fortgetrieben hat, aber ich falle.

Ich werde an einen Ort getrieben, den ich nicht kenne. Die Dunkelheit fällt, und ich schwebe nach oben, rasch, durch sie hindurch. Sie schluchzte und kreischte jetzt schlimmer denn je. In blankem Entsetzen.

Warum kommt nicht jemand zu mir? Sie streckte die Arme aus, als erwarte sie, aufgenommen zu werden. Das Ende nähert sich in Dunkelheit, löscht alles aus, was bis dahin da war. Schwärze, die Mutter des Schlafs, das schlimmste Unglück.

Der kleine Teufel! sagte Gurlie zu Joe, als er später kam und sie hörte. Sie hatte den ganzen Abend gekreischt und geschrien.

Ich sage dir, das sind die Zähne.

Nichts dergleichen. Nein. Ich verbiete dir, zu ihr hineinzugehen. Das ist alles, was sie will. Entweder sie tut, was ich sage, oder sie weint bis zum Morgen. Ich gebe nicht nach.

Und ich soll da drin bei ihr schlafen?

Sie hört in dem Augenblick auf, wo wir das Licht anmachen.

Hast du etwas Bier kalt gestellt?

Ja.

Laß uns in die Küche gehen. Sie wird sich schon beruhigen. Wo ist deine Mutter?

Sie schläft, sagte Gurlie. Sie sagt, sie geht am Sonntag. – Es war eine Erleichterung, das vom Herzen zu haben, eh die alte Dame selbst etwas sagen konnte.

Was ist passiert?

Wir können nicht im selben Haushalt leben. Es hat keinen Zweck. Diesmal werde ich uns ein gutes Dienstmädchen besorgen. Ich hole ein gut aussehendes, unerfahrenes Mädchen und bilde sie aus. Wir brauchen jemanden. Ich mache ein gutes Dienstmädchen aus ihr.

Hör dir das Kind an, sagte Joe. Sie muß krank sein. Was hat ihr heute Angst eingejagt?

Nichts, was ich wüßte, sagte Gurlie.

Das kannst du mir doch nicht erzählen, sagte ihr Mann. Sie benimmt sich doch nicht umsonst so.

Vielleicht ist heute morgen etwas vorgefallen, als ich in der Stadt war. Sie weinte, als ich nach Hause kam.

Hat deine Mutter etwas gesagt?

Nein, bloß daß sie unartig war.

Hat sie sie geschlagen oder bestraft?

Vielleicht. Ich kann nicht an alles denken.

Hast du sie gefragt?

Nein. Ich kann nicht mehr mit ihr reden.

Hör dir das an, sagte Joe. Ist das nicht schlecht für sie?

Laß sie brüllen. Natürlich, nimm sie auf, verwöhne sie. Sie wird mich hassen – wahrscheinlich willst du das.

Also, fang nicht mit mir an, sagte Joe. Ich habe nichts getan.

Die wahnsinnige Nacht stieß das Kind mit ihren gefühllosen Händen an, enthüllte ihr die Stimme des Vaters, aber nicht den Vater selbst. Sie schrie schon seit Stunden, Zorn, Ergebenheit und Einsamkeit. So daß sie sich, als Joe und Gurlie schließlich zu ihr hereinkamen, nicht beruhigte, wie die beiden das erwartet hatten, sondern in benommenem Entsetzen befangen schien. Sie erkannte sie nicht.

Joe hob sie hoch, aber sie wand sich beinahe aus seinen Armen. Gib sie mir, sagte Gurlie. Aber das Baby stieß sie fort, schüttelte den Kopf und wandte ihn ab.

Ich glaube, sie ist wahnsinnig geworden, sagte Joe, der langsam Angst bekam. Soll ich einen Arzt rufen?

Ich glaube, sie hat einen Krampf, sagte seine Frau. Laß etwas Wasser in die Wanne –

Die Nacht frohlockte in den Ecken des Zimmers: Ihr wart es. Ihr wart es. Das werdet ihr nie wieder ungeschehen machen können, nie, nie, nie, nie.

Schnell, sagte Gurlie. Tu, was ich dir sage.

Nein, mach keinen Quatsch, sagte Joe. Sie hat keinen Krampf. Sie hat bloß Angst. Sie wird sich erkälten.

Hier, sagte er. Hör auf. Guck mal, guck mal! Das Licht! Und er trug das Baby ins Helle. Ich bringe sie in die Küche, wo wir sie beruhigen können. Wasch ihr das Gesicht mit kaltem Wasser.

Unerwartet ließ das kleine Kind den Kopf nach vorne fallen, als Joe sie trug, und war endlich wirklich eingeschlafen. Aber als er es ins Zimmer zurück und wieder ins Bett gebracht hatte, wachte es genauso plötzlich auf, mit weit aufgerissenen, nichts sehenden Augen, und begann wieder zu schreien.

Gott, als ob wir noch nicht genug am Hals hätten, sagte Joe. Jetzt auch das noch. Ich glaube, es ist die Impfung. Sie ist von Sinnen. Mach ihr einen Einlauf, es muß der Magen sein.

Nein, sagte die Nacht.

Was? fragte Joe.

Ich habe nichts gesagt, meinte Gurlie. Ich glaube, wir werden selbst wahnsinnig. Es war alles zuviel. Ich wünsche, du kriegtest endlich dein Geschäft unter Dach und Fach, damit diese Familie wieder normal leben kann.

Ich wünsche, ich hätte den gottverdammten Kontrakt nie gesehen, sagte Joe. Morgen zerreiße ich ihn und sage ihnen allen, sie sollen sich zum Teufel scheren. Ich ziehe nach Cincinnati oder St. Louis oder irgendwohin, weg von New York. Was hast du ihr zum Abendessen gegeben?

Was soll ich ihr schon gegeben haben? Kaviar?

Nein, ich dachte, du hättest ihr Schweinelendchen und Meerrettich und Sauerkraut gegeben. Was hat deine Mutter ihr zu Mittag gegeben?

Das Baby wurde ruhiger, ruhiger, immer ruhiger, während sie redeten. Schluchzte immer weniger – und fing mit einem plötzlichen Ruck wieder von vorne an, öffnete die Augen einen Spalt weit – als wäre es wieder da, das Entsetzen, die Einsamkeit und das endlose Leiden. Dann war sie eingeschlafen, direkt unter ihren Augen, während sie sie beobachteten.

Gott sei Dank, sagte Gurlie. Das war ja schrecklich. Ich kann mir nicht erklären, was es war.

Du mußt ihr Angst gemacht haben, sagte Joe.

Dann soll sie mal besser drüber hinwegkommen. Komm raus aus diesem Zimmer. Ich kann jetzt nicht schlafen. Gibt's was Neues zu erzählen heute?

Nein, sagte Joe, auf die Uhr schauend. Zwei Uhr morgens. Nichts, außer daß alles geregelt ist. Morgen kriege ich die Pressen in den Betrieb und kann sie aufbauen. Für heute Nacht habe ich einen Nachtwächter da.

Wofür?

Nun, zum einen, sagte Joe, ist noch nichts versichert. Aber sonst ist alles geregelt oder zumindest beinahe, und die ganze Lithographieabteilung kommt rüber zu mir, sobald ich sie brauche. Komm, laß uns ins Bett gehen. Ich habe morgen einen schweren Tag.

Willst du dein Bier nicht?

Nein. Ich denke, wir müssen da rein, setzte er hinzu.

Diesmal stand die Nacht draußen vor dem Fenster und kam nicht herein – aber sie lächelte. Ich sehe euch noch. Aber vergeßt mich nicht. *Sie* wird mich nicht vergessen, sagte die Nacht, auf das Baby deutend. Ihr werdet es sehen. Ihr wart es. Ich habe sie berührt. Für immer wird die Nacht in ihrem Gedächtnis haftenbleiben. In gewissem Maße, schöne Dame und verehrter Herr, die ihr denkt, ihr wißt soviel, in gewissem Maße ist sie mein. Seht zu, daß ihr von jetzt an gut auf sie aufpaßt, für mich. – Und das Etwas war weg.

Joe träumte, daß er ein froschähnliches Tier in der Hand hielt, nur daß es kein Frosch war, es hatte einen Schwanz, und er hielt den Kopf des Tiers unter Wasser, in einem Eimer. – Tu das nicht, sagte jemand, das ist grausam. Du ertränkst es. – Das versuche ich ja gerade, sagte Joe. Er wußte nicht warum, er wollte es nicht ertränken, aber er mußte es tun. Was sonst konnte er damit machen? Es war zu nichts nütze. Dann zog das Ding, das ein großes Echsenmaul hatte, den Kopf an einer Seite aus dem Wasser und schaute zu ihm hoch. Das war das letzte, woran er sich erinnerte – denn er wachte jäh auf.

Mein Gott, hörte er Gurlie sagen. Sie beugte sich über das Bett des Babys und schaute zu ihm hinunter, auf sein verschmiertes kleines Gesicht, sein Haar, den Spitzenkragen des kleinen Nachthemds – wo es sich übergeben hatte –, wie es dalag in Pfützen und Bröckchen.

Das ist die Erklärung, sagte Joe.

Nein, sagte seine Frau. Sie hat heute nichts anderes zu essen bekommen als sonst auch. Sie hat sich da einfach hineingesteigert. Es war der Teufel in ihr. Das ganze Haus war heute in Aufregung.

Ich vermute, ein Troll hat ihr heute morgen in die Milch gespuckt, sagte ihr Mann. Und er drehte sich auf die Seite und schnarchte bald wieder friedlich. Woraufhin Gurlie, als sie ins Bett zurückging, ganz zusammenhanglos für sich hinzusetzte: Ich bin froh, daß ich sie loswerde. Sie hat ihr Leben gehabt, ich will meines haben.

KAPITEL 18

# Druckfarben, Pressen und Personal

Als Joe Stecher eines Nachmittags in der gleichen Woche von Bord der Brooklyn-Fähre ging, wurde er heftig angerempelt. Das Boot war wie immer schwerfällig an seinen Liegeplatz eingelaufen, und jeder war ein bißchen aus dem Gleichgewicht geraten, aber daran war Joe gewöhnt. Der Fährgehilfe war an Land gesprungen, hatte das Tau mit dem schweren Haken am Ende aufgenommen, es durch die Lippe am Schiffsbug gezogen und war zur Handwinde gegangen, um das Rad zu drehen, so daß die Sperrklinke gegen das Zahnrad schlug wie ein Hammer gegen einen Amboß, bis das Tau straffgezogen war. Sie waren da.

Der Fährgehilfe sprang von seinem Platz an der Winde, packte ein kurzes Seilende, zog die Planke zurecht und schlug so eine Brücke zwischen Schiff und Kai, um einen sicheren Fußsteg zu schaffen. Ein zweiter Mann, der wartend mitten auf der Fahrspur für die Gespanne auf dem Boot gestanden hatte, schob mit einem dumpfen Rasseln die eisernen Tore erst auf der einen, dann auf der anderen Seite auf und gab damit automatisch die Passagierausgänge hinter den Strebepfeilern frei, an denen die Tore festgemacht wurden. Die Leute strömten nach vorn.

Als Joe gerade die Planke betreten wollte, fühlte er sich plötzlich von einem stämmigen Mann, der an ihm vorbeidrängte, zur Seite gestoßen. Das geschah gerade an der Stelle, wo die Reeling endete und zwischen Boot und Kai eine Lücke mit offenem Wasser darunter klaffte – ölig grünem Wasser. Joe wäre dort hineingefallen und hätte sich dabei höchstwahrscheinlich den Kopf eingeschlagen, wenn ihn nicht jemand am Ärmel gepackt und gerade noch rechtzeitig zurückgezogen hätte.

Dieser Schweinehund! sagte sein unbekannter Retter und schaute dem Grobian nach, der weitergelaufen war. Den sollte man dafür einmal kräftig in den Hintern treten.

Sehr zu Dank verpflichtet, sagte Joe.

Gern geschehen, sagte der Fremde. Ich bin froh, daß ich das noch rechtzeitig gesehen habe. – Es war alles so schnell gegangen, daß sonst niemand den Vorfall bemerkt hatte. Joe fühlte sich irritiert und beklommen. Er zögerte einen Augenblick und beschloß beinahe, mit derselben Fähre nach New York zurückzukehren. Aber es war mitten am Nachmittag, jetzt oder nie, er konnte genausogut weitermachen. Nachdem er im Fährhaus Eiswasser getrunken hatte, kaufte er sich eine Nachmittagszeitung und fuhr mit der Straßenbahn nach Long Island City. Es waren keine vier Leute darin. Er musterte sie alle forschend.

Harry Nesbit von Nesbit & Hubsmith, Inks Inc., war ein wenig verblüfft, als er die Gestalt Joe Stechers, die ihm vertraut genug war, über die Straße auf das langgezogene einstöckige Gebäude der Druckfarbenfabrik zukommen sah, die an einem Nebenanschluß der Long Island Railroad lag. Mr. Nesbit saß an seinem Schreibtisch und dachte über den kommenden Winter nach, als er Stecher bemerkte und sich schnell auf die neue Situation einstellte.

Verdammt noch mal, das ist doch Joe Stecher! sagte er zu seiner Sekretärin. Lassen Sie ihn rein, wenn er zur Tür kommt, und machen Sie sich dünne – für ungefähr eine halbe Stunde, dann kommen Sie wieder. Verstanden? Machen Sie schon. Da kommt er.

Jawohl.

Geschäftig machte sich Mr. Nesbit daran, zwei Zahlenkolumnen, die vor ihm auf dem Schreibtisch lagen, zu vergleichen, und tat so, als sei er überrascht, als Joe ins Zimmer geführt wurde.

Nun, da will ich doch verdammt sein! sagte er. Schön, Sie zu sehen, Stecher. Kommen Sie rein, und er hielt Joe die Hand hin. Setzen Sie sich. Was kann ich für Sie tun?

Joe wußte ganz genau, daß Nesbit wußte, weshalb er da war. Ich habe die Bestellung noch nicht erhalten, die ich Ihnen letzten Monat gegeben habe. Ich brauche sie dringend, sagte Joe.

Was meinen Sie? sagte Nesbit ungläubig. Also, ich bin sicher, die haben wir schon vor Wochen weggeschickt. Haben Sie sie nicht bekommen? Wohin wurde sie geliefert?

Joe sagte nichts, sondern schaute zu Boden, innerlich war ihm ganz elend.

Haben Sie im Kopf, worin die Bestellung bestand, Stecher? Verfolgen wir das mal zurück. Wenn etwas schiefgelaufen ist … Sie wissen doch, wie so etwas geht.

Hier sind die Posten, sagte Joe und zog ein zusammengefaltetes Papier aus der Innentasche seines Jacketts.

Mr. Nesbit entfaltete es auf dem Schreibtisch. Tja, ich kann mich nicht erinnern, es sei denn, ich verwechsle es mit etwas anderem, sagte er. Sind Sie sicher, daß Sie uns diese Order erteilt haben? Er drückte auf einen Knopf. Seine Sekretärin erschien prompt. Schicken Sie sofort Mr. Butler her, sagte Nesbit.

Es kommt mir so vor, als erinnere ich mich doch, sagte er, als er die Posten erneut durchging. Oh, Mr. Butler, hier ist diese Order, die wir vor ein paar Wochen von Mr. Stecher bekommen haben, für die – wie war die Adresse, Stecher?

100, Center Street war die angegebene Adresse, aber sie wurde später geändert.

O ja, sagte Mr. Butler. Ich erinnere mich an diese Bestellung. Sie wurde vorgestern an Wynnewood & Crossman geliefert, wir wußten nicht, was wir damit machen sollten. Das war doch die reguläre Lieferung für die Zahlungsanweisungen, nicht? Sie riefen deswegen an, und ich habe sie direkt mit dem Wagen hingeschickt.

Ich würde diese Bestellung gerne heute erneuern, sagte Joe, Lieferung heute nachmittag. Ich kümmere mich hier in der Fabrik darum. Kann ich sie heute haben?

Vielen Dank, Butler, sagte Mr. Nesbit. Wir reden später. Der Werkmeister verließ das Zimmer.

Hören Sie zu, Stecher, ich kann Ihnen die Druckfarbe nicht geben.

Sehr zu Dank verpflichtet, sagte Joe, für Ihre Aufrichtigkeit. Ich dachte mir, daß Sie mich nicht anlügen würden. Sie können sie mir also nicht geben.

Nein, Stecher, kann ich nicht. Und es tut mir leid. Es tut mir leid wie nur was. Ich weiß auch sonst keinen Laden, wo Sie etwas von dieser Qualität auf der Stelle haben können. Nicht in dieser Stadt. Vielleicht finden Sie jemanden, der einen Vorrat hat, von dem man Sie abzapfen läßt, aber ...

Überall, wo ich mich nur hinwenden kann, boykottiert man mich, sagte Joe. Ich muß die Druckfarbe auch schnell haben.

Sie brauchen sie diese Woche, nicht? Und heute ist Mittwoch. Sehen Sie, Stecher, schließlich will ich Sie nicht anlügen. Ich weiß Bescheid, und es tut mir leid. Es tut mir leid wie nur was. Aber was kann ich machen? Ich muß mich genauso schützen, wie Sie sich schützen müssen.

Nicht, indem Sie so etwas tun, sagte Joe.

Da irren Sie, Stecher, irren sich absolut. Wenn ich Ihnen gebe, was Sie wollen, dann kostet es mich – es ist schwer, es in Geld abzuwägen. Ich kann es Ihnen einfach nicht geben, und ich weiß, die ganze Gegend treibt ein abgekartetes Spiel gegen Sie. Was unternehmen Sie wegen der Betriebsräume?

Die habe ich, sagte Joe. Und ich habe auch meine Pressen darin aufgebaut.

Nesbit stieß einen Pfeifton aus, um seiner Überraschung und Bewunderung Ausdruck zu verleihen. Ist dem so? fragte er.

Alle bis auf eine, sagte Joe, und die wird morgen da sein.

Also, weiß Gott, Stecher, Glückwunsch! Ich hätte nicht gedacht, daß Sie es so in sich haben. Mr. Nesbit streckte die Hand aus. Joe nahm sie automatisch. Wie haben Sie das geschafft? Ich weiß natürlich, was sie getan haben. Genau dasselbe wie bei mir. Sie haben Ihnen die Pressen direkt unter der Nase weggekauft, nicht wahr? Ich bin überrascht, daß Hoe das zuließ. Wissen Sie das?

Ich habe sie nicht von Hoe, erwiderte Joe.

Gebraucht? fragte Nesbit.

Nein, ich habe neue Pressen, von der einzigen Firma, von der ich sie sonst bekommen konnte.

Sie meinen Scott?

Ja, sagte Joe.

Das war ein Eilauftrag. Bar?

Ja, sagte Joe.

Mr. Nesbit lehnte sich in seinem Stuhl zurück und sah Joe an, ohne eine Miene zu verziehen. Sagen Sie mal, Stecher, woher in Gottes Namen kriegen Sie Ihr Geld?

Geld redet, sagte Joe.

Meinen Sie, Sie kriegen die Sache ins Rollen? Wissen Sie, ich kann es kaum glauben. Hatten Sie eigenes Geld?

Werden Sie mir die Hälfte meiner Bestellung geben? fragte Joe und blickte Nesbit in die Augen.

Jetzt hören Sie mal zu, Stecher. Ich kann Ihnen aus dieser Fabrik keine Druckfarbe geben. Überhaupt keine. Es tut mir leid. Ich komme mir vor wie ein gemeiner Hund, wenn Sie so wollen, aber ich habe keine hier. Die Mohawk Press hat jeden letzten Tropfen von der Qualität, die Sie brauchen, für die nächsten sechs Monate gebucht. Jetzt nennen Sie mich, wie Sie wollen. Mein Geschäft ist es, Druckerschwärze zu verkaufen, sie sind meine besten Kunden, und das ist alles, was ich dazu sagen kann.

Sehr gut, sagte Joe und stand auf, dann verschwende ich hier besser keine Zeit mehr.

Haben Sie's in Boston probiert? Oder in Philadelphia?

Ja. Alle großen Firmen haben sich gegen mich zusammengetan.

Da haben Sie wohl recht. Mr. Nesbit trommelte einen Augenblick mit den Fingern auf den Schreibtisch. Ich weiß nicht, warum Sie sich da hineinmanövriert haben, Stecher. Ich denke, Sie tun etwas sehr Dummes. Einer der besten Arbeiter, die ich je getroffen habe, ehrlich, fähig, redlich. Sie hätten es weit bringen können, Stecher, da, wo Sie waren, wenn Sie nur Vernunft angenommen hätten. Ich glaube, Sie werden das in den Sand setzen. Das glaube ich. Ehrlich. Ich sehe nicht, wie Sie gewinnen können.

Wollen Sie meinen Betrieb, wenn ich gewinne? fragte Joe.

Junge, Sie haben Nerven. Das gefällt mir.

Ich wünschte, ich wüßte von einem Schiff mit Druckfarben, das heute irgendwo aus Deutschland einliefe, sagte Joe.

Ja, ist mir klar, Stecher. Das wünschen Sie sich. Tue ich auch. Das bringt uns aber nicht weiter. Er dachte einen Augenblick nach. Wissen Sie, Stecher, begann er wieder, wenn ich so darüber nachdenke, fällt mir ein Mann ein, der einmal in der gleichen Klemme saß wie Sie heute.

Wer war denn das? Der arme Kerl, sagte Joe.

Er wollte eine Speziallieferung, und ich konnte sie ihm nicht geben. Er schien nicht weiterzukommen. Wissen Sie, was er gemacht hat?

Druckfarbe aus Schuhleder hergestellt, sagte Joe.

Wissen Sie, da ist vielleicht was dran, kommentierte Mr. Nesbit von Nesbit & Hubsmith, Inks Inc., mit einem Zwinkern in den Augen. Wissen Sie, Stecher, die Sache ist, Sie haben wirklich ein paar Eigenschaften, die ich bewundere. Ich kann Ihnen wirklich nicht viel helfen. Ich möchte es gerne, ehrlich, aber wenn ich in Ihrer Lage wäre, wissen Sie, was ich dann täte?

Nein, sagte Joe. Was täten Sie?

Ich täte das gleiche wie dieser Mann, von dem ich Ihnen erzählt habe. Ich würde mir nicht das Unmögliche wünschen. Und ich würde auch nicht zu den Großunternehmen gehen. Die wissen zuviel über Sie. Ich würde zu einem kleinen Unternehmen gehen, von dem noch nie jemand gehört hat. Sie wissen doch, es gibt viele kleine Läden, wenn Sie sie finden können. In den Vororten von New York.

Dafür ist es zu spät, fürchte ich, sagte Joe. Ich kriege meine Druckfarbe – irgendwo.

Das hoffe ich, Stecher. Aber wenn ich Sie wäre, würde ich in Richtung Jersey suchen. Vielleicht bis nach Paterson.

Da war ich schon, sagte Joe. Die haben nicht das, was ich brauche. Joe stand auf und nahm seinen Hut.

Jetzt hören Sie mir mal zu, Stecher, sagte Mr. Nesbit, erhob sich ebenfalls und legte Joe eine Hand auf die Schulter. Ich mag Sie. Ich möchte nicht, daß Sie wegen dieser Sache zu schlecht von mir denken. Ich kann nichts dafür. Sehen Sie das ein?

Ja, sagte Joe.

Keine bösen Gefühle?

Überhaupt keine, sagte Joe.

Warum gehen Sie dann nicht mal zu Faulheber & Schwartz? Faulheber & Schwartz, merken Sie sich den Namen. Das ist eine neue Firma, die niemandem verpflichtet ist. Ich glaube, die haben, was Sie brauchen.

Joe sah den Mann an, der lächelnd dastand, und sah ihn an und noch einmal an und wußte nicht so recht, wie er seine Worte verstehen sollte.

Ich glaube, Sie können es gerade noch schaffen, wenn Sie sich beeilen, sagte Nesbit, auf die Uhr schauend. In diesem Augenblick kam die Sekretärin zurück ins Büro und setzte sich an ihren Schreibtisch.

Nun dann, Stecher, es tut mir leid, daß ich Ihnen nicht helfen kann, alter Freund. Viel Glück. Und wenn Sie später mal etwas brauchen, vergessen Sie uns nicht. Im Augenblick sind uns die Hände gebunden. Alles Gute. Auf Wiedersehen.

Joe vermutete einen Trick, aber er konnte es sich nicht leisten, sein Glück nicht zu versuchen. Faulheber & Schwartz, also? An die hatte er nicht gedacht. Eine neue Druckfarbenfabrik. Kaum bekannt. Nun, ein Verzweifelter geht auch mal ein verzweifeltes Wagnis ein. Ich fahre heute nachmittag hin. Wenn das nicht klappt, nehme ich den Nachtzug nach … Chicago, wenn es sein muß.

Er bekam seine Druckfarben von Faulheber & Schwartz. Ich möchte sie heute abend haben, sagte er. Ich möchte sie jetzt aufgeladen haben, während ich hier bin.

Wie wollen Sie bezahlen, Mr. Stecher? fragte der junge Faulheber.

Ich gebe Ihnen einen Scheck der Chase National Bank.

Es ist zu spät, um ihn heute bestätigen zu lassen, Sir. Tut mir leid. Das können wir nicht machen. Geht es nicht auch morgen?

In diesem Fall nicht. Ich will sie jetzt haben, heute.

Was Sie hier aufgeschrieben haben, Mr. Stecher, beläuft sich auf ungefähr vierhundertundzwanzig Dollar. Ich lasse es Ihnen morgen bringen, Bezahlung bei Lieferung, aber heute abend kann ich die Ware nicht weggeben, wenn ich nicht Bargeld bekomme. Und Sie müssen selbst ein Fahrzeug besorgen.

Joe sah den jungen Deutsch-Amerikaner an, mit dem er verhandelte, und hatte eine Idee. Kennen Sie Mr. Nesbit von Nesbit & Hubsmith? fragte er.

Und ob ich den kenne. Jeder im Druckfarbengeschäft kennt ihn.

Rufen Sie ihn an, sagte Joe. Ich bezahle die Gebühren.

Mr. Faulheber möchte eine Referenz für mich haben, ehe er meinen Scheck annimmt. Würden Sie mit ihm sprechen? Hier bitte, Mr. Faulheber. Joe hatte nicht auf die Antwort am anderen Ende der Leitung gewartet.

Geht in Ordnung, sagte der junge Faulheber nach einem Augenblick. Wenn Sie das sagen, ist das für mich erledigt, Mr. Nesbit. Vielen Dank. Ja, ich weiß es zu schätzen. Er hängte ein. Er scheint viel von Ihnen zu halten, sagte der junge Druckfarbenhersteller, an Joe gewandt. Sie können Ihre Bestellung heute abend mitnehmen, wenn Sie wollen. Ich beschaffe ein Fuhrwerk. Wo geht es hin?

Ich regle das mit dem Fuhrunternehmen, sagte Joe.

Mit einem Gefühl der Erleichterung, müde, aber frohlockend, beendete Joe an diesem Abend seine Geschäfte! Es war schon nach eins in der Nacht, als er schließlich vor der Wohnung ankam. Im Fenster brannte ein Licht, das ihn ahnen ließ, wie besorgt Gurlie auf ihn gewartet hatte.

Ist alles in Ordnung mit dir? fragte sie, als er zur Tür hereinkam.

Klar, sagte er. Habe mich nie im Leben besser gefühlt.

Ja dann, sagte sie und setzte sich hin, das ist eine Erleichterung! Mach das bloß nicht noch mal. Ich hatte nicht die geringste Ahnung, was dir zugestoßen ist oder wo du warst. Du hast mir nicht gesagt, daß du irgendwo hinfährst. Ich habe das Abendessen auf dem Tisch stehenlassen. Ich wußte nicht, was ich tun sollte.

Ich mußte es tun, sagte Joe. Ich habe endlich meine Druckfarbe bekommen.

Das freut mich, aber du hast mich ganz krank gemacht. Ich dachte, sie hätten dich zumindest umgebracht und in den Fluß geworfen.

Sie haben es versucht, sagte ihr Mann, aber es ist ihnen nicht gelungen.

Was willst du damit sagen?

Nichts. Ich mußte hinaus nach Jersey. Jetzt habe ich meinen Laden, meine Pressen und schließlich auch die Druckfarbe. Wenn der Laden nicht bis morgen früh abbrennt, fange ich morgen an, Leute einzustellen.

Bist du sicher? fragte Gurlie. Diesmal werden sie die Bude nicht sperren?

Die Bank hat das für mich geregelt. Dem sollen sie mal was entgegenstellen, wenn sie können! Endlich habe ich sie! Das einzige, was mir wirklich Angst gemacht hat, waren die Pressen.

Du und Angst? Ich kann's nicht glauben.

Ich habe Blut und Wasser geschwitzt.

Weshalb hattest du Angst?

Selbst Scott hat nicht jeden Tag so eine Bestellung an Pressen vorrätig. Wenn sie sie nicht gehabt hätten, wäre ich aufgeschmissen gewesen. Schließlich war mein Auftrag für die Pressen vor zwei Monaten an Hoe ergangen. Und es gab keine andere Firma, wo man sie hätte bekommen können, wenn Scott sie nicht auf Lager gehabt hätte. Das war das schwierigste von allem.

Hast du zu Abend gegessen?

Ja, ich habe in einem Restaurant gegessen.

Aber was ist passiert?

Ich habe die Druckfarbe von einer kleinen Firma bekommen, von der ich in Jersey erfahren hatte. Also habe ich sie auf einen Wagen laden lassen und sie heute abend mitgenommen. Ich habe einen Nachtwächter, der den Laden bewacht. Ich glaube, morgen können wir mit der Arbeit beginnen. Morgen früh fange ich an, Leute einzustellen.

Wirst du die Hilfe bekommen, die du brauchst?

Ich glaube schon. Er setzte sich, ließ die Arme locker herabhängen und streckte die Füße von sich.

Heute abend war ein junges Mädchen hier, das dich besuchen wollte. Sie hat ewig gewartet. Ich wußte nicht, was ich ihr sagen sollte.

Wie hieß sie?

Edith Griggs oder Gregg, glaube ich. Schönes blondes Haar. Sie sagte, sie hätte für dich gearbeitet.

Ja, das stimmt. Was wollte sie?

Sie will wohl wieder für dich arbeiten, vermute ich.

Warum ist sie *hierher* gekommen?

Das hat sie mir nicht gesagt. Aber ich habe allerhand erfahren, was ich schon immer über die Leute wissen wollte, die du in der alten Firma hattest. Wir haben uns zwei Stunden unterhalten. Ich habe ihr eine Tasse Tee angeboten. Sie sagte, sie sei Engländerin.

Meinetwegen, sagte Joe. Es ist ganz schön spät, ich glaube, wir gehen lieber schlafen.

Sag mal, was für einen Betrieb hast du eigentlich geführt? Ich glaube, all die Mädchen sind in dich verliebt.

Rede keinen Unsinn, sagte Joe.

Was machst du mit ihnen? Sie sagte, eins der Mädchen, Mabel Soundso, ich habe den Namen vergessen, hätte den ganzen Morgen geweint, als sie hörte, daß du nicht zurückkommen würdest. Du mußt ganz gewiß gut zu ihnen gewesen sein. Ich hoffe, daß es sich damit hat.

Ach ja, das Mädchen, sagte Joe.

Du erinnerst dich also an sie.

Ich habe ihr einmal mit einem kleinen Ratschlag geholfen, als sie Probleme hatte.

Na ja, sagte Gurlie gähnend, Hauptsache, du bist in Sicherheit. Tu mir so etwas nie wieder an.

Was hat Miss Gregg gesagt?

Sie kommt morgen abend wieder.

Komisch, sagte Joe, ich frage mich, was sie will.

Du wirst es früh genug erfahren. Sehr hübsch. Ein schönes junges Mädchen. Ich merke, daß du Blondinen magst.

Sie ist kein junges Mädchen, sagte Joe. Sie ist eine Frau. Warum redest du so? Wenn sie herkommt, dann muß es einen ernsten Grund haben.

Gurlie lachte. Ach, du bist bloß ein Kindskopf, sagte sie. Ab mit dir ins Bett. Du hast keine Ahnung.

Am nächsten Abend, als die Kinder eingeschlafen waren, klingelte es, und da stand in der Tat Edith Gregg. Sie strahlte, als sie Joe sah, blieb aber, offensichtlich verlegen, stehen, als Gurlie ihr einen Stuhl anbot.

Es ist schon lange her, seit ich Sie zuletzt gesehen habe, Mr. Stecher, sagte sie.

Setzen Sie sich, sagte Joe. Wie geht es Ihnen?

Gut, Sir. Und Ihnen?

Nicht schlecht. Bitte, setzen Sie sich. Wie geht es den Leuten in der alten Firma? Die junge Frau setzte sich rechts neben Gurlie, Joe gegenüber. Ganz gut, schätze ich, sagte sie. In den letzten Wochen sind viele weggegangen, Sie wissen doch.

Ja, sagte Joe, ich vermute, sie machen die Zahlungsanweisungsabteilung dicht.

Sie lachte ein wenig befangen und schaute ihn an.

Haben Sie noch die Aufsicht über die Mädchen? fragte er.

Ja, Sir, sagte Miss Gregg.

Sie hat mir gestern abend alles darüber erzählt, fiel Gurlie ein. Ich wußte gar nicht, daß sie heutzutage so jungen Mädchen solch wichtige Positionen geben.

Sie ist die beste Vorarbeiterin, die je für mich gearbeitet hat, sagte Joe.

Danke, Sir. Eine Pause entstand. – Und noch hübsch

dazu, sagte Gurlie. Macht ihr beiden mal und unterhaltet euch. Sie stand auf und ging kurz aus dem Zimmer, kam aber sogleich zurück und setzte sich wieder.

Sie fragen sich wohl, warum ich hergekommen bin, sagte Miss Gregg, die sich nicht mehr zurückhalten konnte, gerade in diesem Augenblick zu Joe.

Nun ja, ich vermute ...

Sie wollen in seiner neuen Firma für ihn arbeiten, sagte Gurlie. Natürlich wollen Sie das, seien Sie nicht so schüchtern. Fragen Sie ihn. Er wird Sie nehmen.

Bitte, sagte Joe zu seiner Frau. Laß Miss Gregg mir erzählen, was sie auf dem Herzen hat. Gibt es etwas, was Sie mir lieber unter vier Augen sagen möchten, Miss Gregg?

Nein, nein, nein, nein, nein, nein! sagte die junge Frau eilig und sah dabei Gurlie an.

Das macht mir nichts, sagte Gurlie. Ich gehe in die Küche. Sie können ihn ganz für sich haben, wenn Sie wollen.

Miss Gregg wurde puterrot. Nein, bitte nicht. Es fällt mir nur ein bißchen schwer. Dann wandte sie sich an Joe. Ich weiß nicht, wie ich es Ihnen sagen soll, Sir, sagte sie. Es kommt mir so dumm vor. Also, ich sage es Ihnen. Sie schien sich dazu durchzuringen. Oh, es ist alles so unwichtig. Eigentlich schäme ich mich, daß ich hergekommen bin.

Gurlie stand auf, um sich wieder ans Fenster zu stellen.

Sehen Sie, Sir, begann Miss Gregg, Sie wissen, daß ich zu Ihnen kommen und in Ihrem neuen Betrieb arbeiten will. Das wissen Sie.

Das ist schön, sagte Joe, ich nehme Sie gerne.

Ja, aber ... sehen Sie, Sir. Ich erzähle Ihnen einfach, was passiert ist. Sie erinnern sich an Mrs. Hatch. Sie war für die Bindemaschine zuständig. Nun, nachdem Sie weg waren ... verzeihen Sie mir, aber an diesen Tag, diesen Samstagmittag, werde ich mich immer erinnern.

Gurlie drehte sich am Fenster halb um, um zuzuhören.

Ich weiß nicht, warum ich aufgeschaut habe. Sie standen gerade in der Tür, Sie hatten einen Filzhut auf, das weiß ich noch. Sie hatten die Tür geöffnet, blieben dann stehen, mit der Klinke in der Hand, drehten sich um und schauten uns an. Den Blick fing ich gerade auf. Dann waren Sie weg.

Ja, sagte Joe. Ich erinnere mich.

Ich weiß nicht, was es war, fuhr Miss Gregg fort, aber ich wußte sofort, daß etwas passiert war. Als Sie am Montag nicht erschienen, fragten wir Miss Kraus, weshalb Sie zu spät kamen. Sie weiß ja immer Bescheid. Denn Sie kamen nie zu spät. Und sie sagte: Er kommt nicht wieder! Also! Wir konnten es nicht fassen. Mabel weinte und weinte, den ganzen Morgen, um die Wahrheit zu sagen.

Gurlie am Fenster lachte. Das tust du also deinen Mädchen an! sagte sie.

Wir konnten nicht verstehen, warum Sie sich nicht von uns verabschiedet hatten. Dann, später, hörten wir natürlich, was geschehen war. Aber zuerst waren wir ganz durcheinander.

Worauf wollen Sie hinaus? fragte Joe mit unbeteiligter Stimme. Sie wollten etwas von Mrs. Hatch erzählen.

Ich hoffe, Sie verzeihen mir, Sir. Ich wollte nicht soviel reden. Ich wollte bloß sagen, daß Mrs. Hatch, nachdem Sie weg waren, manchmal ein bißchen schwierig war. Sie ist ein gut Teil älter als wir anderen, wie Sie wissen. Nun, eines Tages kam Mr. Burbank aus dem Hauptbüro mit einer Beschwerde zu mir. Ein paar Sonderaufträge, auf die sie warteten, waren noch nicht bei ihnen angekommen. Er sagte mir, sie steckten in meiner Abteilung, und er wollte, daß ich sie sofort auf den Weg brächte. Ich wußte nichts davon, bis ich entdeckte, daß Mrs. Hatch sie hatte und sie noch nicht gebunden waren. Also sagte ich ihm, wo er sie finden würde. Aber das reichte ihm nicht. Er sagte mir, das sei meine Sache und ich müsse es ihr sagen. Nun, das wollte ich nicht, ich kannte sie zu gut.

Gurlie kam und setzte sich wieder in den Sessel, um zuzuhören.

Die Sonderaufträge waren ganz unten in einem Stapel, sagte Miss Gregg, deshalb sagte ich ihr, so nett ich nur konnte, daß sie sie herausholen müßte, weil sie gebraucht würden.

Ich mache sie, wenn sie an der Reihe sind, sagte sie zu mir.

O nein, sagte ich sehr höflich, Sie müssen alles andere liegenlassen und das sofort erledigen. Sie müssen heute fertig werden. Sie wurde weiß wie die Wand. Ich weigere mich, von Ihnen Anweisungen entgegenzunehmen, sagte sie zu mir.

Es tut mir leid, sagte ich, aber Sie müssen tun, was ich Ihnen sage, denn ich habe hier die Verantwortung. Damit stand sie auf und sagte zu mir: Das werde ich im Büro melden. Und sie ging hinaus. Nach ein paar Minuten kam sie zurück, noch weißer als zuvor, und nahm Hut und Mantel und ging zur Tür hinaus. Seitdem haben wir sie nicht mehr gesehen. Das war das Ende der Geschichte.

Ich verstehe, sagte Joe.

Wir wußten natürlich, fuhr Miss Gregg fort, daß es ihr nicht viel ausmachte, denn sie wollte drei Wochen Urlaub nehmen und dann in Ihrem Büro anfangen. Aber es war sehr unangenehm.

Ich denke, sie war ziemlich frech, sagte Gurlie. Ich vermute, jemand anders brachte die Arbeit zu Ende.

Ja, sagte Miss Gregg, aber verstehen Sie, Mr. Stecher, ich weiß, daß viele der alten Angestellten in Ihrem Betrieb arbeiten werden. Das wissen wir alle. Und ich würde das auch gerne tun, nur möchte ich nicht, daß die Frau mich herumkommandiert. Ich will nichts mehr mit ihr zu tun haben.

Endlich kommt es raus! sagte Joe lächelnd. Nun, Edith, darüber brauchen Sie sich keine Sorgen zu machen.

Wenn *Sie* das sagen, glaube ich es, sagte Miss Gregg.

Wollen Sie immer noch zu mir kommen, wenn ich verspreche, daß Sie mit Mrs. Hatch keinen Ärger mehr haben werden?

Sehr gern, Sir! Sie sagte es gefühlvoll.

Guck dir das an! sagte Gurlie. So wird also ein Geschäft geführt?

Die arme Edith wurde wieder puterrot.

Sie brauchen nicht die ganze Zeit ›Sir!‹ zu ihm zu sagen, meinte Gurlie. Sonst glaubt er noch, er ist ein kleiner Götze. Vielleicht sollte ich auch anfangen, ›Sir‹ zu ihm zu sagen. Hättest du das gerne, Lieber? sagte Gurlie, stand auf und zauste ihrem Mann den Kopf. Joe bewahrte mit Mühe die Fassung. Würden Sie gerne was trinken, Miss ... wie war der Name nochmal, Griggs? Ein Glas Bier?

›Edith‹ für Sie, bitte, sagte die junge Frau. Nein danke, ich mag kein Bier.

Hm! sagte Gurlie. Sieh mal einer an. Tut mir leid, Kuchen habe ich nicht.

Trotzdem vielen Dank, sagte Miss Gregg. Soll ich am Montag in Ihrem Betrieb sein? fragte sie Joe.

Nein, sagte Joe. Tun Sie, worum ich die anderen auch gebeten habe. Wenn Sie für mich arbeiten wollen, reichen Sie eine schriftliche Anfrage ein. Schicken Sie mir eine Bewerbung für die Stelle. Ich gebe Ihnen die Adresse.

Mein Kluger! sagte seine Frau.

Schreiben Sie bloß ein paar Worte, die besagen, daß Sie gehört hätten, ich machte ein Geschäft auf und daß Sie gern für mich arbeiten würden. Ich gebe Ihnen dann Bescheid.

Ich bin Ihnen sehr dankbar, Sir. Sie waren immer so nett zu uns, ich bin mir sicher, das wissen wir alle zu würdigen. Ich wünsche Ihnen viel Erfolg, auch wenn Sie das von mir nicht brauchen.

Das kann nie schaden, sagte Gurlie, ich glaube an so etwas.

Miss Gregg erhob sich, um zu gehen. Soll ich Sie ein Stück begleiten? fragte Joe.

O nein, nein! Bitte. Das ist nicht nötig. Auf Wiedersehen, Mrs. Stecher. Ich bin sicher, Sie sind stolz auf Ihren Mann. Es ist eine Freude, für ihn zu arbeiten. Er ist so gewissenhaft und umsichtig. Ich bin sicher, er wird Erfolg haben.

Nun, sagte Gurlie, als sie weg war, das tust du also den Frauen an, die du beschäftigst? Man könnte meinen, du wärst ihnen durch göttliche Vorsehung direkt vom Himmel in den Schoß gefallen. Die kennen dich nicht.

Das reicht, sagte Joe. Ich will ein Glas Bier haben.

Aber Gurlie hörte nicht auf zu sticheln. Ja, Sir, sagte sie, sonst noch etwas, Sir? Man könnte meinen, du wärest ein englischer Lord.

Und du eine englische Lady, vermute ich, sagte Joe.

Was hast du gesagt? entgegnete seine Frau.

Ich habe nichts gesagt.

Doch, hast du wohl. Du bist *größenwahnsinnig.** All dieses Lob und die Unterwürfigkeit, die man dir entgegenbringt, sind dir zu Kopf gestiegen. Aber von mir kriegst du das nicht, nein, Verehrtester. Hol dir dein Bier selbst.

Warum sitzt du nicht wenigstens still, wenn jemand uns etwas erzählt, sagte er. Anstatt aufzuspringen und den Stuhl herumzurücken, zu husten und alle Nase lang zum Fenster zu gehen. Wie kann man sich denn bei dir zu Hause fühlen, wenn du dich so benimmst? Lerne zuhören.

Dir etwa? Ich kenne dich zu gut. Versuchst *du* mir beizubringen, wie ich mich benehmen soll? *Du?*

## KAPITEL 19

# Onkel Oswald

Oswald! Was in aller Welt machst du da? fragte Gurlie, die am ungedeckten Tisch saß, die Ellbogen auf der Kante aufgestützt, und ihn beobachtete. Elsa, das neue Dienstmädchen, stand in der Tür zum hinteren Flur.

Sag ihr, sie soll reinkommen, sagte Oswald zu seiner Schwägerin.

Endlich hatte Joe Stecher Erfolg gehabt und seinen Betrieb rechtzeitig eingerichtet, der genau am 1. Dezember, wie es der Kontrakt erforderte, ordnungsgemäß arbeitete. Er hatte sogar bessere Geschäftsräume als die zuerst gemieteten, bequemer gelegen, besser beleuchtet; er hatte seine Pressen von Scott anstatt von Hoe; er hatte die richtige Druckfarbe, genau die, die er wollte, und bereits das Papier von seinem guten Freund Lemon. Die Arbeiter aus dem alten Betrieb waren zu ihm gekommen, wie versprochen, und so war er, genau wie Gurlie es immer vorausgesagt hatte, schließlich sein eigener Herr im eigenen Betrieb und würde mit seinem Wissen und seiner Erfahrung wohl erfolgreich sein.

Und nun würde bald Heiligabend sein. Oswald, dem sein Bruder nichts von den Ereignissen gesagt hatte, war aus Chicago zu Besuch gekommen, und die Kinder, die jetzt schliefen, waren im siebten Himmel. Elsa, das kleine finnische Dienstmädchen, hatte sich als Engel erwiesen. Oswald war von ihrer blonden Schönheit bezaubert. Er saß im Eßzimmer und arbeitete, denn in ein paar Tagen war Weihnachten.

Sie ist nett. Sag ihr, sie soll mir eine Flasche Bier bringen, sie aufmachen und mir einschenken. Trinken tu ich selbst.

Was machst du da?

Schsch! sagte er. Das ist ein Geheimnis! Nicht so laut. Du wirst schon sehen! Und mit seiner melodischen vollen Stimme begann er leise zu singen: *There'll be a hot time in the old town tonight.*

Was? fragte Gurlie. Was ist das denn? Es wird heiß hergehen?

*Bier her! Bier her! Oder ich fall um.** Komm schon, Lokkenköpfchen.

Jetzt benimm dich, sagte seine Schwägerin. Das ist etwas, was ich in diesem Hause nicht erlaube. Entweder du benimmst dich, oder du fliegst raus.

Du solltest dich einmal im Spiegel sehen, wenn du so etwas sagst, sagte Oswald lachend. Du siehst aus wie Brunhilde in der ›*Walküre*‹*, die Wotan von seinem Thron stoßen will.

Was hast du eigentlich vor? fragte Gurlie.

Warte es ab, Stubsnase, sagte er.

Oswald, du bist unmöglich!

Klar bin ich unmöglich. Was denkst du denn, wie ich es so weit gebracht habe, indem ich möglich bin? Komm schon, Engelsgesicht, gib mir das Bier!

Elsa sah ihre Herrin zweifelnd an. Meinetwegen, sagte Gurlie, gib es ihm.

Jetzt setzt euch hierhin, sagte Oswald zu beiden. Es nutzte nichts, Gurlie setzte sich auf eine Seite neben ihn und Elsa auf die andere. Er hatte vor sich auf dem Tisch ein großes Paket, das er nun auszupacken begann. Es war alles darin! Ein Topf Buchbinderleim, zwei oder drei Flaschen mit Gold- und Silberfarbe und Goldpapier in Rollen und Bögen.

Breite etwas Zeitungspapier aus. Kommt schon, kommt schon, kommt schon, *macht schnell*!* Holt mir zwei, drei Scheren, Papierscheren besser, große, ein paar Untertassen, ein paar alte Teetassen – ohne Henkel – angeschlagene! Krempelt die Ärmel hoch – er saß in der Weste da, mit bis zum Ellbogen aufgerollten Ärmeln. Was für Unterarme!

Was ist in den anderen Päckchen? forschte Gurlie.

Ah, du darfst nicht so viele Fragen stellen. Das ist für später. – Joe war im vorderen Zimmer, las die Zeitung und versuchte, nicht auf sie zu achten. Immer wenn Oswald kam, brachte er eine weihnachtliche Stimmung mit, und Joe räumte das Feld. Jetzt an die Arbeit, sagte er zu seinen Damen, und seht mir zu.

Während Gurlie und Elsa zusahen, nahm er Bögen von Gold- und Silberpapier und schnitt und faltete und drehte und wandte, während ihre Augen auf ihn geheftet waren –

Was hast du vor?

– und schließlich entstand ein goldener sechszackiger Stern. Aber nicht nur das, darauf waren vier kleine goldene Kegel aus Gold, erstaunlich gleichmäßig und spitz.

Jetzt zeige ich es euch.

Und sorgfältig zeigte er ihnen jeden Schritt und hieß sie, es ihm nachzumachen.

Davon brauchen wir mindestens zwei Dutzend, sagte er. Sie konnten es nicht. Deshalb ließ er sie das Gold- und Silberpapier in Streifen schneiden, während er alleine Sterne machte. Sie plauderten und arbeiteten. Bald waren Tisch und Fußboden mit Lametta übersät.

Warum lebst du da draußen in Chicago? fragte Gurlie. Warum kommst du nicht nach New York?

Ich hasse diese verdammte Stadt, sagte ihr Schwager. Chicago ist nicht so schlecht, noch nicht. Wenn es schlimmer wird, haue ich ab. Vielleicht gehe ich nach Australien oder Neuseeland, folge der Herde. Ich habe gehört, daß man da draußen jetzt viele Möglichkeiten hat.

Warum nimmst du dir nicht ein nettes Mädchen und gründest eine Familie? lachte Gurlie spöttisch.

Weil man keine Familie gründen muß, um ein nettes kleines Mädchen zu bekommen, sagte Oswald. Und wozu denn nur ein einziges. Ich will ein Dutzend.

Du bist nie ernst, oder?

Immer. Das ist das Komische. Meinst du nicht, es ist komisch, daß ich immer ernst bin? ›Tunichtgut‹ nennt mein reicher Bruder Joseph mich. ›Wirrkopf. Unzuverlässig. Keine Frau würde einen Tunichtgut wie dich heiraten.‹

Was machst du mit deinem Geld? fragte Gurlie.

Was für Geld? Ich habe kein Geld.

Dein Lohn, den du jede Woche bekommst. Du mußt gut bezahlt werden.

Werde ich auch. Ich bin ein guter Fleischpacker. Ich verdiene gutes Geld.

Das ist ein schreckliches Geschäft. Fleisch zu verpacken. Wie kannst du das aushalten?

Das Schlachthaus? Warum nicht? Es ist gutes Fleisch. Die besten Leute kaufen und essen es. Ich tue nichts anderes, als es zu verpacken. Was ist daran falsch? Vielleicht gehe ich aber trotzdem eines Tages nach Argentinien, wo es gezüchtet wird, und das wird was anderes sein. Was soll an gutem Fleisch schon falsch sein?

Wieviel verdienst du in der Woche?

Geh mal abends mit mir aus, und ich zeige es dir, sagte ihr Schwager. Wir werden uns einen netten Abend machen. Hör mal, wir sagen es Joe nicht. Komm schon. Ich zeige es dir – ich habe eine ganze Tasche voll Geld.

Mach keinen Quatsch, sagte Gurlie, wieviel verdienst du?

Ich wette, ich verdiene, sagte er und tat so, als überlegte er, mehr, als ich jeden Monat von zwei oder drei Rinderhälften essen könnte. Sieh mal! Ich kriege Geld dafür. Ich verdiene viel Geld. Sieh mal, du kannst, was ich in einem Monat verdiene, in beiden Händen halten. Glaubst du es, Elsa? Ich könnte es in beiden Händen halten. So!

Au! schrie das kleine Dienstmädchen, als er sie mit seinen großen Pranken packte und sie einen Augenblick stocksteif vor sich hielt, ehe er losließ.

Sieh mal, sagte er, ich könnte mit einer Hand einen Bullen halten und ihm mit der anderen die Haut abziehen. So. Huh?

Du solltest dich schämen, sagte seine Schwägerin. Weil du so stark bist, denkst du, du kannst mit einer Frau alles tun, was du willst.

Tu ich auch, jedesmal, wenn ich Geld für sie ausgeben will, sagte Oswald.

Das also stellst du mit deinem Verdienst an?

Du meinst, abgesehen von Christbaumschmuck? Ich gebe das Geld aus, sagte Oswald. Ich werfe es raus. Aber erstmal spare ich es und kaufe Goldpapier und Silberpapier und eine Puppe und eine Schachtel Zigarren für meinen reichen Bruder und etwas für Elsa hier und einen Kasten Bier.

Du bist ein Narr.

Sicher bin ich ein Narr.

Wenn du vernünftig gewesen wärest, sagte Gurlie, hättest du Martha heiraten können. Sie war verrückt nach dir. Aber welche Frau könnte einem Mann wie dir trauen?

Das ist richtig, sagte Oswald. Wo gibt es eine Frau, die einem Mann wie mir trauen könnte? Die Antwort lautet: überall!

Überall? Du meinst nirgendwo.

Ich meine überall. Egal wo. In der Luft. Dort drüben. Setz dich hin. Ich habe nie Probleme, tolle Weiber zu finden. Aber ich bin zu groß. Niemand will mich. Ich will nicht in einem Haus leben. Was könnte ich mit einem einzigen Haus anfangen?

Elsas Augen wurden immer größer. Sie sah Oswald an, als glaube sie, daß er ehrlich verrückt sei – sie verstand ihn nicht – war völlig verwirrt.

Tust du das? Gibst dein Geld für Frauen aus?

Klar. Ich arbeite, bis ich ein bißchen Geld habe. Dann gebe ich es aus. Dann schlachte ich noch ein paar Kühe und schneide sie in Stücke und noch ein paar Schweine und ein paar Schafe und verpacke sie sorgfältig, damit sie nicht verderben.

Oh, sagte Gurlie, du bist ein noch größerer Narr, als ich dachte, und ich habe es satt. Mach deinen blöden Schmuck selbst. Ich kriege aus dir nichts raus. Geh schon, Elsa. Geh ins Bett. Dieser Mann ist verrückt.

Ja, Ma'am, sagte das kleine Dienstmädchen und ging bescheiden.

Schlaf gut, sagte Oswald zu ihr. Und schöne Träume! Er lachte laut. Und schöne jüngferliche Träume, sagte er und lachte wieder.

Schäme dich, sagte seine Schwägerin zu ihm, nachdem Elsa gegangen war.

Weswegen? fragte Oswald und schaute sie amüsiert an.

Ich könnte dir eine knallen, sagte Gurlie.

Warum tust du es denn nicht? fragte Oswald.

Und ob ich es tue! sagte Gurlie, und sie holte mit voller Kraft aus, aber immer noch lächelnd fing er sie, riß sie auf seinen Schoß und küßte sie – zu ihrer Verblüffung direkt unters Ohr auf den Hals. Dann stellte er sie wieder auf die Füße, so daß sie ihn sprachlos ansah und sich das Handgelenk rieb.

Der gute alte Joe! sagte Oswald. Was würde ich nicht alles tun, wenn ich sie hätte. Jetzt raus mit dir, und laß mich alleine. Ich habe zu arbeiten.

Du Rohling, sagte Gurlie. Du hast mir weh getan. Joe, komm her.

Was ist denn? sagte ihr Mann aus dem Nebenzimmer.

Was hältst du von deinem Bruder? fragte sie.

Nicht viel, sagte Joe.

Joe, rief Oswald, komm rein und trink ein Glas Bier. Das tut dir gut. Hol uns mal etwas Bier, Gurlie, sagte Oswald.

Na gut, sagte Gurlie, die sich immer noch das Handgelenk rieb, und ging, um mehr Bier zu holen, als Joe ins Eßzimmer kam.

Nun, sagte er, du arbeitest ja wirklich, oder? Was ist das? Sehr gut. Sehr gut. Ich bin froh, daß du zu etwas nütze bist.

Guck mal, Gurlie, sagte Oswald, als sie zurückkam, mein erfolgreicher Bruder hält mir gleich einen Vortrag.

Das habe ich längst aufgegeben, sagte Joe.

Hui! sagte Oswald, ich habe wirklich viel Arbeit in den nächsten fünf Tagen.

Du hast Arbeit! lachte Joe.

Ja, wer soll es denn sonst machen, wenn ich es nicht tue? fragte der Bruder. Sollen die Kinder kein schönes Weihnachtsfest haben? Wer wird es machen, wenn ich es nicht tue.

Und er arbeitete wirklich. Morgens sahen sie nicht viel von ihm. Er wollte nicht im Haus übernachten. Darin war er eisern: Nein. Nein, vielen Dank. Ich habe Orte, wo ich bleiben kann. – Aber nachmittags erschien er pünktlich, und die Kinder warteten bereits auf ihn.

Warum läßt du sie denn in diesem unbequemen Stuhl herumlaufen? fragte er, öffnete die Schnalle und schaukelte die entzückte Flossie auf seinen Armen hoch in die Luft. Sie kann doch laufen. Sie konnte letztes Jahr schon laufen. Aufi! aufi, aufi! Und sie kann auch sprechen, wette ich.

Weil sie nicht laufen will, sagte Gurlie. Sie krabbelt lieber. Und sie zieht immer das linke Bein unter den Körper.

Du solltest mal sehen, wie sie sich bewegt! Aber das eine Bein wird kürzer bleiben als das andere, wenn wir sie nicht am Kriechen hindern.

Laß mich sehen, sagte Oswald, und er stellte sie auf den Tisch und maß ihre Beine. Unsinn. Aber vielleicht hast du doch recht. Nicht gut, Flossie, schreien wie ein Vogel, laufen wie ein Bär. Du bleibst jetzt hier sitzen.

Bleibst hier sitzen, wiederholte das Baby.

Jetzt kam die wahre Aufgabe des Tages.

Du willst doch nicht diese Kinder ...

Sicher. Warum nicht? Wir brauchen alle Hilfe, die wir kriegen können. Große Ereignisse. Weihnachten! flüsterte er Lottie zu. Ein Baum. Goldketten. Sterne. Goldene und silberne Sterne. Schnee auf den Zweigen! Ein Füllhorn. Voller Süßigkeiten. Und Kerzen, wie die Sterne! Das wollen wir haben. Aber ihr müßt arbeiten. Ihr müßt feste arbeiten! – So brachte er die Kinder zum Arbeiten. Elsa kam herein und schüttelte den Kopf und lächelte. Er sorgte für solch eine wunderbare Stimmung, Tag für Tag.

Er holte eine Tasse, eine alte Tasse, und füllte sie mit Goldfarbe. Dann holte er eine Schachtel Walnüsse und setzte Flossie neben sich.

Oswald, das kannst du doch nicht tun, sagte Gurlie.

Was kann ich nicht? sagte Oswald. Du bleibst hier sitzen und guckst mir zu. Ich kann alles. Ich bin der Chef hier, sagte er. Und er wandte sich dem Baby zu. Er nahm eine Walnuß und warf sie in die Tasse mit Goldfarbe, dann fischte er sie heraus. Nein, wir brauchen etwas Größeres, sagte er, das kippt sie um. Schließlich hatte er eine gute stabile, flache Schüssel. Dort hinein kamen die Nüsse. Flossie warf sie hinein. Sie war nicht tief genug, als daß die Nüsse von Farbe ganz bedeckt gewesen wären, aber Flossie wälzte die Nüsse mit den Händen herum, bis er sich über sie beugte und sie mit einem Löffel herausnahm und zum Trocknen auf ein Stück Papier legte.

An seiner anderen Seite saß Lottie und machte Goldketten. Was für ein Durcheinander! Du bist jetzt ein großes

Mädchen, sagte er. Du mußt jetzt etwas lernen. Stell dir vor, ich sterbe. Wer macht dann die goldenen Papierketten in dieser Familie? Lottie war tief beeindruckt von einem ach so traurigen, so traurigen Gesicht. Oswald schüttelte den Kopf.

Unterdessen erzählte er den Kindern Geschichten, Flossie pantschte in der Schüssel mit Goldfarbe, bis Hände und Gesicht und alles an ihr vergoldet waren, Lottie mußte man jeden Augenblick beistehen, wenn sie mühselig versuchte, die Glieder der immer länger werdenden Kette zusammenzukleben, die wuchs und wuchs und zu ihren Füßen in einer Schlange auf dem Boden lag.

Guck! sagte das Baby und zeigte darauf hinunter. Schön, schön!

Tag um Tag Sterne und Ketten und kleine Körbchen und vergoldete Nüsse, während er arbeitete und den Kindern von Weihnachten erzählte, wenn das Christkind mit Puppen und Puppenwagen und allem möglichen Naschwerk für kleine Mädchen kommen würde. Das Christkind! Das Christkind kommt, das Christkind kommt!

Aber ihr dürft nicht, sagte er plötzlich mit veränderter Stimme, den anderen Kerl vergessen. Was? Ihr habt nie von ihm gehört? Das ist ein Schlimmer.

Hui! sagte Flossie und patschte mit beiden Händen in die Goldfarbe.

He, du da! sagte Oswald. Immer mit der Ruhe! Und schließlich mußte er ihr die Farbe wegnehmen, es wurde selbst ihm ein bißchen viel. Ja, fuhr er fort. Knecht Ruprecht! Das ist der Knabe, hinter dem ich her bin. Und wenn ich ihn erwische, reiße ich ihn in Stücke. Ich werde ihn auf der Stelle schlachten, verlaßt euch drauf. Denkt dran! sagte er, und so redete er in einem fort. Er ist wirklich ein Schlimmer. Er will den ganzen Spaß verderben. Wenn das Christkind geht, schleicht Knecht Ruprecht sich die Treppen hoch. Ihr könnt ihn hören, wenn ihr genau hinhört. Er kommt herein, und wenn niemand hinschaut, packt er die Kinder, und weg ist er! Huh! schnell. Zur Tür hinaus.

Was in aller Welt ist los mit dir, Oswald? fragte Gurlie. Was erzählst du den Kindern da?

Laß mich, sagte er. Denn ich bin stark. Ich kann jeden schlagen! brüllte er. Ich kann auf meine kleinen Mädchen aufpassen, ganz gleich, was geschieht. Wartet es bloß ab. Ich werde da sein!

Und so ging es weiter, Tag um Tag, und wurde immer intensiver, bis der große Abend da war. Und nun war Oswald bereit.

Erinnerst du dich noch, sagte er an dem Abend zu Joe, wie Vater uns immer zwang, zur Kirche zu gehen?

Ja, sagte Joe. Ich erinnere mich.

Hast du Gurlie je davon erzählt? Und dabei arbeitete Oswald die ganze Zeit an seiner großen Schöpfung.

Ich weiß es nicht. Vielleicht, sagte Joe.

Was meinst du? fragte Gurlie. Ich erinnere mich an nichts Besonderes.

Also, du weißt doch, daß unser Vater Protestant und unsere Mutter Katholikin war, sagte Oswald.

Ja, ich glaube, das hat mir Joe erzählt, sagte Gurlie.

Ja, unser Vater war Protestant, sagte Oswald zu Gurlie, von seiner Mutter Seite halb Franzose, ein Hugenotte. Erinnerst du dich, Joe? Aber unser Vater bestand immer darauf, daß wir mit Mutter zur Kirche gingen. Einer nach dem anderen mußten wir gehen: Adolph, Oswald, Ida, Joe, Clara. Wir alle mußten gehen. Es hat mir nichts bedeutet, aber ich erinnere mich noch, wie schön es war. Was, Joe?

Ja, ich erinnere mich.

Ich bin immer gerne gegangen. Blumen auf dem Altar und Kerzen überall, sehr schön.

Das stimmt, sagte Joe. Ich habe es gerne gehabt.

Und dabei arbeitete Oswald die ganze Zeit.

Ich verstehe einfach nicht, wie du das machst, sagte Gurlie, die ihm zusah. Dies war das Meisterstück. Wo in aller Welt! – ein Mann, der so ein Leben geführt hat wie du –, sagte Gurlie, wo hast du das gelernt?

Ich war Soldat. Ein Soldat hat nichts zu tun, wenn er

nicht gerade etwas anderes macht. Deshalb habe ich Papier ausschneiden gelernt. – Er arbeitete mit feinfühligster Sorgfalt, und es war wunderbar zu sehen, wie seine anscheinend klobigen Hände die kleinen Papierstücke mit solch extremer Geschicklichkeit handhabten. Selbst Joe war fasziniert, und alle beugten sich vor, weil sie helfen wollten.

Halt das mal, sagte er. Da. Genau da. Und vorsichtig tat er einen Tropfen Leim aufs Papier und befestigte eine seiner kleinen ausgeschnittenen Figuren darauf.

Es war die berühmte Geschichte vom Jesuskind in der Krippe. Er machte alles aus Papier, die ganze Heilige Familie, die Weisen aus dem Morgenland, den Ochsen, den Esel und ein paar Schafe. Dahinter stellte er selbst die Kulisse mit Wasserfarben aus Lotties Kasten der Tradition entsprechend dar. Sie war in Form eines Alkovens gehalten.

Und während er stundenlang arbeitete, gingen sie ihren Geschäften nach und kamen wieder zurück und hörten ihn vor sich hin singen: *Maria und Joseph in Bethlehems Stall** –

Diese schönen alten deutschen Lieder! sagte Gurlie. Sing weiter! Ich weiß nicht, woher du die Geduld dafür hast. Ein Mann wie du. – Die ganze Geschichte von Jesu Geburt aus Papier. Allmählich schnitt er alles aus und stellte es auf, die Kamele und alle Tiere in der Weihnachtskrippe. – Ich weiß nicht, wie du das machst, sagte Gurlie immer wieder.

Wieso nicht? sagte ihr Schwager. Er war so flink wie der beste Techniker. Joe hat den ganzen Verstand und sich so lange um uns alle gekümmert, wie wir ihn ließen. Adolph hat Geige gespielt. Ida einen Juden geheiratet. Clara hat eine gute Figur. Was blieb mir anderes übrig? Ich mußte lernen, wie man Papier ausschneidet.

Ein Soldat! So ein großer Kerl! So stark!

Er ist selbst bloß ein Kind, sagte Gurlie.

Das wär's! verkündete er. Fertig! Er lehnte sich zurück, und sie alle versammelten sich, um sein Werk zu bewundern, Joe und Gurlie und Elsa und die dicke Tante Olga, die wegen des Festes am nächsten Tag gekommen war. Sogar Grandma. Die Krippe! Oswald hatte sie auf eine solide Unterlage aus Pappkarton gebaut, so daß man sie aufheben und unter den Baum stellen konnte. Was haltet ihr davon? Dann stellte er sie hin, legte Tannenzweige darum herum, stand auf und sang. Kommt schon! sagte er. Sie alle sangen:

*Maria und Joseph*
*in Bethlehems Stall.**

Er sang es ganz, von Anfang bis Ende, alleine. Niemand außer ihm kannte den Text, aber sie summten mit.

Und jetzt ist es soweit! Jetzt zum großen Abend. Joe war sich nicht ganz schlüssig über Oswald, mußte aber zugeben, daß ihm eine eigene Schöpferkraft innewohnte. – Wie er es inszeniert! sagte Olga. Die Kinder sind außer Rand und Band. Ich verstehe nicht, wie sie schlafen können nach dem, was er ihnen alles über Knecht Ruprecht erzählt hat.

Heiligabend!

Morgen würde das Haus allen offenstehen! Die alte Truppe würde kommen, die sich an diesem Tag schon immer irgendwann bei den Stechers und vielleicht ein paar anderen versammelt hatte. Aber der heutige Abend, Heiligabend, war für die Familie. Clara, Joes jüngere Schwester, die Schauspielerin, die jetzt in einer Nebenrolle am Broadway auftrat, konnte nicht dasein, würde aber vielleicht nach der Vorstellung kommen, obwohl das zweifelhaft war. Auch Ida, die mit ihrem Mann hätte kommen können, hatte abgelehnt, nachdem sie erfahren hatte, daß Oswald da war. Die anderen erschienen, alle.

Wo ist Ida?

Tja, sagte Oswald, wo ist sie? Werde ich meine große reiche Schwester nicht sehen?

Das reicht, Oswald, sagte Gurlie. Laß das.

Wieso, was ist denn los? fragte Gunnar. Joe kicherte in sich hinein.

Sieh dir meinen Mann an, sagte Gurlie. Du solltest dich schämen, sagte sie zu ihm. Worüber lachst du?

Was ist denn, Oswald? fragte Gunnar.

Ich erzähle es dir ein anderes Mal.

Die Kinder wurden besonders früh zu Bett gebracht, nachdem Oswald Lottie versprochen hatte, daß er sie wekken würde, wenn das Christkind sich entschlösse, ein braves kleines Mädchen mit schönen Geschenken zu belohnen. Daraufhin ging sie bereitwillig ins Bett.

Gurlie und ihre Mutter und Tante Olga und Hilda und die hin- und hereilende blauäugige Elsa hatten die Gans bereitet. Oswald war damit beschäftigt, letzte Hand an den Baum zu legen, den er aus dem Zimmer hinter der Küche, das bis dahin verschlossen gewesen war, hereingeschleppt hatte.

Ich glaube nicht, daß wir die Kinder wecken sollten, sagte die dicke Tante. Was verstehen die schon? Sie können es morgen früh sehen. Das ist früh genug.

Du wirst wohl alt, Olga, sagte Oswald.

Joe, sagte seine Schwägerin, bring den Mann zur Ruhe. Er ist verrückt. Er will die ganze Aufregung haben, die er plant, und die Kinder mitten drin. Kinder sind keine Puppen zum Spielen. Gurlie! sagte ihre Schwester. Meinst du nicht auch? Laß uns *Stille Nacht** singen und den Heiligabend so genießen, wie es sein sollte, mit Würde.

Gurlie! sagte Oswald. Joe! Was sagt ihr?

Ach, mach weiter! sagte seine Schwägerin. Hör nicht auf sie, sie zeigte auf Olga. Sie hat ihr Leben lang Angst gehabt.

Gut!

So setzten sie sich alle zum Abendessen hin. Aber wo ist der stinkende *Lutfisk*? fragte Oswald.

Er stinkt nicht, sagte Hilda. Sie alle lachten. Aber wir haben keinen.

Ich darf keinen im Haus haben, sagte Gurlie, auf Joe zeigend. Er sagt, er ginge sonst weg.

Vielleicht weißt du nicht, wie man ihn zubereitet, sagte Oswald und schaute sie mit großen Augen an. Ich hasse das Zeug.

Ich möchte gerne mal einen sehen, der ihn besser zubereiten kann als ich.

Na gut, dann keinen *Lutfisk*? Dreimal hoch auf die Indianer, sagte Oswald.

Gurlie tranchierte, nicht Joe. Was ist denn mit dir los, Joe? fragte sein Bruder.

Das ist etwas, was ich nicht tun will, sagte Joe.

Na hör mal.

Nein, das tut er nicht, sagte Gurlie. Er tut es einfach nicht.

Ich arbeite den ganzen Tag, sagte ihr Mann, ich tranchiere nicht.

Stell dir mal vor, sie sagt das gleiche? sagte Oswald. Was dann?

Dann würden wir nicht essen, sagte Joe. – Also tranchierte Gurlie. Und wie! Schwupps! Alles ging wie im Fluge.

He! sagte Oswald. Weißt du nicht, daß eine Gans Gelenke hat?

Wo? fragte Gurlie. Was macht das mir! Du willst doch das Fleisch, oder nicht? Dann gib deinen Teller her. – Alle lachten, und die Männer schlugen die Kragen hoch. Es machte Joe unendlichen Spaß.

Was für einen Chirurgen du abgeben würdest, sagte ihr Bruder. Oswald war ein wenig schockiert. Gurlie! sagte er. Ich will dir mal was zeigen.

Nein, sagte sie, komm mir nicht in die Quere. Von dir haben wir genug gehört.

Aber ich kann dir zeigen, wie du dir viel Arbeit sparst. Auf die Art brichst du dir eines Tages den Arm.

Reicht die Teller herum, sagte Gurlie. Es schmeckte wunderbar. Na, kommt schon! Habt ihr keinen Hunger? Wir haben's gern reichlich in diesem Haus.

Aber Gurlie! Sie aßen und tranken, bis Joe, der vor den

anderen aufstand, zu den vorderen Fenstern ging. Es schneit, sagte er, als er den Männern Zigarren anbot.

Wunderbar! sagte Hilda. Der schöne Schnee. Den muß ich mir ansehen. Seht ihn euch gegen die Lampe da an, wie er leise und gleichmäßig fällt.

Aber plötzlich hörten sie einen Aufschrei. Es war Oswald mit den beiden schläfrigen Kindern, eins auf jedem Arm.

Schande! sagte Olga.

Oswald, das solltest du doch nicht! O Oswald! sagte die dicke Tante. Du solltest eine Tracht Prügel bekommen. Die arme Lottie und die arme kleine Spinne. Hänge ihnen was um. Oh, das finde ich wirklich schrecklich.

Das Baby rieb sich gähnend Augen und Nase. Komisch! Sie reiben sich die Nase, wenn sie wirklich schläfrig sind. Lottie blinzelte und schaute mit ausdruckslosem Gesicht einen nach dem anderen an. Der Baum! Kommt jetzt! sagte Oswald, singt! Und er begann zu singen und trug die beiden Kinder ins vordere Zimmer, wo sich die Pakete um den Baum stapelten, und – Oswald hatte die Kinder abgesetzt – nun konnte man im Nebenzimmer, wo er hingegangen war, Glocken läuten hören!

Sie waren hellwach nun, sogar die kleine Flossie. Es ist eine Schande, sagte die dicke Tante. Das sollte nicht erlaubt sein. – Joe saß bloß da und lächelte. Ich will zu Daddy, sagte die Kleine, deshalb nahm er sie auf den Arm. Er freute sich, daß sie zu ihm kommen wollte.

Dann erschien Oswald in der Tür zwischen Eßzimmer und Wohnzimmer. Er wandte sich an Lottie, während alle anderen wegen seiner Ernsthaftigkeit verstummten. Hör mal! sagte er. Alle lauschten. Kein Ton. Doch, sagte er, ich höre ihn. Hör mal! Immer noch nichts. Er ist da draußen! Direkt hinter der Tür!

Das war der große Augenblick, den er in den letzten zehn Tagen vorbereitet hatte. Lottie, sagte er, bleib, wo du bist. Rühr dich nicht, bis ich es dir sage. Joe wußte, was kommen würde, die anderen aber nicht. Das ist Knecht

Ruprecht! flüsterte Oswald. Ich kenne seinen Geruch. Seid mal alle still. Den erledige ich, und er nahm einen schweren Rohrstock in die Hand, den er für diese Gelegenheit dort hingestellt hatte.

Das darfst du nicht tun, sagte Olga. Du machst ihnen Angst.

Ich kriege ihn. Ich bringe ihn um! flüsterte Oswald den Kindern zu – obwohl die kleine Flossie nur in stummer Verwunderung auf diese intensiv gespielte Szene starrte. Daß sich keiner rührt! sagte Oswald und ging auf Zehenspitzen zur Tür. Plötzlich riß er sie auf und schrie mit schrecklicher Stimme: Da bist du also! Und er ging hinaus, den Stock in der Hand, und die Tür schlug hinter ihm zu.

Aber hier wohnen doch Leute im Haus! sagte Olga.

Die Treppe hinauf und herab erhob sich eine wilde Jagd, mit Geschrei und halben Flüchen und Stöhnen. Der Stock ratterte und klapperte gegen das Holz. Es wurde gegen die Tür geschlagen. – Laß los! Jetzt habe ich dich. Ho! Ha! Laß los! Es war unglaublich.

Was sollen denn die Leute im Haus denken. Joe! Das ist widerwärtig. Dann wurde der Lärm noch stärker, und als er am stärksten war, öffnete sich langsam die Tür zum Treppenhaus. Lottie! Lottie! rief Oswald mit heiserer, erstickter Stimme, Lottie! und seine Hand zeigte sich im Türspalt. Lottie ging, wie von Zauberkräften gezogen, zu ihm. Niemand hinderte sie. – Lottie! Lauf in die Küche. Hol das kleine Messer mit dem weißen Griff. Das, das ich dir gezeigt habe. Schnell! Ich habe ihn. Schnell. Schnell!

Lottie raste davon wie der Blitz. Sie stöberte in der Schublade des Küchentischs und stürzte zurück, das Messer in der Hand. Oswald nahm es. Einen Augenblick später fiel etwas Schweres zu Boden. Dann Stille. Niemand sagte etwas. Man konnte Leute draußen im Treppenhaus hören.

Der hat vielleicht Nerven! sagte Hilda. So etwas in einem überfüllten Wohnhaus zu machen.

Huh! sagte Gurlie. Aber wirklich.

Dann ging die Tür auf, und Oswald spazierte herein.

Zerzaust und außer Atem wischte er das Messer an der Hose ab: Er ist tot! Knecht Ruprecht ist tot. Jetzt sind wir sicher. Jetzt können wir die Geschenke aufmachen. Ich habe ihn umgebracht und aus dem Fenster geschmissen. Oh! Und er ließ sich in einen Sessel fallen. Doch im nächsten Augenblick war er wieder auf den Beinen: Kommt! Kommt alle. Oh! Und er sank wieder, mit Lottie in den Armen, in einen Sessel: Was für ein Kampf.

Also, sagte Olga, die in die Küche ging, ich hätte nie gedacht, daß ich in New York so etwas zu sehen bekäme. Oswald! Bist du wirklich verrückt?

Doch Joe lachte sich vor Aufregung und Vergnügen über die anderen halb tot. Kommt! sagte er, laßt uns die Diamanten und Pelze auspacken. – Das arme kleine Baby wußte gar nicht, was es davon halten sollte.

So viel! Haufenweise Geschenke.

Solche Extravaganz!

Für Flossie! sagte Oswald, nahm eine riesige lange Schachtel und legte sie vor dem Baby auf den Fußboden.

Aber Oswald!

Sie soll es auspacken. – Im Nu durchschnitt er die Bänder und Kordeln mit einem Taschenmesser und ließ dann das Kind auf die Papierhüllen los: Laßt sie in Ruhe.

Alle sahen zu. Allmählich entfernte das kleine Mädchen mit Hilfe seines Onkels die Papierbögen. Er nahm sie ihr ab, sobald sie sie gelöst hatte, und da, da! plötzlich erschien – ein liebliches schlafendes Gesicht, die langen Wimpern leicht auf den alabasternen Wangen liegend, die korallenen Lippen in einem perfekten Amorbogen geschlossen – blonde Locken in der Stirn –!

Das ist zuviel, Oswald!

Flossie schaute auf und lächelte, mit funkelnden Augen.

Nur darauf habe ich gewartet, sagte der große Mann, und mit einer einzigen Bewegung zog er die prachtvolle Puppe aus dem Rest der Verpackung, und – sie war eine Schönheit.

So etwas hatte es noch nie gegeben.

KAPITEL 20

# Noch einmal Weihnachten

Die Stechers hatten das ganze Weihnachtsfest über ein offenes Haus. Mehrere Nachbarn schauten vorbei, um Joe zu seinem Erfolg zu gratulieren – es war die erste Gelegenheit dazu –, und natürlich gab es jene, die Gurlie aufforderte, ins hintere Zimmer zu gehen: Lauft nicht weg! Oswald und Olga sind da bei den Kindern.

Um Himmels willen, das reicht! sagte Joe, nachdem er ein weiteres Paar an der Tür verabschiedet hatte.

Wir haben Weihnachten! sagte angeregt seine Frau, die gerade für den Abend in Schwung kam. Süßer die Glocken nie klingen! sang sie mit kindischer Stimme und umhalste ihn. Er schob sie fort. Oh, sagte sie, du bist ein Spielverderber. All diese Leute wollen dir gratulieren. Wach auf! Du bist jetzt ein erfolgreicher Mann.

Also, was erwarten sie denn von mir? sagte Joe. Daß ich einen Kopfstand mache?

Joe! rief eine Stimme hinter den Vorhängen. Komm mal her. Wir streiten uns gerade. Wo ist er? Und die fröhliche Martha steckte den Kopf ins Zimmer. Jemand hier? setzte sie hinzu, plötzlich die Stimme senkend.

Niemand. Ich glaube, er will spazierengehen, sagte Gurlie. Kannst du dir das vorstellen?

Nein, komm mit, sagte Martha. Du bist doch klug. Du weißt alles. Komm mal her. Das ist ein Trick, und ich wette, du weißt die Lösung auf der Stelle. – Darauf klingelte es wieder, und als Joe den Öffner drückte, klang es, als käme eine Armee die Treppe herauf.

Um Himmels willen, sagte Joe, wer kommt denn jetzt?

Wir sind's! sagten drei oder vier Stimmen auf einmal, und der Kapitän, seine Frau, Rang von der Schwedischen Bank und seine Frau Elvira, mit dem prachtvollen blonden Haar, tanzten ins Zimmer. Sie hatten ein bißchen getrunken, zumindest so viel, daß die Damen sich auf Joe stürzten, ihn umringten und umarmten und gutgelaunt abküßten.

He! sagte Gurlie. Das ist nicht euer Mann. Laßt ihn in Ruhe. – Also kam sie an die Reihe, und als die Eßzimmervorhänge zurückgezogen wurden, waren da die anderen, Hilda und Olga, die alte Dame, die nicht aufstand, und hinten Oswald mit den Kindern.

Oswald! sagte der alte Kapitän mit dem Watschelgang. Schön, daß wir uns treffen. Wie geht's dir?

Gut, sagte Oswald. Kommt hierher. Und wie geht's euch?

Wer ist das? fragte Elvira, die Oswald anschaute, wie er mit seinem welligen schwarzen Haar und dem langen gezwirbelten Schnurrbart da saß.

Laß ihn bloß in Frieden, sagte Gurlie. Du hast einen guten Mann. Der ist nichts für dich.

Aber Gurlie, wie kannst du so was sagen!

Alle redeten auf einmal. Kommt, sagte Gurlie, kommt. Wir essen gleich zu Abend.

Nein, nein, nein, Gurlie, sagte der Bankier. Das können wir nicht annehmen. Wir sind nur auf einen kurzen Weihnachtsbesuch vorbeigekommen. Wir können nicht bleiben.

Unsinn, sagte Gurlie.

Sicher, sagte Joe. Gebt mir die Mäntel. Natürlich bleibt ihr. Er nahm ihre Hüte und Mäntel und legte sie auf den Haufen im vorderen Zimmer.

Was für ein schöner Baum! sagte die rundliche kleine Frau des Kapitäns. Ist der nicht wunderschön? Und die Kinder! Wie groß sie geworden sind. Laßt mich mal sehen!

Fiss! sagte das Baby. Fiss! Und sie zeigte in Richtung Küche.

Was ist das? fragte die Frau des Kapitäns. Fiss! Was ist Fiss?

Sie meint Kaffee, sagte Oswald. Für sie ist *Fiss* Kaffee. Ja, sagte er zu Klein-Flossie, Fiss, das ist richtig. Du hast richtig geraten. Sie kann es riechen.

Seht euch nur ihr Haar an! Wunderschön. Wo hat sie das

schöne Haar her? Joe, du hast doch schwarzes Haar. Laß mal sehen, Gurlie. Ja, stimmt. Gurlies Haar war früher so.

Ich bin betrogen worden, sagte Joe. Ich habe eine Blondine geheiratet. Und guckt euch an, was ich jetzt habe. – Elvira stand direkt vor ihm.

Das ist das Klima hier, sagte Martha. Alle Skandinavier verlieren in diesem Land ihre Haarfarbe.

In diesem gottverlassenen Land verliert alles seine richtige Farbe, sagte Joe.

O nein, Joe, sagte Martha und nahm seinen Arm. Zu dir war es doch sehr gut. Du hast großen Erfolg. Kommt alle her. Holt euch ein Glas. *Skål!* auf Joe. *Skål!* Joe. Ja, du bist ein großer Mann jetzt. Oder nicht? Hm?

Joe wurde purpurrot. Ach! sagte er. Meinetwegen, aber wartet mal. Ich habe einen guten Rheinwein auf Eis.

Nein, ich nehme Whisky, sagte Rang. Whisky mit Wasser.

Für mich Bier, sagte Oswald. Ich bleibe bei Bier.

Und die Damen?

Hast du ein bißchen Portwein oder Sherry, Joe? fragten Martha und die Frau des Kapitäns. Nur ein kleines Gläschen.

Oh, aber Gurlie, sagte Elvira und zog Gurlie beiseite, wir müssen wirklich gehen. Mach keine Umstände.

Dann geh doch, wenn du willst, sagte Gurlie. Vielleicht findest du was Besseres als dies hier.

Nein, das meine ich nicht, sagte Elvira.

Gurlie ist eifersüchtig auf Elvira, sagte Martha zu Oswald. Er lachte.

Also gut, sagte Rang, wir bleiben. Wenn du dir nicht zu viele Umstände machst.

Überhaupt nicht, sagte Joe. Sie hat den ganzen Tag schon alles Mögliche vorbereitet, und die alte Dame hat außerdem so viel gekocht, daß es bis Neujahr reicht.

Wir haben kein Abendessen, sagte Gurlie, bloß, was ihr seht. Ich weigere mich, heute zu kochen. Damit kann ich mich nicht abgeben.

Aber Gurlie, sagte die immer gutmütige Martha, was könnte man mehr erwarten! Das ist doch ein Bankett.

Und das war es. Alle möglichen Aufschnitte und Käse. *Gammelost!* Oder wie immer ihr es nennt, sagte Joe. Wein und Whisky. Old Crow.

Ich habe gehört, du hast einen Vertrag, die Old-Crow-Etiketten zu drucken, sagte Rang.

Der beste Whisky der Welt, sagte Joe. Ich kaufe ihn kastenweise.

Bloß um dir deine eigenen Etiketten anzugucken? lachte der Kapitän.

Joe, du siehst aus wie ein neuer Mensch, sagte Rang. Jetzt, wo du der Kapitalistenklasse beigetreten bist, siehst du nach einer Million Dollar aus. Was willst du machen?

Arbeiten, sagte Joe.

Unfug, das meine ich nicht. Ich meine, was willst du wirklich mit deinem Geld machen? Du mußt doch Vorstellungen haben.

Er wird es für seine Frau ausgeben, sagte Gurlie.

Ich kaufe ein paar Anteile an einer Pfandleihe, sagte Joe, für den Fall, daß ich pleite gehe. Dann kann ich wenigstens Schmuck und Geigen bekommen und ...

Wir treten dem *Liederkranz** bei.

Ja, wir können nicht singen, deshalb treten wir dem *Liederkranz** bei, sagte Joe.

Muß man da nicht hineingewählt werden? Das ist doch ein Verein, oder? fragte Rang. Man kann nicht einfach beitreten, indem man darum bittet, oder?

Habt ihr schon mal gehört, wie schön ein halber Silberdollar klingen kann? sagte Joe. Hört mal! – Sie alle lauschten, als er einen halben Dollar aus der Tasche zog, ihn auf dem linken Zeigefinger balancierte und mit der Schneide eines Obstmessers dagegen schlug. Er erklang mit einem klaren, feinen, hohen Ton.

Laß das, sagte Gurlie, – mit der Schneide meiner guten Messer.

Die Unterhaltung wandte sich dem zu, was sie letzten

Samstag gemacht hatten. Ich wollte ins Bett, sagte Joe, aber sie zwang mich, mit ihr in ein Restaurant zu gehen.

Ja, sagte der Kapitän. Ich habe gehört, daß du sehr gut warst. Gurlie hat es mir erzählt. Sie hat gesagt, du wolltest Geige spielen.

Möchtest du etwas haben, Grandma? Eine der Damen näherte sich ihr.

Meinetwegen, sagte die alte Dame resigniert.

Was hättest du denn gerne? – und der Tisch bog sich.

Ach, irgend etwas, irgend was. Ich bin nicht wählerisch.

Oha! Das machte Gurlie wahnsinnig. Aber zu ihren Gunsten muß man sagen, daß sie sich einfach umdrehte und das Thema wechselte.

Wo ist der Kater, Joe? sagte Martha.

Oh, der Kater.

Er war so wunderbar letztes Jahr.

Tja, jetzt ist er weg. Einfach eines Tages weggelaufen. Kein Kater mehr.

Gurlie ließ die Lampen anzünden, und jetzt saß die ganze Gesellschaft, zehn insgesamt – zwölf, wenn man die Kinder mitzählte –, hier und dort um den Tisch versammelt und lachte und plauderte.

Ich glaube, die Kleinen müssen ins Bett, sagte Olga.

Was! sagte Oswald. Nein, meine Liebe, kommt nicht in Frage. Morgen, aber nicht heute. Guck mal, sagte er zu Flossie, die in stiller Bewunderung an ihm hing, so dicht wie eine Ranke sich an die Wand klammert –

Ihr könnt euch nicht vorstellen, sagte Martha, wie dieses Kind ihn liebt.

Sie ist ihm den ganzen Tag nicht von der Seite gewichen, sagte Gurlie. Man sollte meinen, er könne ihren Anblick nicht mehr ertragen.

Beobachtet ihn mal, sagte Rang leise. Oswald sprach mit Lottie, und die anderen taten so, als schauten sie nicht hin. – Siehst du, sagte Oswald, ich weiß genau, wieviel man essen darf. Ich esse nie zuviel. So. Er stellte seinen Stuhl so hin, daß sein Bauch ungefähr zehn Zentimeter von der Tischkante entfernt war. Ich esse, bis ich an den Tisch komme. So. Und dann weiß ich, daß ich genug gehabt habe. – Alle brachen in Gelächter aus, was Lottie erschreckte, die ganz ernsthaft in das Gesagte vertieft gewesen war.

Achte nicht auf sie, sagte Oswald. Was wissen die schon? Sie haben keine Ahnung.

O Oswald, sagte der alte Kapitän, ich freue mich so, dich wiederzusehen. Ich dachte, du wärest tot.

Das haben Sie schon zehnmal gesagt, sagte Gurlie.

Ja, sagte der Kapitän auf seine langsame Art, ich freue mich so darüber. Wir hatten immer viel Spaß miteinander. Er ist ein Wunder. Oswald ist ein Wunder. Ich habe nie einen besseren Kameraden kennengelernt – oder einen besseren Soldaten.

Das war in den alten Zeiten, was, Kapitän. Vor dem Krieg.

Ja, vor dem Krieg.

Oswald hatte die kleine Flossie in ihren Laufstuhl gesetzt, damit er essen konnte. Hinter seinem Platz verlief der lange Flur zur Küche. Diesen Gang eilte das kleine Mädchen hinauf und herunter.

Oh, sie weiß eine Menge, sagte Oswald.

Hat ihr die Puppe gefallen? fragte Martha.

Nein, sagte Gurlie. Ich habe sie ihr weggenommen. Sie ist zu schön für so ein Kind. Oswald zuckte die Achseln. Sie hält eine Stunde den Mund, wenn man ihr ein Stück Papier gibt, sagte die Mutter.

Du kennst dieses Kind nicht, gab Oswald zum besten. Sie kennt ihr Abc.

Nein! sagte Martha.

Ich meine, sie kann manche Buchstaben unterscheiden. Sie kennt das große S und das kleine s. Sie kennt nicht das ganze Alphabet, das meine ich nicht. Sie kennt alle Farben.

Wirklich!

Komm mal her, Spinne, sagte der Mann. Zeig's diesen Leuten mal. Was sagt die Kuh? Achtung! Was sagt sie?

Muh! sagte das Baby.

Gut. Das ist schön. Und was sagt der Hund? Das Baby sah sich schüchtern, halb lächelnd, um.

Na komm schon, sagte Oswald.

Wau wau! sagte das Baby.

Und was sagt das Bier? Paßt auf! Jetzt. Alle hörten zu.

Brezeln! sagte das Baby mit Schwierigkeiten. Alle wollten sich vor Lachen ausschütten.

Das also hast du dem Kind die ganze Zeit beigebracht, sagte Martha und zog ihn am Ohr.

Man muß seinen Katechismus lernen, erwiderte Oswald und tat so, als tue es ihm weh, daß sie sein Ohr verdrehte. Er schickte das Kind wieder nach hinten.

Was in Gottes Namen macht dieser Mann mit dem Kind? fragte Olga.

Kümmere dich um deine Angelegenheiten, Olga, lachte Oswald. Wir kommen prima miteinander aus. Und da kam Klein-Flossie wieder zurück zum Platz ihres Onkels.

Was ist das denn? fragte Olga. Eine Flasche Bier?

Klar, sagte Oswald. Und sie mag es auch. Er öffnete die Flasche, goß sie ins Glas und gab Flossie einen kleinen Schluck. Sie nahm ihn bereitwillig, zog ein Gesicht wegen des bitteren Geschmacks, wich für einen Augenblick zurück und reckte dann ihr Gesicht wieder empor, um mehr zu bekommen.

Der Apfel fällt nicht weit vom Stamm, lachte Oswald. Prima, Kleines.

Oswald, du spinnst, sagte Olga. Du solltest einem Kind kein Bier geben.

Es schmeckt ihr, sagte Oswald. Joe!

Störe Joe nicht, sagte Martha. Er unterhält sich mit Elvira. – Und sie lachte ihr fröhliches Lachen. Joe hatte nichts gehört. Er war in Stimmung und glücklich, saß zurückgelehnt in seinem Sessel am Kopfende des Tisches, trank und rauchte und lachte würdevoll.

Ist das nicht schön, sagte Martha, ihn nach all den Sorgen, die er gehabt hat, so glücklich zu sehen?

*Noch eins!** sagte Oswald zu der kleinen Flossie. Und wieder ging sie nach hinten, während Martha und ein oder zwei andere ihr zusahen. Den kleinen Laufstuhl, in dem sie steckte, schleppte sie wie toll mit sich, als sie dahinsauste.

Wie hast du ihr das beigebracht? sagte Martha zu Oswald.

Sie weiß, wo das Bier ist, sagte er. Ich habe ihr gesagt, sie soll mir noch etwas Bier holen. Und da kam die Kleine wieder zurück, die Bierflasche rutschte ihr halb aus den Händen, der Laufstuhl schlenkerte von einer Seite des Flurs zur anderen.

Martha entfuhr ein halb entsetzter Schrei. Alle hörten auf der Stelle auf zu reden, als die kleine Flossie den Flur entlang zum Tisch getorkelt kam.

Olga stand auf. Oswald! rief sie. Sie ist …

Nein, sagte Oswald, ihr ist nur ein bißchen schwindelig.

Das ist eine Schande, sagte Olga, Gurlies große, ältere Schwester, die immer hart arbeitete und alle Kinder wie ihre eigenen liebte. Armes Baby! Arme kleine Spinne. Komm her, und sie hob die strampelnde kleine Flossie aus dem Laufstuhl und trug sie in die Küche. Du gehst ins Bett, mein Fräulein, sagte sie. Was für ein Mann!

Ich weiß, was ihr denkt, ihr braucht es mir gar nicht zu sagen. Ihr denkt, ich bin der Teufel in diesem Haus, sagte Gurlie, er ist klug, er ist sympathisch, und er tut euch allen leid. Ich weiß. Ich bin diejenige, die den ganzen Ärger macht. Er ist das Genie. Ich bin bloß seine Frau.

Also Gurlie, was sprichst du denn da bloß? fragte die sanfte Martha. Niemand hat etwas gesagt.

Guckt ihn euch an, sagte Gurlie, wie er mir finstere Blicke zuwirft, weil …

Was?

Weil ich –

In der Mitte des Tischs stand eine große Silberschale mit roten Trauben und ein paar Mandarinen. Beim Reden beugte Gurlie sich vor, riß eine Beere von der Traube in der Schale und aß sie. Er hat es nicht gerne, wenn man das tut, denn dann ist eine leere Stelle an der Traube, sagte Gurlie. Er ist zu pingelig. Er macht mich krank. Ein richtiger Deutscher.

Du trinkst zuviel, sagte Joe. Hör lieber auf.

Nein, man muß eine Schere nehmen und sich ein Stück von der Traube abschneiden, fuhr Gurlie fort, es am Stiel abschneiden und auf den Teller legen, und dann darf man essen. Huh! Sie lachte. Er ist kein Skandinavier. Wir halten viel davon, froh und frei zu sein. Seht ihr, was passiert, wenn ich so eine Beere nehme? Sie hinterläßt eine kleine leere Stelle am Ende des Stengels, und das sieht nicht ordentlich aus.

Was meint ihr, sagte Joe. Habe ich recht?

Sie hinterläßt eine kleine leere Stelle an der Traube, wiederholte sie, und das mag er nicht. Ha ha! Und sie lachte ihr krächzendes Lachen.

Na, na, na! sagte Joe, red nicht so daher.

Hab ich's dir nicht gesagt? sagte Martha zu Oswald. Jetzt kriegst du was zu hören.

Schaut ihn euch an! sagte Gurlie ein wenig aufgebracht. Warum kümmerst du dich nicht um deine Gäste? Guck dir ihre Teller an. Er hat keine Ahnung, wie man sich benimmt. Kapitän, bedienen Sie sich. Nehmen Sie sich noch etwas.

Nein, vielen Dank, sagte der Kapitän. Ich habe genug gegessen. Noch was zu trinken vielleicht, ja.

Siehst du, sagte Joe. Jetzt hör auf.

Pah, sie sind bloß höflich. Gib ihm trotzdem was. Tu es ihm auf den Teller.

Er hat gesagt, er will nicht. Wenn ein Mann sagt, er will nicht …

Frag nicht, gib, sagte Gurlie.

Aber wenn sie nicht wollen …

Natürlich wollen sie.

Er sieht so aus, sagte Joe, den kraftvollen alten Kapitän anschauend.

Mach schon, sagte Gurlie. Bedien ihn. Worüber redet

ihr zwei denn da? fuhr sie fort und behielt ihren Mann im Auge, der ein Wort mit Elvira gewechselt hatte, die neben ihm saß. Redet ihr über mich? Redet laut, damit wir euch hören können.

Sie glaubt, sagte Joe zu Elvira, an den alten skandinavischen Wahlspruch: Im Zweifelsfall angreifen! Selbst wenn es keinen Anlaß zum Kämpfen gibt.

Was ist? sagte Gurlie. Sprich laut, damit wir dich hören können.

Aber Gurlie, begann Martha.

Du hältst den Mund! sagte Gurlie mit einer Handbewegung und lachend zu ihr. Mittlerweile hörten ihr alle zu.

Gurlie, fuhr Martha fort, du darfst nicht so über den lieben Joe reden. Aber Gurlie ließ sich nicht zum Schweigen bringen. Antworte mir! sagte sie zu ihrem Mann. Was sagst du da hinten über mich?

Joe wurde böse. So ging es nicht. Auf Gurlie, sagte Rang. Kommt, laßt uns auf unsere Gastgeberin trinken.

Sie tranken.

Was geht dich das denn an? sagte Gurlie, die jetzt über Martha herfiel. Worüber redest du mit deinem alten Liebhaber! Ha, ha, ha, ha! lachte sie. Wißt ihr, sie waren einmal verlobt, verkündete sie der ganzen Gesellschaft.

Wirklich! sagte Rang.

Gurlie! sagte Joe. Hab doch ein bißchen Anstand. Ich glaube nicht, daß du noch was trinken solltest.

Ich! Wenn du wie ein Skandinavier trinken könntest, könntest du von Glück reden. In meinem Land weiß man, wie man trinkt.

So ist's recht, Gurlie, sagte Oswald. Komm, versuch mal ein bißchen Whisky. Laßt uns eine schöne Party feiern, jetzt, wo wir in Fahrt sind. Joe! Wie steht's? Soll ich noch eine Runde Highballs mixen?

Doch Joe schüttelte den Kopf: Nein.

Du meinst, du könntest mich betrunken machen? sagte Gurlie in einer Attacke auf Oswald. Pah! junger Mann. So hast du dich in deinem Leben noch nicht getäuscht. Du!

Ich habe dich nicht vergessen. Wenn du auch nur ein bißchen Verstand gehabt hättest, wärest du jetzt mit Martha verheiratet.

Auf meinen Freund Melquist! sagte Oswald, einen glücklichen Mann. Und seine Frau, setzte er, an Martha gewandt, hinzu.

Gurlie, sagte Martha, das ist mir peinlich. Bitte sprich nicht so.

Ach, wir sind doch alle Freunde, sagte Gurlie. Wir legen doch nicht jedes Wort auf die Goldwaage. Stimmt das nicht, Oswald? Wenn du nicht ein Tunichtgut wärest, hättest du ein nettes Mädchen heiraten, dich irgendwo niederlassen und es zu was Nützlichem bringen können wie dein Bruder hier. Was fängst du eigentlich mit dir an, jahraus, jahrein?

Weil Gurlie ein wenig die Puste auszugehen schien, ergriffen alle die Gelegenheit, dem Gespräch eine andere Richtung zu geben. Ja, Oswald, sagte Melquist, der bis dahin ziemlich schweigsam gewesen war, was treibst du?

Ich mache Christbaumschmuck, sagte Oswald.

Ist er nicht nett? sagte Martha. Ich mochte Oswald immer. Er hat so einen schönen langen Schnurrbart, sagte sie und streichelte ihn. Nun lachte jeder.

Ja, sagte der praktisch veranlagte Melquist, das ist nicht schlecht, was du da mit dem Baum gemacht hast. Die kleine Krippe, die du gebaut hast. Die hast du doch ganz alleine gebaut, oder? Sie ist ein Kunstwerk. Wirklich ein Kunstwerk.

Dann fiel der Kapitän mit seiner gedehnten, gutmütigen Stimme ein, die jeden anderen übertönte und zum Schweigen brachte, selbst wenn er ganz beiläufig sprach: Joe, warum ist deine Schwester Ida heute nicht hier? Das ist doch ein würdiger Anlaß.

Joe sah seinen Bruder an. Oswald lachte.

Dürfen wir mitlachen? fragte Rang. Gurlie versuchte, sie davon abzubringen. Nein, sagte sie.

Aber dies war Joes Gelegenheit, und diesmal gab er

nicht nach. Frag Oswald, sagte er mit seinem geheimnisvollen Lachen tief im Bauch. Er wird es dir sagen.

Ich verbiete es, sagte Gurlie. Man sollte meinen, du würdest dich schämen, es auch nur zu erwähnen.

Nun beugte sich natürlich jeder mit gespitzten Ohren vor, um die Geschichte zu hören. Also, sagte Oswald glucksend, ich erzähle es euch.

Schäme dich, sagte Gurlie.

Also, meine Schwester steht sich ja ganz gut, wie ihr wißt, und ich werde nie die Prügel vergessen, die ich von ihr bekam, als ich noch ein kleiner Grünschnabel war. Und ich brauchte ein bißchen Geld, also ging ich zu ihr, und – ich habe es bekommen.

Hör auf! Oswald, sagte Gurlie.

Joe lachte wie von Sinnen. Für mich ist das eine der komischsten Geschichten, die ich je gehört habe, sagte er.

Jetzt willst *du* also den Kasperl spielen, sagte seine Frau.

Joe nahm den Faden auf: Oswald erwischte Ida dabei, wie sie etwas mit einem kleinen Franzosen hatte, der zu der Zeit bei ihnen zur Untermiete wohnte. Deshalb hat er sie überfallen!

Was! sagte Martha. Was meinst du?

Er hat ihr gesagt, er brauche ein bißchen Geld und sie solle es ihm besser geben, sonst würde er es ihrem Mann sagen. Und sie hat es ihm gegeben. Die dumme Nuß! Und Joe brach wieder in lautes Lachen aus.

Du lachst wohl gerne über Frauen, nicht? sagte Gurlie zu ihrem Mann. Typisch Mann. Ich denke, das war ein niederträchtiger gemeiner Trick.

Ich denke, das war komisch wie nur was, sagte Joe, so wie ich Ida kenne. Das Geld hat ihr nicht gefehlt.

Oswald! sagte Martha. Hast du das getan? – Ich kann nicht lügen, sagte er. Ich habe zweihundert Dollar bekommen. Seitdem hat sie nicht mehr mit mir geredet. Es ist alles in der Familie geblieben.

Ach! sagte Gurlie und stand auf. Ich kann euch nicht leiden. Ich gehe.

Die Männer erhoben sich, um Gurlie zu folgen. Prompt setzte sie sich wieder hin.

Ja, Familien sind so, sagte der alte Kapitän.

Das sind sie, sagte Gurlie. Die Schweden haben das beste Sprichwort dafür: ›Die, die dir am nächsten stehen, behandeln dich am schlechtesten, sagte der Fuchs zum Hund.‹ Dann wiederholte sie es auf schwedisch.

Melquist stand auf und ging in das vordere Zimmer, wo der Baum stand. Joe folgte ihm. Möchtest du eine Zigarre?

Danke.

Der Kapitän folgte ihnen. Aber Rang und Oswald blieben bei den Damen.

Uff! sagte Gurlie, meine Beine sind müde.

Deine was? fragte Oswald.

Meine Beine. Was ist los damit?

Nichts, sagte Oswald, überhaupt nichts, soweit ich weiß.

Das will ich aber auch meinen! prahlte Gurlie, schob ihren Stuhl zurück, zog die Röcke bis über die Knie und streckte die Beine nebeneinander vor sich aus. Seht euch das an.

Rang verrenkte sich beinahe den Hals, als er versuchte, über den Kopf seiner Frau zu schauen.

Laßt mal sehen, ob ihr mit denen mithalten könnt. Er hat mich wegen meiner Beine geheiratet. Er hat gesagt, ich hätte die geradesten und bestgeformten Beine, die er je sah.

Was ist? sagte die Frau des Kapitäns ungläubig. Was ist das denn?

Sie meint Elvira, sagte Martha, ohne sich zu rühren, hinter vorgehaltener Hand zu Oswald. – Ich wette fünf Dollar auf Gurlie, rief er. Kommt, Mädels. He, Joe, rief er, komm hierher zurück. Hier gibt's gleich eine Beinshow.

Aber Gurlie begann zu lachen, ließ die Röcke fallen und setzte sich wieder gerade auf den Stuhl. Jedenfalls, sagte sie, bin ich froh, euch alle zu sehen.

Die Männer, die im vorderen Zimmer rauchten, hatten nicht gehört, was sich abspielte. Oswald, sagte der Kapitän an der Tür, komm her. Was willst du bei den Frauen? Komm ins andere Zimmer. Ich möchte mich mit dir unterhalten. Er hat ein paar gute Geschichten über den Spanischen Krieg auf Lager, fügte er als allgemeine Erklärung für die Runde hinzu.

Ja? fragte Martha. Über die kubanischen Señoritas?

Fehlanzeige, sagte Oswald.

Ich weiß nicht, sagte der Kapitän. Davon habe ich nie viel gehört.

Oh, Sie sind zu ernst, sagte Martha.

Komm schon, Oswald. Gehen wir ins andere Zimmer, und machen wir es uns bequem. Die Frauen sollen auch mal unter sich sein, sagte Rang.

Meinetwegen, sagte Oswald, bequemte sich von seinem Stuhl und schob Martha spielerisch von sich. Laß mich gehen, sagte er. Laß mich los.

Was für eine Unverschämtheit! sagte sie. Mach, daß du rauskommst.

Gurlie gähnte ungeniert. Ich habe das alles schon gehört, sagte sie. Es ist nicht spannend. Ich mache noch etwas frischen Kaffee. Und sie gähnte wieder. Nein, macht ihr weiter. Laßt mich nur. Ich brauche keine Hilfe.

Die Frau des Kapitäns setzte sich hin, um sich ein bißchen mit der alten Dame zu unterhalten.

Krieg muß schrecklich sein! sagte Elvira, als Oswald ging. Ich weiß nicht, wie ihr Männer das aushalten könnt. Haben Sie je sehr große Angst gehabt?

Ja, einmal, sagte er unter der Tür. Eines Nachts schlief ich in der Nähe von Tampa unter ein paar Palmen. Ich bin im Grunde nie aus Florida herausgekommen. Ich mußte ungefähr eine Stunde geschlafen haben, als ich mit dem komischen Gefühl aufwachte, das man am ganzen Körper spürt, wenn etwas nicht stimmt. Ich berührte es mit meinem rechten Bein.

Was? fragte Martha.

Ich konnte nichts erkennen. Es war stockduster. Deshalb faßte ich mit der Hand dorthin, und – als ich hinsah, kroch an meinem Bein das Entsetzlichste hoch, das ich je in meinem Leben zu sehen bekommen hatte. Ich konnte nicht erkennen, was zum Teufel es war – es war wie der Teufel persönlich. So groß wie ein Hut, eine Landkrabbe! Hast du schon mal eine gesehen? Das ist ein Gefühl!

Martha schauderte.

Aber du hast da unten Bedeutendes vollbracht, Oswald, sagte Melquist aus dem anderen Zimmer. Komm rüber und erzähle uns davon.

Als Koch, ja.

Das ist ein bißchen milde ausgedrückt.

Erzähl's ihnen, sagte Joe. Erzähl ihnen von den verdorbenen Politikern und wie sehr sie die Armee lieben. Für Geld würden die ihre eigenen Brüder vergiften, die meisten. Es stinkt wie das einbalsamierte Rindfleisch, das sie den Jungs dort unten zum Essen geschickt haben.

Ich kann immer noch die erste Büchse von dem Zeugs riechen, die ich aufgemacht habe, sagte Oswald.

Erzähl mal.

Das ist nichts für die Damen.

Doch, Oswald, sagte Elvira, die ihm ins vordere Zimmer gefolgt war. Nur zu, ich möchte es hören.

Meinetwegen. Was ist schon dabei? Das ganze Lager hatte Durchfall. Das ist die ganze Geschichte. Sie wußten nicht, was sie machen sollten. Starben wie die Fliegen. Und es waren die Fliegen, die sie umbrachten. Ich sagte zum Kapitän, ich könne damit fertig werden. Also nahm ich das ganze verdorbene Büchsenfleisch und warf das ganze gottverdammte Zeugs ins Meer. Ich hoffe, daß ich eine Menge Barrakudas getötet habe.

Was hast du ihnen dann zu essen gegeben, Oswald?

Ich habe ihnen *Brandsuppe** gegeben. Wir haben Streifzüge in der Gegend gemacht und ein wenig frisches Fleisch bekommen. Nicht viel. Ich habe jede Menge trockenes Mehl gebräunt, so wie Mutter es immer tat, als wir Kleinkinder waren – und es ihnen mit allem gegeben, was ich finden konnte, damit es ein bißchen nach etwas schmeckt.

Elvira, die letzte der Damen, stand schließlich auf und schlenderte ins Eßzimmer zurück.

Das Schlimmste aber waren die Latrinen, fuhr Oswald fort. Sie hoben Gruben im Sand aus und ließen sie eine Woche und manchmal länger offen, bis sie eine neue graben mußten. Ich ließ sie einen Graben ausheben und ihn auffüllen, wenn er verlängert wurde. Wenn ich ein bißchen Verstand gehabt hätte, hätte ich mich um meine Angelegenheit gekümmert, den Mund gehalten und mich nach Kuba versetzen lassen, wo ich ein bißchen Spaß hätte haben können. Der Krieg bedeutete für mich bloß, Küchenjunge und Müllmann zu sein.

In der darauffolgenden Stille konnte man hören, wie Melquist leise zu Joe sagte: Das Schwerste auf der Welt und auch das Nützlichste ist Selbstdisziplin. Wenn du einen Bummelanten und Versager triffst, sieh ihn dir an, und du merkst, daß mangelnde Selbstdisziplin dahintersteckt.

Die Worte standen mit bestürzendem Nachdruck im Raum. Joe gab keine Antwort, so daß Melquist, der den anderen den Rücken zuwandte, sich umdrehte, Oswald direkt ins Gesicht sah und errötete.

Was ist? Was ist? fragte der alte Kapitän.

Sie haben über mich gesprochen, sagte Oswald. Hab ich euch mit runtergelassener Hose erwischt, Jungs. Aber eins will ich euch sagen, fuhr er gutmütig fort, das ist nur die Hälfte der Wahrheit.

Hör zu, Oswald, begann Melquist.

Nichts da! Hört mal. Die Fähigkeit zur Selbstdisziplin muß erst einmal da sein. Das vergeßt ihr. Ich bewundere Joe hier. Mein Leben lang wollte ich seriös sein. Ich schaffe es einfach nicht. Gerade wenn ich mir die ganze Last der Gesellschaft auf die Schultern laden will – fängt es an, mich zu kribbeln! Ihr würdet staunen. Ich frage mich, ob ihr je gespürt habt, was ich manchmal spüre. Das frage ich mich.

Komm schon, Oswald, du darfst nicht beleidigt sein, sagte Melquist, wir wollten –

Laß gut sein, Melly, sagte der große Mann. Ich will dir

mal was sagen. Ich kenne eine Frau, die zwei Bilder hat. Ölgemälde von ihrem Großvater und seinem Bruder, ihrem Großonkel. Der eine, der alte Knabe, der ihr Großvater wurde, hat so einen Mund, er zog die Mundwinkel mit den Spitzen der beiden Zeigefinger herunter. Das Gesicht ist gelb und hager, mit einem finsteren Ausdruck, als habe ihn gerade jemand gebeten, ihm einen halben Dollar zu leihen.

Du gehörst auf die Bühne, Oswald.

Aber der andere, ich vermute, der jüngere Bruder des alten Knaben, lacht – so! Einen munteren Ausdruck auf dem Gesicht, blaue Augen, rote Wangen, Lockenkopf und seidenes Jackett, ein blaues seidenes Jackett. Sein Bruder trug Schwarz. Man sagt, der zweite Bursche habe auf eine Wette hin einmal einen Zehndollarschein zwischen zwei Brotscheiben gegessen.

Dann hat er zehn Dollar ausgegeben, sagte Joe.

Du irrst, Joe. Er hat zehn Dollar eingenommen. Sie alle lachten. Aber worauf ich hinaus will – die Umstände. Sie wurden so geboren. Der eine von ihnen hat Geld gemacht und es gespart. Ich wette, der andere hatte alle Frauen der Welt und nie Kinder. Seht ihr, so wird die Welt zu dem, was sie ist. Sie waren so veranlagt. Es wäre unmöglich für sie gewesen, sich zu ändern. Der Arme und der Reiche sind beide gleichermaßen Opfer ihrer Erbanlagen.

Seid ihr Männer fertig mit euren Geschichten? fragte Martha lächelnd und steckte den hübschen Kopf durch die Vorhänge. Können wir reinkommen?

Na sicher! sagte Joe. Wo ist der Kaffee, von dem ich vor ein paar Minuten habe reden hören?

Das stimmt, sagte Martha. Wo ist der Kaffee? Gurlie, rief sie, wo bist du? Niemandem war bis dahin Gurlies Abwesenheit aufgefallen.

Gurlie! Und mehrere Frauen gingen in die Küche, um nachzuforschen. Stille. Dann ein unterdrücktes Lachen, als Martha durch den Flur zurückkam und die Gesellschaft zu sich heranwinkte. Alle waren verdutzt. Sie legte den Finger auf die Lippen, Stille heischend.

Nein, sagte Olga. Das ist nicht fair.

Doch, doch, kommt. Sie gingen, Oswald voran.

Leise stieß Martha die Schlafzimmertür auf. Und dort auf dem großen Bett lag Gurlie, die Arme ausgestreckt, den Kopf auf dem Kissen zur Seite gedreht, in tiefem Schlaf.

Ist sie nicht schön! sagte Martha.

– und so unschuldig sieht sie aus, sagte Oswald.

Laßt sie schlafen.

KAPITEL 21

## Mittagessen im Klub

Feuer im Bauch, das macht einen zum Führer, sagte Mr. Lemon. Empfinden Sie das auch so?

Joe lächelte und schüttelte den Kopf. Wen wollen Sie führen, und wohin wollen Sie sie führen? fragte er.

Die Arbeiter. Zu einem Anteil am Gewinn und am Eigentum. Das wollen sie, und das macht uns allen zu schaffen. Sie werden es bald zu spüren bekommen. Schneller, als Sie denken. Ich bin gespannt, was passieren wird.

Ich weiß, was passieren wird, sagte Joe.

Was?

Ich muß zahlen – alles, was sie aus mir herausholen können.

Aber die Preise, Mann! Sie wissen, Sie können nicht lange wettbewerbsfähig bleiben, ohne die Arbeiter zu drükken. Sie wissen, wer Ihnen den Hals abzuschneiden versucht, wenn er nur kann. Klar, Sie haben mehr Fähigkeiten als der Durchschnitt. Aber das reicht nicht. Früher oder später ist es soweit. Was wollen Sie dann machen – hinsichtlich der Bezahlung Ihrer Arbeiter, meine ich? Wollen Sie ein kleiner Drucker bleiben, oder wollen Sie expandieren, und wenn, was dann? Steigerung der Produktion. Etwas anderes ist noch nicht erfunden worden, um die Kosten zu senken. Noch nicht, jedenfalls. Was dann?

Was ich mache, hängt davon ab, was die anderen machen, sagte Joe.

Zu negativ, sagte Mr. Lemon. Joe gab keine Antwort.

Zwei Tage nach Weihnachten hatte Mr. Lemon Joe angerufen und ihn aufgefordert, mit ihm in seinem Klub zu Mittag zu essen. Joe wollte nicht. – Kommen Sie, kommen Sie, reißen Sie sich aus dem Irrenhaus los und kommen Sie her, hier ist es ruhig. Gönnen Sie Ihren Nerven eine Pause. Ich möchte mich ein wenig mit Ihnen unterhalten.

Geht nicht, hatte Joe gesagt. Ich habe zuviel zu tun.

Womit? Kommen Sie. Kommen Sie raus aus Ihrem Panzer und lassen Sie sich ab und zu einmal bei Ihren Freunden sehen. Ich erwarte Sie um eins. Nein, ein Nein lasse ich nicht gelten. Was soll das? Nein, nein, nein, nein. Kein Getue.

Deshalb hatte Joe eine Stunde später vor dem schweren Portal in der Madison Avenue gestanden und zu der Nummer hochgeschaut, die in das dreieckige Giebelfeld aus Granit eingemeißelt war. Unerwartet hatte die Tür sich geöffnet, und er war hineingegangen. Mr. Lemon saß in einem der tiefgepolsterten roten Ledersessel im Foyer. – Heil! Hier kommt der Eroberer! sagte Lemon lachend, als er sich erhob, um seinen Freund zu begrüßen.

Darf ich Ihnen Hut und Mantel abnehmen.

Joe rieb sich die Hände und sah sich um. Hübsch hier, sagte er.

Ja, es ist sehr gemütlich. Wollen wir was trinken?

Joe schüttelte den Kopf.

Kommen Sie. Ein Cocktail schadet Ihnen nicht.

Nein, danke, sagte Joe.

Ein Glas Sherry? Sie haben hier sehr guten.

Na gut, meinetwegen. So gingen sie zur Bar und mischten sich unter die anderen.

Kalt draußen, nicht?

Ja, sieht aus, als würde es wieder schneien.

Schön, daß Sie kommen konnten, Stecher. – Joe probierte seinen Drink und setzte ihn wieder ab. Er betrachtete den Raum ringsum, die Möbel und Menschen darin. Ich vermute, das heißt es, Geld zu haben, sagte er.

Sie würden staunen!

Joe nippte wieder an seinem Drink.

Möchten Sie sich die Hände waschen? Oder sollen wir gleich reingehen und essen? Ich möchte Sie nicht hetzen.

Reden Sie, Stecher, sagte Mr. Lemon, als sie eine Dreiviertelstunde später aus dem Speisesaal kamen. Joe sah auf die Uhr.

Ach, vergessen Sie das doch eine Weile. Lemon zog zwei Lehnsessel vor ein Fenster zur Madison Avenue und setzte sich in einen. Joe nahm den anderen. Draußen war schlechtes Wetter, es schneite wieder, ein dunkler, bitterkalter Tag.

Was halten Sie wirklich von der ganzen Sache, jetzt, wo sie gelaufen ist? War sie es wert? Mr. Lemon schien zur Straße zu sprechen.

O ja, sagte Joe.

Hat es Ihnen Spaß gemacht? Der Kampf, meine ich.

Ja, sagte Joe.

Ich glaube nicht, sagte Mr. Lemon lachend. Aber man kann nie wissen. Und was für eine Tracht Prügel die gekriegt haben! Wissen Sie, jetzt tun sie mir manchmal richtig leid.

Tja, sagte Joe. Mir auch.

Mr. Lemon lachte laut auf. Da waren eine Menge Gefühle mit im Spiele, sagte er. Hatten Sie Probleme, die Stahlmatrizen von ihnen zu bekommen? Ich dachte, das würde der Fall sein.

Ich habe dem Ministerium gesagt, wann ich sie brauchen würde, und sie waren rechtzeitig da.

Ach ja, sagte Mr. Lemon. Natürlich.

Einen langen Augenblick sahen sie wieder aus dem Fenster, jeder in seine Gedanken versunken. Eine Elektrische fuhr mit großem Getöse vorbei, und ihre Glocke klingelte beharrlich, die der Straßenbahnführer läutete, um ein Fuhrwerk aus dem Weg zu treiben, das vor ihm her trödelte.

Was ich aber immer noch nicht ganz verstehe, sagte Lemon, ist, warum sie überhaupt so ein Theater um die Sache gemacht haben. Sicher ist es nett, so einen Auftrag im Betrieb zu haben, aber nichts Besonderes. Sie hatten es nicht nötig, sich auf diese Art und Weise in einen Kampf einzulassen, den sie verlieren mußten. Es muß etwas Persönliches für den Alten gewesen sein. Haben Sie den alten Knaben gesehen, seit das Schwurgericht ihn freigesprochen hat?

Joe schüttelte den Kopf.

Bloß ein verstocktes Kleinkind, das mit dem Fuß aufstampft und schreit, sagte Mr. Lemon. Über kurz oder lang wird er auftauchen, um sich Ihren Laden einmal anzugukken, glauben Sie mir. Aber er ist am Ende. Wegen dem brauchen Sie sich keine Sorgen mehr zu machen. Der ist jetzt ein anderer Mensch.

Nein, sagte Joe. Das glaube ich nicht.

Schweigend saßen sie da und schauten in den Sturm hinaus. Was wollen Sie jetzt anstellen, wo alles vorbei ist? Haben Sie je darüber nachgedacht?

Arbeiten, sagte Joe.

Das wird aber ziemlich langweilig, sagte sein Gastgeber. Das können Sie den Gesellen überlassen, oder nicht? Was wollen *Sie* tun? Sie werden jetzt ein anderes Leben haben, Stecher. Sie müssen anfangen, sich umzuschauen. Mit den Jungs bekannt werden. Sie müssen Ihre Geschäftsverbindungen ausbauen, wissen Sie.

Ich ziehe in einen Vorort, sagte Joe.

Nein! Das tut mir aber leid. Wohin – Long Island?

Nein, sagte Joe.

Hübsch da draußen. Jede Menge reiche Leute. Was sonst?

Morgen wird mir ein Smoking verpaßt. Meine Frau führt mich zu einer Silvesterparty.

Genau das Richtige. Wohin gehen Sie?

In ein Lokal namens ›Little Hungary‹ an der East Houston Street, um Boheme-Atmosphäre zu schnuppern, sagte Joe und kräuselte verächtlich die Lippen.

Wenn das Lokal noch so ist, wie es war, als ich das letzte Mal da war, wird sie nicht enttäuscht sein. Ziemlich laut. Aber die raffinierten Weinausschenker, die sie auf den Tischen haben, gefallen mir. Ganz amüsant.

Sie will dahin.

Oh! Das höre ich gerne. Sie muß eine energische Frau sein. Mr. Lemon betrachtete seinen Gast kritisch. Haben Sie schon einmal daran gedacht, einem Klub beizutreten, Stecher?

Hatte nie die Zeit oder das Geld dazu, sagte Joe.

Kegeln Sie gerne?

Nein, nicht gerade gern.

Billard?

Ja, Billard spiele ich ganz gerne.

Denken Sie mal drüber nach. Sie sind ein komischer Kerl, Stecher. Wissen Sie, ich habe Sie im Verdacht, daß Sie trotz des großartigen Kampfes, den Sie geliefert haben – trotz alledem –, ich hatte das Gefühl und habe es immer noch, daß Ihnen die ganze Sache gleichgültig, von A bis Z egal ist.

Nun, sagte Joe langsam, das ist starker Tobak. Aber ich hätte etwas anderes tun können, vermute ich, und damit viel glücklicher werden können. Vielleicht.

Ja, aber *die* Gelegenheit hätten Sie nicht noch einmal bekommen können. Zigarre?

Vielen Dank. Ja, vermutlich muß man für das kämpfen, was man in dieser Welt haben will.

Jedenfalls muß man das haben wollen, für das man kämpft.

Nun, sagte Joe, ich bin froh, daß es jetzt vorbei ist.

Das ist eine natürliche Reaktion. Aber mir ist nicht aufgefallen, daß Sie mittendrin aufgehört hätten.

Mein Leben wäre sonst nicht lebenswert gewesen. Joe lachte.

Oh, sagte Mr. Lemon. Sie meinen Ihre Frau? Ja, die Frauen haben in solchen Dingen viel zu sagen, zum Glück für uns.

Geht Ihnen das auch so? fragte Joe.

Nach einer Weile wird es einem zur Gewohnheit. Man fängt an, es zu genießen, immer da zu sein, wo es am heißesten hergeht. Das Verantwortungsgefühl richtet einen auf. Es ist dann leichter.

Leichter, härter zu arbeiten, sagte Joe mit einem Lachen. Ja, das spüre ich bereits. Man bekommt nicht mehr so oft die Schuld an allem. Je mehr einem aufgeladen wird, desto mehr gefällt es einem, weil es leichter ist, lachte er wieder.

Besser, als nichts zu tun zu haben, sagte Mr. Lemon. Wie wär's mit was zu trinken?

Von mir aus, sagte Joe.

Gut! Das ist besser. Der müde Geschäftsmann bei seinem natürlichen Zeitvertreib. Scotch und Soda?

Ja, klar!

Sie sind mir ein Rätsel, Stecher. Wissen Sie das? Wenn ich Sie nicht so gerne hätte, würde ich Ihnen manchmal sagen, Sie sollten zur Hölle fahren. Ehrlich. Dabei sah er Joe lächelnd in die Augen und beobachtete ihn aufmerksam.

Tja, sagte Joe und entgegnete Lemons Blick kühl.

Merkwürdiger Mensch. Wissen Sie, Stecher, in einer Hinsicht, und einer sehr realen Hinsicht, sind Sie asozial. Ich verstehe das nicht – nicht bei Ihnen. Verzeihen Sie mir, wenn ich das sage. Niemand kann an Sie herankommen. Meiner Meinung nach ist das wirklich schade. Denn im tiefsten Herzen wollen Sie, glaube ich, freundlich sein. Ich spreche ganz offen. Ich kenne Sie überhaupt nicht. Wissen Sie das?

Joe sah auf die Straße hinaus.

Ich wette, Sie wünschen bei Gott, daß Sie in diesem Augenblick zehn Meilen weit weg wären. Habe ich recht?

Durch das Fenster des Klubs konnten sie eine junge Frau ohne Hut sehen, die, mit einem lose über die Schultern geworfenen Mantel, aus einem Geschäft weiter unten im Block herauskam, zu einer Tür gegenüber lief und hastig eintrat. Joe bemerkte, daß sie die Füße hinter sich warf, x-beinig lief, ganz anders als ein Mann.

Ich weiß nicht, ob ich das Recht habe, mit Ihnen zu sprechen, wie ich will, Stecher. Aber verdammt noch mal, Sie haben eine Art, die einen in sich gehen und ein bißchen nachdenken läßt. Sie hätten einen großartigen Rechtsanwalt abgegeben. Sie haben das Auge dafür und den Charakter auch. Und heutzutage braucht man das bei Gericht. Aber das Geschäftsleben braucht es genausosehr. Ehrlich, manchmal frage ich mich, warum Sie die Arbeiterbewegung aufgegeben haben. Verzeihen Sie, wenn ich das so sage. Für sie war es ein großer Verlust.

Ja, sagte Joe, die Worte sorgfältig abwägend. Es würde lange dauern, das zu erklären.

Vergessen Sie's. Die Arbeiterbewegung läßt Sie sowieso nicht ruhen. Für die sind Sie vielleicht auch so ein Geschenk des Himmels.

Joe machte eine Bewegung, als wolle er seine Uhr herausholen, ließ sie dann aber langsam wieder in die Tasche fallen, ohne darauf zu schauen.

Warum ist das so, Stecher? Glauben Sie nicht, daß ich Ihnen vorschreiben will, was Sie tun sollen. Das ist es nicht. Bloß daß ... Ich glaube nicht, daß Sie mir gegenüber wirklich mißtrauisch sind. Ich weiß, daß ich Sie beklommen mache.

Joe sah seinen Freund scharf an. Vielen Dank für Ihre Mühe. Ich denke, ich gehe mal besser wieder in den Betrieb.

Nein, ich lasse Sie vorläufig noch nicht gehen, weil ich eine Gelegenheit wie diese nie wieder bekommen werde. Trinken Sie aus. Wie wär's mit noch einem Highball?

Gut, sagte Joe, wenn ich hierbleibe, warum nicht?

So ist es recht. Jetzt kommen wir voran. Er läutete eine Glocke und deutete auf die Gläser. Darf ich fortfahren?

Sicher, sagte Joe. Ich höre zu.

Was wird es denn, alter Freund, ein *closed shop* oder ein *open shop*?

*Closed shop*, sagte Joe. So war es vereinbart, solange sie keine Schwierigkeiten machen.

Und wenn sie es tun?

Das ist ihre Sache.

O nein, das ist es nicht, Stecher. Da irren Sie sich. Tausend widerstreitende Faktoren spielen da hinein, die noch niemand von uns begreift. Von daher wird der Ärger kommen.

Die Männer saßen wieder da und sahen auf die schlammige Straße hinaus.

Es ist schon richtig, zu sagen, daß man ein Existenzminimum bezahlt, aber im Geschäftsleben sind diese Dinge der Kontrolle des einzelnen enthoben – und er muß sich entschließen.

Das habe ich ja gesagt.

O nein. Es spielt keine Rolle, was man seinen Arbeitern zahlt. Fünf Dollar am Tag, zehn Dollar am Tag, zweihundert Dollar am Tag, wo ist der Unterschied? ABER wenn Sie Ihren Arbeitern fünf Dollar am Tag zahlen, und jemand anders verkauft Ihr Produkt für fünfzig Cent weniger oder einen halben Cent weniger als Sie auf dem Markt, dann müssen Sie das aus Ihren Produktionskosten herausholen. Gut. Sie müssen die Löhne kürzen. Also runter damit. Und Sie haben Streiks und Arbeitsniederlegungen und das ganze Zeug. Sie können nichts dafür. Wollen Sie pleite gehen? Dann müssen Sie sich nach dem Markt richten. Etwas anderes gibt es nicht. Habe ich recht?

Man kann nicht immer Geld verdienen.

Verdammt noch mal, Stecher, ganz egal, wie clever Sie sind, aber es gibt ein paar Dinge im Geschäftsleben, die man nur durch Erfahrung lernen kann.

Aber sicher, sagte Joe.

Aber Sie sehen doch, daß Sie mir gegenüber nicht offen sind. Ich hoffe, ich trete Ihnen nicht zu nahe.

Nein, sagte Joe. Aber ich bin, wie ich bin. Ich muß abwarten und sehen, was passieren wird.

Tja, vielleicht ist es das. Vielleicht können wir alle nichts daran ändern. In diesem Fall ist es tragisch und wird tragisch enden. Nehmen Sie eine Zigarre.

Danke, ich nehme meine eigenen.

Gut. Sehen Sie. Sie machen einen großen Fehler. Vielleicht irre ich mich. Vielleicht ist alles falsch, das ganze Geschäftsleben und das Wirtschaftssystem. Aber wir müssen damit leben und es uns untertan machen, oder es erledigt uns. Es wird Sie erledigen, Stecher, wenn Sie nicht aufpassen, was Sie tun – und das ganz schnell.

Von mir aus, sagte Joe.

Was meinen Sie mit von mir aus?

Sie tranken ein paar Schlucke und beobachteten die Leute, die kurz auf der winterlichen Straße stehenblieben, sich an die Gebäude drängten, wo der Schnee schmolz, um in Schaufenster zu schauen. Eine Bewegung die Straße hinauf und herunter, während der Nachmittag bereits langsam zu dunkeln begann.

Es wird Ihnen an den Kragen gehen, Stecher, fuhr Mr. Lemon fort, als wären seine Gedanken nie abgewandert. Sie werden zwischen zwei Mühlsteinen zerrieben. Wenn Sie nicht mit den großen Mackern Ball spielen wollen, werden Sie die Arbeiterbewegung am Halse haben, ehe Sie es merken. Darin liegt die Gefahr für das Geschäftsleben heute, in der Arbeiterbewegung. Das wird uns alle früher oder später erledigen.

Joe sagte nichts.

Ihre gegenwärtige Einstellung wird nicht halten. Sie ist sentimental und repräsentiert nichts.

Wenn ich mit keiner Seite Ball spielen kann, sagte Joe, dann muß ich wohl Schiedsrichter sein.

Aber Sie können die Dinge nicht so leichtfertig von der Hand weisen. Das geht nicht. Sie sind im Geschäft, und das ist das Geschäft. Begreifen Sie das doch. Ich glaube nicht, daß Ihnen klar ist, worauf ich hinaus will. Hören Sie mir zu, alter Freund, so klug Sie sind, glaube ich doch nicht, daß Sie wissen, worüber ich rede. Nehmen wir an, ich bin Arzt, und Sie kommen zu mir, um sich für eine

Versicherung untersuchen zu lassen. Sie fühlen sich gut, alles ist in Schuß. Nie im Leben haben Sie sich besser gefühlt. Aber ich sage Ihnen, daß ... Lassen Sie mich ausreden. Hören Sie mir zu, Stecher, es ist ernst.

Diesmal sah Joe seinem Freund in die Augen, als wolle er sagen: Was wissen Sie denn schon?

Werden Sie ruhig böse, Sie haben recht, aber ich werde es zu Ende bringen, dann habe ich es hinter mir. Sie sitzen in der Klemme zwischen dem *big business* auf der einen Seite, das Sie, *wenn es soweit ist*, nicht mehr toleriert als eine Mücke, und der anderen Seite – der nach oben drängenden Macht der Arbeiterbewegung, die Sie von unten her bedrängt. Und das ist das Schlimmste. Sie werden getötet – es sei denn! Und das meine ich ganz wörtlich, getötet. Es sei denn, Sie treffen eine Entscheidung – für das eine oder das andere.

Was ist das, ein Krieg? sagte Joe.

Schlimmer. Sie werden zum Richtblock geführt, ohne auch nur eine Chance zu haben, sich im Preiskrieg zu verteidigen. Und Sie können nichts dagegen tun – es sei denn, Sie haben Deckung. Die erwischen Sie, auf die eine oder die andere Art. Das tut jeder. Sie werden abgeschossen. Wollen Sie das? Wirklich? Nein. Aber ich frage mich das. Sind Sie so desillusioniert, daß Sie das wirklich wollen, Stecher? Ich frage Sie als intelligenten Menschen. Genau darauf läuft es nämlich hinaus. Fordern Sie nicht früher oder später zu Ihrer eigenen Zerstörung heraus, wenn Sie sich nicht der einen oder der anderen Gruppe anschließen? Viele Männer tun das. Ist es das? Denken Sie darüber nach. Es kommt sehr häufig vor, und Sie sind zu gut dafür.

Joe hörte nicht mehr zu. Er mußte gehen.

Ich meine es ernst, fuhr Mr. Lemon fort. Ich habe mein Leben damit verbracht, meinen eigenen Fall zu studieren.

Und was haben Sie herausgefunden? fragte Joe.

Ja, Sie haben recht. Viel habe ich nicht herausgefunden, außer wie sehr sich andere zum Narren machen, besonders in öffentlichen Positionen. Der Reichtum ist sozusagen ein

Klubeigentum. Wir müssen zusammenhalten, oder wir verlieren ihn.

Ich bin nur glücklich, sagte Joe, wenn ich arbeite.

Stecher, darf ich das sagen? Sie betragen sich wie ein Mensch mit Schuldgefühlen.

Das stimmt, sagte Joe, ich bin schuldig, ich verdiene nicht genug Geld.

Aber Sie wollen doch kein Geld, das sagen Sie doch selbst.

Das stimmt, sagte Joe. Aber ich könnte es gebrauchen.

Wissen Sie, was die schlimmste Droge der Welt ist, Stecher?

Arbeit.

Genau. Wir arbeiten, damit wir nicht denken müssen. Und Whisky. Und Frauen. Die gottverdammten Frauen.

Das hatte Joe nicht erwartet.

Sie sind süchtig, Stecher. Sie wollen berauscht sein.

Das stimmt, sagte Joe. Und ich esse auch gerne, vergessen Sie das nicht.

Sie könnten essen, ohne so hart zu arbeiten.

Tja, wenn ich klug wäre.

Stecher, Sie sind unmöglich! Sie erschließen sich ein neues kommerzielles Feld, eine neue Welt – als aktiver Spieler –, in der ich mein Leben lang existiert habe – und Gott weiß, wie wir dieses Jahr unsere Altersversorgung bezahlen sollen. Ich will Ihnen nur ein paar Richtlinien geben …

Die brauche ich, sagte Joe. Es wird spät. Er stand auf.

Ich möchte nur nicht erleben, daß man Sie verletzt. Verzeihen Sie, alter Freund, wenn ich Sie gelangweilt habe.

Joe blickte seinem Freund noch einmal gerade in die Augen. Danke, sagte er.

Verstehen Sie nicht, was ich meine, Stecher? Ich mache mir Sorgen um Sie. Gerichtliche Auseinandersetzungen, Vertragsbrüche, Lügen vor den höchsten Stellen. Das sind Dinge, die einen zerbrechen. Die Wirtschaftswelt ist kein Ort für einen ehrlichen Menschen, einen buchstäblich ehrlichen Menschen, heißt das. Haben Sie einen guten Rechtsanwalt?

Sicher, sagte Joe.

Wenn nicht, nehmen Sie meinen – Sie werden ihn brauchen.

Sie haben genug für mich getan, sagte Joe. Diesmal schaffe ich es alleine. Sehr zu Dank verpflichtet.

Mr. Lemon lachte, nahm Joes Rechte in die seine und legte dem Freund die linke Hand auf die rechte Schulter. Einen Augenblick blieben sie so stehen, dann löste Joe seine Hand. Er drehte sich um, und sie gingen Seite an Seite zur Tür, wo er Hut und Mantel wiederbekam, sich anzog und erleichtert hinaus ins Freie trat.

## KAPITEL 22

# Neujahrsgeplauder

Elsas größter Wunsch war es, Englisch zu lernen. Sie lauschte allem.

Wo gehst du hin? fragte Gurlie ihr junges Dienstmädchen.

In Park, sagte Elsa.

Ja, aber du kannst doch nicht den ganzen Nachmittag im Park herumlaufen. Hast du ein paar Freunde, die du da triffst?

Nicht Freund. Viele Damen.

Was soll das heißen?

Hinter Museum. Sehr schöne Sonne für Kinder, zu sitzen.

Ach. Na gut. Lauf schon. – Das Mädchen hatte praktisch die ganze Geschichte erzählt. Sie hatte den Treffpunkt einer Reihe Frauen gefunden, die an diesen Wintertagen ihre Kinder hinter dem Museum of Art frische Luft schnappen ließen, und sie hielt sich gerne in ihrer Nähe auf. Es war ein auf zwei Seiten umschlossener Platz, dem

Verkehr fern und nach Süden gelegen, wo die Sonne sich wie in einer Falle fing, aber wenig oder gar kein Wind hinkam. Trotz der Jahreszeit war es an manchen Tagen richtig warm dort, dicht an der Museumsmauer; ihr Klub und ihre Schule.

Auf der Bank, wo sie mit der kleinen Flossie saß, spitzte sie die Ohren, um Gesprächsfetzen mitzubekommen, alles, was sie aufschnappen konnte.

Hallo, liebe Mami.

Hallo! sagte die Frau lächelnd und tätschelte den vermummten Kopf.

Hallo, liebe Mami, sagte das Kind wieder.

Ja, es reicht. Ich bin ja hier.

Hallo, liebe Mami.

Sie will bloß reden, sagte die Frau zu Elsa. Jetzt lauf. Hier, laß dir die Nase putzen. Das Kind ließ sich pflichtschuldig die Nase putzen und lief davon zu seinen Spielgefährten.

Gewöhnlich achtete Elsa sehr darauf, wo sie sich hinsetzte. Wenn sie es vermeiden konnte, war sie nie alleine auf einer Bank anzutreffen, damit sich nicht jemand, vielleicht eine farbige Person, vor der sie sich schrecklich fürchtete, neben sie setzen konnte. Gewöhnlich wartete sie, bis sie einen Platz neben einer älteren weißen Frau finden konnte. Sonst spazierte sie einfach langsam herum oder stand in einer Ecke, wo sich etwas tat.

Frei! brüllte ein atemloses kleines Mädchen, das zur Ecke der Museumstreppe lief und sie berührte.

Oh! Das ist nicht fair! sagte eine andere. Du warst zu weit weg.

War ich nicht.

Warst du wohl, nicht, Geraldine? Wir haben gesagt …

Du bist's. Mach schon, zähl.

Eins zwei drei vier fünf sechs sieben acht neun zehn elf zwölf dreizehn vierzehn fünfzehn sechzehn siebzehn achtzehn neunzehn zwanzig … hundert! Ich komme, ob ihr fertig seid oder nicht!

Elsas Augen blitzten und funkelten. Auch das Baby lauschte. Eins, zwei, drei, vier, fünf, sagte es. Elsa lobte es: Das ist fein.

Der Ort wurde ihnen beiden zur zweiten Heimat. Das kleine Dienstmädchen lernte alle warmen Flecken kennen, wo man den Wagen gemächlich schieben konnte, den Kies, den Rinnstein, alles. Sie ging um den Obelisken herum, und da war eine Stelle – in dem betonierten Bürgersteig vor dem Museumseingang –, über die eine Katze gelaufen war, als der Beton noch weich war, und die Abdrücke ihrer Pfoten hinterlassen hatte. Elsa sah hin und wußte, daß es eine Katze gewesen war. Siehst du? sagte sie zu dem Kind.

Jetzt zog ein dunkles, aggressives kleines Mädchen einen großen blonden Heulpeter in einem Kinderwagen auf, indem es einfach stehenblieb und ihn gebannt anstarrte, bis er verängstigt zu brüllen anfing.

Du riechst aber doch komisch, Sissy, sagte eine andere Frau und schaute mißtrauisch ihren Säugling an, der sie unter den Kinderwagendecken hervor zufrieden anlächelte.

Was für eine Truppe! Elsa ging dicht daran vorbei und lauschte: Es ist kein lockerer Husten, sondern ein Reizhusten, der sie nicht schlafen läßt.

So kam das neue Jahr heran, und Elsa zog Flossie die kleinen neuen Schuhe und ein hübsches Kleid an und kämmte ihr die blonden Locken, so daß sie gerade richtig unter der schmucken Haube hervorguckten, und dann ging sie zu ihrem üblichen Rendezvous, um dort zu sitzen und zu lauschen.

Milch lehnt sie ab, aber essen tut sie ganz gut. Sie mag Stärke. Manchmal macht es mich ganz krank, sie anzusehen. Sie hat immer Hunger. Scheint aber richtig zuzunehmen. Ich weiß es nicht. Als ich ihr einmal ein bißchen Ei gegeben habe, wurde ihr Gesicht gelb, innerhalb von fünf Minuten. Ich habe es nicht noch einmal versucht. Sie ist schrecklich launisch. Ich weiß nicht, ob es daran liegt, daß sie keine Zähne hat, oder was es ist.

Das war ihre Unterrichtsstunde für einen Tag. Sie wußte nicht, worüber amerikanische Frauen redeten, oder was sie meinten, aber sie hatte das Gefühl, sie würde lernen. Es war, als höre sie Leute vom Mond. – Vögelchen! sagte die kleine Flossie. Richtig, sagte Elsa. Sehr gut.

Alle möglichen Babys waren da, und Kinder aller Altersgruppen, bis fünf oder ein wenig älter, sonnten sich dort, spielten Ball, stolperten, fielen, weinten, lachten, bekamen die Nasen geputzt oder schliefen einfach, und die Frauen redeten oder dösten mit ihren Schutzbefohlenen, rafften sich bloß dazu auf, ihre geringsten Pflichten zu erfüllen, dann zurück zum Strickzeug, den Büchern, Zeitschriften oder Tagträumen.

Er muß in den Süden gegangen sein und sie geholt haben …

Zum großen Teil haben sie selbst schuld.

Das ist richtig, weine mal tüchtig, dann mußt du nicht soviel pinkeln … groß wie ein Pferd.

Elsa nahm alles begierig auf. Plötzlich schrie anderswo im Hof jemand laut auf: Dieses verdammte Kind schon wieder, diesmal hat er sich wahrscheinlich in die Hose geschissen. Jedesmal, wenn er stolpert und fällt, muß der ganze Block es mitkriegen.

Wir werden auch das überstehen.

Gelegentlich schlenderte knüppelschwingend ein Schutzmann vorbei und blieb einen Augenblick stehen, um sich mit einer Frau zu unterhalten oder gutmütig ein paar Worte mit einem Kind zu wechseln. Einmal zwinkerte er deutlich Elsa zu, die puterrot wurde und davoneilte.

Ja, sie ist vierzehn Monate. Sie läuft und spricht und wiederholt alles, was man ihr sagt. Es ist komisch. Wir müssen vorsichtig sein.

Ich wünschte, Sie könnten sehen, was dieser Bursche zum Abendessen vertilgt. Kein Wunder, daß er so groß ist. – Oder: Sie will keine Milch trinken. Nimmt ein bißchen zum Müsli. Brot und Butter, das ist ihre Sache. Und schauen Sie sich sie an. Es zerreißt mir das Herz.

Zu einem Baby, das etwas aß, was es nicht sollte: Ah ah ah ah ah ah ah ah!, wie das Krächzen einer Krähe.

Ich gerbe dir das Fell! Du dreckiges kleines Gör, sagte eine andere Frau. Weg mit dir. – Elsa lernte in einem fort. Milch. Müsli. Spinat. Zähne. Ausschlag. Spazierengehen und reden, jeden Tag, jeden Tag ging es so weiter.

Erst die Situation, dann die Reaktion, das kleine Bauernmädchen fragte sich, ob alle Babys in Amerika so waren. Sie schaute die kleine Flossie an, wie sie plapperte und grinste und mit den Händen fuchtelte, und entschied, daß man in New York eine besondere Sorte schlecht erzogener Babys hatte. Aber du bist süß, sagte sie mit großem Nachdruck zu ihrem kleinen Schützling.

– und schreien? Ich bin in einem solchen Zustand, ich könnte auf einer Wäscheleine schlafen. Vielleicht wird es beim nächsten nicht so schlimm.

Meinen Sie denn, seine Augen stehen gerade? Ich habe ihn zum Arzt gebracht, aber der sagte, es sei in Ordnung. Ich glaube, er ist verrückt. Sehen Sie! Sehen Sie sich das rechte Auge an, meinen Sie nicht, es schielt ein bißchen nach innen? Hier, Kleines, hier! Sehen Sie das? Sehen Sie? Dieses Auge bewegt sich, aber das andere nicht. Man kann nichts mit ihm anfangen.

Hören Sie, wie sie atmet!

Geben Sie Ihrem Baby Lebertran? Ich nicht, ihm wird schlecht davon.

Er ist ein wilder Indianer. Er ißt alles. Er ißt Gras, Blätter – dann spuckt er sie wieder aus. Es macht ihm nichts. Aber er schläft nicht mehr wie früher, verflixt noch mal. Und nachmittags um vier oder fünf spuckt er immer noch.

Ist sie nicht süß! Oh, ich wünsche, mein Baby wäre so. Sie ist allerliebst. Sie sollten aber mal die Haare auf ihren Armen sehen. Man könnte sie auf Lockenwickler drehen, ehrlich. Ich weiß nicht, was sie ist, ein halber Affe. Meinen Sie, sie werden später ausfallen? Ich habe meine Zweifel.

Ich glaube, er bekommt zuviel. – Zuviel! sagte die kleine Flossie. Pssst!! sagte Elsa. Die Frau lächelte.

Ich glaube nicht, daß er zuviel bekommt.

Ich würde ihn verprügeln.

Es ist mir egal, was er macht, solange er mich in Ruhe läßt.

Gucken Sie mal, wo er seinen Fuß hat! Im Auge. Ja! Den großen Zeh.

Ich meine, Bier ist gut für sie. Ich weiß, daß mein Kind es gerne mag, wenn ich ihm Bier gebe.

Was kann man mit so einem Gesicht machen? Lauter wunde Stellen, überall auf dem Kopf. Jeden Abend übergieße ich ihn mit Olivenöl, bis ich den Geruch nicht mehr aushalten kann. Dann bade ich ihn. Ich weiß, daß es davon schlimmer wird, aber was soll ich tun?

Hatte Ihr Baby auch Probleme mit den Ohren? O mein Gott, wenn ich daran denke. Und diese Nase! Es ist mir ein Rätsel, wo das alles herkommt.

Und was machen Sie, damit sie sich nachts nicht aufdeckt? Ich wache auf und finde ihn, wie er am Fußende des Bettes kniet, fest schlafend und kalt wie ein Stein. Ich kann ihn nicht festbinden. Ich habe Angst, daß er sich erwürgt. Oder an Lungenentzündung stirbt. Ich bin mir sicher, daß es so kommen wird.

Halsmanschette. Verstopfung. Trockene Haut. Schwitzen.

Sein Nabel ragt heraus. Was ist die englische Krankheit? Haben Sie ihren beschneiden lassen?

Sie regt sich sehr schnell auf. Wird am ganzen Körper steif und wirft sich im Bett herum. Man sollte es nicht glauben. Es erschüttert das ganze Haus. Der arme Kerl hat so viel geweint, daß er jetzt heiser ist.

Was machen Sie abends? Sie führt jedesmal einen Mordsspektakel auf.

Hühnerbrust. Und Husten! Sehen Sie: sein linkes Auge trieft immer noch. Meinen Sie, daß das je aufhören wird? Sehen Sie, es ist kleiner als das andere, man kann es sehen. Aber dieser Husten! Gleich, nachdem man ihm die Mandeln herausgenommen hatte, am nächsten Abend, fing er zu husten an. Er hat überhaupt kein Fieber gehabt. Über *den* Husten ist er hinweggekommen. Dann, vor zwei Tagen, hat er wieder angefangen, meistens nachts. Letzte Nacht ist er um eins aufgewacht und hat eine gute Stunde ohne Unterbrechung gehustet. Tagsüber hustet er überhaupt nicht.

Und naß! Ich bring's nicht fertig, daß das Kind trocken bleibt, ganz gleich, was ich unternehme.

Man sollte meinen, so ein kleines Baby würde wenigstens nachts durchschlafen.

Sie ist jähzornig. Sie schreit nicht, sie kreischt wie eine Wilde. Manchmal stehe ich abends da und wiege sie zwei Stunden lang, ehe sie einschläft.

Zeig dem Mann, wie hübsch du reden kannst. Oh, sie spricht bereits viel. Aber sie nimmt nicht zu. Oh, Aileen ist ein braves gutes Mädchen.

Gott, zwischen Flaschenfüllen und Windelwaschen bin ich völlig verrückt geworden!

Ich bekam Lachgas und lag dreizehn Stunden auf dem Tisch. Aber abgesehen davon, war es in Ordnung.

Ich finde ihn wunderbar. Ich gehe einfach gerne hin und führe ihm das Baby vor. Er hat so eine freundliche Stimme. Ich glaube, er liebt Kinder. Er ist auch so nett zu mir. Einmal hat er mir den Fall eines kleinen Mädchens erzählt, dem sie die Flasche abgewöhnen wollten. Die Mutter war eine von den Frauen, wissen Sie, die mir und mich verwechseln und so was, und sie hatte ein drei Jahre altes kleines Mädchen, das immer noch aus der Flasche trank. Sie fragte also den Arzt, was sie tun solle, und er sagte ihr, sie solle dem Kind die Flasche wegnehmen. So hat er mir die Geschichte erzählt. Also sagte sie, sie würde es versuchen. Nun, drei Tage später rief sie ihn an und sagte, das Kind habe seit drei Tagen nichts gegessen und was sie jetzt tun solle. Was meinen Sie, was er ihr sagte? Er sagte ihr, sie solle es noch einmal drei Tage durchhalten. ›Aber dann hungert sie und wird krank‹, sagte diese Frau. ›Nein, tut sie nicht‹, sagte er ihr. ›Und das ist alles, was Sie mir sagen können?‹ fragte sie. ›Ja, das ist alles‹, sagte er. Sie knallte also den Hörer auf die Gabel, und er wußte, von der würde er nie wieder etwas hören. Das hat er mir erzählt. Aber wissen Sie, was dann passierte? Er hörte es von einer Nachbarin. Keine drei Wochen, nachdem sie mit ihm gesprochen hatte, bekam die Frau eines Morgens um die Frühstückszeit Blinddarmentzündung. Ihr Mann war bereits zur Arbeit gegangen, deshalb konnte sie niemandem Bescheid sagen und wurde im Krankenwagen ins Krankenhaus gebracht und operiert. Es ging alles so schnell, daß sie das kleine Mädchen beim Großvater zu Hause lassen und er ihr Mittagessen geben mußte. Er gab ihr also ein Glas Milch, und das freche Kind schlug es ihm aus der Hand auf den Teppich. Er war so wütend, daß er sie hochnahm und ihr eine Tracht Prügel verabreichte. Dann ging er und holte ein neues Glas Milch und gab es ihr, und sie trank es ganz aus. Damit hatte es sich. Und als die Mutter aus dem Krankenhaus nach Hause kam, trank das Mädchen aus einem Glas. Aber als sie erfuhr, was in Wirklichkeit geschehen war, drehte sie durch! Sie war wütend auf ihren Vater. Aber das kleine Mädchen wollte danach die Flasche nicht einmal anschauen. Was halten Sie davon? Ist das nicht rührend? Solche Dinge erzählt er mir. Ich habe ihn gern.

Elsa hörte das alles. Dies also ist Amerika, wo Menschen leben und genau die gleichen Erfahrungen machen wie überall sonst. Sie fühlte sich hier bereits heimischer. Wenn sie nur ein paar Freunde hätte. Es gab zwar die finnisch-amerikanische Gesellschaft, aber da wollte sie nicht immer hingehen. Sie wollte eine Amerikanerin sein.

Ich bin so erschöpft, sagte eine andere Frau, ich kann mich kaum auf den Beinen halten. Ich weiß nicht mehr, ob er nachts gefüttert werden muß oder nicht.

Die, um die sich all dieses müßige Geplauder drehte, rannten in der Zwischenzeit auf und ab, schliefen, gluckсten und – machten überhaupt einen Mordsspektakel im kleinen, wie es ihre Art war.

Ihre Freude und ihr Interesse deckten sich zu einem großen Teil mit denen Elsas, Sprechen zu lernen und es zu üben.

Die Kinder rauften und zankten. Kratzkatze! sagte ein kleines Mädchen. Kratzkatze!

Weißt du, was ich zum Geburtstag bekommen habe? Eine Tafel. Man kann sie richtig hinstellen.

Schubladen herauszuziehen, das ist ihre ... zieht einen Stuhl heran und stellt sich darauf.

Er hätte sie einfach zum Teufel schicken sollen, dann ständen sie sich heute gut. Gucken Sie sich dieses Kind an!

Guten Tag! sagte ein kleines Mädchen zu Elsa. Wer bist du?

Elsa genierte sich, zu antworten. Sie wußte nicht, was sie sagen sollte.

Darf ich mit ihr spielen? fragte die neugewonnene kleine Freundin und zeigte auf Flossie in ihrem Wagen.

Elsa musterte das Kind blitzschnell und sagte: Ja. So stand das kleine Mädchen in seinem schmucken braunen Spielanzug und den schweren Gummistiefeln vor Flossie. Hallo! Wie heißt du?

Flossie lächelte und drehte sich nach Elsa um, um zu sehen, ob alles seine Richtigkeit hatte.

Wie heißt sie? fragte das kleine Mädchen Elsa. Ich heiße Carol. Ich wohne da drüben, und sie zeigte ganz allgemein in östliche Richtung.

Sie heißt Flossie, sagte Elsa.

Ist sie ein kleines Mädchen? fragte das kleine Mädchen.

Ja, sagte Elsa.

Das wußte ich, sagte das kleine Mädchen. Willst du meinen neuen Schlüpfer sehen?

Was ist Schlüpfer? fragte Elsa, die ein bißchen Mut schöpfte. Auf diese Weise hatte sie viele neue Worte gelernt. Auch Flossie beugte sich vor, um zu gucken. Schlüpfer! versuchte sie zu sagen.

Kann sie sprechen? fragte das kleine Mädchen.

Ja, sagte Elsa, besser, wie ich kann. Sie errötete heftig, weil sie sofort wußte, welchen Fehler sie gemacht hatte.

Kannst du kein Englisch? fragte das kleine Mädchen. Ich spreche finnisch, sagte Elsa. Oh, sagte das kleine Mädchen.

Aber da war noch ein Kind, auch ein kleines Mädchen, das sich langsam mit ausdruckslosem Gesicht näherte, während das andere Kind dann und wann mit dem Baby oder Elsa müßig plauderte. Dann blieb sie stehen. Sie war ziemlich hübsch, mit blondem Haar und hoher weißer Stirn, aber sie schien niemandem Gutes zu wollen.

Geh nach Hause, sagte sie verhalten zu der kleinen Carol. Mach, geh nach Hause!, mit leiser drohender Stimme. Elsa wollte ihr eine Ohrfeige geben. Geh *du* nach Haus, wollte Elsa sagen, mit der Betonung auf dem Du. Aber es nützte nichts. Das Kind sah auf, nahm alles, was es mit den Fingern raffen konnte, einen Ball, eine Gummipuppe, und trat langsam, die anderen eiskalt anstarrend, den Rückzug an. Fünf Meter entfernt ließ sie heimlich, ihre unaufmerksame Mutter im Auge, fallen, was sie in der Hand hatte, oder versuchte, es ins Gebüsch zu schmeißen.

Spatzen tschilpten und flatterten herum, Tauben flogen vom Gesims des Museums heran und kreisten und gurrten; mehrere Frauen und ein alter Mann, den jeder kannte, brachten Brotkanten mit. Eines Tages beobachteten alle belustigt, wie ein sehr kleiner Junge mit glatten schwarzen Haaren und samtigen Augen, der zum Kern der Gruppe gehörte, die für die Vögel hingestreuten Brotkrumen aufhob und sie ernsthaft aufaß, eine nach der anderen, mit Dreck und allem Drum und Dran, ehe seine Mutter ihn ertappte.

In den kahlen Bäumen, besonders in einer anmutig verzweigten Ulme, die dort wuchs, schüttelten sich Amseln, putzten sich und spreizten ihr Gefieder in der begierigen Sonne.

Flossie zog die Schuhe aus und bekam sie zum zwanzigsten Mal wieder angezogen.

Und tatsächlich saß eines Tages auf der Brüstung neben der Museumstreppe eine große weißrote Katze, ziemlich mitgenommen um die Ohren herum, faul und friedlich, zweifelsohne die, die einmal ihre Abdrücke in dem weichen Bürgersteig hinterlassen hatte.

Er ist seit seiner Geburt solch ein Mamakind, sagte eine

freundliche, ernsthafte Frau, die nebenan saß, über ihr schüchternes Baby. Ich wünschte, er wäre nicht so scheu.

Zwei kleine Mädchen, eine genau wie die andere, in schweren blauen Wintermänteln und spitzen Mützen, marschierten vorbei und stampften die Melodie: Wier ham gewonn'! Wier ham gewonn'! Wier ham gewonn'! Wier ham gewonn'! Das ›Wir‹ mit leiernder Stimme langgezogen und das ›gewonnen‹ kurz, hallend und hoch.

Die können mir sagen, was sie wollen, aber sie dürfen es nicht an meiner Mutter auslassen. Da gehe ich hoch, denn sie ist eine Heilige, wenn es je eine gegeben hat. Als mein Vater starb, hinterließ er ihr zweihundert Dollar, und sie zog fünf kleine Kinder groß, und gerade als Ed alt genug war, um ihr zu helfen, ertrank er, mit achtundzwanzig. Machen Sie mir da einen Vorwurf, wenn ich sie liebe?

Dann, eines Tages geschah es. Eine von ihnen näherte sich langsam der Bank, wo Elsa, ohne nachzudenken, alleine sitzen geblieben war.

Elsa hatte Angst, traute sich aber nicht, wegzugehen. Sie konnte deutlich sehen, daß die anderen dem Unterschied keine oder wenig Aufmerksamkeit schenkten, sie aber erschauderte, als sie in ihrer Nähe vorbeigingen. Sie wollte sich nicht so anstellen. Finnische Mädchen stellen sich nicht an. Aber sie war so an ihren eigenen Anblick gewöhnt, ihre glatte helle Haut, ihr blondes Haar und die blauen Augen – sie konnte sich etwas so anderes einfach nicht vorstellen. Daß dieses andere der Welt genauso natürlich erscheinen könnte wie sie selbst, schien an ihrem Empfinden nichts zu ändern.

Natürlich waren dies alles Frauen. Sah sie aber einen von ihnen, der ein Mann war, dann – nun, sie gewöhnte sich langsam daran, aber anfangs war sie mit einem Gesichtsausdruck, als wolle sich der Teufel auf sie stürzen, auf die andere Straßenseite geeilt. Doch dies waren alles Frauen, hochgewachsen und sehr sauber. Aber dadurch sahen ihre Hände oder ihr Gesicht für sie nicht anders aus. Und jetzt war es soweit!

Sie hatte die Bank, auf der sie saß, gewählt, weil eine ältere Frau dort saß und strickte. Sie hatte Elsa angelächelt, und Elsa hatte sich sicher und wohl gefühlt. Aber nach einer Weile hatte die Frau ihre Sachen verstaut, in den Kinderwagen vor sich geschaut und war langsam auf den Obelisken zugegangen. Und nun! Eine von ihnen kam genau auf diesen Platz zu. Erst hatte Elsa es nicht bemerkt, dann zuckte sie zusammen, weil die Frau mit einem kleinen blonden Kind in blauem Mantel an der Hand direkt auf sie zusteuerte. Elsa konnte spüren, wie sie rot wurde. Ihre Pupillen weiteten sich, und das Herz begann ihr zu klopfen. Huch, was machte es ihr aus.

Darf ich? sagte die große junge Frau mit einem Lächeln.

Elsa schüttelte heftig den Kopf, um Nein! zu sagen, während ihr Atem sehr schnell ging. Die Frau setzte sich. Puh! sagte sie. Bin ich froh, daß ich sitze. Lauf jetzt, Ellen May, und laß mich etwas ausruhen. Ich bin müde.

Elsa wagte nicht, sie anzuschauen. Aber die Frau sprach mit solch einer sanften Stimme und so selbstsicher und so gut, daß Elsa sich für sich und ihr gebrochenes Sprechen schämte. Sie war überrascht, daß die so reden konnten. Elsa kam sich neben ihr wie ein dummes kleines Bauernmädchen vor, und das machte sie wütend. Also stand sie auf und ging zornig weg.

## KAPITEL 23

# Zwei Jahre alt

Am Neujahrsmorgen nahm Joe die Kinder mit zu einem Besuch bei der anderen Tante, seiner Schwester Ida, der wohlhabenden Schwester, die kinderlos mit ihrem Mann in einer Wohnung auf der anderen Seite der Stadt lebte. Gurlie weigerte sich mitzugehen, aber Joe meinte, die Verbindung solle nicht abgebrochen werden.

Dies war eine jährliche Verpflichtung seinerseits, weil die Familie sich, abgesehen von diesem einen Mal, selten sah. Gurlie und Ida hätten sich, was sie persönlich betraf, damit ganz gut abgefunden.

Aber Ida wollte das Baby haben. Sie hatte nie großen Wert auf Lottie gelegt, weil sie wußte, daß sie kaum Aussichten haben würde, Lottie als Erstgeborene zu bekommen. In Flossies Fall war das anders. Sie hätte die kleine Flossie gern als vor dem Gesetz adoptierte Tochter angenommen: Denk dir, was wir ihr bieten könnten! – Gurlie zog die Idee ins Lächerliche. Warum gebt ihr es ihr nicht einfach so? war ihre Erwiderung.

Habt ihr eure Meinung geändert? Wahrscheinlich nicht, wo ihr jetzt Geld bekommt. Joe wußte, was kommen würde.

In Idas gepflegtem Haushalt mit seinen Seiden- und Goldstühlen, seinen Schränkchen und Spitzenvorhängen, den kostbaren Läufern und nie geöffneten Fenstern durfte nichts von gemeinen Händen berührt werden. Aber es gab keine Kinder, die etwas berührten, was spielte es also für eine Rolle? Gurlie war vor Jahren einmal hingegangen, als Lottie ein Säugling war, aber das hatte ihr gereicht.

Wie geplant hatte Joe die Kinder um Punkt zehn angezogen. Sie waren ausgehbereit. Bei dem Wetter würde er mindestens eine halbe Stunde brauchen, um durch den Park zu kommen, und so ging er mit Gurlies stillschweigendem Segen in Form eines abweisenden Handwinkens, das ihn und die Kinder, soweit es an ihr lag, symbolisch durch die Vordertür zur Hölle schickte.

Es war ein kalter Tag. In der Nacht war ein wenig Schnee gefallen, aber nun war der Himmel strahlend klar. Eine Frau, die an der Ecke auf die Straßenbahn wartete, schaukelte auf der Stelle hin und her, trat von einem Fuß auf den anderen, schlug die Sohle des einen Schuhs gegen den Absatz des anderen, die Hände in einem kleinen Muff aus rötlichbraunem Pelz.

Die Kinder wollten natürlich laufen, also gingen sie durch den knirschenden Schnee, doch steif, gegen den

Wind anblinzelnd und mit ungeheuerem Spaß daran. Joe wußte nicht, wie lange sie so weitermachen wollten, dachte aber, sie sollten es jedenfalls versuchen. Später konnte er das Baby tragen. Trag mich! hörte er schon jetzt Flossie flöten.

Es war schön in dem alles umhüllenden Licht, und sie machten ihre Sache nicht so schlecht, kamen mit geröteten Gesichtern und prickelnden Fingern gerade um die Zeit an der Haustür an, zu der er hatte da sein wollen. Dann die Mäntel aufgeknöpft und nichts wie die Treppe rauf. Als sie in Tante Idas Wohnung traten, war es dort so warm, daß es ihnen heißer als der Sommer vorkam. Das Dienstmädchen brachte die Kinder sofort in die Küche, um ihnen die Überzieher auszuziehen, damit der Schnee – beide Kinder waren mehrere Male hingefallen – keine Flecken auf dem Parkettfußboden machte.

Ida freute sich, Joe zu sehen. Albert war ausgegangen, würde aber zum Mittagessen zurück sein, wenn sie so lange auf ihn warten konnten. Bruder und Schwester hatten geistig viel gemeinsam, vor allen Dingen waren sie beide geschäftstüchtig. Ida war eine fähige Geschäftsfrau gewesen, aber körperlich sahen sie sich gar nicht ähnlich. Ida war klein, nicht daß Joe sehr groß gewesen wäre, aber seine Schwester war im Gegensatz zu dem schmächtig gebauten Mann kompakt und rund.

Komm rein, Joe, sagte sie und ging voran in den Salon. Schön, dich zu sehen. Gutes neues Jahr! setzte sie hinzu und küßte und umarmte ihn. Wie geht's Gurlie?

Gut, sagte Joe.

Wo ist der Junge, den ihr haben wolltet? Jetzt, wo ihr in allen Zeitungen steht, müssen wir wohl nicht mehr lange auf ihn warten. Habe ich recht?

Joe erkundigte sich nach seinem Schwager, der mit einer Grippe darniedergelegen hatte. Er ist heute zum ersten Mal ausgegangen, besucht ein paar Freunde in der Nachbarschaft, sagte Ida.

Und hier kommen die Kinder! Laßt euch ansehen, sagte

Ida. Mein Gott, sind sie gewachsen! Komm her, Flossie, sagte sie und hob das Baby auf, laß dich anschauen. Hm! Blondes Haar wie ihre Mutter. Aber ich glaube, sie wird deine Augen haben und deine Nase. Ich denke, Lottie ist hübscher. Aber die hier ist klug. Das sieht man. Bist du nicht klug, du kleine Maus! Du bist klug, nicht? Hast du denn gar kein Lächeln für deine Tante heute morgen?

Das Baby sah sie mit vorsichtiger Aufmerksamkeit finster an.

Komm schon, lächle! Das Baby war verlegen und schaute zu Boden.

Da! sagte Flossie gebieterisch und mühte sich, hinunterzukommen.

Sie will runter, sagte Joe.

Nun gut, lauft und spielt. Ihr müßt aber aufpassen! sagte Ida. Lottie, du bist jetzt ein großes Mädchen. Du mußt auf sie aufpassen. Ihr dürft nicht Tantes Stühle und Vorhänge anfassen.

Ich nehme sie auf den Schoß, sagte Joe. Wir bleiben nicht lange. Lottie war von der ganzen Situation etwas überwältigt und blieb auf dem ihr zugewiesenen Stuhl am Fenster sitzen, um die Leute auf der Straße zu betrachten. Nicht aber Flossie.

Kampf war angesagt.

Lottie war brav, sie konnte brav sein, wenn sie wollte, und außerdem erinnerte sie sich deutlich, was das letzte Mal passiert war, als sie hier war. Aber Flossie begriff nicht, nicht das Baby. Sie begriff nichts. Sie wollte unbedingt zurück in die Küche zu dem Dienstmädchen, das sie eingelassen hatte.

Warum läßt du sie nicht gehen? fragte Joe.

Nein, nein. Das Mädchen hat zu arbeiten. Sie ist sowieso faul genug. Ich konnte sie nur mit Mühe überreden, heute hierzubleiben. Laß sie runter, Joe. Sie wird schon nichts anstellen.

Das Baby bewegte sich sofort rückwärts von ihnen weg in die Richtung, in die es wollte. Paß auf, wohin du gehst!

sagte die Tante und wollte aufstehen, als die kleine Flossie zur Kante des Läufers kam und –: Pardauz! Da liegt sie.

Laß sie, sagte Joe. Sie kommt schon alleine zurecht.

Sie stand auf und machte sich von neuem auf den Weg. Auf Wiedersehen, sagte sie, ich komme später wieder.

Ida war erstaunt. Wie klar und deutlich sie spricht! sagte sie. Komm hierher zurück! zu dem Kind. – Nein, sagte Flossie, blieb stehen und schüttelte den Kopf. Nein!

Was! sagte Ida streng. Kleine Mädchen dürfen Erwachsenen nicht so widersprechen. Bringt deine Frau ihnen denn kein gutes Benehmen bei? fragte Ida.

Warum läßt du sie nicht in die Küche gehen? fragte Joe. Laß sie doch.

Was! Du auch? sagte Ida. Mit den Methoden bringt ihr ihr nie gutes Benehmen bei. Ich bin überrascht, Joe. Das sieht meinem Bruder gar nicht ähnlich. – Also wurde die kleine Flossie zurückgezerrt, und Joe nahm sie vorläufig auf den Schoß.

Das ist heute die erste Gelegenheit für mich, dir zu deinem Geschäftserfolg zu gratulieren, Joe. Eine Weile hatte ich Angst. Es klang alles so schlimm. Ich wußte nicht, was ich denken sollte.

Worüber? fragte Joe.

Es sah dir gar nicht ähnlich. War in dieser Sache nicht eine andere Handschrift zu erkennen?

Wovon sprichst du? fragte ihr Bruder.

Glaubst du, daß du recht getan hast? In einer Firma zu arbeiten und den Arbeitgebern gegenüber unloyal zu sein?

Joe sah sie an. Du lieber Gott, sagte er. Sprich nicht von etwas, wovon du nichts weißt.

Nein, nein, Joe! Du irrst dich. Das war nicht richtig. Ich wette, Gurlie hat dich dazu angestiftet.

Du auch, was? sagte ihr Bruder. Also, sag deinen Freunden, meinte er, daß ich nicht dein Bruder bin. Du hast das gerade erst entdeckt. Damit bist du aus dem Schneider.

Joe, du bist doch nicht böse, oder? Hast du ein schlechtes Gewissen?

Laß das aus dem Spiel, sagte er. Du hast von Gurlie gesprochen.

Nein. Ich habe nur daran gedacht, zu was du mir in derselben Situation raten würdest. Ich konnte es nicht verstehen.

Und jetzt verstehst du es, was? Habe ich den Kontrakt oder nicht?

Ja.

Und ich drucke die Zahlungsanweisungen.

Ja. Aber trotzdem gefällt mir deine Handlungsweise nicht.

Dann behalt es für dich, sagte er.

Aber Joe! Sprich doch nicht so zu mir! Es tut mir leid, wenn ich dich beleidigt habe ... an Neujahr!

Ist schon gut, sagte ihr Bruder. Du hast die Wohnung renoviert, seit ich das letzte Mal hier war, nicht?

Was sollte ich denn glauben? Wenn man liest, was sie in den Zeitungen schreiben, läßt es einem das Herz sinken.

Sie schreiben nicht genug in den Zeitungen, sagte ihr Bruder.

Nun, wie du willst.

Joe betrachtete das Chaiselongue, die Wandteppiche, die Ölgemälde von ›Landschaften‹, einschließlich einer sehr geschickt gemachten, großen signierten Kopie von Hobbemas ›Pappelallee‹, und einen prächtigen orientalischen Seidenläufer neben einem Tisch aus Eben- und Rosenholz (darauf stand eine rosa blühende Azalee in einem kleinen Holzübertopf), Gardinen, Vorhänge. – Laß uns ins Eßzimmer gehen und dort reden. Ich würde mich wohler fühlen, sagte Joe.

Seine Schwester wollte davon nichts hören: Ich vermute, ihr steht euch jetzt gut. Wenn ja, werdet ihr viel lernen, woran ihr früher nie gedacht habt. Was für eine Last Geld einem sein kann. Und welch ständige Aufmerksamkeit für Kleinigkeiten es erfordert, wenn man es behalten will. Geld zu haben, Joe, und es zu behalten, ist etwas anderes.

Wir wollen warten, bis ich es verdiene, sagte ihr Bruder.

Im Augenblick geht alles in die Abzahlung meiner Schulden.

Ich hoffe, Gurlie wird dir helfen. Aber ich habe da meine Zweifel. Joe, um deiner selbst willen, gib acht. Ich traue der Frau nicht. Du hast ein schweres Leben, das weiß ich. Aber du verstehst den Wert des Geldes. Sie nicht! Sie wird dich ruinieren, wenn du es zuläßt.

Flossie hatte sich gekrümmt und gewunden, um auf den Boden zu kommen, und jetzt konnte Joe sie einfach nicht länger halten. Gib sie mir, sagte seine Schwester. Ich bin eine Frau. Ich weiß, was zu tun ist.

Guck mal, Liebes, komm mal her, sagte sie zu dem Kind. Guck dir mal all diese hübschen Sachen an, und sie führte es an die Stirnwand des Zimmers zu einem Glasschrank voller Nippes, Kristall in den verschiedensten Formen, Emaillearbeiten und einer kleinen Statue, einer sehr schönen alabasternen Venus. Flossie war entzückt und wollte die ›Dame‹, wie sie die Figur nannte, unbedingt haben.

Es ist deine eigene Schuld, sagte Joe zu seiner Schwester. Ja, jetzt versuch sie mal da wegzukriegen. *Du* hast sie ihr gezeigt!

Jetzt komm, sagte die Tante, lächle! lächle! Genug der Tränen, ich möchte dich lächeln sehen. Komm schon, alles wird gut, ich zeige sie dir.

Flossie hörte sofort auf. – Ich zeige sie dir, sagte die Tante, aber du darfst sie nicht anfassen. Hier, guck. Ida machte den Schrank auf.

Flossie zeigte auf die kleine Statue, drehte sich um, sah ihrer Tante ernst ins Gesicht und sagte: Dame sich nicht erkältet?, mit steigender Intonation am Ende.

Ach, bist du süß! sagte die Tante lachend. Kaum vorzustellen! Lottie, warum so ernst?

Sie hat Angst, sich zu rühren, sagte Joe.

Unsinn! Hier, sagte sie zu der Kleinen, jetzt stellst du dich hier an den Tisch und spielst. – Ida gab ihr einen kleinen Spielzeugesel, den sie irgendwo für diese Gelegenheit ausgegraben hatte. Das wirkte Wunder. Flossie war wieder glücklich. – So ist's recht, spiel schön mit dem armen kleinen Esel – und mach nichts kaputt. Paß auf sie auf, Joe.

Flossie faßte das stabile Spielzeug um die Mitte und ließ sich neben dem Knie ihres Vaters prompt auf den Boden nieder, um es zu untersuchen. Es war zweifelsohne eine Schweizer Arbeit, ein Stück, das Ida von einer ihrer Reisen in den vergangenen Jahren mitgebracht haben mußte.

Esel lauf! sagte das Baby, während sie dasaßen und ihr zusahen. Und sie ließ ihn über den Boden zum Bein des niedrigen Tisches mit dem Blumenstock und steil hinaufgehen. Als sie mit der Hand nicht mehr höher konnte, stand sie auf und ließ den Esel über die Tischplatte um den Blumentopf laufen. Esel lauf! sagte sie immerzu, Esel lauf!, als sie das kleine Tier an der Seite des Blumenübertopfes hinaufsteigen ließ. Und hoch ging es. Esel lauf, sagte die kleine Flossie, in Abfalleimer.

Ida zuckte zusammen. Also, sagte sie, da sieht man ja, wo dieses Kind aufgezogen wird.

Joe kicherte. Das ist kein Abfalleimer, Flossie, sagte er, das ist ein Blumenübertopf. Nun, ich werde wohl nicht auf Albert warten. Wir haben noch einen langen Rückweg durch den Schnee vor uns. Ich glaube, ich mache mich besser auf den Weg. Ich komme mal abends vorbei, damit wir reden können.

Ja, gut, Joe. So vorsichtig du immer gewesen bist, ich glaube, du hast einen großen Fehler in deinem Leben gemacht.

Vergiß es. Wir alle machen Fehler.

Und bezahlen für sie.

Und in dem Augenblick sahen sie, wie die kleine Flossie, die wie alle anderen erkältet war, sich die Nase an dem Seidensitz eines Louis-quatorze-Sessels abwischte. Das war das Ende. – Nun, du kannst ihr keinen Vorwurf machen, daß sie sich einen schönen glatten Ort dafür aussucht, sagte Joe.

Und so ging es, Hagel und Schnee, gute Tage und schlechte, durch den Winter. Joe war jetzt gut im Rennen, oder würde es bald sein, und Gurlie machte entsprechende Pläne. Keiner von ihnen wollte in New York bleiben, darin zumindest stimmten sie völlig überein.

Natürlich hatten sie auch ein gutes Leben. Sie gingen ins Theater, und Joe kaufte Gurlie einen wunderschönen Opal, weil sie im Oktober geboren war: Allen anderen bringt er Unglück, aber Oktoberkinder können ihn tragen. Er war ein Schmuckstück, daran bestand kein Zweifel, ganz gleichgültig, wieviel er dafür gezahlt hatte. Und für andere Dinge.

Die Mädchen entwickelten sich normal, Flossie mit ihrer erstaunlichen Sprachbegabung lernte bereits kleine Stücke auswendig, die Lebhaftigkeit ihrer Vorstellungskraft zeigte sich bereits in der Intensität ihres Sprechens. Dies sollte ihre Welt sein, nichts war so bedeutsam wie das, was sie selbst hörte und sagte.

Dann die Diskussion darüber, was als nächstes kommen sollte, die Zukunft, die unmittelbare und die ferne. Was sollte werden? Und die Welt drehte sich wie immer.

Explosionen und Erfindungen, Entdeckungen und Niederlagen. Wer war treu und wer ehrlich? Die Untergrundbahn, das höchste Gebäude der Welt, dic Warze auf dem Hintern des Bettlers. Schnell, schnell, schnell!

Ich kann es nicht und sonst auch niemand für das, was wir ihnen zahlen können.

Mein Gott! müssen wir vor Morgengrauen aufstehen, um pünktlich zu sein?

Brach der Mont Pelé aus und löschte die Stadt Port-au-Prince aus, oder ereilten San Francisco ein Erdbeben und ein Großbrand – die Familie lebte weiter wie zuvor.

Niemand starb – nicht viele, die freie Landpostzustellung wurde für fünfundzwanzig Millionen Dollar eingerichtet, und Flossie bekam von der lieben Olga ein sehr hübsches neues Seidenkleid geschenkt.

Januar, Februar, März schienen die schwer zu fassenden

Monate zu sein, in denen das Leben vorbeihuschte, während man auf den Sommer wartete. Viel wichtiger war es, daß der Hausmeister eine tiefe und angenehme Stimme hatte und seine Frau alles wußte, was in der Nachbarschaft, besonders aber im dritten Stock des Hinterhauses, vor sich ging.

Gurlie wurde wieder unruhig. Joe kannte die Anzeichen. Sowie Neujahr vorbei ist, ist Frühling! sagte sie immer, und er respektierte es. Dieses Gefühl würde ihm fremd bleiben. Wahrscheinlich einer der Gründe, warum er sie geheiratet hatte. Sie begann wieder, in den Zimmern auf und ab zu laufen, und schaute aus den Fenstern, redete von dem Leben in Sarpsborg, als sie ein Kind war.

Ich bin auf den wildesten Pferden geritten. Ich hatte nie Angst. Wir wohnten an einem Fluß, und hinter den Feldern konnte man die Masten der Segelschiffe sehen.

Sie wollte eine Kuh haben und laufen, bloß über die Erde laufen. Ich kann arbeiten! Und man glaubte es ihr. Warte es bloß ab.

Ja, aber kannst du auch Geld damit verdienen? sagte Joe. Ich habe nichts dagegen, daß du arbeitest, aber ich will nicht, daß es mich zu viel kostet. Und er fuhr sich mit der Hand übers Gesicht, um jeden verräterischen Ausdruck dort wegzuwischen.

Doch jeder Tag brachte den Frühling näher, selbst als der Schnee einen Fuß hoch lag und der Wind um die Fenster pfiff, um der Welt mitzuteilen, was er im Sinn hatte und was nach Sonntag oder Washingtons Geburtstag oder dem übernächsten Jahr los sein würde.

Der Frühling kam immer schneller, die Tage wurden länger, und wenn Neumond war, wurde Gurlie beinahe wild. Sie schlief nicht. – Um Himmels willen, sagte Joe, mach das Licht aus, oder ich schlafe in der Küche oder im Badezimmer, wenn ich sonst nichts finde. Wozu liest du diesen Quatsch?

Ich muß etwas tun.

Das ist ja eine neue Begründung für Bücher. Lesen. Du lernst doch nie etwas. Was hast du letzte Woche gelesen?

Ich kann nicht schlafen. Ich bin nie müde. Ich muß lesen. Und ich habe Zahnschmerzen.

Na, das ist auch noch was, um sich die Zeit zu vertreiben, der Zahnarzt.

Ich will verreisen, sagte Gurlie.

Gut, dann mach das Licht aus. Ich bin müde.

So wurde beschlossen, daß sie am ersten Mai – endlich! Gott sei Dank! – die Stadt verlassen und in einen Vorort ziehen würden. Und weil es im Zusammenhang mit dem Umzug und der Einrichtung des neuen Haushalts so viel Arbeit geben würde (und außerdem die Landluft von Vermont letztes Jahr für die kleine Flossie so wertvoll gewesen war), sollten die Kinder ohne ihre Mutter dort hingeschickt werden.

Tante Hilda hatte die Farm unten am Hügel für ein paar hundert Dollar gekauft, die liebe romantische Hilda! Dorthin konnte sie ihrer Arbeit als Näherin in New York entfliehen und den ganzen Sommer über schöne Bilder malen. Sie würde dort sein, und Olga würde für mindestens einen Monat dort sein. Grandma würde dort sein, und Gurlies verheiratete Schwester Mangna, die eine schwache Brust hatte, würde ihnen im Haushalt helfen.

Gurlie sagte, sie wisse, daß sie im Weg sein würde, aber alle liebten die Kinder! Damit war es eine beschlossene Sache.

Und es war bereits April. Kaum vorzustellen! Was für ein furchtbares Wetter. Und Flossies Geburtstag stand bevor. Was war besser, als mit den Mädchen zu einem Fotografen zu gehen?

Lottie war fast sechs – und der Fotograf ein erstaunlicher Mensch. Er hatte einen kahlen Kopf und Ohren, beinahe so groß wie Flügel, kleine Augen, die nie lachten, und eine Stimme, deren eine Gipsmaske sich rühmen könnte. Guckt mal, das Vögelchen! sagte er mit ausdruckslosem Gesicht und schwenkte vor den erstaunten Augen der Kinder tatsächlich irgendein ausgestopftes Federvieh herum.

Dann verschwand er hinter dem Kasten, und Flossie suchte ihn überall, entdeckte schließlich seine Beine darunter und sagte: Da ist er ja!, zu aller unterdrückten Belustigung.

Er kam wieder hervor und sah die Kinder eine gute halbe Minute lang kritisch an. Flossie wollte weggehen. – Nein, nein, nein, nein! sagte Gurlie. Bleib, wo der Mann dich hinstellt.

Lottie mit ihrem glatten dunklen Haar und dem ernsten ovalen Gesicht war friedlich und gehorsam, ganz gleich, was in ihrem Kopf vorgehen mochte. Sie stand einfach da und sah trauervoll und vergessen drein wie eine Madonna von Raphael. Das gefiel dem Fotografen, und deshalb ließ er sie einen Korb mit künstlichen Blumen halten und stellte sie bedächtig in Pose.

Nun, sagte er zu Gurlie, wenn Sie das andere kleine Mädchen neben seine Schwester stellen, dann können wir, glaube ich, ein Bild bekommen.

Aber Flossie wollte die Blumen haben. *Sie* wollte sie halten. Nein, die sind für Lottie. Nichts da. *Sie* wollte die Blumen. Lottie weigerte sich, sie herzugeben, stand mit traurigen Augen da und wartete auf die Kamera. Nein, mein Herr, *Flossie* wollte die Blumen haben. Der Ausdruck des Fotografen blieb gleich. Er stand einfach da und wartete, die Hand auf der Objektivkappe, er wartete.

Auch Lottie wartete. Schließlich gelang es Flossie, beide Hände zwischen Lotties Arme zu schieben und den Griff des Korbs zu umklammern. Mit einem triumphierenden Grinsen wandte sie sich der traurigen Gestalt des Fotografen vor ihr zu, und in dem Augenblick wurde die Platte belichtet und das Bild festgehalten.

KAPITEL 24

# Vettern vom Lande

Lottie war weniger erschreckt als erstaunt und verwirrt. Sie konnte sich nicht vorstellen, was geschehen war, geschweige denn, wo sie war! Sie hatte gerade die Augen aufgeschlagen und gesehen, daß es bereits hell war, als sie wieder in Dunkelheit begraben und unter der Gewalt eines Schlags auf den Kopf beinahe erstickt wurde. Danach versuchte sie eine Weile, sich gar nicht zu bewegen, weil sie dachte, es könne jederzeit wieder geschehen, öffnete nicht einmal die Augen, sondern lauschte bloß angestrengt.

Absolute Stille. Dann hörte sie jemanden flüstern und kichern. Sie machte ein Auge auf. Nur einen Spalt. Die Sonne schien durchs Fenster und die tiefhängenden Zweige der großen Ulme. Es war niemand sonst im Zimmer. Dann steckte einer der Jungen den Kopf durch die Tür, sagte: Ha ha! und zog ihn wieder zurück.

Lottie wußte nicht, was sie tun sollte. Da erschien Tante Olga auf der Treppe.

Schämt euch! sagte sie, ihr bösen Jungen. Was habt ihr gemacht?

Nichts, wir haben ihr nicht weh getan.

Was macht das Kissen auf dem Fußboden?

Er hat es fallen gelassen, sagte der größere der Jungen, auf seinen Bruder zeigend.

Ab mit euch in euer Zimmer, sagte die Tante. Euch nur so etwas auszudenken. Eure kleine Kusine!

Liebes! sagte Olga zu Lottie. Was haben diese bösen Buben dir getan? Aber Lottie war entzückt. Jetzt, wo sie erkannt hatte, was ihr geschehen war, gefiel es ihr. Sie hielt die geschlossene Tür im Auge, während die Tante sie anzog, und fragte sich, ob vielleicht wieder etwas passieren würde. Sie kam sich sehr alt und weit weg von allem vor, was sie bis dahin auf der Welt kennengelernt hatte. Sie guckte im Zimmer herum, auf die niedrige Decke, das große Bett, den bemalten Krug in seiner Porzellanschüssel auf dem Waschtisch.

Dies war für die Kinder die erste Nacht auf der Farm gewesen. Am Abend vorher waren sie zu müde gewesen, um sich um irgend etwas Gedanken zu machen, obwohl sie sich nun an ein paar andere Kinder erinnerte, die sie unten getroffen hatte. Aus dem Fenster konnte sie weit, weit über saftgrüne Felder sehen, mit einem hohen Berg in der Ferne und Mauern und steinernen Einfriedungen, die kreuz und quer von ihr wegführten. Sie lehnte sich über den breiten Rücken und die Schultern der Tante und sah eine rote Scheune, in die nun ein Mann, Onkel Gunnar, mit einem Eimer in jeder Hand ging. – Halt still, sagte ihre Tante. Du mußt dich diesen Sommer hier erholen und wachsen, damit du ein großes starkes Mädchen wirst. So, fertig! Jetzt geh runter.

Sie hatte Angst, hinunterzugehen. Erst einmal hatte sie Angst vor der Treppe selbst, die freiliegende Stufen hatte und außerdem eine scharfe Kurve machte. Aber sie hatte auch Angst, weil da unten diese Jungen waren. Was für eine fremde neue Welt! Aber sehr aufregend. So machte sie sich vorsichtig an den Abstieg.

Hallo, mein Schatz! sagte Hilda. Laß dir einen Kuß geben. Liebe kleine Lottie! – Und noch eine Frau war da, die dritte von Gurlies drei älteren Schwestern, die sehr schön war, mit weichem goldenem Haar und einer sehr leisen Stimme, und die ein bißchen hustete, als sie zu sprechen begann.

Das ist also die kleine Lottie! Ist sie nicht hübsch! Aber dunkel.

Ja, sagte Olga, wie ihr Vater.

Lottie stand da, unfähig, sich zu rühren. Komm, Schatz, komm, gib deiner neuen Tante einen Kuß. Süß! Die drei großen Frauen hatten nur Augen für sie, aber sie hielt in einem fort ängstlich nach den Jungen Ausschau. Was ist los?

Sie haben sie mit einem Kissen ins Gesicht geschlagen, sagte Olga. Die bösen Buben.

Nein, sagte Hilda. Das darfst du nicht sagen. Es sind liebe, sehr liebe Jungen.

Dann entließ das obere Stockwerk sie der Reihe nach. Erst kam Margaret, die älteste Schwester, herunter, auf sehr langen Beinen, mit schwarzen Strümpfen. Ihre Mutter, Mangna, hockte sich neben Lottie und stellte sie vor. Das ist deine kleine Kusine Lottie, sagte sie zu ihrer älteren Tochter. Ja, sagte letztere, ich habe sie gestern abend gesehen. Ist das Frühstück fertig? Diese Jungen! fügte sie gereizt hinzu. Ich will, daß du sie bestrafst, oder ich haue ihnen ins Gesicht, das sage ich dir. Es ist mir egal. Sie machen mich krank –, und sie ging hinaus und ließ die Tür weit offenstehen.

Das ist aber eine schöne Art, deine Kusine zu behandeln, sagte Olga.

Laß sie, sagte Hilda. Sie meint es nicht so. Das ist Kinderpsychologie. Ich weiß es. Ich lese. Sie muß die große Dame spielen. – Dann kam die kleine Olga. Sie war Lottie im Alter näher und sehr scheu, aber ein Sonnenschein. Sie küßte alle, stellte sich dann neben Lottie und strahlte sie an, nahm auch ihre Hand. Guckt euch das an! sagte Olga die Ältere.

Die Damen hatten bereits Kaffee getrunken und waren nun damit beschäftigt, den Tisch für die Kinder zu decken. Gunnar war schon lange zum Melken und Hühnerfüttern hinausgegangen. – Neun Uhr! Lieber Gott! Jeder kann sehen, daß wir nicht vom Lande sind. Hast du denn Platz, Mangna? Sechs kleine Münder im Nest! Hilda war immer die romantische.

In dem Augenblick kam Grandma langsam, in Schwarz, durch die Milchküche, aus der hinter dem Holzschuppen gelegenen ›Oper‹, wie Gunnar sie im letzten Jahr scherzhaft genannt hatte – die einzelnen Einheiten des Anwesens waren alle miteinander verbunden, so wie die Farmhäuser in Vermont gebaut sind, damit man selbst bei tiefstem Schnee noch alle Teile des Gehöfts unter dem selben Dach erreichen kann. Eine Katze trippelte neben ihr her, als sie die Tür öffnete, und huschte hinter den Ofen.

Die Jungen kamen zusammen herunter. Al, der jüngere, fiel beinahe ins Zimmer, weil sein Bruder ihn vor sich herstieß, um in seinem Schutz herunterzukommen. Der Größe nach befanden sie sich genau zwischen ihren zwei Schwestern, beide waren in Latzhosen und barfuß. Ohne ein Wort sausten sie durch die Tür, durch die Grandma gerade eingetreten war, und rasten zum Holzschuppen. – Laß sie, sagte Olga. Frühstück ist fertig! rief ihre Mutter ihnen nach. Ja, gut, riefen sie zurück.

Und hier ist die kleine Flossie! sagte Hilda und trug das gähnende Baby in seinem langen Nachthemd direkt vom Bett ins Zimmer. Wieder wurde alles unterbrochen, während die Damen, einschließlich der Großmutter diesmal, das Baby ansahen, das sich mit schläfrigen Augen streckte, noch einmal gähnte und dann zuerst auf Hilda hinabschaute, die sie trug, blinzelte und jeden breit anlächelte, sich dann mit den Händen übers Gesicht rieb und wieder gähnte.

Was haltet ihr davon! sagte die entzückte Olga. So eine kleine Spinne. Ist sie nicht ein Äffchen? Hast du geschlafen, Schatz?

Unsinn, sagte Grandma mit ernstem Gesicht. Hast du geschlafen? Bring sie raus und wasch ihr das Gesicht und zieh sie an. Geht, sagte sie zu den anderen Kindern, die sich mittlerweile versammelt hatten. Setzt euch hin und eßt. – Hier war sie einwandfrei noch die Herrin. Ihre drei Töchter und ihr Sohn taten die Arbeit, aber sie kochte noch, wenn sie dazu in der Lage war, und sagte den anderen, was sie zu tun hatten. Sie überließen ihr das Regiment.

Nun hatte der Tag ernsthaft begonnen, und die jungen Frauen gingen ihrer Wege – Hilda wollte malen und begann, sich um ihren Kasten mit Wasserfarben zu kümmern – aber Olga und Mangna mußten die Milch wegschaffen, die Betten machen und alles übrige.

Bah! Kriegen wir denn nie was anderes als Hafergrütze?

fragte Fred, der ältere Junge. Halt den Mund, sagte seine Schwester. Du solltest froh sein, daß du überhaupt was zu essen kriegst, so wie du dich benimmst.

Ohne darauf achtzugeben, schaufelte er die Hälfte von dem, was ihm gegeben worden war, mit seinem Löffel in die große Schüssel mitten auf dem Tisch zurück –

Oh! sagte die kleine Olga, tief die Luft einziehend – und schaute sich schnell um, aber niemand hatte etwas gesehen, und niemand petzte. Tu das bloß nicht noch mal, sagte seine ältere Schwester. Er ignorierte sie völlig. Flossie war auch dabei – ohne eine Erinnerung an den vergangenen Sommer, den sie oben auf dem Hügel verbracht hatte, oben an der Straße, die an diesem Anwesen vorbeiführte, – hoch oben über ihnen.

Der alte Mann dort war im letzten Winter gestorben, und seine taube Frau konnte nicht allein gelassen werden – also hatte man sie in die Stadt gebracht. Später im Sommer, wenn es in der Stadt nicht mehr soviel zu tun gab, würde Gerda herkommen und wie ein Mann, alleine, einfach, wie sie es gerne hatte, in der makellosen Küche leben – aber in diesem Jahr würden die Kinder am Fuß des Hügels bleiben – das Haus oben war leer.

Das große, solide Farmhaus, in das Flossie und Lottie dieses Jahr gekommen waren, war nach Südosten direkt in den Hügelabhang gebaut, der sich hinter dem Küchenfenster so steil erhob, daß man daraus direkt auf eine Böschung mit saftigem Gras schaute – und auf eine Wäscheleine und ein paar Handtücher, die darauf trockneten. Die Vorderseite des Hauses ging auf die Straße, die zu Gerdas Haus führte. Östlich hinter der Straße, unterhalb eines kleinen Abhangs, lagen die Scheune, die steinige Weidensenke, die dicht bewaldeten Hügel, und unten im eigentlichen Tal konnte man zur Linken gelegentlich eine leichte zweirädrige Kutsche nach Brattleboro vorbeifahren sehen. Die Scheune war aus Holz, trug ein Windrad auf dem Dach und war kastanienrot gestrichen.

Die Kinder tranken große Gläser mit frischer Milch und

aßen die Hafergrütze mit Zuckerklümpchen und Brot und Butter. Noch etwas Hafergrütze? fragte Grandma und füllte, ohne auf Antwort zu warten, ihre Teller neu. Ihr müßt essen! sagte sie auf Norwegisch. Die Kinder stöhnten. Uh! sagten sie. Sie hat so viele Klumpen. Ich hasse sie. – Selbst Margaret sah die alte Dame schief an. Ich will nichts mehr, sagte sie. – Nehmt. Eßt, sagte Grandma. Macht die Teller leer. Und sie mußten es tun.

Nur das Baby und Lottie erhoben keine Einwände. Bah! Sie machen mich krank, sagte der ältere Junge. Lottie hörte auf zu essen.

Auf der Veranda konnten sie Mangna rufen hören: Rosy! Rosy! Rosy!

Ich muß wohl wieder gehen und die verdammte Kuh raufbringen, sagte Fred.

Das Frühstück ging so geschwind zu Ende, wie es begonnen hatte, und Olga erschien oben, kam auf der quietschenden Treppe langsam eine Stufe nach der anderen herunter, um die kleine Flossie zu retten.

Jetzt, kleine Olga, sagte sie, bringst du Lottie – du weißt schon. Mach, zeig ihr, wo es ist. Und sie nickte wissend. Kannst du alleine? fragte sie Lottie. Ja, meinte Lottie. Soll ich dir die Knöpfe aufmachen? Na ja, das würde es erleichtern. Also machte Olga sie fertig, und dann ging sie mit der kleinen Olga los zur ›Oper‹.

Und jetzt die kleine Flossie! Die Tante ging zum Waschbecken, befeuchtete die Ecke eines Waschlappens unter dem Hahn, durch den immer das Wasser von der Quelle oben hinter dem neuen Obstgarten lief, und wischte ihr sorgfältig das Gesicht ab. Flossie schreckte zurück, so kalt war das Wasser.

Und draußen bereitete Mangna, die arme Mangna, die sanfteste, die hübscheste der vier Schwestern, ihr Morgenritual vor. Treib sie hier herauf, Fred, sagte sie. Südlich vom Farmhaus war ein kleiner Zierrasen vor dem offenen Holzschuppen, der mit dem Haus zur Rechten gen Westen verbunden war und an den Hügel grenzte. Der Rasen vor dem Holzschuppen war wie das Haus in den Hügel gegraben, seine Erde wurde von einer Gartenmauer gegenüber der Scheune und der Nebenstraße abgestützt.

Manchmal spielten sie Krocket auf diesem Rasen, wenn die Hühner davon ferngehalten werden konnten und das Gras ordentlich gemäht war – und was für ein Gras, das wunderbare Gras von Vermont! Mangna war sehr hübsch, wie sie da in der Sonne stand und darauf wartete, daß Rosy ihr zugetrieben wurde. In der einen Hand hielt sie einen Eimer und in der anderen den dreibeinigen Melkschemel – wie ein nostalgisches Bild aus einem Buch, die hübsche Milchmagd in ländlichen Erinnerungen, schön und zart, hier aber Wirklichkeit, denn es war Mangnas Freude und Spaß, diese Rolle zu spielen – an die sie sich vielleicht aus ihrer Kindheit in Norwegen erinnerte.

Jeden Morgen wurde ihre Lieblingskuh Rosy auf den Rasen hinaufgetrieben, damit sie von ihr persönlich gemolken werden konnte. Und Rosy kannte ihre Rolle und war mit ihren Rehaugen und zarten Beinen und abgestuften Farben eine so sanfte und schöne Jerseyfärse, wie man sie sich nur wünschen konnte.

Durch den beinahe vollen Holzschuppen zur Rechten konnte man die kleine Olga sehen, die Lottie in die Küche zurückbrachte.

Rosy wurde also auf den Rasen gebracht. Mangna streichelte dem Tier mit den Händen das Gesicht, tätschelte es, befahl ihm, still zu stehen, und machte sich ans Melken. Die Kuh rührte sich nicht, sie war daran gewöhnt, und alle waren es zufrieden. Sie alle machten sich ein wenig Sorgen um Mangna und meinten, daß das Leben auf dem Lande und die bäuerliche Arbeit einer Milchmagd vielleicht ihre schwache Brust kräftigen würden. Als sie sich vorbeugte, um das Euter zu fassen und ein paarmal probeweise zu ziehen, mußte Mangna einen Augenblick innehalten, um zu husten und tief Luft zu holen. Dann molk sie weiter.

Mangna war, was ihre Kinder und Familie betraf, in einer merkwürdigen Situation. Neilsen, ihr Mann, war fast nie zu Hause. Monatelang war er auf seinem Schiff, mit dem er von Norwegen in die Karibik fuhr, und manchmal legte er keine zwei Mal im Jahr in New York, oder besser in Brooklyn, an. So war sie, weil das Leben hier billig war, mit den Kindern nach Vermont gekommen, um für die Zeit, da der Kapitän in amerikanische Gewässer versetzt werden und ein richtiges Heim für sie schaffen würde, ihre Gesundheit wiederzuerlangen.

Die Jungen waren nun den Hügel hinuntergegangen, um die Post zu holen, sofern es welche gab, und Olga, die Lottie fertiggemacht und zum Spielen geschickt hatte, nahm die kleine Flossie mit sich zum Klohäuschen mit den drei hohen Sitzen und dem einen niedrigen. Flossie riß die Augen auf in dieser düsteren Zelle, verrichtete aber ihr Geschäft wie ein braves Mädchen.

Interessanter war der dazwischen liegende Holzschuppen – voller Katzen und ihrer Jungen. Ganz gleich, wer vorbeikam, die Katzen verschwanden. Sie lagen da und sonnten sich, die Mutter neben dem Hackklotz im Sonnenschein auf der Seite ausgestreckt, die fünf Jungen säugend, – aber wehe, es näherten sich Schritte! Dann waren sie auf den Beinen, drehten sich ein-, zweimal um, guckten, und dann – weg waren sie. Vielleicht waren es die Buben. Denn frühmorgens, wenn Gunnar alleine mit der Milch zurückkam, miauten die Katzen bei jedem Schritt vor seinen Füßen. Aber er, Gunnar, tat nie im Leben jemandem absichtlich weh. Das wußten die Katzen.

Flossie wollte gehen: Ich will raus.

Nein. Noch nicht. Das Gras ist zu naß, sagte Olga. Du mußt hier bei Tantchen bleiben, bis das Gras trocken ist, und dann – vielleicht. Mal sehen. – Sie wurde also in die Hängematte auf der Veranda gesetzt, und Olga, die sich auf das Verandageländer setzte, schaukelte sie sanft hin und her. Das gefiel Flossie. Aufi! Aufi! sagte sie, als Olga aufhörte. Also mußte sie weitermachen.

Ich sag dir was! sagte Olga. Wir gehen und schauen nach, ob wir Eier finden. Olga nahm die drei kleineren

Mädchen mit, und sie gingen zum Hühnerhaus, das, durch einen schmalen Pfad von der Scheune getrennt, zwischen hohen Gräsern stand.

Ein entsetzliches Flügelschlagen ließ eine Wolke von Staub und Federn aufstieben, als Olga zur Tür des Hühnerhauses hereinkam, und ein wildes Gackern hob an. Flossie klammerte sich an den Hals ihrer Tante. Die kleine Olga und Lottie schlossen die Augen, aber Olga war daran gewöhnt, und Lottie auch nach einer Minute, als der Aufruhr etwas nachgelassen hatte. Sie schauten in der unteren Reihe der Kästen nach, wo das Heu zu Nestern zusammengescharrt worden war, und Lottie fand ein Ei. Tante Olga nahm das warme Ei und hielt es gegen die Augen, drückte es leicht gegen das Lid. Flossie auch, sagte das Baby und streckte sich danach. Sie mußte es also auch tun.

Warum tust du das, Tante? fragte die kleine Olga.

Weil es meinen Augen guttut, sagte Olga. Es ist schön warm. Fühl mal, sagte sie und hielt das Ei leicht gegen Lotties Wange. Sie besichtigten die ganze Farm – das heißt innerhalb des kleinen Umkreises der Gebäude. Vorsichtig über nasse Stellen steigend, ging die Frau nun, das Baby auf dem Arm, gefolgt von den beiden anderen kleinen Mädchen, dorthin, wo Gunnar die schwarze Stute Nellie striegelte. Gerade als sie zu der Halbtür kamen, deren obere Hälfte offenstand, wieherte Nellie, und Lottie erschreckte sich. Nellie sah mit großen Augen und geblähten Nüstern auf die kleinen Mädchen hinaus.

Hallo! sagte Gunnar und steckte auch den Kopf zur Tür heraus. Wer sind denn diese kleinen Leute? Und er blieb einen Augenblick in der Sonne stehen, um das Baby mit einem Finger zu stupsen und frische Luft zu schöpfen.

Die Kinder wollten das Pferd sehen, sagte Olga.

Wollt ihr reiten? fragte Gunnar. Vielleicht ein andermal, hm? Ich kämme sie gerade. Sie ist eine Dame, wißt ihr, und wir müssen sie schönmachen.

Über ihnen kreisten Tauben. Bleib hier stehen, sagte Olga zu Lottie. Guck dir deine Schuhe an. Ich fürchte, wir müssen etwas wegen eurer Kleider unternehmen, ehe wir euch frei herumlaufen lassen.

Und da kam Sport, ein schwarzbraungelber Schäferhund, der jeden ablecken wollte. Wuff! Wuff, wuff! bellte er.

Hund, sagte Flossie. Großer Hund!

So gut kann sie sprechen? fragte Gunnar.

Ich habe mich schon gewundert, sagte Olga. Sie war so still. Ich vermute, sie hat die ganze Zeit herumgeguckt und sich gefragt, was das alles soll.

Runter, runter! sagte Flossie jetzt.

Nein, nicht hier, sagte Olga. Es ist zu naß.

Gib sie mir, sagte Gunnar. Setze sie hier auf die Türkante und laß sie das Hottepferdchen streicheln. Flossie, der es vor Staunen über all das Neue, das sie umgab, den ganzen Morgen den Atem verschlagen hatte, wurde von Gunnar hochgehoben und auf den Rücken der Stute gesetzt, die ein wenig zur Seite tänzelte.

Brrr! Nellie, sagte Gunnar. Gefällt dir das? Flossie betrachtete den Hinterkopf des Pferdes, und es gefiel ihr gar nicht. – Gib sie mir, sagte Olga. Kommt weiter, Kinder. Wir spazieren ein bißchen die Straße hinunter und gucken uns die Apfelblüten an. Kommt.

Während Olga Flossie an der Hand hielt und mit ihr über die trockene, sandige Straße ging – endlich eine trokkene Stelle, wo sie sie absetzen konnte –, während Olga also langsam die schmale ungepflasterte Straße entlang auf das untere Tal zuging, wo die Ferrys wohnten, folgten ihr, in ein Gespräch vertieft, die kleine Olga und Lottie.

Die Straße bestand einfach aus zwei sandigen Erdstreifen, die von den darüber hinfahrenden Wagenrädern geebnet worden waren. Ab und zu steckten Steine ihre spitzen Enden hervor, über die die Wagen rumpelten, und da, wo das Gefälle ein wenig steil war, hatte die Straße zwei Buckel. Zwischen den kiesigen Erdstreifen wuchs Gras, das von den stampfenden Pferdehufen niedergetreten wurde. Und auch zu beiden Seiten der Straße standen Gras und Farne zwischen Himbeersträuchern, noch frisch und bläulich-weiß, und Dorngestrüpp, durch das ein Backenhörnchen die Böschung entlanglief.

Du solltest mal im Winter hier sein! sagte die kleine Olga. Manchmal liegt der Schnee hier zwanzig Fuß hoch, sagte sie. Wir gehen da unten zur Schule. Ich zeige sie dir heute nachmittag. Aber im Winter ist es schrecklich.

Links neben der Straße plätscherte ein kleiner Bach, der unter einem Felsen, so groß wie ein Haus, hervorkam. Lottie bückte sich und steckte den Finger hinein, und Flossie, die sich gerade umdrehte, sah es und tat das gleiche.

Nein, nein, nein, nein, nein, nein! sagte Olga. Kommt weiter. Und langsam gingen sie die Straße hinab, zu deren Rechten das Gelände scharf abfiel. Der Hügelabhang war mit Bäumen bewachsen, mit großen Ahornbäumen entlang einer Steinmauer, hinter der eine Weide war. Und dort hinter der Scheune, einen breiten großen Strohhut auf dem Kopf, saß Hilda vor einer Staffelei und begann gerade mit einer Skizze.

Hilda saß hügelabwärts gewandt in einem kleinen Graben unterhalb der Kuhställe, in dem vor langer Zeit einmal jemand Vergißmeinnicht gepflanzt hatte. Sie wucherten nun wild dort in dem vom Regen ausgewaschenen Graben, der die grüne Weide durchschnitt.

Bei einem großen Granitfindling links von der Straße war Olga mit den Kindern stehengeblieben. Der hochaufragende Felsen hatte die Straße zu einer kleinen Kurve gezwungen – und da kamen Al und Fred, die die Ferry-Sippschaft den Hügel hinauf zur Farm führten. Sie blieben stehen. – Hallo! sagte Olga zu ihnen. Kommt, geht vorbei! Aber die beiden Armeen blieben stehen und musterten einander von oben bis unten. Flossie, die mit dem Rücken zu ihnen stand, wollte den Kopf drehen, verlor das Gleichgewicht und fiel um. Eins der älteren Ferry-Mädchen sprang hinzu und hob sie auf.

Wo geht ihr hin? fragte Fred.

Wir gehen bloß ein bißchen spazieren, sagte Olga.

Wir wollten die Milch holen, sagte das ältere Ferry-Mädchen. Ist sie dasselbe kleine Mädchen, das letzten Sommer hier war?

Ja, sie ist dieselbe, sagte Olga. Ist sie nicht gewachsen?

Nicht viel, glaube ich, sagte das Mädchen. Ist das ihre Schwester?

Ja, das ist Lottie. Lottie, komm her. Das ist Leola Ferry.

Wo ist ihre Mutter? fragte Leola.

Sie ist dieses Jahr nicht mitgekommen. Die Kinder sind alleine hier bei uns.

Bleiben sie den ganzen Sommer?

Ja, ich glaube, ja.

Das ist schön.

Alle standen einen Augenblick mehr oder weniger verlegen herum, und zwei der größeren Ferry-Kinder wollten schon zurückgehen. Ich glaube, die Milch wartet auf euch, sagte Olga. Komm, Flossie. Laßt uns alle zusammen zurückgehen. So machte sich die Truppe auf den Weg den Hügel hinauf, und die älteren Jungen umkreisten sie oder liefen voran.

Flossie war gut in Form, eins der Mädchen nahm ihre eine Hand und Margaret die andere, und dann gingen sie den Hügel hoch, Flossie weit ausschreitend und die anderen voranziehend.

Können wir sie zum Spielen mitnehmen? fragte Leolas Schwester.

Nein. Ein andermal. Jetzt nicht. Sie ist das noch nicht gewöhnt.

Paß auf, Flossie! Baby! Baby! – Flossie hatte sich befreit und lief die Straße zurück, so schnell ihre kleinen Füße sie tragen wollten. Sie hörte den Ruf, drehte aber nur den Kopf ein wenig zur Seite und wackelte lachend um so schneller weiter. Dann blieb sie verblüfft stehen.

Die Straße hoch, um den großen Findling herum, kamen die Köpfe und Vorderbeine von Mr. Ferrys Gespann. Er ging mit den Zügeln in der Hand nebenher. Brrr! sagte er zu den Pferden, die nur ein oder zwei Fuß vor der kleinen Flossie zum Stehen kamen: Wen haben wir denn hier?

Olga hatte das Baby eingeholt und hob es hoch. Oh! sagte sie. Ich habe mich zu Tode erschrocken.

Sie hätten ihr nichts getan, sagte Mr. Ferry. Sie würden einem Kätzchen nichts zuleide tun. Ist das das Baby, das letztes Jahr hier oben war?

So redeten sie eine Weile, und dann ging er weiter.

Bringen Sie sie bei Gelegenheit mal runter, sagte er im Vorbeigehen zu Olga. Meine Frau würde sich freuen.

## KAPITEL 25

# Abenteuer

Aus dem Hahn in der Küche lief Wasser, das eine Quelle südlich des Hauses im Obstgarten spendete, lief und lief in einen Eimer im Becken, der winters wie sommers überfloß. In diesem wunderbar kalten und klaren Wasser waren gelegentlich kleine Tüpfelchen von Moos oder sonstige Pflanzenreste, die vom Hügel kamen und nun in dem Eimer herumschwammen. Wem machte das schon etwas aus? Aber Hilda war eine Puristin, und sie trank nicht gerne, ohne das Wasser erst sorgfältig zu untersuchen und jedes kleine Stäubchen herauszuholen, das sie sah. Die anderen lachten sie aus, aber so war sie.

Am liebsten mochte Hilda das Wasser aus einer wahrhaft kristallenen Quelle, die aus einem in die Erde eingelassenen Faß sprudelte, eine viertel Meile weit weg in den Wiesen östlich des Hauses, am Fuß des Hügels im dichten Ahorn- und Fichtenwald. Aber diese Quelle lag zu tief und zu weit weg, um ihr Wasser durch Rohre zu leiten. Dieses Wasser konnte Hilda nur bekommen, wenn sie hinging oder einen der Jungen schickte, damit er ihr dann und wann einen kleinen Eimer davon holte.

Heute bat sie Fred, den Zwölfjährigen, ihr etwas zu holen. Ih, nein! Ich will mit Mr. Ferry in die Stadt fahren! Du hast es mir versprochen.

Nein, sagte seine Mutter. Tu, was Tante Hilda dir sagt. Ich bin müde.

Was! Um elf Uhr morgens? Zu schade. Dann gehst du besser ins Bett.

Es war ein glühendheißer Tag Mitte Juni. Es waren längst Ferien, und auf manchen Abhängen wurde schon das erste Gras gemäht.

Die Mädchen spielten auf dem Rasen mit einem der kleinen Kätzchen, einem weißen mit schwarzen Pfoten und gesprenkeltem Gesicht. Flossie war mit von der Partie, jagte der Katze vergeblich nach, bückte sich, um sie hochzuheben, und dann zog sich die Katze ein paar Zentimeter zurück, und das Spiel ging von neuem los. Fang sie für mich, sagte das kleine Mädchen. Die Katze legte sich manchmal gerade so lange auf die Seite, daß das Baby sie anfassen konnte, dann befreite sie sich und lief zur Treppe des Holzschuppens hinüber.

Das Problem in der Schule ist, daß sie einem etwas beibringen, und dann lassen sie es einen nicht tun, sagte Margaret.

Endlich konnte man sich ohne nachzudenken auf den Rücken ins Gras legen, der Phlox blühte über die östliche Mauer, und eine üppige Stille füllte das ganze kleine Tal.

Fred schlurfte auf nackten Füßen aus dem Haus, einen Wasserkrug in jeder Hand.

Gott! Die sind vielleicht schwer, wenn sie voll Wasser sind, sagte er.

Wo gehst du hin?

Zur Quelle rüber, um etwas von dem fauligen Wasser für Hilda zu holen.

Können wir mit? riefen die Mädchen.

Nein. Ich will keine Mädchen am Halse haben.

Ach Mutter! – Mangna war auf die Veranda herausgekommen, wo Grandma im Schaukelstuhl saß und strickte.

Du bist ein böser Junge, schalt Grandma Fred.

Oh, und du bist eine alte Närrin, flüsterte er vor sich hin.

Was hast du gesagt? fragte seine ältere Schwester. *Ich* hole das Wasser, Mutter, setzte sie hinzu. Laß mich gehen.

Du kannst das nicht, sagte ihr Bruder. Kann ich runtergehen und einen der Ferry-Jungs fragen, ob er mit mir geht? schloß er.

Meinetwegen. Aber es ist elf – beinahe elf. In einer Stunde essen wir. Ich gebe dir fünf Cent. Und sag deinem Freund, ich gebe ihm auch fünf Cent, wenn er dir hilft.

Ehrlich? sagte Fred, dessen Miene sich erhellte.

Mir auch? fragte sein Bruder.

Ja.

Und schon waren sie die Treppe hinunter und auf der Straße, ehe man sich's versah. Völlig verwandelt.

He, frag Leola, ob sie auch mitkommt, rief Margaret ihm nach. Der hört nie was. Können wir gehen, Mutter?

Aber du paßt doch auf das Baby auf.

Können wir sie nicht mitnehmen? Leola hilft mir. Wir schaffen das. Wir können alle gehen. Ich passe auf. Bitte, Mutter.

Nun ja, sagte ihre Mutter und ließ den Blick über die sonnigen Felder bis zur Quelle hinter der Weide schweifen. Das geht wohl. Paßt bloß auf, das ist alles. Haltet das Baby vom Wasser fern. Lauft. Die Jungen können euch einholen.

Sie alle freuten sich sehr, Margaret, die kleine Olga, Lottie und Flossie.

Meint ihr nicht, ihr solltet Gummistiefel anziehen?

Mutter, stell dich nicht so an! sagte Margaret. Sie alle hatten ihre alten Kleider an.

Gehen? sagte die kleine Flossie.

Ja, gehen. Komm, ich trag dich die Treppe hinunter.

Nichts da! Nicht Flossie. Sie konnte jetzt gut Treppen herauf- und hinuntergehen – vier breite Steinstufen von dem kleinen terrassierten Rasen hinunter, vorbei an dem hohen Schmetterlingsbusch auf der einen und dem weißen Phlox auf der anderen Seite – über dem in dem Augenblick ein Kolibri in irreführender Unbeweglichkeit flatterte.

Flossie umfaßte das Seitengeländer über ihrem Kopf und ging, geschickt die Füße setzend, von einer Stufe zur anderen, zuerst bis zum Rand, wo sie hinunterschaute und sich dann halb umdrehte, um einen Fuß auszustrecken und auf die nächste zu setzen, bis sie triumphierend unten anlangte.

Ihr müßt schneller gehen, sagte Mangna von der Terrassenecke über ihnen, sonst kommt ihr nie dort an.

Die Grasböschung zu der ungepflasterten Straße hinunter lief Flossie schneller und schneller, das Gewicht ihres Körpers gab ihr Schwung, so daß Margaret knapp hinter ihr blieb. Komm schon, lauf! Dann stolperte sie, während alle die Luft anhielten, etwas unsicher in den trockenen Graben und kam auf der anderen Seite gleich wieder hoch, wo sie triumphierend am Straßenrand stehenblieb, sich umdrehte und grinste.

Hui! Alle atmeten erleichtert auf.

Na prima, sagte Gunnar, der aus der Scheune kam. Ich hätte nicht geglaubt, daß du das schaffst!

Jedenfalls waren sie nun unterwegs! Flossie sagte immer wieder: Gehen! Gehen! Gehen! und lief Richtung Scheune, immer noch hügelabwärts, aber diesmal hatte Margaret sie erwischt und hielt sie fest an der Hand.

Ich sage dir, sie schafft es, sagte Onkel Gunnar. Gut machst du das.

Jetzt gebt acht! rief Mangna von der Veranda, von wo aus sie sie beobachtete, und seid in einer Stunde zurück. Verlauft euch nicht. Sie blieb dort stehen, um sie weiter zu beobachten.

Als die Mädchen auf den Scheunenhof zuliefen, wollte das schwarzweiße Kätzchen, halb erwachsen, wie es war, ihnen nachlaufen. Schönes Kätzchen, sagte das Baby, nachdem es vom Straßenrand auf die Straße getreten war.

Wir wollen die Katze nicht mitnehmen, sagte Margaret. Geh nach Hause! Geh nach Hause! sagte sie zu dem Kätzchen. Aber das legte sich einfach auf die Seite ins Gras und schnurrte und rekelte sich spielerisch, als sie versuchten, es zum Haus zurückzuscheuchen.

Mutter, rief Margaret, ruf mal das Kätzchen, bitte.

Kätzchen, Kätzchen, Kätzchen! sagte Mangna von der Veranda. Aber die Katze war mittlerweile zur Scheune hinuntergelaufen, und die Kinder mußten ihr folgen.

Sie mußten den Scheunenhof durchqueren, um zum Weidegatter zu kommen, und hier mußte Margaret Flossie hochnehmen, um sie über den schwarzen Schlamm an der Tür zum Kuhstall und an der Tränke zu tragen.

Hühnchen! sagte die kleine Flossie, Kuh! Und sie zeigte auf die Tür, durch die Gunnar mehrfach mit ihr gegangen war, damit sie ihm beim Melken zusehen konnte.

Doch genau in diesem Augenblick kamen die drei Ferry-Mädchen in ihren farblosen bäuerlichen Hängekleidern hinter ihnen den Hügel heraufgerannt, ohne Strümpfe, das blaßblonde Haar schlapp herunterhängend, und dem mittleren Mädchen fehlte ein Schneidezahn. Sie sagten nichts, sondern – blieben einfach da stehen und schauten auf die kleinen Mädchen dort unten, alle in einer Reihe.

Lauft! sagte Mangna von der Veranda. Aber sie wollten nicht.

Wenn Margaret sie nicht gesehen und ihnen gewunken hätte, wären sie wahrscheinlich umgekehrt und wieder nach Hause gegangen. Aber sie drehte sich beinahe zufällig um, gerade, als sie die untere Stange des Weidegatters herausnehmen wollte, und rief sie an: Wollt ihr mit uns zur Quelle kommen?

Ohne ein Wort kamen die drei kleinen Mädchen freudig angelaufen, vorsichtig, barfüßig. Es war – Margaret erkannte das gleich – viel mühsamer, als sie gedacht hatte, im Feld auf das Baby aufzupassen.

Sind hier irgendwo Kühe? fragte Leola, als sie die Stange wieder ins Gatter einlegten und übers Feld laufen wollten. – Was soll's? sagte ihre Schwester Ethel May. Ich verjage sie.

Es ging sich nicht leicht hier, aber die Kinder waren

glücklich. Flossie kommentierte alles, was sie sahen. Das ist ein Zaun, sagte sie mit großem Nachdruck zu der kleinen Olga, die die Lehrerin war. Sie wollte nicht, daß jemand sie an der Hand hielt. So liefen sie im Gänsemarsch über einen der alten Kuhpfade, die sich um die großen, grauen, farnumwachsenen Steine der Weide schlängelten.

Der erste Stein zog das Baby sogleich an, das beide Hände darauf legte. Heiß! sagte sie. Stimmt, meinte Ethel May. Der Rest des Steins war mit dichtem Moos bewachsen, das, wenn man es genau betrachtete, ein Wald drahtiger Stacheln war, die dichtgedrängt auf einem grünen Grund wuchsen. Und auf der anderen Seite des Steins stand ein großes Farnbüschel. Hier versammelten die Kinder sich, während Leola begann, die Farnwedel auseinanderzubiegen und zu suchen, wo die Stengel in dichtester Fülle aus dem Moos am Rand des Steins sprossen.

Das Baby steckte sofort die Nase hinein. Was suchst du? fragte die kleine Olga.

Leola sagte: Geisterfarn.

Was ist das?

Anscheinend konnte Leola keinen finden, sosehr sie auch suchte. Aber sie hörten einen Ausruf, und Ethel May, die in ein anderes Farnbüschel in der Nähe getaucht war – überall zwischen den Felsbrocken standen welche –, richtete sich auf und hielt ihnen einen hin, damit sie ihn sehen konnten.

Alle Kinder versammelten sich darum. Es war ein kleines, völlig entwickeltes Farnblatt, aber ganz und gar weiß, wie aus reinem Papier – sie hatte es aus der dunklen Mitte des Büschels gerupft, wo nie die Sonne hinkam.

Wozu ist das gut?

Man kann es essen. Es schmeckt gut. Willst du probieren?

Das Baby wollte. Gib! sagte Flossie.

Nein, nicht, sagte Margaret. Sie ißt es. Das ist giftig.

Nein, ist es nicht, sagte Ehtel May. Und sie steckte das zarte Blatt in den Mund und kaute und verschluckte es.

Dir wird schlecht.
Nein, bestimmt nicht, sagte Leola.

Mitten im Feld drehte die kleine Olga sich um. Guckt euch das an, sagte sie. Und da kam das schwarzweiße Kätzchen ihnen vom Weidengatter nachgesprungen. Es kam in großen Sprüngen miauend auf sie zu, blieb stehen, setzte ihnen dann wieder nach, mal zögerlich, mal in weiten Sätzen.

Schönes Kätzchen! sagte Lottie, als die Katze die Kinder einholte. Was machst du hier? Wie üblich wollte das Kätzchen spielen, es schnurrte und rieb sich an ihren Beinen, als wollte es sagen: Ihr habt also gedacht, ihr könntet mich zurücklassen, oder nicht? Nun denn, ich habe euch hinters Licht geführt.

Plötzlich stand das Tier förmlich unter elektrischer Spannung, die Ohren gespitzt, die Augen starr, und begann tastend eine Pfote vor die andere über die abgeweidete Wiese zu setzen. Zwei Fuß vor ihm erhob sich sirrend ein großer Grashüpfer. Die Katze war schneller als er, sprang vor und in die Luft und schlug das Insekt mit einem wilden Schlag der Pfote herunter. Im Handumdrehen hatte sie es heruntergeholt, nagte tüchtig daran und verschlang es völlig. Sie schluckte ein- oder zweimal, rieb sich mit der Pfote über das Mäulchen und miaute klagend – nun wieder ein Baby.

Unbewußt liefen die Kinder nun in zwei oder besser drei kleinen Gruppen langsam hintereinander über das Feld. Vorneweg ging Flossie mit den beiden älteren Mädchen, Margaret und Leola. Lottie, Ethel May und die kleine Olga folgten ihnen in kurzem Abstand, und Ruby trödelte hinterdrein – umständlich und alleine, die ganze Zeit war kein Wort aus ihr herauszubekommen.

Was macht sie da hinten? sagte die kleine Olga zu der Schwester des Kindes, die zurückschaute.

Ach, achte nicht auf sie. Sie ist immer so. Sieht aus, als folgte sie einer Maulwurfspur. Tatsächlich war die Weide voll davon.

Die älteren Mädchen waren stehengeblieben. Da war ein Ameisenhügel, ein großer, mindestens zwei Fuß hoch, über den schnelle rote Ameisen in alle Richtungen liefen. Nein! sagte Margaret zu Flossie. Das darfst du nicht. Die Oberfläche war übersät mit kleinen Stöckchen und groben Sandkörnern.

Und da! huschte eine schwarzbraune Raupe davon.

Sieht aus, als habe hier jemand aufs Gras gespuckt, sagte Margaret.

Nein. Das ist Heuschreckenspucke, sagte Leola. Die Heuschrecken tun das. Das Zeugs lag auf den Winkeln, wo die Blätter der Gräser an den Stengeln ansetzten.

Jetzt machten die Kinder alle Ethel Mays Marotte nach und zupften so lange an den Köpfen des Timotheusgrases, bis sie die zarten Stengel herausgezogen hatten, und knabberten zaghaft an den süßen Enden.

Was ist das? fragte Lottie.

Das ist ein getrockneter Kuhfladen, sagte Ethel May, drehte ihn mit dem Fuß um und sah zu, wie die Drahtwürmer und schwarzen Grillen aus seinem Schutz davonhasteten.

Guck dir mal das kleine Vögelchen an, sagte Margaret, packte plötzlich das Baby und versuchte, seinen Blick auf den Zaun zu lenken, an dem sie entlanggingen. Es war ein Spatz mit rostbraunem Kopf, der zwischen dem Gras und der unteren Zaunstange auf und ab hüpfte und tschilpte.

Vögelchen! sagte das Baby. Aber es war weg.

Ach, du Dummerchen! Du hast es verpaßt. Komm weiter.

In der Sonne war es heiß, und als sie über den Abhang auf die Erlen zugingen, die am Fuß des Hügels dem Bach folgten, konnte man weit unten die drei Kühe sehen.

Ich glaube nicht, daß ihr auf dem richtigen Weg seid, sagte Ethel May, wenn ihr zur Quelle wollt. Die ist da drüben. Man muß dort hinübergehen, und sie zeigte nach rechts. Da, wo wir jetzt hingehen, ist ein Sumpf.

Weit unten konnten sie nun auch die drei Jungen sehen – die durch die Erlen brachen und schräg zum Weidenabhang zu der Ecke des Waldes gingen, wo die Quelle lag, in deren Richtung die Mädchen nun auch gingen. Und weit hinten über dem Scheunendach war Mangna, die ihnen zusah und zuwinkte.

Hört mal! sagte Leola. Sie blieben alle stehen und schauten zurück. Was sagt sie? Mangna winkte mit ihrem Taschentuch. Oh, sie sagt nichts. ›Paßt auf.‹ Ich glaube, das meint sie.

Nein, sie zeigt uns, wie wir gehen sollen. Sie hat wohl recht.

Was ist *das* denn? Unter der Krone der Weidenmauer vor ihnen bewegte sich plötzlich etwas schwerfällig. Lottie hatte Angst.

Oh, das ist bloß ein altes Waldmurmeltier. Das kann euch nichts tun.

Dann kamen sie zu einer Stelle, wo ein kleines Gebüsch von sechs oder acht Fuß hohen Ahornschößlingen stand. Da drin ist es naß. Laßt mich vorgehen, sagte Leola.

Die Katze stand auf einem Stein, als wäre er eine Insel in einem Ozean, und miaute: Helft mir! und hob nacheinander die Pfoten. Ach, laßt sie, sagte Leola. Soll sie zurückgehen, wenn sie will. Doch einen Augenblick später war sie wieder neben ihnen. Einmal machte sie einen Satz und war im Nu den Stamm eines jungen Ahorns halb hinaufgesprungen, von dem aus sie weit hinaus aufs Gras sprang und wie verrückt einen kleinen Stock herumschleuderte.

Katzen sind verrückte Viecher, sagte Ethel May.

Müssen wir hier durch? fragte Margaret.

Wenn wir nicht zurück wollen. Es geht schon. Laß mich das Baby tragen. Also nahm Leola Flossie auf den Arm, und sie gingen über ein paar trockene Torfstellen in dem schlammigen Boden. Zu beiden Seiten wuchsen Brombeerranken, deshalb mußten sie weiter geradeaus.

Warum hast du mir nicht gesagt, daß ich falsch gegangen bin, fragte Margaret, wenn du weißt, wo's langgeht?

Ich dachte, du wüßtest das, sagte Leola. Macht doch auch nicht so einen großen Unterschied, oder?

Nein, aber wir brauchen mehr Zeit, sagte Margaret, und wir müssen zurück.

Das Baby wollte Leola küssen. Flach über ihnen flogen Schwalben, glitten über die Felder.

Au! Mir gefällt das nicht, sagte die kleine Olga. Gibt es hier Schlangen?

Habe noch nie eine gesehen, sagte Ethel May. Ohne ein Wort folgte Ruby langsam den anderen. Sie wußte, wie sie durchkam, auch wenn ihre Beine von den dornigen Ranken ein bißchen bluteten.

Sie hatten es so gut wie hinter sich, als Leola Flossie absetzte. Der Boden war uneben, das Baby schwankte und fiel auf der feuchten schwarzen Erde flach auf die Hände.

Macht nichts. Sie ist ein braves Mädchen, sagte Margaret eilfertig.

Nein! sagte die kleine Flossie stirnrunzelnd. Sie schaute ihre schwarzen Hände an und wollte sie ablecken. Doch Margaret hielt sie davon ab.

He, warum seid ihr denn hierherum gegangen? brüllte einer der Jungen, die ihnen näher waren, als sie gedacht hatten. Wißt ihr denn gar nichts? Ihr Pipimädchen!

Guten Tag, sagte Fred, zog vor den Mädchen die Mütze ab, verneigte sich und lächelte spöttisch. Guten Tag. Guten Tag.

Ihr denkt wohl, ihr seid was Besonderes, gab seine Schwester angewidert zurück.

Die Jungen hatten lange Gerten, mit denen sie auf alles einhieben und den Blumen die Köpfe abschlugen.

Tja, wenn ihr ein Baby hättet, auf das ihr aufpassen müßtet, hättet ihr auch Probleme.

Pah! sagten die Jungen, steckten die Köpfe zusammen und kicherten – flüsterten und lachten.

Kümmert euch um euren Dreck, sagte Margaret. Und du auch, George Edward, sagte Leola zu ihrem Bruder. Du hältst dich wohl für neunmalklug.

Einer der Jungen machte ein ordinäres Geräusch, als sie weitergingen.

Im Gehölz ragte der halb abgestorbene, phallusähnliche Kopf eines großen Pilzes zwischen ein paar toten Farnen hervor. Die Jungen flüsterten und lachten.

Ihr seid verrückt, sagte Leola. Macht, daß ihr weiterkommt – und sie ging auf sie los.

An dieser Stelle wuchsen ziemlich viele große Pilze, hellgelb mit landkartenähnlichen Tupfen auf den Schirmen, die unten in einer weißen, tassenähnlichen Scheide steckten.

Faß sie nicht an, sagte Leola, die sind *wirklich* giftig.

Ich habe keine Angst davor, sagte einer der Jungen und kickte das Ding mit dem nackten Zeh weg. Das ist doch nichts.

Unter den Bäumen – die Mädchen verließen den Weidenrand – war es düster und ein bißchen angsteinflößend. Man mußte sorgfältig den Weg auskundschaften, weil die Kühe zum Wasser hin eine tiefe Furche in die schweren Farnpolster getreten hatten, und an vielen Stellen hatten ihre Hufe kleine Pfützen hinterlassen.

Hier gab es einen schönen Bestand an Fichten; Bäume, die man kaum mit dem Arm umfassen konnte. Birken, weiße Buchenstämme und niedrige Balsamtannen bildeten mit pennsylvanischem Ahorn und Erlensträuchern ein dichtes Unterholz. Dort sprudelte die Quelle hervor. Der Grund war mit grünem Moos und Fichtennadeln bedeckt. Die Jungen waren bereits vor den Mädchen an der Quelle und versuchten, Frösche zu fangen.

Die Quelle selbst war ein in die Erde eingelassenes Eichenfaß, an dessen Boden das Wasser durch reinen weißen Sand lebhaft emporsprudelte. Der weiße Sand dort sah merkwürdig aus – vielleicht war er hineingeworfen worden. Unterhalb des Fasses war zwischen nassen Felsen ein ziemlich großer Tümpel und darunter nasse Erde und glitzernder Schleim, wo stinkender Zehrwurz und hohe blütenlose, hellgrüne, lilienähnliche Pflanzen in Hülle und Fülle wuchsen.

Ich bin müde, sagte Lottie.

Ich wünschte, wir könnten hier mal ein Picknick machen, sagte Ethel May.

Warum seid ihr uns überhaupt nachgekommen? fragte Fred. Wir wollten euch nicht.

Wir sind gekommen, weil wir es wollten, sagte Margaret. – Warum könnt ihr uns nicht in Ruhe lassen. Immer wollt ihr Streit anfangen, sagte die kleine Olga.

Sie alle tranken aus einem zinnernem Schöpflöffel, der an einem Nagel von der großen Birke hing, die sich übers Wasser neigte. Die Jungen hatten die beiden Krüge bereits gefüllt und sie zur Sicherheit beiseite in den Farn gestellt.

Es ist wie in der Kirche, nicht? sagte Margaret nach einer Weile.

Ich war erst einmal in einer, sagte Leola. Das war ganz anders.

In der Ferne konnten sie einen gedämpften Knall hören!

Zwölf Uhr, sagte einer der Ferry-Jungen.

Dann machen wir uns wohl besser auf den Rückweg, hm?

Genau am äußersten Rand des Quellenfasses wuchs nach hinten zu ein sehr schönes niedriges Rankengewächs dicht über dem Boden mit vielen kleinen violetten, in der Mitte gelben Sternenblüten, zwischen denen bereits ein paar rote Beeren standen. Eine davon wollte die kleine Flossie gerade in den Mund stecken, als Ruby mit ausgestrecktem Zeigefinger OH! sagte. Spuck das aus! schrie Leola. Das ist schwarzer Nachtschatten.

Ich will nach Hause, sagte Lottie. Mir gefällt es hier nicht.

Ich wette, ihr habt Angst, durch den dichten Wald da oben zu gehen, sagte George Ferry.

Pah! sagte seine Schwester.

Da oben sind Bären.

Margaret sagte: Stimmt das, Leola?

Sicher, aber sie tun einem nichts.

O doch, wenn sie Junge haben, sagte George.

Alle Kinder lauschten, aber es war kein Ton zu hören, außer dem leisen Säuseln des Windes und dem ständigen Perlen des Quellwassers, das über den Faßrand floß und dann unten über die kleinen Steine plätscherte.

Ein Schmetterling, ein Augenfalter, flog im Zickzack vorbei und verschwand zwischen den mächtigen Bäumen.

Pipipi! sagte die kleine Flossie. Die Jungen lachten sich beinahe tot.

Pipi! Pipi! sagten sie foppend. Die Stadtjungen begannen damit, aber auch die Ferry-Jungen lachten nun, und sie fingen wieder an, miteinander zu flüstern, bis Leola einen Stein aufhob und nach ihnen warf. Geht schon, sagte sie, macht, daß ihr wegkommt.

Die Jungen gingen. Ach, ihr seid alle viel zu eingebildet! sagten sie zum Schluß, um einen letzten Hieb auszuteilen. Wetten, wir sind vor euch zu Hause.

Leola war an so etwas eigentlich nicht gewöhnt. Wir können mehr Blumen pflücken als ihr, sagten die Jungen, als die kleine Flossie und die anderen langstielige Veilchen, Dotterblumen und Gänseblümchen zu pflücken begannen, während sie aus dem Wald herausgingen. – Meinetwegen.

Diesmal erwischten sie den richtigen Weg durch das obere Feld, das bereits halb gemäht war, und dort ging es sich leichter. Trag mich! sagte die kleine Flossie. Ich müde.

Wenn diese Jungs zu etwas nütze wären, würden sie uns helfen, sagte Margaret. Ich hasse Jungen. – Ich auch, stimmten die anderen zu. Aber Flossie wollte nicht lange getragen werden. Es war heiß, und die Kinder schwitzten und bekamen Hunger.

Die Jungen tanzten herum wie Indianer, rissen Grasbüschel aus, brachten sie den Mädchen, als ob es Blumen wären, und warfen sie ihnen dann ins Gesicht. Leola versuchte, sie zu verprügeln, sie war wütend, und einmal gelang es Ethel May, George umzurennen. Lottie und die kleine Olga hatten fleißig schöne Veilchensträuße gepflückt, die aber nun bereits welkten, während die kleinen Mädchen sie noch mit den Händen umklammerten. Das Kätzchen war schon lange nach Hause gegangen.

Schöne Blume! sagte Flossie zu zwei Veilchen und einer Dotterblume, die sie mit der linken Hand wie in einem Todesgriff würgte. Ab und zu einmal blieb sie stehen und sah sie wie verwundert an. Dann ging sie weiter. Sie verlor die Blumen mehrere Male, und die Mädchen gaben ihr neue.

Aber sie stapften weiter, nun durch Gras, und kamen endlich wieder zum Scheunenhof und dem verschlossenen Gatter, und da blieb Margaret stehen und begann zu lachen –

Worüber lachst du so?

Das Wasser! sagte Margaret. Haha! Ihr ward doch so neunmalklug, sagte sie und zog nun die Jungen auf. Ihr habt's vergessen, und jetzt müßt ihr zurückgehen. Gut! Das freut mich.

Ich gehe, sagte George Ferry, mir macht das nichts aus.

Nein, das tust du nicht, George Ferry. Sie sollen selbst gehen. Oder ich sage es der Tante. Also macht schon und beeilt euch.

Wo ist das Wasser? fragte Tante Hilda, als die Mädchen erhitzt und verschwitzt die Böschung zur Vordertreppe heraufkraxelten.

Die Jungen bringen es.

Ich müde, sagte die kleine Flossie.

Und schmutzig, sagte Grandma von der Terrasse aus. Dreckig! Wo seid ihr gewesen?

Können sie alle bleiben und bei uns zu Mittag essen, Tante? fragte die kleine Olga.

Was würde ihre Mutter dann sagen?

Oh, ihr macht es nichts, sagte Ethel May. Psst, sagte Leola. Dann kamen die Jungen, völlig außer Atem, und schleppten die zwei Wasserkrüge mit sich. Hier ist dein olles Wasser. Und sie stellten die Krüge in das weiche Gras.

Paßt auf! sagte Tante Hilda. Ihr zerbrecht sie.

Heute geht es leider nicht, Liebes. Ein andermal, sagte Mangna. Wir machen nachmittags einmal eine schöne Party für euch.

Morgen?

Nein, morgen nicht, aber bald. Da waren die Mädchen glücklich. Die kleine Flossie wurde ins Haus gebracht, um sie vor dem Mittagessen zu waschen.

## KAPITEL 26

# Glückliche Tage

Seit ein paar Wochen war die Party auf dem Rasen Gegenstand zweifelnder Erwartungen gewesen, aber heute war es soweit! Besonders die Mädchen – und die Jungen auf ihre Art – waren sehr aufgeregt.

Eine Party!

Das ist zum Lachen, sagte Mangna. Weißt du, was sie sich unter einer Party vorstellen?

Nein, sagte Olga.

Eis und Kuchen, Schokoladenkuchen.

Na ja, sagte Olga, verständnisvoll wie immer, daran denken sie, aber sie haben trotzdem viel Spaß. Wir haben reichlich Kuchen. Jungs! rief sie, was macht das Eis?

Ich muß die ganze Zeit rühren, kam Als Stimme vom Holzschuppen. Hier, mach du mal. Es wird fest.

Die armen Kinder, das ist ihr großer Tag. Wir müssen sie in Ruhe lassen – faßt dies nicht an, tut jenes nicht, macht das nicht! Ich wünschte, wir könnten sie machen lassen, was sie wollen, und würden ihnen nicht in die Quere kommen, sagte Hilda. Die unschuldigen kleinen Lieben.

Mangna lachte. Man merkt, daß du nie viel mit Kindern zu tun hattest, sagte sie.

Du hast recht, sagte Olga. Du solltest mal sehen, wie reiche Kinder sich benehmen. Das ist manchmal schrecklich.

Heutzutage sagt man, man sollte nicht ›Nein, nein!‹ sagen. Aber ich weiß nicht, was man sonst sagen soll.

Die Frauen waren in der Küche, wo sie das Geschirr vom Mittagessen spülten, und Grandma beobachtete ihre Töchter mit kritischem Interesse.

Wie viele Eier tust du in den Kuchen? fragte sie Hilda.

Vier.

Die alte Dame schüttelte den Kopf. Nun ja, sie mögen es. Aber zu meiner Zeit hätte niemand solchen Fraß gegessen.

Frisches Heidelbeereis, lecker! Ich glaube, jetzt ist es ganz gefroren, Tante.

Gut, bring es her, und wir lassen es sich setzen.

Die Ferrys kamen um drei. Große Aufregung. Die armen Kinder, wenn sie nur eine Ahnung hätten, sagte Hilda.

Wovon? fragte Olga.

Vom Leben und all seinen Tragödien.

Ach Unsinn! sagte Mangna. Du sagst gern so etwas. Das Leben ist sehr schön. Du denkst dir so etwas in deiner Phantasie aus. Hier, bring diesen Stuhl auf die Veranda. Jungs? Geht und wascht euch Hände und Gesicht und zieht euch um.

Ach, wozu? Können wir nicht so bleiben?

Na gut, dann wascht bloß Gesicht und Hände.

Der Sommer ging zu Ende, die Einweckäpfel an den kleinen flechtenbewachsenen Bäumen des schmalen Obstgartens südlich vom Haus wurden langsam reif – so reif, wie die Jungen sie werden ließen. Das Heu war zum großen Teil eingefahren, das Hirsefeld halb abgeerntet.

Ein vollkommener Tag. Die Kinder hatten den ganzen Morgen auf den Stufen zum Holzschuppen Seifenblasen gemacht, alles, um die Zeit totzuschlagen – wunderschöne Blasen, die manchmal bis über das Dach des Schuppens aufstiegen und verschwanden. Ab und zu einmal wurde eine von einem Luftstrom ergriffen und stieg langsam kerzengerade in die Höhe, während die Kinder sie beobachteten.

Sie wollen lieber doch nicht Krocket spielen. Die Kleinen kennen es nicht. Oh, sie finden schon reichlich Beschäftigung.

Lauft jetzt, sagte Olga. Aber die Jungen lungerten weiter in der Küche herum, um zu sehen, was sie ergattern konnten. Raus mit euch, sagte Olga. Wieviel besser das hier ist als diese teuren Partys in der Stadt. Fünfhundert Dollar sind manchmal nichts. Alles muß in den teuersten Läden gekauft werden. Bei Sherry oder Delmonico. Und ihr solltet mal die Gastgeschenke sehen!

Was, Olga? fragte Mangna sehnsüchtig.

Manchmal sehr teure Sachen. Das hier ist doch viel besser.

Aber was für Sachen? fragte Mangna, die das nicht kannte.

Also, für die kleinen Mädchen hatten sie einmal teure französische Puppen mit Schlafaugen, die ›Mama‹ sagen konnten. Und Tiere, importiert natürlich; Kühe, die nikken, und Elefanten und so ein Zeugs – sehr gut gemacht. Aber das war vor ein paar Jahren.

Was geben sie ihnen jetzt?

Nun, Kulturbeutel, ganz gefüttert, aus gutem Leder – mit ihren Monogrammen drauf. Und solchen Kram. Jungs! rief sie. Geht mal in den Obstgarten und seht nach, ob schon ein paar Äpfel reif sind.

Vom Küchenfenster aus konnte man beinahe direkt vor dem Nordfenster an den sich biegenden Ästen dichtgedrängt die Äpfel hängen sehen. Aber das waren die Duchesses, die noch nicht reif waren.

Und guck dir das an! Die kleine Flossie, jetzt viel kräftiger auf den Beinen als vor zwei Monaten, kam die Treppe herunter.

Na komm, sagte Mangna, die am Fuß der Treppe wartete. Es war wunderbar, wie sie das machte, so umsichtig und langsam, eine Stufe nach der anderen, bis sie ganz untern war. Na, was willst du denn? fragte Mangna liebevoll. Ich dachte, du hieltest ein Mittagsschläfchen.

Ich bin dunstig, sagte die kleine Flossie.

Was? sagten alle Frauen auf einmal. Flossie blieb stehen und sah sie an.

Ich bin dunstig.

Dunstig? sagte Olga.

Oh, lachte Mangna, ich verstehe. Sie will sagen, sie ist durstig.

Habt ihr so was schon mal gehört? Hier, Schatz. Hier, hier ist Wasser. Und sie gaben ihr zu trinken. Ich bin dunstig! Das ist ein Kind!

Jungs! sagte Mangna. Geht mal in den Obstgarten und seht nach, ob schon ein paar Sommeräpfel soweit sind. Nehmt den Korb mit und eßt sie nicht alle auf, ehe ihr zurück seid. Denkt dran.

Aber klar.

Tante, rief Lottie von oben, wo sind meine gelben Strümpfe?

Alles war durcheinander und nichts fertig – außer den Kuchen und dem Eis, als Fred von draußen rief: Sie kommen!

Hilda ging hinaus, um nachzuschauen, und da standen die Ferry-Kinder draußen auf der Straße, die Mädchen mit sauberen Kleidern, die ausgebleicht waren wie immer, und Schuhen und Strümpfen, die Jungen hatten der Veranda den Rücken zugewandt und lehnten sich über den Weidezaun – sie standen einfach da und warteten.

Nun kommt schon, sagte Hilda, wir warten auf euch.

Die beiden kleineren Mädchen sahen auf Leola mit den hohlen gebräunten Wangen und warteten, bis sie langsam vortrat und die Gartentreppe hinaufstieg.

Den Kindern schien nicht klar zu sein, daß es dieselben Freunde waren, sondern sie sprachen mit leisen Stimmen, schrecklich befangen. Ganz steif und förmlich. Die Ferry-Kinder setzten sich auf die Kanten der steinernen Stufen zur Veranda und senkten lächelnd die Köpfe.

Hallo, sagte Margaret, die gerade aus der Tür trat. Hallo. Hilda hatte Verstand genug, hineinzugehen. Ich freue mich, daß ihr gekommen seid. Dann kam die kleine Olga heraus und fragte Ethel May, ob sie in der Hängematte schaukeln wolle. Ruby beäugte die Schale der hellgelben Äpfeln auf dem Verandatisch und postierte sich in ihrer Nähe.

Dann kamen Lottie in ihren schönen gelben Strümpfen und schließlich das Baby, von Mangna an der Hand geführt.

Wann essen wir? fragte Fred, der hinten herumgegangen war und die Ferry-Jungen auf den Rasen brachte. Sie waren barfüßig, wie Fred und Al. Für keine Party auf der Welt würden sie Strümpfe anziehen.

Jungs, das ist schließlich nicht nur eure Party. Sie ist für euch alle. Also lauft und spielt. Bald gibt es was zu essen für euch, sagte Olga.

Keiner von ihnen wußte, was er tun sollte.

Könnt ihr nicht Ringelreihen? Die Jungen lachten voller Verachtung. Es muß doch ein paar Spiele geben, die ihr könnt.

Abgeschlagen, du bist's, sagte Al. Charles Ferry schlug Fred ab, und sie waren auf und davon. Aber ehe sie noch mehr sagen konnten, erschien Tante Olga mit einem großen Karton, der mit einer Kordel verschnürt war. Die Kinder begriffen sofort und drängten zu ihr.

Um Himmels willen! Olga, was hast du da? Als ob sie es nicht alle wüßten. Es war ein alter Trick von Olga. Nur eine Menge altes Zeug, sagte sie. Ich wollte doch mal sehen, ob es hier nicht etwas für die Kinder zum Spielen gibt. – Alle versammelten sich um sie. Olga war ein Wunder.

Erst mußte sie die Kordel aufknoten und für späteren Gebrauch wieder aufwickeln, dann nahm sie den Deckel der Schachtel ab, dann mußte das Seidenpapier entfernt werden. Das erste, was sie herauszog, war ein rot-grün-blau und gelber Gummiball, der oben für sich lag. Da, sagte sie. Der springt, und sie gab ihn Al, der ihn sofort hüpfen ließ – Ich will ihn haben! Gib ihn mir, sagten die anderen.

Die meisten anderen Sachen in dem Karton waren aus Papier. Hier, das tun wir beiseite bis später.

Ich weiß, was das ist, sagte Al. Das sind Knallbonbons. Und das sind Papierschlangen. Guck! Schnell nahm er eine und blies sie Ruby, die zufällig neben ihm stand, ins Gesicht. Das Kind sprang erschreckt zurück, als die Feder durch das Blasen vorschnellte und die Papierschlange mit einer Daune an der Spitze ihr vibrierend und quietschend ins Gesicht fuhr.

Alfred, hör auf!

Ach, laß sie doch, sagte Olga.

Papierhüte in verschiedenen Farben, ein paar Masken – alles sehr plattgedrückt. Aber das spielte keine Rolle. Die Kinder kamen ins Lachen, und schließlich war das Eis gebrochen. Nun war ihnen alles egal. Sie rannten ziellos herum und kreischten und warfen den Ball und wälzten sich herum und rangen – und die Kleine mittendrin.

Hier, Flossie, sagte Fred, hier! Und er hielt ihr den Ball hin. Sie kam begierig darauf zu: Ich will den Ball! Wenn sie die Hände danach ausstreckte, warf er ihn über ihren Kopf Charles Ferry zu. Ohne sich entmutigen zu lassen, drehte sich die Kleine auf dem Absatz um und streckte die Hände nach Charles aus: Ball, Ball, Ball! Gib den Ball! Aber nein – bis sie ihn ihr schließlich gaben und sie ihn warf, wild, mit beiden Händen, niemand konnte sagen, wo er landen würde – am allerwenigsten sie selbst, die den Kopf hin und her drehte und sich fragte, was mit ihm passiert war. So ein Tag! So heiß und sonnig und fröhlich.

Warum sollen wir sie weiter warten lassen, sagte Hilda.

Ach, laß sie spielen, sagte Olga, sie haben den Kuchen und das Eis bereits vergessen. Nach einer Weile werden sie müde, und dann rufen wir sie.

Die Damen sahen ihnen eine Weile zu und kehrten dann zu ihrem Kaffee zurück.

Wir hätten ihren Vater und ihre Mutter einladen können.

Nein, sagte Olga, das hätte sie in Verlegenheit gebracht.

Wir geben den Kindern etwas mit, wenn sie nach Hause gehen. Das ist besser.

Unterdessen nippten sie an ihrem Kaffee, und Mangna sagte: Ich frage mich, was Gurlie jetzt macht. Ich frage mich, ob ihr ihr neues Haus gefällt.

Das frage ich mich auch, sagte Hilda.

Was für eine Umstellung das war. Joe ist so ein guter Mann. Ich wünschte, ich hätte so ein Glück wie sie, und ich wäre ruhig und zufrieden damit. Sie hustete, wie sie es manchmal tat, wenn sie an ihren Mann dachte; die schöne goldhaarige Mangna.

Alles war so sanft, so freundlich – strahlender Sonnenschein, während die Damen auf der Veranda auf Norwegisch über Gurlie und Joe sprachen.

Was habt ihr über Gurlie gesagt? fragte Grandma, die gerade einmal das eine Wort gehört hatte.

Wir haben uns gefragt, wie ihr ihr neues Haus gefällt.

Tja! sagte Grandma – und das war alles, was sie sagte, ehe sie sich abwandte.

Die liebe Grandma, sie trank ihren Kaffee wie gewöhnlich im Stil der alten Heimat, aus der Untertasse, die sie auf den Fingerspitzen der linken Hand balancierte. So war es viel leichter, darauf beharrte sie.

Wir dürfen nicht so hart urteilen über die arme Gurlie, sagte die sanfte Mangna, sie war immer die Kleine. Ich glaube, wir haben sie verzogen. Wir hatten es alle gut in der alten Heimat, wenigstens noch ein paar Jahre. Aber sie war zu klein, als Papa sein Geschäft verlor.

Ja, das war eine traurige Zeit für uns alle.

Gurlie hat mehr Unternehmungsgeist als wir. Sie wollte immer vorankommen. Ich hoffe, daß sie glücklich wird.

Was hast du den ganzen Morgen geschrieben, Hilda?

Ein Gedicht. Es ist mir eingefallen, als ich die Betten machte.

Unser Leben ist wie der Tag
Es beginnt vor Morgengrauen
Ehe die Sonne auf den Hügeln steht
In düsterem Grau –
Während Nachtschatten noch
Auf die Erde fällt
Werden wir geboren.

Das ist aber schön, sagte Mangna, und so wahr. Ehrlich, Hilda, du bist klug. Ich mag es. Es ist traurig, aber wahr. Es ist wirklich sehr gut. Gut beobachtet.

Guckt euch diese Mädchen an! Es war ein spaßiger Anblick. Ein wildes Toben war im Gange – nichts, was man Schlacht oder Spiel nennen könnte – aber es ging immer noch um den Ball. Einer der Ferry-Jungen hatte den Ball, und Leola, die ungefähr genausogroß war, wollte ihn haben – sie bekam ihn auch.

Ich glaube, sie geraten ein bißchen außer Rand und Band, sagte Hilda.

Wo ist die Kleine?

Oh, da ist sie ja. Was ißt sie denn da? Irgendwie hatte Ruby, ohne gesehen zu werden, mehrere Äpfel von der Schale auf dem Verandatisch entwendet und mitgenommen. Sie hatte der Kleinen einen gegeben, und er schmeckte ihr ungeheuer. Ob ihr das wohl schadet?

Nein, sagte Mangna, überhaupt nicht.

Wo sind denn diese Jungen? Ich frage mich, was sie jetzt aushecken.

Tante! rief die kleine Olga atemlos. Sie versuchen, das Kätzchen ins Klo zu werfen.

Ach, die redet bloß, sagte Al, der direkt hinter ihr kam.

Was ist los mit ihnen?

Ich glaube, wir geben ihnen jetzt besser zu essen. Kinder! rief Tante Olga. Wollt ihr jetzt essen kommen?

Ja! schrien sie alle und strömten herbei.

Nun gut, dann setzt euch hin, und ihr älteren Mädchen und auch ihr Jungs helft mir.

Sie hatten Papierservietten und dünne Holzteller und Picknicklöffel, und sie aßen und aßen und aßen, bis sie beinahe platzten. Olga machte sich ein wenig Sorgen.

Ach, laß sie mal. Laß sie so viel essen, wie sie wollen, sagte ihre verheiratete Schwester.

Während sie noch aßen, hörten sie nicht sehr weit weg ein Gewehr losgehen, peng! Und gleich darauf noch einmal, peng!

Alle hielten inne und lauschten.

Das ist doch nicht Gunnar? fragte Hilda.

Nein, nein. Der ist in Bennington.

Ich weiß, wer das ist, sagte Charles Ferry. Ich habe ihn vor ein paar Stunden am Haus vorbeigehen sehen. Er ist vom See, einer von den Sommergästen.

Aber was schießt er denn, es gibt doch hier in der Gegend gar nichts zu schießen?

Ruby war die Siegerin. Ganz alleine in einer kleinen Ecke leerte sie einen Teller nach dem anderen und kam wieder, hielt schweigend ihren Holzteller für Nachschlag hin, bis Tante Olga besorgt war und ihr sagte: Nein, Liebes, das ist genug – ich fürchte, dir wird schlecht.

Daraufhin drehte die kleine Ruby sich einfach um und nahm ein Glas Limonade und ein großes Stück Schokoladenkuchen mit in ihre kleine Ecke bei der Hängematte und fing von neuem an.

Die anderen Kinder hatten sich auch einmal richtig vollgestopft und gaben sich nach einer guten halben Stunde endlich geschlagen. Die Jungen legten sich auf den Rücken ins Gras, wo der Schatten vom Holzschuppen sich langsam ausbreitete, und stellten sich tot.

Gott! Das war gut, sagten sie alle. Danke, Tante Olga und Tante Hilda und Mutter und Grandma, sagte die kleine Olga. Das war toll.

Es ist wirklich gutes Eis, sagte Hilda. Jungs, das habt ihr gut gemacht. Und es *war* gut. Man konnte es wirklich Eis nennen. So etwas gab es im Laden nicht zu kaufen.

Hilda, sagte Mangna, können wir nicht etwas Musik haben?

Ja, ja! sagte Margaret. Spiel für uns, ja, Tante? Bitte.

Worauf denn? sagte Hilda.

Vielleicht können die Jungen das Harmonium auf die Veranda tragen.

Nein, nein, nein, nein! sagte Hilda. Sie machen es kaputt. Ich spiele, wenn ihr wollt. Macht bloß das Fenster auf, das neben der Verandatür, dann könnt ihr euch alle da hinstellen und singen.

Die Jungen wollten sich davonstehlen.

Nein, Jungs, sagte Olga, ihr müßt auch singen. Damit sich der Kuchen und das Eis setzen. Also öffneten sie das Verandafenster, und Hilda setzte sich drinnen hin und begann die Bälge zu treten und zu spielen.

Die Lieder kennen wir alle nicht. – So sangen sie schließlich vielstimmig ›Amerika‹, das einzige Lied, das sie alle kannten.

Peng! in der Ferne bei Gerdas Haus auf dem Hügel.

Dann kam Tante Olgas Überraschung – farbige Ballons! Schlappe Säckchen aus langweiligem Gummi, die, wenn man sie mit aller Kraft aufblies, groß und leuchtend bunt wurden und ein wunderbares Spielzeug waren, wenn man sie am Ende mit einem Stück Kordel zusammenband. Dies setzte allem die Krone auf. Alle, sogar die Kleine, hatten einen Ballon für sich selbst zum Aufpusten. Schön!

Ab und zu konnten sie in nicht allzugroßer Entfernung, dort, wo Gerdas Farm lag, noch das Knallen hören. Die Jungen sahen einander wissend an und achteten nicht weiter darauf.

Jetzt ist Schonzeit.

Das ist einer dieser dämlichen Sommergäste, sagte Al.

Ach die, die haben doch keine Ahnung.

Komm, sagte Al geheimnistuerisch zu dem älteren Ferry-Jungen. Der schüttelte bloß den Kopf. Komm doch, wir gehen durch die Milchküche. – Etwas wurde ausgeheckt.

Nein.

Na gut, dann tu ich es allein, wenn du Angst hast.

Gunnar hatte einen neuen Azetylengaserzeuger für den Haushalt, der in regelmäßigen Abständen mit Karbid gefüllt wurde und in der Küche und ein oder zwei anderen Zimmern ein schönes weißes Licht erzeugte, wenn es dunkel wurde. Das war eine große Verbesserung im Vergleich zu den alten Öllampen.

Die Kinder waren erstaunt gewesen, daß die Ballons, mit denen sie spielten, nicht in die Luft flogen. Das tun sie doch sonst immer, sagte Margaret. Ich weiß nicht, warum sie das hier nicht tun. Vielleicht ist die Luft zu dünn. Ich weiß es nicht.

Zehn Minuten später tauchte Alfred durch den Holzschuppen wieder aus der Küche auf, mit einem roten Ballon, der dick aufgeblasen war. Zuerst beachtete ihn niemand.

Riecht ihr Gas? fragte Olga. Ich rieche Gas, ich bin mir sicher. Sie ging ins Haus.

Wozu hast du so lange gebraucht? sagten die Jungen zu Al.

Es kam nicht schnell genug.

Nein, es ist alles in Ordnung, sagte Olga, aber die Küche riecht trotzdem danach. Irgend jemand muß es angestellt haben.

Die Jungen flüsterten geschäftig und hantierten um den Hackklotz herum, und dann trat Al in die Mitte des Rasens. He, sagte er, guckt mal!

Alle blieben stehen und sahen ihn und den roten Ballon in seiner Hand an. Er hielt ihn an einer in der Faust versteckten Kordel, und dann ließ er ihn los, und der Ballon schoß in die Luft.

Oooh! entfuhr es allen. Prächtig! Schön, schön, schön! Hinauf, hinauf in den Sonnenschein ging es mit dem roten Ballon. Olga war verdutzt, dann spitzte sie die Lippen, schüttelte den Kopf und lächelte. Aber der Ballon war schneller, als Al angenommen hatte. Im Handumdrehen rutschte ihm das letzte Stück Kordel zwischen den Fingern durch, und als er hastig danach grabschte, stieg der Ballon frei auf –!

Oh! sagten die Kinder. Er ist weg! Stille senkte sich, als die rote Kugel immer höher stieg und gerade hochschoß und ein bißchen hin und her schaukelte, bis sie schließlich der Wind davontrug und sie hinter den Bäumen auf dem Hügel hinter dem Haus verschwand.

Was für eine Enttäuschung.

Alfred! sagte Tante Olga. Was hast du getan? Weißt du nicht, daß das gefährlich ist? Du solltest dich schämen, so etwas zu tun. Du hättest das ganze Haus in Brand stecken können.

Was für ein köstlicher Skandal. Was war geschehen? Was? Al. Er hat ihn mit Gas gefüllt? Al war der Held. Zum Glück für Al waren Gäste da, sonst hätte er später noch mehr über seinen Streich gehört.

Mitten in dem Durcheinander kam einer der Männer, die unten am See in einer Pension logierten und die sie kannten, über die Straße und wurde von der Veranda gegrüßt: Hallo, Stehruud, was haben Sie denn da?

Ich war auf der Jagd. Und er hielt eine Schnur mit Vögeln hoch.

Was! Das ist ja wunderbar. Was für Vögel sind das?

Die Kinder strömten herbei, um zu gucken. Igitt, sagte Al und drehte sich wieder um. Wanderdrosseln! Olga ging nachschauen und Hilda auch. Oh, Stehruud, bloß solche kleinen Vögel? Sind das etwa alles Wanderdrosseln? Ich schäme mich dafür, daß Sie einfach arme Singvögel töten. Das ist verboten.

Der Jäger war sehr beschämt: Durfte ich das nicht tun?

Stehruud, Sie wissen doch, daß Sie nicht so einfach Singvögel töten dürfen.

Mit einer Schrotflinte, sagte George Edward.

So ging der Nachmittag zu Ende. Und die Ferry-Jungen mußten gehen, um ihrem Vater beim abendlichen Melken zu helfen.

Wir gehen dann wohl besser mal auch, sagte Leola. Die

Damen brachten das Geschirr von der Veranda, und Grandma war schon ins Haus gegangen.

Gott! Das war eine schöne Party! sagte Ethel May, die beste, auf der ich je war. Oh, es war so schön. Ruby suchte immer noch nach Kuchen oder sonst etwas, das noch nicht hineingetragen worden war. Auf Wiedersehen, Margaret. Auf Wiedersehen, Baby.

Auf Wiedersehen, komm bald wieder, sagte Flossie.

Hört euch das an, ist sie nicht großartig?

Ist sie nicht großartig, wiederholte Flossie. Auf Wiedersehen.

Auf Wiedersehen, Tante Hilda und Mangna. Auf Wiedersehen, Tante Olga. Können wir beim Aufräumen helfen?

Auf Wiedersehen, Kinder. Jetzt lauft schon, wir schaffen das schon mit dem Aufräumen. Trotzdem vielen Dank. Auf Wiedersehen.

Ach ja, Leola, komm doch mal her. Gibst du bitte diesen Korb deiner Mutter und sagst ihr, daß sie sehr nette und höfliche Kinder hat? Bring den Korb morgen zurück. Jetzt lauf!

Auf Wiedersehen! Auf Wiedersehen!

Und da, gerade als sie sich entspannten, geschah es. Ein schrecklicher Krach und ein dumpfer Aufschlag.

Was ist das denn!

Grandma! Sie ist die Treppe runtergefallen. Die Damen und die Kinder, außer der Kleinen, liefen zusammen.

Arme Seele! Was in aller Welt hast du getan? Bist du verletzt?

Nein, nein, sagte die alte Dame, die auf dem Küchenboden saß. Es ist alles in Ordnung. Nur mein Arm. Hier. Das ist diese Treppe.

Armes Ding. Holt den Arzt. Al, lauf zu den Ferrys runter und bitte sie, dich in die Stadt zu fahren. Was für ein Pech, daß Gunnar nicht hier ist. Ich glaube, sie hat sich den Arm gebrochen. Daß das ausgerechnet jetzt passieren mußte.

Vielleicht ist es nicht so schlimm, sagte Mangna. Laßt mich mal sehen.

Oh, oh, oh! sagte die alte Dame.

Es ist bloß das Handgelenk. Bringt etwas kaltes Wasser und ein Handtuch. Ich glaube nicht, daß es gebrochen ist.

Grandma gefallen? fragte die kleine Flossie.

Ja, ja, Kind, jetzt geh bitte aus dem Weg. Nimm sie, Hilda, ja?

Arme Grandma Treppe runtergefallen, sagte Flossie.

Bringt eine von euch sie bitte raus? Wo ist Hilda?

Ich weiß es nicht, wahrscheinlich schreibt sie ein Gedicht.

Kannst du aufstehen, Grandma? Ist mit deinen Beinen alles in Ordnung?

Ja, es geht mir gut. Ich will keinen Doktor sehen. Haltet mir den bloß vom Leibe. Laßt mich einfach ausruhen. – Sie konnte also noch gehen und drehte sich um und betrachtete die Treppe. – Sehr gefährlich. Gunnar muß sie richten. Wie kann ein Christenmensch etwas so Steiles heruntersteigen und solche Kurven machen und bloß ein Seil zum Festhalten haben. Das ist doch kein Schiff hier. Er denkt, wir seien alles Seeleute.

Das brachte sie alle zum Lachen, und die Stimmung war wieder gelöst. Schon gut, Liebe, setz dich hin, und laß dir helfen. Ich bin so froh, daß du nicht ernsthaft verletzt bist. Du mußt besser aufpassen.

Sag mir nicht, was ich tun muß, sagte die alte Frau böse. Ich passe auf. Das ist diese verdammte Treppe.

Schon gut, schon gut. Ich wollte dir nicht zu nahe treten.

Du trittst mir nicht zu nahe. Aber paß auf, was du sagst. Ihr seid alle gleich, ihr jungen Leute. Ihr denkt nie nach.

Aber Grandma, ich habe doch gar nichts gesagt –

Dann schweig. Es geht mir gut. Wenn du mir nur einen Streifen Stoff gibst, den ich ums Handgelenk wickeln kann.

Ihre Töchter sahen einander an und machten hinter ihrem Rücken Gesten, als wollten sie sagen: Haltet besser den Mund.

Möchtest du einen Tee trinken?

Nein. Ich will mich hinlegen.

Sie brachten sie also in das vordere Zimmer. Was für ein Tag!

KAPITEL 27

## Das Wunder

Hör dir das an, sagte Gurlie. Sie wird Schauspielerin oder so was. Hast du schon einmal so etwas Affektiertes gesehen?

Sie ist doch bloß ein Kind, sagte Olga. Wie kann sie affektiert sein?

Oh, solch ein Gehabe! sagte ihre Mutter. Flossie plapperte wie ein Wasserfall und rollte mit den Augen, bis alle anderen guckten und lachten.

Tja! sagte Gurlie, halb im Ernst, halb im Spaß, wie das für sie typisch war, vielleicht weil sie das Gefühl hatte, nicht mehr im Rampenlicht zu stehen. Hör dir das an! So was, sie hat ja schon einen Vermont-Akzent. Hast du so was schon mal gehört? Lottie! rief sie. Nun, sie ist wirklich hübsch. Aber die hier! höhnte sie. Dann, nach einer Pause: Was hast du mir mitgebracht?

Diesmal nicht sehr viel, sagte Olga. Bloß ein paar Äpfel.

Ist das alles?

Sie saßen im Eßzimmer des neuen Vorort-Hauses, des lang erträumten Hauses! Olga hatte gerade begonnen, sich umzuschauen.

Samstagnachmittag, der letzte im August; wieder ein Sommer beinahe zu Ende. Gurlie hatte auf sie gewartet und gedacht, daß sie höchstwahrscheinlich mit diesem Zug kämen, als die Droschke, ein leichter vierrädriger Kutschwagen mit beigefarbigem Fransenbesatz, der um das Verdeck tanzte, vor dem Haus vorfuhr.

Da waren sie, Olga und die beiden Mädchen auf dem

Rücksitz. Gurlie ging hinaus, um sie zu begrüßen. Aber wo war Joe?

Hallo! Hallo! Hallo! Ich habe deinen Brief erst heute morgen bekommen. Nanu! Wo ist mein Mann?

Er ist in New York geblieben, soll ich dir sagen.

Der Kutscher stieg umständlich ab, band sein Pferd fest und begann den Kampf mit dem großen Koffer, der neben ihm gegen den Sitz lehnte. Obacht jetzt, sagte Olga.

Ja, Ma'am.

Guck mal, wer hier ist! sagte Gurlie.

Die kleinen Mädchen in ihren großen Strohhüten und farbig bedruckten Kleidern hatten sich nicht von ihrem Platz neben der Tante gerührt. Ja was denn, wollt ihr nicht aussteigen? sagte Olga. Sie schienen diese fremde Frau, die da in ihr Leben trat, nicht zu kennen. Ich helfe Ihnen, sagte der Kutscher, und er nahm Lottie in die Arme und stellte sie auf den Boden. Die schwere Olga kam als nächste, brachte die Kutsche zum Federn, und dann das Baby, das die Arme ausstreckte und sich leicht nehmen ließ. Da standen sie nun alle auf dem Gras und sahen einander an. Nun, sagte Olga, schön, dich zu sehen. Wie geht's dir?

Gurlie küßte sie und die Kinder, nahm sie an die Hand und ging den Weg durch den Vorgarten zum Haus. Kennst du mich nicht mehr? sagte sie zu Lottie. Lottie nickte schweigend mit dem Kopf. Das Baby, ganz steif vom Reisen, ließ sich brav führen.

Wie ich sehe, kann sie jetzt gut laufen, sagte Gurlie. Das ist schön.

Und du solltest sie mal reden hören! sagte Olga. Sie sagt alles bis zu Sätzen von acht Wörtern. Sie kann bis zehn zählen. – Der Kutscher trug den Koffer hinein, brachte ihn nach oben und setzte ihn dort im Flur ab. Olga bezahlte ihn, gab ihm ein Trinkgeld, und nun endlich waren sie da!

Habt ihr schon zu Mittag gegessen? fragte Gurlie.

Schon lange, sagte Olga. Joe hat uns in New York in ein Restaurant geführt.

Oh, tatsächlich?

Ja nun, es ist beinahe zwei jetzt. Laß mich eine Minute hier sitzen und ausruhen. Die Reise ist lang und anstrengend. Wir sind seit gestern unterwegs.

Mit dem Schiff, nehme ich an?

Ja, sicher. Wir hatten eine schöne Kabine.

Und nun hatte die Kleine aus schierem Übermut mit ihrem Geplapper begonnen. Alle hörten ihr zu.

Das ist also das neue Haus! sagte Olga. Es ist sehr schön. Joe hat mir alles darüber erzählt. Es war sehr nett, daß er bei uns war.

Es ist in Ordnung, sagte Gurlie. Verglichen mit dem, was *du* von all deinen Millionären gewohnt bist, ist es natürlich nicht viel.

Gurlie! sagte ihre Schwester. Du bist unmöglich. Du solltest einmal auf der Farm sein, dann wüßtest du, was es heißt, ohne Komfort zu leben. Was ist das? Ihr habt Heißwassergeräte. Und Gas auch, nehme ich an? Gut.

Wir werden nicht lange hierbleiben, sagte Gurlie, aber für den Augenblick reicht es.

Geht Joes Geschäft gut? Er ist so komisch, er macht sich über alles lustig. Ich konnte nichts aus ihm herauskriegen.

Ich weiß es nicht. Der Mann sagt mir nie was. Aber ich denke, es läuft gut. Das sollte es auch, weil ich nächstes Jahr eine Reise machen will. Wie geht es Hilda und den anderen? – Die Kinder waren schon bis zur Vorderseite des Hauses vorgedrungen.

Ganz gut. Sie lassen dich grußen.

Haben die Kinder sich gut benommen? Sie sehen gut aus. Du hattest wohl ein bißchen Mühe mit ihnen.

Nein, nein. Wir hatten überhaupt keine Mühe. Wo sind sie?

Oben mittlerweile, vermute ich. Komm rauf und guck dir die Schlafzimmer an. – Die Kinder erforschten ein Zimmer nach dem anderen. – Ich kann mich gar nicht an sie gewöhnen, sagte Gurlie. Sie scheinen gar nicht zu mir zu gehören. Und die hier! Wie sie gewachsen ist! Was für ein komisches kleines Ding. Sie sieht niemandem in meiner Familie ähnlich. Ich glaube, sie ist eine Irin! sagte die Mutter mit einem ihrer wilden Lachanfälle. Ich erkenne sie nicht wieder, und sie drehte sich um. So ein Plappermaul!

Ich will Wasser trinken, sagte das Baby, ich bin durstig!

Sag bitte, sagte Tante Olga. Und sie ging ins Badezimmer, fand ein Glas und ließ ein bißchen Wasser für das Kind einlaufen.

Wo bist du? rief Gurlie von vorne im Haus. Olga kam, sobald sie fertig war. Dies ist unser Schlafzimmer. Wir haben Wandschränke in jedem Zimmer. Aber es ist ein altes Haus. Sie haben es tapeziert und das Holz angestrichen. Aber die Fußböden knarren – und die Treppe auch.

Joe meinte, es sei gut. Habt ihr es gemietet?

Nein, wir haben es gekauft.

Wunderbar, sagte Olga. Ihr habt Fliegengitter vor den Fenstern. Gibt es viele Fliegen?

Die Mücken sind schrecklich. Das ist das einzige Problem. Sie kommen von den Wiesen. Nachts besonders. Manchmal kann man gar nicht hinausgehen. Wann wollte Joe nach Hause kommen?

Nach drei, sagte Olga. Das hat er wenigstens gesagt.

Ha! sagte Gurlie.

Wir sollten mal die Kindersachen auspacken, solange wir hier oben sind. Sollen wir? Wir können uns dabei unterhalten.

Flossie und Lottie stromerten voll Bewunderung durch die Räume, kamen einander in den Weg, plapperten miteinander. Nun gingen sie wieder hinunter und in die Küche und zur Hintertür hinaus, die sie weit offenstehen ließen. Kaum waren sie zum Fuß der Hintertreppe gekommen, da sahen sie einen jungen Mann hinter dem Zaun im Nachbarhof, der mit einem Hund spielte.

Schüchtern blieben sie wie angewurzelt stehen, und Lottie wollte sofort wieder die Treppe hinauf, um ins Haus zu gehen, während die kleine Flossie da stand und guckte.

Der junge Mann bemerkte sie und schaute auf. Oh, hallo! sagte er. Seid ihr die neuen kleinen Mädchen, die nebenan wohnen? Und er kam zum Zaun und stützte sich darauf. Die Mädchen trauten sich nicht, eine Antwort zu geben. Lottie ging auf die Tür zu, Flossie kraxelte hinter ihr her.

Habt doch keine Angst, sagte der junge Mann, ich tue euch nichts. Aber mittlerweile waren sie im Haus und schlossen die Tür mit einem Knall hinter sich. Er lachte, zuckte die Achseln und spielte weiter mit seinem Hund.

Die Mädchen hielten nicht inne, bis sie oben bei den Damen waren, die den Koffer auspackten. Sie wußten, daß sie etwas falsch gemacht hatten, und blieben deshalb nebeneinander stehen, ohne Erklärung, zumindest von seiten Lotties. Flossie sagte: Wir haben einen Mann und einen Hund gesehen.

Hör dir das an, sagte Gurlie. Komm mal her, du süßer Fratz. Das ist doch niedlich. Was für eine komische kleine Stimme. Wie eine kleine Maus. Eine kleine Feldmaus, und Gurlie küßte sie, weil ihr diese merkwürdige sprechende Puppe, die plötzlich wieder in ihr Leben getreten war, langsam Spaß machte.

Aber die hier! sagte sie und reckte die Nase in die Luft. Sie ist zu fein, um ihre Mutter auch nur zur Kenntnis zu nehmen. Guck sie dir an! Was für Allüren. Verlegen wandte Lottie sich ab.

Du mußt dir darüber im klaren sein, sagte Olga, daß sie dich vergessen haben. Sie haben dich vier Monate nicht gesehen. Ich hätte nicht geglaubt, daß das Baby sich überhaupt daran erinnern würde, daß es dich gibt. Aber Joe ging wunderbar mit ihnen um.

Oben aus dem Koffer kam, als sie ihn öffneten, der herrliche Geruch von Äpfeln vom Land.

Oh, sagte Gurlie erfreut, richtige Vermont-Äpfel. Sie nahm einen und biß gleich hinein. Es geht nichts über einen Apfel vom Lande.

Ich will einen Apfel! sagte Flossie. Nein, nein, nein, nein! sagte die Mutter. Nicht jetzt. Die heben wir auf. Du bekommst sie später. Wir heben sie auf.

Red keinen Unsinn, sagte Olga. Eßt sie. Sie werden nur schlecht, wenn du sie lagerst. Ich habe sie nur mitgebracht, damit du sehen kannst, wie schön sie dieses Jahr sind. Hier, Baby, sagte sie –

Nein, sagte Gurlie. Ich will nicht, daß sie jetzt einen nimmt. Es verdirbt ihr den Appetit fürs Abendbrot.

Joe hat sie auf dem Schiff essen lassen, sagte Olga. Flossie wich zurück, weil sie nicht verstand, was vor sich ging.

Hier, sagte Gurlie und ließ sie von dem Apfel abbeißen, den sie selbst in der Hand hielt. Das reicht erst mal. Sie nahm dem Baby den Apfel weg. Die hier tue ich weg. Lottie, geh nach unten in die Küche und hol mir einen kleinen Korb. Lauf. Du findest einen im Eingang vor der Hintertür.

Flossie wollte aufs Bett klettern. Uff! sagte Gurlie. Warte, bis ich die Tagesdecke heruntergenommen habe – mit deinen schmutzigen Schuhen! Geht jetzt, Kinder, und spielt. Die Tante und ich haben uns den ganzen Sommer nicht gesehen. Wir wollen uns unterhalten. Schscht! Lauft jetzt.

Tante Olga, sagte die kleine Flossie, kann ich rausgehen?

Frag deine Mutter, sagte Olga. Sie hat jetzt das Sagen. Flossie sah ihre Mutter neugierig an.

Sieh mal einer an! sagte Gurlie. Puh! Sie fragt *dich*, was sie tun darf.

Natürlich, sagte Olga. Laß sie rausgehen. Sag's ihr.

Es ist mir gleich, sagte Gurlie. Laß sie gehen.

Dann lauf, sagte Olga, du darfst. Und das Baby lief glücklich davon zu Lottie, die sie überhaupt erst herein gebracht hatte, um sich just diese Erlaubnis zu holen.

Während die Damen also auspackten, wanderten die Kinder noch ein bißchen durchs Haus und kamen schließlich zu den hinteren Fenstern, von wo aus sie den jungen Mann in einem Liegestuhl sitzen sehen konnten. Er las ein Buch und klatschte sich ab und zu einmal aufs Bein oder den Nacken, um die Mücken zu verscheuchen. Die kleinen

Mädchen beobachteten ihn lange, trauten sich aber nicht näher heran.

Was hast du den ganzen Sommer hier allein getan? fragte Olga. Warum bist du nicht nach Vermont gekommen?

Wir mußten das Haus herrichten, sagte ihre Schwester. Es war so schmutzig.

Dazu braucht man doch nicht so lange.

Ich wollte mal Ferien haben. Ich wollte mir ein paar Sachen ansehen und ein paar Kleider machen lassen. Eine Woche sind wir zum Delaware Water Gap gefahren.

Wirklich! Das kostet aber Geld.

Da gibt es ein großes Hotel mit Hunderten von elektrischen Lampen auf der Veranda, sagte Gurlie. Joe hat das Angeln genossen, und wir haben lange Kutschfahrten in die Berge unternommen.

Das haben wir in Vermont auch. Aber du hast uns noch nicht einmal geschrieben, kein einziges Mal.

Es gab nichts zu erzählen. Ich wußte, daß die Kinder es gut bei euch hatten. Hat es ihnen gefallen?

Ja, natürlich.

Als ich am Delaware Water Gap war, war dort auch ein Hindu, nicht einfach ein Zigeuner, der einem das Horoskop stellte – wissenschaftlich, nach den Sternen. Man zahlte ihm einen Dollar. Er hat es mir schriftlich gegeben, das ganze. Er sagte, ich habe eine glückliche Hand. Ich werde gewinnen! Er hat es gesagt. Ich werde gewinnen, warte bloß ab.

Was gewinnen? fragte Olga. Was erwartest du überhaupt vom Leben? Warum bist du nicht glücklich wie wir, anstatt solch einen Blödsinn zu glauben? Wir haben nicht viel, aber wir genießen, was wir haben. Wir haben so ein schönes Heim auf der Farm, die Hilda für so wenig Geld gekauft hat. Du solltest sie jetzt sehen, wo wir sie renoviert haben.

Wer will denn am Nordpol leben?

Dagegen erhob Olga Einspruch. Du kriegst nie genug,

sagte sie. Wie ein Kind. Weil du nicht soviel hast wie jemand anders, willst du mehr und mehr und immer mehr. Du redest sogar wie ein Kind.

Du redest selbst wie ein Kind, sagte Gurlie. Was willst du? Was ist los mit dir?

Du machst dich unglücklich. Sieh dir Joe an.

Ich bin nicht unglücklich, sagte Gurlie. Ich bin gücklich. Laß mich in Ruhe. Ich brauche deine Predigten nicht.

Du solltest zufriedener sein, niemand kann alles haben.

Was ist denn los mit dir, daß du mir solche Vorträge hältst? Ich vermute, ihr habt diesen Sommer viel über mich gequatscht. Na ja, ich gebe nicht acht auf euch, auf keinen von euch. Ich tue, was mir gefällt. Zufrieden? Meinst du, das ist viel? Sie lachte. Wart's ab.

Du Schwätzerin, sagte ihre Schwester. Du machst alles kaputt.

Gurlie lachte: Das denkst du. Aber die Leute mögen mich. Du weißt nicht, was es heißt, ein Gesellschaftsmensch zu sein. Du mußt mit Leuten verkehren, um in der Welt voranzukommen.

Und du glaubst, du weißt, wie man mit Leuten verkehrt? fragte ihre Schwester. Das würde ich gerne mal sehen.

Das werd ich dir zeigen, sagte Gurlie. Ich bin ein Glückskind. Sieh mal, was für ein Glück ich bereits meinem Mann gebracht habe.

Du hast Glück, daß du ihn hast, das ist dein Glück. Paß auf, daß du nicht alles verschwendest, was er für sich geschaffen hat.

Was verschwenden? Ich bin eine gute Wirtschafterin, sagte Gurlie, sich in die Brust werfend. Ich verschwende nichts. Dann lachte sie, stieß ihrer Schwester den Ellbogen zwischen die Rippen. Was weißt du denn schon? Du hast doch nie etwas gehabt.

Olga war verletzt, aber sie sagte nichts und packte weiter den Koffer aus.

Du kannst doch nur arbeiten, sagte Gurlie. Du bist wie mein Mann. Aber das ist nicht das Leben. Nein, meine

Liebe. Er hat Glück, daß er mich hat, damit ich's ihm beibringe.

Laß mich das mal angucken. Das ist aber gut geflickt, sagte Gurlie und hob eins von Lotties alten Kleidern hoch. Hilda kann nähen. Ich vermute, Hilda hat das gemacht.

Ja.

Ich will mir ein paar Kleider machen lassen. Ich muß ihr schreiben, daß sie sofort hierherkommt, wenn sie da oben wegfährt. Schnell.

Dann solltest du sie lieber bezahlen.

Was? Wenn sie es sich leisten kann, den ganzen Sommer auf ihrer Farm zu verbummeln, kann sie mir doch ein bißchen helfen für alles, was wir für sie getan haben. Ich muß hierbleiben und arbeiten. Sie soll mir ein bißchen helfen.

Olga lächelte: *Sie* muß arbeiten. Den ganzen Winter lang in einer Näherei in New York zu sitzen ist nicht lustig. Du solltest nicht von ihr verlangen, daß sie ihre Zeit umsonst verschwendet.

Unsinn. Sie wird kommen. Ich sage ihr, daß sie hier wohnen kann.

Immer an sich selbst denken, sagte ihre Schwester. Ich vermute, das ist die Art, wie man in der Welt vorankommt.

Jetzt verstehe ich, was passiert ist, sagte Gurlie plötzlich. Mein Mann hat über mich geredet, als ihr zusammen auf dem Schiff gekommen seid. Das ist ja fein.

Nichts dergleichen, sagte Olga.

O doch. Ich merke es daran, was du gesagt hast. Das ist es also, er redet hinter meinem Rücken – mit meiner eigenen Familie.

Du verwöhntes Kind! sagte ihre Schwester. Er hat überhaupt nichts über dich gesagt. Ein wunderbarer Mann, ich glaube nicht, daß er je einen hinterhältigen Gedanken über irgend jemanden im Kopf gehabt hat. So ein ruhiges Gemüt, so gütig, so umsichtig und so großzügig. Die Kinder lieben ihn.

Ich bin wohl nicht gütig und umsichtig und großzügig.

Das habe ich nicht gesagt.

Nein, aber du hast es gemeint. Deshalb wollte er also reisen und mich hierlassen; um dir zu erzählen, was für eine Frau ich bin.

Du Dummerchen! sagte ihre Schwester.

Mit so etwas kannst du mir nicht kommen, sagte Gurlie. Ich bin kein Kind, auch wenn du das glaubst. O ja, ich kapiere, Joe ist dies, und Joe ist das, Joe ist alles, und ich bin nichts. Man könnte meinen, du wolltest ihn für dich selbst haben. Woher soll ich wissen, was du ...

Olga sah sie an und schüttelte den Kopf. Du solltest dich schämen über deinen schlechten Charakter, sagte sie zu ihrer Schwester.

Egal wie, sagte Gurlie, es hängt mir zum Hals raus, daß alle den wunderbaren Joe loben! Er ist kein Weltwunder, das kann ich dir sagen. Ich vermute, er hat bei dir über mich gesprochen. Hat er das getan?

Ich habe dir doch gesagt, nein. Bloß Gutes, was du nicht verdienst. Er hat mit den Kindern gespielt, er hat uns von dem neuen Haus erzählt, den Obstbäumen und – allem, was ihm einfiel, um uns zu unterhalten. Er hat dafür gesorgt, daß wir uns wohl fühlten. Aber er sieht nicht glücklich aus.

Ist dem so, sagte Gurlie. Ich vermute, das ist auch meine Schuld.

Langsam fange ich an, es zu glauben, sagte ihre Schwester.

Dann bist du eine Idiotin, sagte Gurlie. Glaub doch, was du willst. Mein Mann hat Glück, daß er mich gefunden hat.

Ja, sagte Olga, das hast du mir gesagt.

Als Joe etwas später nach Hause kam, mit Päckchen unter dem Arm, einem breiten Lächeln auf dem Gesicht, sah er so glücklich aus, wie ein Mann nur sein kann. Guten Tag alle zusammen! rief er aus. Die Kinder kamen angelaufen. Er hockte sich hin, den Strohhut noch auf dem Kopf, warf seine Päckchen hin, breitete beide Arme aus, um sie zu umarmen, und drückte sie beide in einem einzigen fröhlichen Knäuel an sich.

Na, sagte er, wo steckt ihr denn?

Hier sind wir, sagte Olga und kam die Treppe herunter. Du bist also endlich gekommen.

Wo ist Gurlie? fragte er.

Sie kommt.

Also, was hältst du von dem Haus? fragte Joe.

Sehr komfortabel und schön, sagte Olga. Ich glaube, hier könnt ihr sehr glücklich sein.

Daddy, sagte Lottie. Nebenan ist ein Mann mit einem großen Hund.

Daddy, sagte die Kleine und ahmte ihre Schwester nach, dann lächelte sie, weil sie anscheinend nichts weiter zu sagen hatte. Es war ihr peinlich. Schließlich fiel ihr etwas ein, sie riß weit die Augen auf und bereitete sich darauf vor, Eindruck zu machen: Ein GROSSER Hund, sagte sie.

Das ist schön, sagte Joe. Er richtete sich auf, hing den Hut an die Garderobe und begann seine Päckchen einzusammeln.

Laß mich die Sachen nehmen, sagte Olga. Ich bringe sie in die Küche.

Wo ist Gurlie? fragte Joe wieder. Dann sah er sie langsam, sehr ernst und würdevoll, die Treppe herabkommen.

Da bist du ja, sagte er. Nun, was hältst du von ihnen? Sehen sie nicht gut aus?

Ja, sie sehen ordentlich aus, sagte sie kühl. Und was hast du über dich zu sagen? Deshalb also wolltest du weg und mich hier alleine lassen. Um mit meiner Familie über mich zu reden.

Joe konnte sich nicht vorstellen, was mit ihr los war. Was? sagte er ungläubig. Wovon redest du? Es war eine großartige Reise, fuhr er fort. Ich bin froh, daß ich mich dazu entschlossen habe. Ich wünschte, du wärest dabei gewesen. Willst du mir keinen Kuß geben?

Nein, warum sollte ich?

Ach, du doofes Weib, sagte Olga, die aus der Küche zurückkam.

Kümmere dich um deinen Kram, sagte Gurlie. Dann fiel sie über Joe her. Was fällt dir ein, so über mich zu sprechen? Ich bin immer diejenige, der Vorwürfe gemacht werden. Ich bin gemein. Ich bin die, die Probleme macht. Du willst alles Lob. Alles, was du tust, ist vollkommen. Ich bin bloß ein Störenfried. Meinetwegen. Nimm deine Kinder und geh, wenn du so über mich denkst. Mach, daß du rauskommst. Es ist mir egal.

Joe sah zu Olga, dann wieder zu seiner Frau. Fehlt dir was? sagte er zu Gurlie.

Laßt mich gehen, sagte Olga. Ich glaube, ich fahre heute nachmittag in die Stadt zurück. Ich möchte weg. Gurlie ging in die Küche und schloß die Tür hinter sich.

Was ist denn los mit ihr? fragte Joe. Warum das Theater? Habt ihr euch gestritten?

Laß sie in Ruhe, sagte Olga. Ich will noch nicht einmal darüber reden. Ich hole meine Sachen. Und vielen Dank für alles.

Wofür willst du mir danken, sagte Joe. Ich danke dir. Das war eine schöne Reise. Schöne Ferien. Ich wünschte, Gurlie wäre dabei gewesen. Ich weiß nicht, warum sie nicht mitgekommen ist. Ich wollte, daß sie mitkommt. Ich schreibe Gunnar und bedanke mich bei ihm.

Nein, du hast genug getan.

Das Haus gefällt dir also.

Es ist wunderbar, sagte Olga.

Nein, es ist nicht wunderbar, sagte Joe, aber es ist ein Anfang.

Daddy, gehst du mit uns in den Hof? fragte Lottie.

Gleich, ja. – Als sie durch das Wohnzimmer ins Eßzimmer gingen, das weiter hinten im Haus lag, stand Gurlie da und sah aus dem Fenster. Die Kinder beäugten sie, aber hielten sich fern.

Nun, sagte Joe zu ihr, besser?

Ja, sagte sie.

Deine alten Kopfschmerzen?

Ja, sagte sie. Es geht gleich wieder, laß mich. Olga wird mir helfen.

Gut, sagte Joe, dessen Blick auf die auf der Anrichte zur Schau gestellten Äpfel fiel. Ich sehe, Olga hat ein paar Äpfel von der Farm für dich aufgehoben. Ich dachte, wir hätten sie alle aufgegessen. Hier haben wir auch ein paar junge Obstbäume, sagte er zu Olga.

Daddy, können wir jetzt raus?

Nein, jetzt nicht, sagte Gurlie. Ihr bekommt gleich Abendbrot, und dann ab mit euch ins Bett. So brachte Joe die Kinder in das vordere Zimmer, und Olga ging mit ihrer Schwester in die Küche. Du glaubst also nicht, daß wir hier große Äpfel auf den Bäumen haben? sagte er zu Lottie.

Haben wir welche? fragte Lottie.

Du denkst, du bist was Besseres, weil du den ganzen Sommer auf einer Farm gewesen bist.

Nein, tu ich nicht, sagte Lottie.

O doch, tust du wohl, sagte ihr Vater. Du versuchst so zu tun, als wäre dies kein schönes Haus.

Du machst gern Witze, nicht, sagte Lottie ernsthaft.

Diese Äpfel! Puh! sagte Joe. Du solltest mal sehen, was wir im Hof haben. Wir haben Pflaumen! Große rote Pflaumen. Besser als alles, was du je gesehen hast.

Warum neckst du die Kinder so, sagte Olga, die gerade ins Zimmer trat. Laß sie zu Abend essen und ins Bett gehen, sie sind seit gestern unterwegs.

Große rote Pflaumen, sagte Joe. Morgen werde ich sie euch zeigen.

Es ist nicht wahr, sagte Olga.

Doch, sagte Lottie, heftig nickend. Vater sagt es.

Laß mal, sagte Olga. Die Kinder wurden mit Brot und Milch gefüttert. Flossie schlief beinahe schon, ehe sie fertig war. Joe hob sie auf und trug sie nach oben. Lottie folgte ihm. Große rote Pflaumen, sagte er zu den beiden Kindern. Morgen früh zeige ich sie euch.

Und ein Mann mit einem großen Hund ist auch da, sagte Lottie.

Ja, ich habe ihn angestellt, sagte Joe. Ich bezahle ihm viel Geld, damit nachts niemand kommt und die Pflaumen stiehlt, die ich im Hof für Flossie und Lottie züchte.

Warum erzählst du den Kindern solche Geschichten, sagte Gurlie. Du weißt doch, daß da nichts für sie ist.

Was willst du ihnen morgen sagen? fragte Olga. Das ist nicht nett.

Oh, sie werden alles vergessen haben, sagte Joe.

Ich hoffe es, sagte seine Schwägerin. Meint ihr nicht, ich führe besser zurück nach New York? Ihr habt hier kein Zimmer für mich.

Am nächsten Morgen, Sonntagmorgen, war Joe wie üblich seit Morgengrauen auf. Er erwartete die Kinder am Fuß der Treppe, als sie zum Frühstück herunterkamen. Er konnte nicht fassen, daß Flossie die Treppe herabkam. Das schlägt dem Faß den Boden aus! sagte er, als er zusah, wie sie bei jeder Stufe vorsichtig einen schlurfenden Fuß hob und ihn vorsichtig aufsetzte, bis sie sicher war, dann noch einmal, eine Stufe nach der anderen. Das ist wunderbar!

Ich will eine rote Pflaume sehen, sagte Lottie als erstes.

Da! Habe ich es dir nicht gesagt, meinte Gurlie. Was willst du jetzt erzählen?

Meinetwegen, sagte Joe. Gehen wir hinaus und pflücken eine zum Frühstück. Wir pflücken jeder eine und essen sie zum Frühstück. Er nahm das Baby auf den Arm und Lottie an die Hand, und dann gingen sie zur Vordertür hinaus und um das Haus herum.

Olga und Gurlie sahen vom hinteren Fenster aus zu.

Mein Gott! entfuhr es Gurlie unwillkürlich. Was soll man davon halten!

Da stand der winzige Pflaumenbaum, den sie, als sie im Frühjahr eingezogen waren, in den Hof gepflanzt hatten und der das ganze Frühjahr über nicht eine einzige Blüte oder ein Zeichen von Fruchtbarkeit gezeigt hatte. Aber nun trug er mindestens ein Dutzend riesiger roter Pflaumen, jede am Ende eines Zweiges. Gurlie begann zu lachen.

So ein kleiner Baum! sagte Olga.

Da! sagte Joe zu den Kindern, habe ich es euch nicht gesagt? Jetzt könnt ihr jeder zwei pflücken, eine für euch und eine für Mama und Tante Olga. Er hielt die Kleine hoch, die die erste greifbare packte und mitsamt dem Faden abriß, dann noch eine. Lottie tat dasselbe. Da! Jetzt pflücke ich den Rest, sagte Joe triumphierend.

Was soll man davon halten! sagte Olga. So kamen die Kinder schließlich doch mit ihren Trophäen herein, beeindruckt und zufrieden.

# Anmerkungen

18 *Quarter:* 25-Cent-Stück (von engl. *quarter*, ein Viertel).

27 *Ink Nesbit:* Druckfarben-Nesbit (von engl. *ink*, hier: Druckfarbe).

31 *Teddy:* populärer Spitzname des amerikanischen Präsidenten Theodore Roosevelt (1858–1919).

47 *Labor Day:* amerik. Engl., Tag der Arbeit; Feiertag in den USA und Kanada (erster Montag im September).

62 *›Denn welche ...‹:* Römer 8,14.

90 *Memorial Day:* engl., Gedenktag. Wird am 30. Mai zum Gedächtnis der Toten des amerikanischen Bürgerkriegs begangen; in den meisten US-Staaten gesetzlicher Feiertag.

104 *Friseurstange:* stangenförmiges Geschäftszeichen englischer und amerikanischer Friseure; mit spiralförmigem blau-weiß-rotem Muster bemalt.

129 *Associates:* engl., Bundesgenossen.

144 *open shop:* engl., offener Betrieb. Amerikanische Bezeichnung für Betriebe, die auch oder vorwiegend Arbeiter beschäftigen, die nicht gewerkschaftlich organisiert sind; Löhne werden demzufolge unter Umgehung der Gewerkschaften ausgehandelt. Gegenteil: closed shop (geschlossener Betrieb).

237 *Lutfisk:* schwed., gelaugter Stockfisch.

245 *Gammelost:* dän.-norweg., alter Käse.

# Inhalt

KAPITEL 1: Abschied . . . . . . . . . . . . . . . . . 7
KAPITEL 2: Zurück in die Stadt . . . . . . . . . . 16
KAPITEL 3: Gesellschaft beim Chef . . . . . . . . . . 27
KAPITEL 4: Wieder zu Hause . . . . . . . . . . . . 40
KAPITEL 5: Im Viertel . . . . . . . . . . . . . . . . 51
KAPITEL 6: Die Zeitungen . . . . . . . . . . . . . . 61
KAPITEL 7: Ein Haus im Grünen . . . . . . . . . . . 75
KAPITEL 8: Drohende Wolken . . . . . . . . . . . . . 87
KAPITEL 9: Das vierblättrige Kleeblatt . . . . . . . . 103
KAPITEL 10: Impfung . . . . . . . . . . . . . . . . . 116
KAPITEL 11: Die Jungs werden vorgestellt . . . . . . . 128
KAPITEL 12: Die reine Wahrheit . . . . . . . . . . . . 139
KAPITEL 13: Hotelzimmersymphonie . . . . . . . . . . 156
KAPITEL 14: Gesichter . . . . . . . . . . . . . . . . 166
KAPITEL 15: Ein letztes Angebot . . . . . . . . . . . 179
KAPITEL 16: Zwei Generationen . . . . . . . . . . . . 188
KAPITEL 17: Nacht . . . . . . . . . . . . . . . . . . 200
KAPITEL 18: Druckfarben, Pressen und Personal . . . 210
KAPITEL 19: Onkel Oswald . . . . . . . . . . . . . . . 225
KAPITEL 20: Noch einmal Weihnachten . . . . . . . . . 242
KAPITEL 21: Mittagessen im Klub . . . . . . . . . . . 259
KAPITEL 22: Neujahrsgeplauder . . . . . . . . . . . . 270
KAPITEL 23: Zwei Jahre alt . . . . . . . . . . . . . . 281
KAPITEL 24: Vettern vom Lande . . . . . . . . . . . . 293
KAPITEL 25: Abenteuer . . . . . . . . . . . . . . . . 305
KAPITEL 26: Glückliche Tage . . . . . . . . . . . . . 319
KAPITEL 27: Das Wunder . . . . . . . . . . . . . . . 333

Anmerkungen . . . . . . . . . . . . . . . . . . . . 349

Das Frontispiz zeigt Williams
und seinen Sohn William Eric.
Die Wiedergabe erfolgt mit freundlicher Genehmigung
von William Eric Williams.

Carl Hanser Verlag München Wien, 1990
Schrift: Baskerville-Antiqua
Gesamtherstellung: Offizin Andersen Nexö,
Graphischer Großbetrieb, Leipzig
Printed in the German Democratic Republic